CHONGWENGUAN

读古人书　友天下士

百余年前，崇文书局于武昌正觉寺开馆刻书，成晚清四大书局之一。所刻经籍，镌工精雅，数量众多，流布甚广，影响巨大。为赓续前贤，昌明国学，弘扬文化，本社现致力于传统典籍的出版。既专事文献整理，效力学术，亦重文化普及，面向大众。或经学，或史论，或诸子，或诗词，各成系列，统一标识，名之为“崇文馆”。

崇文馆

CHONGWENGUAN

中国古典诗词校注评丛书

孟浩然诗全集【汇校汇注汇评】

李翔翥　编著

长江出版传媒｜崇文书局

中国古典诗词校注评丛书
编撰委员会

前　言

在星汉灿烂的唐代诗歌史上，孟浩然无疑是一颗光彩耀目的明星。他身历武则天、中宗、睿宗、玄宗四朝，主要生活在“开元盛世”这一时期，却苟全性命于盛世，政治舞台没有为其大开方便之门，盛世布衣，不达而卒，诚为恨哉！

在盛唐诗人中，他与李白、杜甫、高适、岑参、王维并称“盛唐六家”。孟氏是六家之中年高德劭的一位，李白、杜甫、王维在诗中多次提到他。而且，李白、杜甫和白居易都曾专门写诗称道他，这在唐代诗歌史上是绝无仅有的。

吾爱孟夫子，风流天下闻。红颜弃轩冕，白首卧松云。
醉月频中圣，迷花不事君。高山安可仰，徒此揖清芬。

——李白《赠孟浩然》

复忆襄阳孟浩然，清诗句句尽堪传。
即今耆旧无新语，漫钓槎头缩颈鳊。

——杜甫《解闷十二首》之六

楚山碧岩岩，汉水碧汤汤。秀气结成象，孟氏之文章。
今我讽遗文，思人至其乡。清风无人继，日暮空襄阳。
南望鹿门山，蔼若有余芳。旧隐不知处，云深树苍苍。

——白居易《游襄阳怀孟浩然》

他是盛唐山水田园诗派的代表人物，在中国诗歌史上占有重要地位。诚如陈贻焮先生在《孟浩然诗选·后记》中所说：“继陶之后，大力写作田园、隐逸题材，并将之与谢灵运所开创、谢朓所发展的山水、行旅题材结合起来，开盛唐山水田园诗派风气之先的，当首推孟浩然。”

一、编年事辑

孟浩然，名浩，字浩然，以字行，襄州襄阳（今湖北省襄阳市）人，后人或称孟襄阳，又曾隐居鹿门山，后人或称孟鹿门、鹿门处士。生于武曌永昌元年（689 年），卒于玄宗开元二十八年（740 年）。其生平经历，新旧《唐书》记载均较为简略。

《旧唐书·文苑传》中记载只有寥寥几笔：“孟浩然，隐鹿门山，以诗自适。年四十来游京师，应进士不第，还襄阳。张九龄镇荆州，署为从事，与之唱和。不达而卒。”

《新唐书·文艺传》中言之稍详，说他在太学赋诗；在王维署中偶值玄宗，令诵己作，玄宗因不满“不才明主弃”句而见放；以及“失约朝宗”之事等。内容较为充实可读，是我们认识这位伟大诗人的可靠史料。

孟氏去世后，宜城王士源为其编集，并在集前写有一篇序。在序中，王氏感叹道：“嗟哉，未禄于代，史不必书，安可哲踪妙韵，从此而绝。”这篇序文也成为后人考订孟氏生平事迹的重要依据。

孟氏出生于一个薄有恒产的书香之家，他自称祖籍邹鲁，“家世重儒风”。家居襄阳郊外岘山附近的江村中，因屋北有涧，又其地旧有冶城，故一名涧南园，一名冶城南园，简称南园。

孟氏自幼居家与弟兄们一起闭门读书。《入峡寄舍弟》云：“吾昔与尔辈，读书常闭门。”其弟洗然曾应过进士举。孟氏在闭门苦读的同时，也习武。他“少好节义，喜振人患难”，《送王宣从军》云：“平生一匕首，感激赠夫君。”可见他不是一个书呆子，而是一位具有侠士风采、富于正义感的人。

二十岁以后写成的《题鹿门山》《夜归鹿门寺》《岳阳楼》等诗，

表明孟氏此时已是风格独具、才华横溢的优秀诗人了。

此时的孟氏除了书剑而外，生活还是相当丰富的，如饮酒、赋诗、弹琴、垂钓、访友、拜佛寺、谒道观、采薪炊爨等。其间，他还与好友张子容同隐鹿门山，诗篇唱答颇多。总之，这些多彩的生活极大地丰富并充实了孟氏的诗歌创作及其诗歌的内容。

此外，孟氏便是纵情山水，辞乡漫游。开元十二年至十三年（724年—725年），孟氏离家去洛阳，洛阳在当时乃唐帝国的东都。孟氏此行意欲广交友人，博取声誉，以冀寻找政治出路。此种做法为当时大多数读书人在跃上政治舞台前所共同走的道路。开元十三年（725年），玄宗从洛阳出发东封泰山，洛阳成为达官贵人和才士文人汇聚之地，孟氏此行当为不虚。孟氏结识张九龄即在此时，张其时任中书舍人，陪侍天子左右。孟氏又结识了包融、储光羲、綦毋潜等，这些人后来都是盛唐山水田园诗派的重要人物。

总的来说，此次洛阳之行，孟氏开阔了眼界，打开了胸襟，广交了友人，游览了名胜，但仕途上没有什么进展。于是在洛阳停留一年之后，孟氏便打道回府，有“空滞洛阳城”“归田羡子平”之叹。

开元十四年（726年），孟氏从洛阳返乡。不久，经湘水去岭南探访友人袁拾遗，途经汨罗江凭吊屈平。当获悉袁拾遗已去武陵后，旋即从岭北回棹武陵。至秋，经洞庭湖回乡。

开元十五年（727年）春，孟氏去了扬州，途经武昌，遇李白，李白于黄鹤楼作诗送行。此年冬，赴京应试。《旧唐书》说孟氏“年四十来游京师，应进士不第”。

开元十六年（728年），孟氏在长安度过。考试失利，孟氏思想波动极大。一方面对自己的前途充满了怀疑与动摇，怀乡之情尤深；另一方面心有不甘，尚存希冀与期待。在长安居大不易的窘境下，才结束近一年的长安之行。

开元十七年（729年）春，孟氏返家。不久，作入越之行。取道洛阳，循汴水而下，经润州、杭州、会稽，游览了若耶溪、云门寺、镜湖、大禹寺等古迹名胜。在会稽停留两年后，于开元二十年（732年），从会稽出发，去乐城探访张子容，从乐城经润州溯江而上，于开元二十一年（733年）夏到家。前后长达四年的越地之游中，孟氏的思想情绪较为低沉，绝佳山水美景也没有冲淡其心中对仕途的向往与憧憬。

开元二十一年（733年）之秋，孟氏又作入蜀之行，年底在蜀地度岁，次年春回乡。

开元二十四年（736年）秋，孟氏又作湘赣之游。在此期间，时任襄州刺史的韩朝宗约他至京师，推荐他为官。但他因与朋友饮酒欢聚而爽约。

开元二十五年（737年），张九龄被贬为荆州长史，召孟氏入幕，并对他非常赏识。孟氏随同张氏外出行县、祠祭、游猎，这段时间成为孟氏一生中最为惬意的时期。但好景不长，次年春，孟氏从张氏幕府辞职，回襄阳养病。从开元二十六年（738年）至开元二十八年（740年），孟氏主要在家抱疾闲居。

开元二十八年（740年），王昌龄自岭南赦回，过襄阳，孟氏与之畅饮，因“食鲜疾动”，终于冶城南园，结束了诗人的一生。

二、思想述评

一般认为孟氏一生的经历较为简单。孟氏没有干过什么轰轰烈烈的大事，也没有担任过什么煊赫威耀的官职。简单在他只有读书、交友、应试、远游、隐居、入幕等这些历历可数的日常小事，简单在他没有给当时世人带来什么重大的影响。但孟氏一生的思想是较为复杂的，可以说，儒释道三家思想都在其身上有所反映。

许多研究者都认为孟氏一生徘徊于求官与归隐的矛盾之中，过于纠结孟氏是“仕”还是“隐”居于主要方面。其实，无论是求官或者归隐，还是交结张九龄、韩朝宗这些达官显贵，还是与王维、李白、王昌龄这些诗人酬唱，抑或常同一些隐者、道士、上人谈玄说道等，都是作者丰富生活的一个侧面。一个活生生的人物，一个生活在大唐盛世的诗人，其性格及思想的形成是多方面的，是多因素的组合。他有儒家积极进取、不甘隐沦的一面，也有在应举不第后觉得事无可为，追步庞德公、陶渊明后尘的一面。这些都是可以理解的，实在不必要强分"仕"与"隐"之轩轾。

孟氏思想"隐"的方面，最早可溯及其出生的地域。孟氏家园附近除了岘山外，还有望楚山、万山等。县西北五里有万山潭，又叫沉碑潭，晋代杜预曾沉碑于此。岘山上有西晋羊祜祠庙。县南八里有东汉习郁所开凿的习家池。县东南三十里，隔着汉江，可见鹿门山。东汉高士庞德公在岘山躬耕，与司马徽、诸葛亮友善，后携妻子到鹿门山采药不返。孟氏的好友白云先生王迥也隐居于此。孟氏常来此山登临，有时也小住数日。所以家乡的秀美山水、幽静田园、先贤遗迹、隐逸高风等不仅对孟氏的思想有熏陶感染的作用，也为孟氏的诗歌创作提供了不竭的源泉。闻一多先生在《唐诗杂论》中认为孟氏的隐居是襄阳的历史地理环境所决定的："从汉阴丈人到庞德公，多少令人神往的风流人物，我们简直不能想像一部《襄阳耆旧传》，对于少年的孟浩然是何等深厚的一个影响。"

但我们读孟氏之诗，了解其生平事迹，想见其为人，不能忘记了孟氏的儒家精神和仕进志趣。他早年学书剑，壮年游历，中年赴京师，晚年游幕张九龄等，其所为无非是积极进取，冀以实现他的志愿。所以我们又觉得孟氏是一位不得志的文儒。

又如，李白从佛、道这两个方面对孟氏的思想作了概括。他在《赠孟浩然》诗中写道："红颜弃轩冕，白首卧松云。"这给我们描绘了一个甘居山林、不求仕进的隐士形象。但在《春日归山寄孟浩然》诗中又写道："朱绂遗尘境，青山谒梵筵。金绳开觉路，宝筏度迷川。”这又给我们展示的是一个热衷浮图禅法的居士形象。如此看来，孟氏是一个既崇道又崇佛的诗人了。

而大诗人杜甫在《遣兴五首》之五中说：“吾怜孟浩然，短褐即长夜。”这分明又是一个穷书生的形象。王维画中的孟浩然是这样的：“襄阳之状，颀而长，峭而瘦，衣白袍，靴帽重戴，乘款段马，一童总角，提书笈负琴而从，风仪落落，凛然如生。”（葛立方《韵语阳秋》卷十四）这显然又是一位标准的儒者形象。

葛晓音在《山水田园诗派研究》中认为：“孟浩然是一个典型的盛世隐士。其典型意义就在于他代表了盛唐大多数终生不达或官至一尉的失意文人共同的精神面貌。”“时代给予他们凭个人努力和才能获得一切的幻想，而现实中的矛盾又常常粉碎他们的希望。”“王士源说他‘骨貌淑清，风神散朗，救患释纷，以立义表，灌蔬艺竹，以全高尚’，这正是融合了魏晋名流清朗潇散的风神仪表，盛唐拯世济人的时代精神，以及陶渊明躬耕田园的高尚节操而形成的盛唐隐士的典型风貌。”

总之，孟浩然的思想与李白的思想不同，李白偏重于道；孟浩然的思想与王维也不同，王维偏重于佛，尤其在“安史之乱”后，他亦官亦隐，每当退朝便焚香独坐，以禅诵为事。孟浩然的思想与杜甫的思想也稍有不同。杜甫一生崇儒，他始终面对社会现实，忧国忧民。

孟、王、李、杜，或儒或佛或道，或兼而融之，可见盛唐时代文人思想的活跃。唐代之儒、释、道并存的开放包容的思想，给了诗人选择人生道路的一定自由度，也促进了文学艺术上百花齐放局面的形成。

三、诗风举要

孟浩然是唐代山水田园诗派的开创者，其山水田园诗也是中国古代诗歌艺术史上的一颗明珠，其艺术成就前人多有论述，今择其荦荦大者简要说明。

首先，孟诗以“清淡”著称。个中原因，主要与其一生的经历相对简单有关。其诗多写游玩山水、隐居田园之趣。他虽然仕途失意，但在自然山水、田园隐居中找到了自己灵魂的归宿，用诗歌取得了心灵与客观现实的平衡。

其“清淡”的诗风主要表现在：

一、清。孟氏诗歌所呈现的基本风格和美学风貌便是一个“清”字。自唐至今，评论者多以“清”言之。孟氏秘省赋诗，有“微云淡河汉，疏雨滴梧桐”之句，王士源说：“举座嗟其清绝。”李白赞美孟氏：“高山安可仰，徒此揖清芬。”杜甫说：“清诗句句尽堪传。”白居易说：“清风无人继，日暮空襄阳。”由此可见，一个“清”字，是众人对孟氏诗歌特征的共同体认和经典概括。

后来历代的诗歌评论家，也大都在这个“清”字上各抒己见。高棅在《唐诗品汇》中说：“孟襄阳之清雅。”又说：“孟襄阳兴致清远。”胡应麟在《诗薮·内编》中说：“襄阳时得大篇，清空雅淡，逸趣翩翩。”在同书《外编》中说：“浩然清而旷。”又说：“诗最可贵者清。然有格清，有调清，有思清，有才清。才清者，王、孟、储、韦之类是也。”胡震亨在《唐音癸签》中说：“襄阳气象清远。”陆时雍在《诗镜总论》中说：“孟浩然……语气清亮，诵之有泉流石上，风来松下之音。”施闰章在《蠖斋诗话》中说：“襄阳五言律、绝句，清空自在，淡然有余。”翁方纲在《石洲诗话》中说：“读孟公诗……只其清空幽冷，如月中闻磬，石上听泉。”朱庭珍在《筱园诗话》中说：“王清而远，体格高浑；孟清而切，体格俊逸。”

今人李景白先生在《孟浩然诗歌艺术风格的再思考》一文中也说道：“他对‘清’有特殊的兴趣，他的诗篇里出现频率最多的词，大概就是‘清’。他对水则称‘清泉’、‘清川’、‘清流’、‘清江’、‘清溪'；称露为'清露'；称风为'清风'；称秋为'清秋'；称夜为'清夜'；称晨为'清旦'、'清晓'；对声音则称为'清响'、'清音'；兴则称'清兴'；思则称'清思'；把声音入耳称为'清听'；把乐器之弦称为'清弦'；甚至把猿猴也称为'清猿'，如此等等。他的诗特别喜欢创造'清'的境界。"

二、淡。纵观孟诗，其诗风呈现出平淡质朴的特征。宋人梅尧臣说："作诗无古今，唯造平淡难。"苏舜钦说："会将趋古淡，先可去浮嚣。"黄庭坚说："平淡而山高水深。"可见，对于平淡质朴之美，宋人将其推尊至诗国的审美标准和最高境界。闻一多先生在《唐诗杂论》中谈到孟氏《游精思观回王白云在后》诗时说："真孟浩然不是将诗紧紧的筑在一联或一句里，而是将它冲淡了，平均的分散在全篇中。"在论《山潭》诗时说："淡到看不见诗了，才是真正孟浩然的诗，不，说是孟浩然的诗，倒不如说是诗的孟浩然，更为准确。"闻一多先生发现了孟诗"淡"的特征，并对它作了特别强调。

其实，对孟诗的"淡"，古人也有所论及。如胡应麟就说过"浩然之简淡""雅淡"等。胡震亨也说过浩然诗"冲淡"。李东阳说："孟却专心古淡。"刘大勤说："王孟……寄至味于平淡。"刘辰翁说："孟诗如雪，虽淡无彩色，不免有轻盈之意。"这些所谓"简淡""雅淡""冲淡""古淡""平淡"等，都是他们各自对孟氏的某诗，或某几首诗评析的结果，虽未能从孟诗整体层面出发，但管中窥豹，尝鼎一脔，还是把握了孟诗的风格特点的。

三、孟诗在"清"和"淡"的诗风中往往创造出了"幽"的境界。孟氏本身就是一个幽居之人，一位隐士形象，其诗写潜隐之人、僻静之景、暗淡之境就不足为怪了。如《宿业师山房待丁公不至》："夕阳度西岭，群壑倏已暝。松月生夜凉，风泉满清听。樵人归欲尽，烟鸟栖初定。之子期宿来，孤琴候萝径。"此诗写待友不至的失落而又坦然的心情，但全诗几乎全部描绘山中景物：日落西山、山谷幽晦、凉月松上、清泉汩汩、樵人归尽、烟鸟初栖、孤琴瑟瑟、萝径幽幽。这些清幽寂寥的物象，更加增添了茫茫暮霭的清幽。在诗中几乎看不到人的活动，只有在“孤琴候萝径”中，才隐约可感觉到幽人的存在。袁行霈在《中国文学史》中说：“遇景入咏时，他常从高远处落笔，自寂寞处低徊，随意点染的景物与清淡的情思相融，形成平淡清远而意兴无穷的明秀诗境。”

其次，前人称道孟诗之“韵高”。这个说法源于宋代的大文豪苏轼，苏轼才藻富赡，他对历代作家的评论往往见解独到。他评价孟氏说：“孟浩然之诗，韵高而才短，如造内法酒手，而无材料尔。”（《后山诗话》引）关于这一点，我们从以下两个方面来看。

一、明代严羽在《沧浪诗话·诗辨》中解释道：“大抵禅道惟在妙悟，诗道亦在妙悟。且孟襄阳学力下韩退之远甚，而其诗独出退之之上者，一味妙悟而已。”孟氏“才短”，没有“学力”，但其作诗深于“妙悟”，这可以看作是孟诗“韵高”之一方面。这个“妙悟”，就是神悟，的确有些玄妙而不可捉摸。严羽认为诗歌艺术之奥秘，既非言语所能表达清楚，亦非理论所可阐说明白，必须从大量的上乘佳作中凭借内在的直觉思维，从内心去感受和体验，方能默会艺术三味，这就是诗家的妙悟，如同禅家的妙悟一样。

我们可以看到，孟氏在诗歌创作中也是强调以直觉可感的形象为主体，使之作用于接受者的感官，进而感染、震撼其心灵。他的山水田园诗歌，就是“直寻”自然与生活的结果。严羽认为盛唐诗人之所以不可及，就在于他们“惟在兴趣”。孟氏之“兴趣”惟在融入山水田园之中，体悟禅道，通晓诗道。他对于自然具有强烈的兴致，因而其诗有含蓄深远、韵味无穷的透悟意境。

二、清代王士禛论诗标举“神韵说”。他宗尚王、孟，曾举孟氏《晚泊浔阳望庐山》一诗作为范本，并评论说：“诗至此，色相俱空，政如羚羊挂角，无迹可求，画家所谓逸品是也。”（《带经堂诗话》）孟氏之诗之“韵高”,也表现在它富有“神韵”。其基本的美学特征就是自然传神,韵味深远,天生化成,而无人工造作的痕迹。这实质上是孟氏“妙悟”自然与生活,从而达到“清诗句句尽堪传”的“神韵”境地。

我们试以《晚泊浔阳望庐山》《秋登万山寄张五》《山潭》《春晓》诸诗为例,来体味孟诗之“韵高”。

《晚泊浔阳望庐山》:“挂席几千里,名山都未逢。泊舟浔阳郭,始见香炉峰。尝读远公传,永怀尘外踪。东林精舍近,日暮但闻钟。”全诗清空淡雅,浑然一体,韵味无穷,思想上也具有一种超自然的意境。隽永的诗句在不经意间以平淡质朴的语言冲口而出,一气呵成,天真自然而又兴象浑成。

《秋登万山寄张五》:“北山白云里,隐者自怡悦。相望试登高,心飞逐鸟灭。愁因薄暮起,兴是清境发。时见归村人,沙行渡头歇。天边树若荠,江畔洲如月。何当载酒来,共醉重阳节。”此诗为怀人之作,作者登万山以望友人。全诗以登高相望的兴致来贯穿寄意,情随景生,情景交融,浑为一体。在山水刻画中传情达意,情飘逸而真挚,景清淡而优美,空灵生动,自然天成。

《山潭》:“垂钓坐磐石,水清心益闲。鱼行潭树下,猿挂岛萝间。游女昔解佩,传闻于此山。求之不可得,沿月棹歌还。”此诗写作者于万山潭垂钓之趣。周围景物清幽,水清鱼游,猿挂藤萝,充满神奇色彩的神女冶游传说,这一切都令作者心驰神往。置身其间,心静神闲,乐以忘忧,月下棹歌而返,自谓羲皇上人。

《春晓》:“春眠不觉晓,处处闻啼鸟。夜来风雨声,花落知多少。”全诗语言平易浅近,自然天成。言浅意浓,景真情真。读之如饮醇醪,不觉自醉。诗人情与境会,觅得大自然的真趣与神髓,实为天籁诗篇。

唐代皮日休在《郢州孟亭记》一文中称道他的乡贤孟氏说:“先

生之作，遇思入咏，不拘奇抉异，龌龊束人口者，涵涵然有干霄之兴，若公输氏当巧而不巧者也。”这可谓对孟诗“韵高”之的评。

四、版本源流

首为孟浩然诗编集的当数宜城王士源。《新唐书·艺文志》著录《孟浩然诗集》三卷，下云：“弟洗然、宜城王士源所次，皆三卷也。士源别为七类。”

开元二十八年(740年)孟氏病逝，天宝四载(745年)，宜城王士源搜集其诗，意在编纂。他在《孟浩然诗集序》中说：“浩然凡所属缀，就辄毁弃，无编录，常自叹为文不逮意也。流落既多，篇章散逸。乡里构采，不有其半，敷求四方，往往而获。既无他士为之传次，遂使海内衣冠缙绅，经襄阳思睹其文，盖有不备见而惜哉！今集其诗二百一十八首，别为七类，分上中下卷，诗或缺未成，而思清美，及他人酬赠，咸次而不弃也。”可见王氏所编当为孟氏诗集之祖本，虽然搜诗不全。

天宝九载(750年)，集贤院修撰韦滔得王氏此本，已是“书写不一，纸墨薄弱”，遂缮写整理，增其条目，送秘府收藏，“庶久而不泯，传芳无穷”。

至此以后，孟氏诗集经过历代增补传刻，流布甚广，但与原初之貌，差异较大。

我们今天所见到的最早刊本是宋蜀刻《孟浩然诗集》(简称宋本)，分上、中、下三卷，收诗二百一十一首，此本与王士源本相近。以后孟诗选本一般以宋本为准的。此本现藏国家图书馆，上海古籍出版社一九八二年曾据之影印，列入《宋蜀刻本唐人集丛刊》。

需要指出的是，孟诗之版本较为复杂，合计现存孟集以及各类唐诗总集、选集等，佟培基先生《孟浩然诗集笺注》一书列举有廿五种之多，徐鹏先生《孟浩然集校注》举有廿二种。此处对孟诗其他较为重要的版本，择要列举如下：

《孟浩然诗集》三卷《补遗》一卷，宋刘辰翁评点，明顾道洪参校，简称刘本。

《孟浩然集》三卷，明正德初铜活字印《唐五十家诗集》本，上海古籍出版社一九八一年曾影印，简称活字本。

《孟浩然诗集》二卷，宋刘辰翁、明李梦阳评，明凌濛初刻套印本，简称凌本。

《孟襄阳集》三卷，明毛晋汲古阁刊《五唐人集》本，简称毛本。

《孟浩然集》四卷，明嘉靖十六年屠倬、陈凤等刻王孟集本，简称嘉靖本。

《孟浩然诗》二卷，清《全唐诗》本，简称《全唐诗》。

《孟浩然集》四卷，江南图书馆藏明刊本，《四部丛刊初编》收入，简称丛刊本。

《文苑英华》，此书著录孟诗九十余首，中华书局一九六六年曾影印，简称英华本。

本次整理，仍以宋本为底本，参校刘本、活字本、凌本、嘉靖本、丛刊本、英华本等，按孟诗体裁进行编次。宋本未收之诗及残句，依据其余诸本或他书补入。特别要说明的是，本书的首要工作在于详注孟诗，以求读者之通解，因而本书详于注而略于校，仅列出部分对理解诗意有一定参考价值的异文。是书在写作过程中，参考了佟培基《孟浩然诗集笺注》、徐鹏《孟浩然集校注》、李景白《孟浩然诗集校注》以及其他学者的相关研究成果。在此谨对各位前辈学者致以深深的谢意！

本书写作时间持续三年又八个月。写作过程中，女儿李索曼不时从苏州购买并邮寄有关孟浩然之参考用书。我接到书后，阅读积累，以充实旧作。我电脑生疏，打字较慢，每当输入时，儿子李梦龙或大声朗读，或拿着书站在一旁，以方便我校对或敲击键盘。

在此也谢谢他们姐弟俩！

还有，特别要感谢的是崇文书局编辑郑小华同志，没有他的热情鼓励和大力支持，此书付梓，不知尚待何年月！

限于学识水平，资料匮乏等因素，书中错误之处在所难免，敬希读者批评指正。

李翔翥

二〇一八年三月于河南固始

凡　例

本书以宋本为底本，按孟诗体裁即五言古诗、七言古诗、五言排律、五言律诗、七言律诗、五言绝句、七言绝句进行编次，共分四卷；另有补遗部分，不分类，不分卷。合计收诗二百七十五首，残句三联。

本书按照“题解”“校注”“辑评”之体例编写。“题解”简要交代写作背景，阐释章旨。“校注”偏于注而略于校：校勘部分，仅列出部分对理解诗意有一定参考价值的异文，以供读者参照；注释部分，对于诗中的词语、典故、人名、地名，以及前人诗文等尽可能追本溯源，详细解释，也酌情串讲某些诗句。“辑评”选录古今名家对孟氏某首诗的评点，主要采择涉及作品艺术特点、思想内容及历史地位的评语。

本书另有附录部分，收录孟集序跋、史书志传以及唐人有关诗文等，以资参考。

目　录

前言 …………………………………………………………… 1
凡例 …………………………………………………………… 14

卷　一

五言古诗 …………………………………………………… 1
寻香山湛上人 ………………………………………………… 1
云门兰若与友人同游 ………………………………………… 4
宿天台桐柏观 ………………………………………………… 6
题终南翠微寺空上人房 ……………………………………… 8
初春汉中漾舟 ………………………………………………… 10
宿业师山房待丁公不至 ……………………………………… 12
耶溪泛舟 ……………………………………………………… 14
彭蠡湖中望庐山 ……………………………………………… 15
题鹿门山 ……………………………………………………… 18
题明禅师西山兰若 …………………………………………… 20
听郑五愔弹琴 ………………………………………………… 22
疾愈过龙泉精舍呈易业二公 ………………………………… 23
湖中旅泊寄阎防 ……………………………………………… 25
大堤行寄黄七 ………………………………………………… 27
还山诒湛法师 ………………………………………………… 28

秋登万山寄张五 …… 31
登江中孤屿话白云先生 …… 33
晚春卧病寄张八 …… 34
书怀贻京邑同好 …… 36
游云门寺寄越府包户曹徐起居 …… 39
示孟郊 …… 41
山中逢道士云公 …… 42
岁暮海上作 …… 45
越中逢天台太一子 …… 46
自浔阳泛舟经明海 …… 48
早发渔浦潭 …… 50
经七里滩 …… 52
南归阻雪 …… 54
将适天台留别临安李主簿 …… 56
适越留别谯县张主簿申少府 …… 58
送从弟邕下第后寻会稽 …… 60
送辛大不及 …… 61
江上别流人 …… 63
洗然弟竹亭 …… 64
夜登孔伯昭南楼时沈太清朱昇在座 …… 65
宴包二融宅 …… 67
岘山作 …… 69
齿坐呈山南诸隐 …… 71
与王昌龄宴王十一 …… 72
襄阳公宅饮 …… 74
同张明府清镜叹 …… 77
夏日南亭怀辛大 …… 78

秋宵月下有怀 …… 79
仲夏归汉南园寄京邑旧游 …… 80
家园卧疾毕太祝曜见寻 …… 83
田家元日 …… 85
晚泊浔阳望庐山 …… 86
山潭 …… 88
入峡寄舍弟 …… 90
宿杨子津寄润州长山刘隐士 …… 92
送丁大凤进士举 …… 93
送吴悦游韶阳 …… 94
送陈七赴西军 …… 96
田园作 …… 97
从张丞相游纪南城猎戏赠裴迥张参军 …… 99
登望楚山最高顶 …… 101
樵采作 …… 102
早梅 …… 104
涧南即事贻皎上人 …… 105
白云先生王迥见访 …… 106
与黄侍御北津泛舟 …… 107
题长安主人壁 …… 109
庭橘 …… 111

卷　二

七言古诗 …… 113
夜归鹿门寺 …… 113
和卢明府送郑十三还京兼寄之什 …… 114
送王七尉松滋得阳台云 …… 116

鹦鹉洲送王九之江左 …………………………………………… 117
高阳池送朱二 ……………………………………………………… 119
五言排律 ……………………………………………………………… 122
西山寻辛谔 ………………………………………………………… 122
冬至后过吴张二子檀溪别业 ……………………………………… 123
陪张丞相自松滋江东泊渚宫 ……………………………………… 126
陪卢明府泛舟回作 ………………………………………………… 128
陪张丞相祠紫盖山述经玉泉寺 …………………………………… 130
腊八日于剡县石城寺礼拜 ………………………………………… 133
同独孤使君东斋作 ………………………………………………… 134
岘山送张去非游巴东 ……………………………………………… 136
宴张记室宅 ………………………………………………………… 137
登龙兴寺阁 ………………………………………………………… 138
登总持浮图 ………………………………………………………… 140
与崔二十一游镜湖寄包贺 ………………………………………… 142
本阇黎新亭作 ……………………………………………………… 143
长安早春 …………………………………………………………… 145
答秦中苦雨思归而袁左丞贺侍郎 ………………………………… 146
陪张丞相登荆城楼同寄荆州张史君 ……………………………… 148
荆门上张丞相 ……………………………………………………… 150
和宋大使北楼新亭 ………………………………………………… 152
夜泊宣城界 ………………………………………………………… 154
奉先张明府休沐还乡海亭宴集探得阶字 ………………………… 155
同张明府碧溪答 …………………………………………………… 156
赠萧少府 …………………………………………………………… 158
同王九题就师山房 ………………………………………………… 160
上张吏部 …………………………………………………………… 161

和张判官登万山亭因赠洪府都曹韩 …………………………… 163
下赣石 ………………………………………………………… 165
行出竹东山望汉川 ……………………………………………… 167
久滞越中贻谢甫池会稽贺少府 …………………………………… 169
送韩使君除洪州都曹韩公父尝为襄州使 ………………………… 170
卢明府九日宴袁使君张郎中崔员外 ……………………………… 172
宴崔明府宅夜观妓 ……………………………………………… 174
韩大使东斋会岳上人诸学士 …………………………………… 175
初年乐城馆中卧疾怀归作 ……………………………………… 177
上巳日涧南园期王山人陈七诸公不至 …………………………… 178
送莫氏外生兼诸昆季从马入西军 ……………………………… 180
岘山送萧员外之荆州 …………………………………………… 182
送昌龄王君之岭南 ……………………………………………… 183

卷　三

五言律诗 ………………………………………………………… 185
与诸子登岘山 …………………………………………………… 185
岳阳楼 …………………………………………………………… 187
晚春 ……………………………………………………………… 189
岁晚归南山 ……………………………………………………… 191
梅道士水亭 ……………………………………………………… 193
闲园怀苏子 ……………………………………………………… 194
留别王侍御 ……………………………………………………… 195
武陵泛舟 ………………………………………………………… 197
同曹三御史泛湖归越 …………………………………………… 198
游景空寺兰若 …………………………………………………… 199
陪张丞相登嵩阳楼 ……………………………………………… 201

与颜钱塘登樟楼望潮作 …… 202
题大禹义公房 …… 204
寻白鹤岩张子容颜处士 …… 205
九日得新字 …… 206
除夜乐城逢张少府作 …… 208
舟中晚望 …… 209
游精思观回王白云在后 …… 210
与杭州薛司户登樟亭楼作 …… 211
寻天台山 …… 213
宿立公房 …… 214
寻陈逸人故居 …… 215
姚开府山池 …… 217
夏日浮舟过张逸人别业 …… 218
夏日辨玉法师茅斋 …… 219
与张折冲游耆阇寺 …… 220
与白明府游江 …… 221
游精思题观主山房 …… 222
寻梅道士张逸人 …… 223
陪姚使君题惠上人房 …… 225
春晚题永上人南亭 …… 226
人日登南阳驿门亭子怀汉川诸友 …… 227
游凤林寺西岭 …… 228
陪独孤使君同与萧员外登万山亭 …… 229
赠道士参廖 …… 230
京还赠张淮 …… 231
题李十四庄兼赠綦毋校书 …… 233
寄是正字 …… 234

秋登张明府海亭 …………………………………… 235
题融公兰若 ………………………………………… 236
九日于龙沙作寄刘 ………………………………… 238
洞庭湖寄阎九 ……………………………………… 239
秋日陪李侍御渡松滋江 …………………………… 240
秦中感秋寄远上人 ………………………………… 241
爰州李少府见赠 …………………………………… 243
宿永嘉江寄山阴崔少府国辅 ……………………… 244
上巳日洛中寄黄九 ………………………………… 245
闻裴侍御朏自襄州司户除豫州以投寄 …………… 247
江上寄山阴崔少府国辅 …………………………… 248
寄弟声 ……………………………………………… 249
夜泊庐江闻故人在东林寺以诗寄之 ……………… 250
宿庐江寄广陵旧游 ………………………………… 252
南还舟中寄袁太祝 ………………………………… 253
东陂遇雨率尔贻谢甫池 …………………………… 254
行至汝坟寄卢征君 ………………………………… 256
寄天台道士 ………………………………………… 257
和张明府登鹿门山 ………………………………… 258
和张二自穰县还途中遇雪 ………………………… 259
岁除夜会乐城张少府宅 …………………………… 260
自洛之越 …………………………………………… 261
归至郢中 …………………………………………… 262
途中遇晴 …………………………………………… 263
夕次蔡阳馆 ………………………………………… 264
他乡七夕 …………………………………………… 265
夜泊牛渚趁钱八不及 ……………………………… 266

晚入南山 …… 267
夜渡湘水 …… 268
赴京途中遇雪 …… 270
宿武阳川 …… 271
同卢明府饯张郎中除义王府司马就张海园作 …… 272
途次 …… 273
永嘉上浦馆送张子容 …… 274
送张子容进士举 …… 276
送张参明经举兼向泾川觐省 …… 278
溯江至武昌 …… 279
唐城馆中早发寄杨使君 …… 281
陪柏台友共访聪上人禅居 …… 281
和张丞相春朝对雪 …… 282

卷　四

五言律诗 …… 285
送王宣从军 …… 285
送张祥之房陵 …… 286
送桓子之郢城礼 …… 287
早春润州送从弟还乡 …… 288
送告八从军 …… 289
送元公之鄂渚寻观主 …… 291
岘亭饯房琯崔宗之 …… 292
送王吾昆季省觐 …… 293
送崔遏 …… 294
送卢少府使入秦 …… 295
送谢录事之越 …… 296

洛下送奚三还扬州 …………………………………… 297
送袁十三南寻舍弟 …………………………………… 298
永嘉别张子容 ………………………………………… 299
送袁太祝尉豫章 ……………………………………… 300
都中送辛大 …………………………………………… 301
送席大 ………………………………………………… 303
送贾昇主簿之荆府 …………………………………… 304
送王大校书 …………………………………………… 305
游江西上留别富阳裴刘二少府 ……………………… 306
东京留别诸公 ………………………………………… 307
广陵别薛八 …………………………………………… 308
临涣裴明府席遇张十一房六 ………………………… 309
卢明府早秋宴张郎中海园即事得秋字 ……………… 310
同卢明府早秋宴张郎中海亭 ………………………… 311
崔明府宅夜观妓 ……………………………………… 313
宴荣山人池亭 ………………………………………… 314
夏日与崔二十一同集卫明府席 ……………………… 315
清明日宴梅道士房 …………………………………… 316
寒食张明府宅宴 ……………………………………… 318
和贾主簿弁九日登岘山 ……………………………… 319
宴张别驾新斋 ………………………………………… 320
李氏园卧疾 …………………………………………… 321
过故人庄 ……………………………………………… 322
途中九日怀襄阳 ……………………………………… 324
初出关怀王大校书 …………………………………… 325
李少府与杨九再来 …………………………………… 327
寻张五回夜于园作 …………………………………… 328

张七及辛大见寻南亭醉作 …… 329
忆张野人 …… 330
过景空寺故融公兰若 …… 331
早寒江上有怀 …… 333
南山与卜老圃种瓜 …… 334
裴司士员司户见寻 …… 335
岁除夜有怀 …… 337
伤岘山云表观主 …… 338
赋得盈盈楼上女 …… 339
春意 …… 340
闺情 …… 341
寒夜 …… 342
美人分香 …… 343
七言律诗 …… 345
登安阳城楼 …… 345
除夜有怀 …… 346
登万岁楼 …… 347
春情 …… 349
五言绝句 …… 351
建德江宿 …… 351
春晚绝句 …… 352
送朱大入秦 …… 353
送友人之京 …… 354
初下浙江舟中口号 …… 355
醉后赠马四 …… 356
檀溪寻故人 …… 357
同张将蓟门看灯 …… 357

登岘亭寄晋陵张少府 …… 358
赠王九 …… 359
同储十二洛阳道 …… 360
寻菊花潭主人不遇 …… 361
张郎中梅园作 …… 361
问舟子 …… 362
杨子津望京口 …… 363
北涧浮舟 …… 364
洛中访袁拾遗不遇 …… 364
送张郎中迁京 …… 365
戏题 …… 366
七言绝句 …… 367
过融上人兰若 …… 367
凉州词二首 …… 367
送新安张少府归秦中 …… 369
济江问舟人 …… 370
送杜十四 …… 371

补　遗

初秋 …… 372
长乐宫 …… 372
渡杨子江 …… 374
送张舍人往江东 …… 375
清明即事 …… 376
题梧州陈司马山斋 …… 377
寻裴处士 …… 378
咏青 …… 380

送邢台州济 …… 381
赠衡山麋明府 …… 382
独宿岘首忆长安故人 …… 383
献襄阳于大夫 …… 384
句 …… 385

附　录

孟浩然诗集序 …… 387
重序 …… 388
旧唐书·孟浩然传 …… 388
新唐书·孟浩然传 …… 389
唐才子传·孟浩然 …… 389
送孟六入蜀序 …… 390
郢州孟亭记 …… 391
《全唐诗》中所见与孟浩然有关之诗 …… 392

后记 …… 399

卷一

五言古诗

寻香山湛上人①

朝游访名山，山远在空翠②。
氛氲亘百里，日入行始至③。
杖策寻故人，解鞍暂停骑④。
石门殊豁险，篁径转深邃⑤。
法侣欣相逢，清谈晓不寐⑥。
平生慕真隐，累日求灵异⑦。
野老朝入云，山僧暮归寺⑧。
松泉多逸响，苔壁饶古意⑨。
谷口闻钟声，林端识香气⑩。
愿言投此山，身世两相弃⑪。

【题解】

此诗为游山访友之作。作者崇尚佛道，上香山寻找内有德智、外有胜行的湛上人。诗人从早上出发，一直走到日落，方登上香山。并记下了沿途的见闻，诸如奇峰篁径、野老山僧、寺钟庙香、逸响古意等，而这一切正是作者“平生”“累日”之所慕求。

【校注】

①香山：在今湖北省京山市北，地处襄阳东南。一说在今河南省洛阳市南。湛上人：宋本作“堪上人”，据活字本、凌本、嘉靖本、丛刊本、英华本改。名迹未详。上人，《释氏要览·称谓》引古师云：“内有德智，外有胜行，

在人之上，名上人。”自南朝宋以后，多用作对和尚的尊称。《南史·宋纪上》：“尝游京口竹林寺，独卧讲堂前，上有五色龙章，众僧见之，惊以白帝，帝独喜曰：‘上人无妄言。’”

②空翠：指映在天空中的青翠山色。南朝宋谢灵运《过白岸亭》：“空翠难强名，渔钓易为曲。”南朝陈陈叔宝《五言同管记陆瑜九日观马射》：“歇雾含空翠，新花湿露黄。”

③氛氲：英华本作“气氲”。三种说法皆可。其一，盛貌。南朝宋谢惠连《雪赋》：“霰淅沥而先集，雪纷糅而遂多，其为状也，散漫交错，氛氲萧索。”唐李善注引汉王逸《楚辞注》：“氛氲，盛貌。”其二，云雾朦胧貌。南朝宋鲍照《冬日》：“烟霾有氛氲，精光无明异。”唐王维《山行遇雨》：“骤雨昼氛氲，空天望不分。”其三，指浓郁的烟气或香气。南朝梁沈约《咏竹火笼》：“覆持鸳鸯被，白鹤吐氛氲。”唐无可《兰》：“兰色结春光，氛氲掩众芳。”亘：绵延不绝。

④杖策：执马鞭。谓策马而行。《后汉书·邓禹传》：“及闻光武安集河北，即杖策北渡，追及于邺。”唐魏徵《述怀》：“杖策谒天子，驱马出关门。”解鞍：解下马鞍。表示停驻。《史记·李将军列传》：“广令诸骑曰：‘前！’前未到匈奴陈二里所，止，令曰：‘皆下马解鞍！’”南朝宋颜延之《秋胡诗》之三：“严驾越风寒，解鞍犯霜露。”

⑤石门：指两峰左右对峙若门。豁险：宋本作“豁阴”，据活字本、凌本、嘉靖本、丛刊本、英华本改。深邃险要。晋左思《蜀都赋》：“峻岨塍埒长城，豁险吞若巨防。”晋刘逵注：“豁，深貌也。”南朝梁徐悱《古意酬到长史溉登琅邪城》：“此江称豁险，兹山复郁盘。”篁径：竹林间小路。篁，竹丛；竹林。南朝宋谢庄《月赋》：“若乃凉夜自凄，风篁成韵。”唐李善注：“篁，竹丛生也。”

⑥法侣：尊奉佛法之徒侣，犹僧侣或道友。南朝梁武帝《金刚般若忏文》：“恒沙众生，皆为法侣。”《南史·孙玚传》：“时兴皇寺慧朗法师该通释典，玚每造讲筵，时有抗论，法侣莫不倾心。”清谈：祖述老庄，妙谈玄言。魏晋时期崇尚老庄，空谈玄理的风气，亦称玄谈。清谈重心集中在有无、本末之辨。始于三国魏何晏、夏侯玄、王弼等，至晋王衍辈而益盛，延及齐梁不

衰。三国魏应璩《与侍郎曹长思书》:“幸有袁生,时步玉趾,樵苏不爨,清谈而已。”《晋书·隐逸传·鲁褒》:“京邑衣冠,疲劳讲肆;厌闻清谈,对之睡寐。”

⑦真隐:真正的隐居之士。北周庾信《和王少保遥伤周处士》:“望气求真隐,伺关待逸民。”灵异:三种说法皆可。其一,神灵,神仙。南朝齐谢朓《游敬亭山》:“隐沦既已托,灵异居然栖。”唐李周翰注:“灵异,灵仙也。”其二,神奇怪异。《西京杂记》卷一:“长安巧工丁缓者……作九层博山香炉,镂为奇禽怪兽,穷诸灵异,皆自然运动。”其三,指神奇怪异之事物。唐孟郊《登华严寺楼望终南山赠林校书兄弟》:“前山胎元气,灵异生不穷。势吞万象高,秀夺五岳雄。”

⑧野老:村野老人。南朝梁丘迟《旦发渔浦潭》:“村童忽相聚,野老时一望。”唐杜甫《哀江头》:“少陵野老吞声哭,春日潜行曲江曲。”

⑨逸响:指奔放的乐音。《古诗十九首·今日良宴会》:“弹筝奋逸响,新声妙入神。”南朝梁刘勰《文心雕龙·隐秀》:“动心惊耳,逸响笙匏。”苔壁:苔藓丛生的岩壁。

⑩“谷口”二句:刘本、活字本、凌本、嘉靖本、丛刊本、英华本皆在“日入”句下。

⑪愿言:殷切思念。言,语气词。《诗·卫风·伯兮》:“愿言思伯,甘心首疾。”“身世”句:南朝宋鲍照《咏史》:“君平独寂寞,身世两相弃。”唐李善注:“言身弃世而不仕,世弃身而不任。”

【辑评】

刘辰翁《孟浩然诗集》评点:“幽致正在里许。”

唐汝询《汇编唐诗十集》引吴亮之曰:“有绝尘之想,其淡处,非人力所能学。”

张谦宜《絸斋诗谈》:“《寻香山湛上人》真味性灵在字句外,古诗正派。”

云门兰若与友人同游①

谓予游迷方，逢子亦在野②。
结交指松柏，问法寻兰若。
小溪劣容舟，石怪屡惊马③。
所居最幽绝，所住皆静者④。
云簇兴座隅，天空落阶下⑤。
上人亦何闻，尘念俱已舍⑥。
四禅合真如，一切是虚假⑦。
愿承甘露润，憙得惠风洒⑧。
依此托山门，谁知效丘也⑨。

【题解】

此诗写诗人同友人问法寻幽。诗人仕途失意，探幽寻胜，顿生从佛弃儒之念。

【校注】

①诗题：活字本、嘉靖本、丛刊本作“云门寺西六七里闻符公兰若最幽与薛八同往”，英华本同，但末二字作“同造”。凌本作“同薛八往符公兰若”。薛八：名迹未详。可能也是一位政治失意而到处云游之文士。云门：山名。在浙江绍兴南。亦名东山，山有云门寺。南朝梁处士何胤曾居于此。《梁书·文学传下·王籍》：“（王籍）除轻车湘东王谘议参军，随府会稽。郡境有云门、天柱山，籍尝游之，或累月不反。”宋方岳《水调歌头·寿赵文昌》：“胸有云门禹穴，笔有禊亭晋帖，风露洗脾肝。秋入紫宸殿，磨玉写琅玕。”兰若：指寺院。梵语“阿兰若”的省称。意为寂净无苦恼烦乱之处。唐杜甫《谒真谛寺禅师》：“兰若山高处，烟霞嶂几重。”

②迷方：本指迷失方向。此为佛教语，指令人迷惑的境界，迷津。南

朝宋鲍照《拟古八首》:“南国有儒生,迷方独沦误。”唐李白《秋日登扬州西灵塔》:“玉毫如可见,于此照迷方。”方,指儒家之“道”,即痴迷儒家。在野:《书·大禹谟》:“君子在野,小人在位。”《孟子·万章下》:“在国曰市井之臣,在野曰草莽之臣,皆谓庶人。”本谓庶民处于乡野,后用以称不居官当政,与“在朝”“在位”相对。唐杜甫《甘林》:“经过倦俗态,在野无所违。”

③劣:仅;刚。《宋书·刘德愿传》:“德愿善御车,尝立两柱,使其中劣通车轴,乃于百余步上振辔长驱,未至数尺,打牛奔,从柱间直过,其精如此。”唐吴融《败帘六韵》:“伴灯微掩梦,兼扇劣遮羞。”

④所佳:活字本、凌本、嘉靖本、丛刊本作“所住”。英华本作“所往”。静者:弃绝尘念,潜心修行的僧人。南朝宋谢灵运《过始宁墅》:“拙疾相倚薄,还得静者便。”

⑤“云蔟”二句:嘉靖本、丛刊本、英华本作“密篠夹路傍,清泉流舍下”。蔟:丛聚;堆积。唐白居易《游悟真寺》:“野绿蔟草树,眼界吞秦原。”座隅:座位的旁边。南朝宋颜延之《秋胡诗》:“岁暮临空房,凉风起座隅。”唐元结《系谟》:“公之所述,真王者之谟,必当篆刻,置之座隅。”

⑥尘念:佛家指人世之俗念。唐黄滔《题山居逸人》:“世人谁到此,尘念自应忘。”

⑦四禅:即四禅定。佛家修炼的四种境界。达到第四种境界能弃绝俗念,彻底清净。真如:佛家指不受外界干扰,内心平静的境界。

⑧甘露:佛教语。梵语的意译,喻佛法、涅槃等。《法华经·药草喻品》:“为大众说甘露净法。”南朝梁沈约《和王卫军解讲》:“甘露为谁演,得一标道心。”憙:同“喜”。喜悦。《荀子·尧问》:“楚庄王以忧,而君以憙!”《史记·高祖本纪》:“诸所过毋得掠卤,秦人憙,秦军解,因大破之。”惠风:和风。三国魏嵇康《琴赋》:“清露润其肤,惠风流其间。”此用以比喻仁爱、仁政。汉张衡《东京赋》:“惠风广被,泽洎幽荒。”晋干宝《搜神记》卷十一:“(王业)在州七年,惠风大行,苛慝不作,山无豺狼。”

⑨山门:寺庙大门,此指佛寺。唐李华《云母泉》:“山门开古寺,石窦含纯精。”丘:指孔子。此句说不能再效法孔子,即弃儒家而就佛家。

【辑评】

刘辰翁《孟浩然诗集》评点:"末句'也'字似散语,甚奇。"

王昌会《诗话类编》:"襄阳诗'所居最幽绝,所住皆静者''依此托山门,谁知效丘也',亦潇洒可喜。"

宿天台桐柏观①

海行信风帆,夕宿逗云岛②。
缅寻沧洲趣,近爱赤松好③。
扪萝亦践苔,辍棹恣探讨④。
息阴憩桐柏,采秀弄芝草⑤。
鹤唳清露垂,鸡鸣信潮早⑥。
愿言解缨路,从此无烦恼⑦。
高步陵四明,玄踪得二老⑧。
纷吾远游意,乐彼长生道⑨。
日夕望三山,云涛空浩浩⑩。

【题解】

此诗为游仙之作。作者宿道观,采灵芝,听鹤唳,闻鸡鸣,观早潮,希冀遇见仙人,摆脱羁绊,学其长生之道。表达了对仕途的厌倦,对隐逸生活的追慕。

【校注】

①天台:山名。在浙江天台县北。南朝梁陶弘景《真诰》:"(山)当斗牛之分,上应台宿,故名天台。"晋支遁《天台山铭序》:"剡县东南有天台山。"山势从东北向西南延伸,由赤城、瀑布、佛陇、香炉、华顶、桐柏诸山组成。主峰华顶多悬崖、峭壁、飞瀑等名胜。为甬江、曹娥江和灵江的分水岭。道

教曾以天台为南岳衡山之佐理，佛教天台宗亦发源于此。相传汉刘晨、阮肇入此山采药遇仙。桐柏观：即桐柏宫。在天台山脉之桐柏山上，唐睿宗时司马承祯所建。观，道教之庙宇。

②信：听任。《荀子·哀公》："故明主任计不信怒，暗主信怒不任计。"北齐颜之推《颜氏家训·涉务》："至今八九世，未有力田，悉资俸禄而食耳。假令有者，皆信僮仆为之。"逗：停留。汉张衡《思玄赋》："乱弱水之潺湲兮，逗华阴之湍渚。"南朝梁江淹《杂体诗·效谢庄〈郊游〉》："肃舲出郊际，徙乐逗江阴。"

③缅寻：思念追怀。沧洲：滨水的地方。古时常用以称隐士的居处。三国魏阮籍《为郑冲劝晋王笺》："然后临沧洲而谢支伯，登箕山以揖许由。"唐杜甫《曲江对酒》："吏情更觉沧洲远，老大悲伤未拂衣。"赤松：活字本、凌本、嘉靖本、丛刊本、英华本作"赤城"，当从。赤城，山名，在今浙江天台，为东南名山。南朝宋孔灵符《会稽记》："赤城，山名，色皆赤，状似云霞。"

④扪萝：攀援葛藤。南朝梁范云《送沈记室夜别》："扪萝正忆我，折桂方思君。"唐宋之问《灵隐寺》："扪萝登塔远，刳木取泉遥。"辍棹：停船。棹，船桨。《楚辞·九歌·湘君》："桂棹兮兰枻，斫冰兮积雪。"此借指船。恣探讨：尽情赏玩。恣，满足；尽情。探讨，活字本、凌本、英华本作"穷讨"，丛刊本作"探计"。谓探幽寻胜。《太平广记》卷二〇四引唐谷神子《博异志·吕乡筠》："每遇好山水，无不维舟探讨，吹笛而去。"

⑤息阴：即息影，憩息于山、树阴影之中。南朝宋谢灵运《道路忆山中》："濯流激浮湍，息阴倚密竿。"采秀：采灵芝。秀，指灵芝。战国屈原《楚辞·九歌·山鬼》："采三秀兮于山间，石磊磊兮葛蔓蔓。"汉王逸注："三秀，谓芝草也。"

⑥鹤唳：鹤鸣。汉王充《论衡·变动》："夜及半而鹤唳，晨将旦而鸡鸣。"清露：洁净的露水。汉张衡《西京赋》："立修茎之仙掌，承云表之清露。"信潮：定期而来的潮水。唐崔道融《江夕》："江心秋月白，起柁信潮行。"

⑦解缨路：路，活字本、凌本、嘉靖本、丛刊本作"绂"，英华本作"络"，当从"络"。解缨络，言将脱去俗理羁绊，长居此山，永绝俗世之烦恼。缨络，

用珠玉串成的装饰物，多用作颈饰，比喻世俗的束缚。晋孙绰《游天台山赋序》："方解缨络，永托兹岭，不任吟想之至，聊奋藻以散怀。"唐李善注："缨络，以喻世网也。"

⑧高步：犹高蹈，指隐居。晋左思《咏史诗八首》之五："被褐出阊阖，高步追许由。"唐刘长卿《颍川留别司仓李万》："想君畴昔高步时，肯料如今折腰事。"四明：山名。在浙江省宁波市西南。自天台山发脉，绵亘于奉化、慈溪、余姚、上虞、嵊州等地。道书以为第九洞天，又名丹山赤水洞天。凡二百八十二峰。相传群峰之中，上有方石，四面如窗，中通日月星辰之光，故称四明山。二老：老子，老莱子。晋孙绰《游天台山赋》："追羲农之绝轨，蹑二老之玄踪。"唐李善注："二老，老子老莱子也。"

⑨纷：心绪乱。汉班彪《北征赋》："纷吾去此旧都兮，騑迟迟以历兹。"远游：谓到远方游历。《论语·里仁》："子曰：'父母在，不远游。游必有方。'"《楚辞·远游》："悲时俗之迫厄兮，愿轻举而远游。"

⑩三山：传说中的海上三神山。晋王嘉《拾遗记·高辛》："三壶，则海中三山也。一曰方壶，则方丈也；二曰蓬壶，则蓬莱也；三曰瀛壶，则瀛洲也。"唐骆宾王《代女道士王灵妃赠道士李荣》："玄都五府风尘绝，碧海三山波浪深。"云涛：翻滚如波涛的云。宋苏轼《武昌西山》："归来解剑亭前路，苍崖半入云涛堆。"元倪瓒《为文举画泖山图因题》："兴尽泠然去，云涛起壑松。"浩浩：水盛大貌。《书·尧典》："汤汤洪水方割，荡荡怀山襄陵，浩浩滔天。"孔传："浩浩，盛大若漫天。"南朝宋鲍照《梦还乡》："白水漫浩浩，高山壮巍巍。"

【辑评】

黄培芳《唐贤三昧集》评点："笔底灏瀚。"

题终南翠微寺空上人房①

翠微终南里，雨后宜返照②。
闭关久沉冥，杖策一登眺③。
遂造幽人室，始知静者妙④。

儒道虽异门，云林颇同调[⑤]。
两心相喜得，毕景共谈笑[⑥]。
瞑还高窗昏，时见远山晓。
缅怀赤城标，更忆临海峤[⑦]。
风泉有清音，何必苏门啸[⑧]。

【题解】

此诗作于旅居长安之时。作者出游终南山，造访翠微寺空上人房。赞叹上人高雅，居处幽美。二人相见甚得，欢谈至夕，以致宿于寺中，所见多有所感。

【校注】

①诗题：活字本、凌本、嘉靖本、丛刊本作“宿终南翠微寺”。终南：山名，亦称南山，属秦岭山脉，在今陕西省西安市南。《汉书·东方朔传》：“夫南山，天下之阻也。南有江、淮，北有河、渭，其地从汧陇以东，商雒以西，厥壤肥饶。”翠微寺：佛寺名，在终南山，即贞观时的翠微宫。唐太宗曾避暑于此，后废为寺。

②这两句说雨后返照之中的翠微寺景色极佳。返照：夕阳，落日。唐骆宾王《夏日游山家同夏少府》：“返照下层岑，物外狎招寻。”

③这两句说长久闭门不出，销声匿迹，今日始扶杖登高远眺。闭关：闭门谢客，断绝往来。指不为尘事所扰。南朝宋颜延之《五君咏·刘参军》：“刘伶善闭关，怀情灭闻见。”沉冥：犹幽冥。佛家语，沉于生死，冥于无明。《楞严经》：“引诸沉冥，出于苦海。”

④造：到；去。《周礼·地官·司门》：“凡四方之宾客造焉，则以告。”汉郑玄注：“造，犹至也。”幽人：隐逸之人，隐士。《易·履》：“履道坦坦，幽人贞吉。”唐孔颖达疏：“幽人贞吉者，既无险难，故在幽隐之人守正得吉。”

⑤这两句说自己和空上人，一儒一释，道门不同，但爱好自然，心向隐居的志趣是相同的。儒道：儒，指儒家。道，此指佛家。云林：云水山林，指

隐居之所。同调：志趣相同。南朝宋谢灵运《七里濑》："谁谓古今殊，异代可同调。"

⑥这两句说彼此情投意合，一直谈笑到日暮。相喜得：活字本、凌本、嘉靖本、丛刊本作"喜相得"。相得，彼此投合。《史记·魏其武安侯列传》："相得欢甚，无厌，恨相知晚也。"毕景：日影已尽。指入暮。毕，尽。景，日光。晋王嘉《拾遗记·前汉下》："（昭帝）乃命以文梓为船……随风轻漾，毕景忘归，乃至通夜。"齐治平注："毕景，日影已尽，谓日暮也。"唐杜甫《陪章留后惠义寺饯嘉州崔都督赴州》："出尘閟轨躅，毕景遗炎蒸。"清仇兆鳌注："毕景，谓尽一日之影。"

⑦这两句说因眼前所见而远思前人诗赋中所写到的越地名山。缅怀：遥想；追念。晋陶渊明《扇上画赞》："缅怀千载，托契孤游。"临海峤：临海，郡名。在今浙江省临海市。峤：本指高而锐的山。泛指高山或山岭。《尔雅·释山》："（山）锐而高，峤。"宋邢昺疏："言山形鑯峻而高者名峤。"南朝宋颜延之《和谢监灵运》："跂予间衡峤，曷月瞻秦稽。"

⑧这两句说风吹泉流发出清泠的声音。风泉：风和泉水。北周庾信《终南山义谷铭》："松桂危悬，风泉虚韵。"清音：清越的声音。晋左思《招隐诗二首》之一："非必丝与竹，山水有清音。"苏门啸：苏门山亦名石门山，在今河南省辉县市西北。《晋书·阮籍传》："籍尝于苏门山遇孙登，与商略终古及栖神道气之术，登皆不应。籍因长啸而退。至半岭，闻有声若鸾凤之音，响乎岩谷，乃登之啸也。"

【辑评】

刘辰翁《孟浩然诗集》评点："不必刻深，怀抱如洗。"

初春汉中漾舟①

漾舟逗何处，神女汉皋曲②。

雪罢冰复开，春潭千丈渌③。

轻舟恣来往，探玩无厌足[④]。
波影摇妓钗，沙光逐人目[⑤]。
倾杯鱼鸟醉，得句烟花续[⑥]。
良会难再逢，日入须秉烛[⑦]。

【题解】

此诗写泛舟赏景饮酒之乐，同时引入历史传说，引人遐思迩想。最后以秉烛夜游之想，衬托日间汉水泛舟之成功。

【校注】

①汉中：汉水中，此指汉水襄阳段。漾舟：泛舟。南朝宋谢惠连《西陵遇风献康乐》："成装候良辰，漾舟陶嘉月。"唐李周翰注："漾舟，泛舟也。"

②漾舟逗何处：活字本、凌本、嘉靖本、丛刊本作"羊公岘山下"。"神女"句：指郑交甫在汉皋山遇神女事。汉皋：山名。在湖北襄阳西北。相传周郑交甫于汉皋台下遇二女，二女解佩相赠。汉张衡《南都赋》："耕父扬光于清泠之渊，游女弄珠于汉皋之曲。"唐李善注引《韩诗外传》曰："郑交甫将南适楚，遵彼汉皋台下，乃遇二女，佩两珠，大如荆鸡之卵。"唐陆龟蒙《读〈襄阳耆旧传〉因作五百言寄皮袭美》："汉皋古来雄，山水天下秀。"曲：弯曲的地方。《诗·魏风·汾沮洳》："彼汾一曲，言采其藚。"宋朱熹集传："一曲，谓水曲流处。"

③渌：水清澈。汉张衡《东京赋》："渌水澹澹。"唐柳宗元《田家》："蓼花被堤岸，陂水寒更渌。"

④"轻舟"二句：宋本无，据活字本、凌本、嘉靖本、丛刊本补。

⑤"波影"二句：宋本原在"得句"句之后，且"妓"作"伎"，"逐"作"动"，据活字本、凌本、嘉靖本、丛刊本改。钗：旧时妇女的首饰。汉司马相如《美人赋》："玉钗挂臣冠，罗袖拂臣衣。"三国魏曹植《美女篇》："头上金爵钗，腰佩翠琅玕。"沙光：沙滩上的反光。

⑥这两句说游赏之乐。倾杯饮酒，游鱼飞鸟为之陶醉；联句作诗，莺语花开为之赓续。人与自然和谐统一，物我两忘。倾杯：倾倒杯，指饮酒。晋

陶渊明《乞食》："谈谐终日夕，觞至辄倾杯。"唐杜甫《又观打鱼》："东津观鱼已再来，主人罢鲙还倾杯。"得句：活字本、凌本、嘉靖本、丛刊本作"联句"。谓诗人觅得佳句。唐周贺《上陕府姚中丞》："成家尽是经纶后，得句应多谏诤余。"宋陆游《晴甫一日复大风雨连日不止遣怀》："得句已无前辈赏，开编时与古人游。"烟花：活字本、凌本、嘉靖本、丛刊本作"莺花"。泛指绮丽的春景。唐李白《黄鹤楼送孟浩然之广陵》："故人西辞黄鹤楼，烟花三月下扬州。"唐杜甫《清明二首》之二："秦城楼阁烟花里，汉主山河锦绣中。"

⑦"良会"二句：宋本无，据活字本、凌本、嘉靖本、丛刊本补。良会：美好的聚会。三国魏曹植《洛神赋》："悼良会之永绝兮，哀一逝而异乡。"唐杜甫《送高司直寻封阆州》："良会苦短促，溪行水奔注。"日入：太阳落下去。《穀梁传·庄公七年》："日入至于星出，谓之昔。"汉王充《论衡·说日》："平旦，日入光销，故视大也。"秉烛：谓持烛以照明。《古诗十九首·生年不满百》："昼短苦夜长，何不秉烛游。"宋梅尧臣《送道损司门》："朝看不足暮秉烛，何暇更寻桃与杏。"

【辑评】

刘辰翁《孟浩然诗集》评点："此虽清事，微近俗意，知此可以语此。"

宿业师山房待丁公不至①

夕阳度西岭，群壑倏已暝②。
松月生夜凉，风泉满清听③。
樵人归欲尽，烟鸟栖初定④。
之子期宿来，孤琴候萝径⑤。

【题解】

此诗先写月上时凉爽而幽美的环境，烘托出欲与知音共此良宵的心情，最后流露出久待丁大不至的惆怅，以及对他的盼望之情。

【校注】

①诗题:凌本、嘉靖本、丛刊本作“宿来公山房期丁大不至”,英华本同,但“来公”作“莱师”。业师:即业禅师的简称。禅师、上人都是对和尚的尊称。山房:山中僧人屋舍。丁公:丁大,名凤。开元间乡贡进士,孟浩然友人。

②倏:忽然,疾速。晋陶渊明《饮酒二十首》之三:“一生复能几？倏如流电惊。”暝:日暮。《古诗为焦仲卿妻作》:“晻晻日欲暝,愁思出门啼。”

③松月:松间明月。多用以渲染幽然情景。唐雍陶《宿大彻禅师故院》:“竹房谁继生前事,松月空悬过去心。”清听:清越入耳之声。三国魏曹植《斗鸡诗》:“游目极妙伎,清听厌宫商。”

④樵人:樵夫。唐刘长卿《经漂母墓》:“古墓樵人识,前朝楚水流。”烟鸟:烟雾中的鸟。宋陆游《秋夜》:“烟鸟宿沙际,露萤明草根。”

⑤之子:此人,指丁公。《诗·周南·桃夭》:“之子于归,宜其室家。”《尔雅·释训》:“之子者,是子也。”晋潘岳《悼亡诗》:“之子归穷泉,重壤永休隔。”期:约定时间。《诗·鄘风·桑中》:“期我乎桑中,要我乎上宫,送我乎淇之上矣。”《史记·留侯世家》:“与老人期,后,何也?”孤琴:孤单的琴,亦指独奏的琴声。此指作者自己。唐徐仁友《古意赠孙翊》:“云日落广厦,莺花对孤琴。”唐李群玉《失鹤》:“堕翎留片雪,雅操入孤琴。”萝径:藤萝间的小路。萝,指松萝,或云女萝。蔓生植物,色青灰,缘松柏或其他乔木而生,亦间有寄生石上者,枝体下垂如丝状。三国魏曹植《杂诗》:“寄松为女萝,依水如浮萍。”晋孙绰《游天台山赋》:“揽樛木之长萝,援葛藟之飞茎。”

【辑评】

吕本中《吕氏童蒙训》:“如‘松月生夜凉,风泉满清听’,亦可以为高远者也。”

刘辰翁《孟浩然诗集》评点:“景物满眼,而清淡之趣,更自浮动,非寂寞者。”

唐汝询《汇编唐诗十集》:“欲尽正言稀耳！不可言欲,是未暝时樵者塞路矣。”

周珽《唐诗选脉会通评林》:“‘生’‘满’二字静中含动,‘尽’‘定’二字动中得静，禅语妙思。伯敬谓‘尽’字不如用‘稀’字，那知‘尽’字得暮宿真境。”

张谦宜《䌹斋诗谈》：“不做作清态，正是天真烂漫。”

吴煊、胡棠《唐贤三昧集笺注》：“三、四使人生尘外之想，幽绝。”

沈德潜《唐诗别裁》：“山水清音，悠然自远。末二句见‘不至’意。”

张文荪《唐贤清雅集》：“清秀彻骨，是襄阳独得处。”

耶溪泛舟①

落景余清辉，轻棹弄溪渚②。
澄明爱水物，临泛何容与③。
白首垂钓翁，新妆浣沙女④。
看看未相识，脉脉不得语⑤。

【题解】

此诗写作者傍晚耶溪泛舟之所见：落日余晖中，渔舟唱晚，轻棹击水，老翁垂钓，少女浣纱，美景如画。表达了作者此时闲适和悦的心境。

【校注】

①耶溪：即若耶溪。在今浙江省绍兴市南，相传西施曾在溪畔浣纱。《水经注・渐江水》：“若邪溪水至清，照众山倒影，窥之如画。”

②落景：夕阳。《北堂书钞》卷一〇六引隋黄闵《武陵记》：“土人为之歌曰……朝日丽兮阳岩，落景梁兮阴阿。”宋苏舜卿《苏州洞庭山水月禅院记》：“欲乘清风，跨落景，以翱翔乎其间。”清辉：清光。多指日月的光辉。晋葛洪《抱朴子・博喻》：“否终则承之以泰，晦极则清辉晨耀。”唐杜甫《月圆》：“故园松桂发，万里共清辉。”轻棹：活字本、凌本、嘉靖本、丛刊本作“轻桡”。指小船。《艺文类聚》卷七一引晋王叔之《舟赞》：“弱楫轻棹，利涉济求。”渚：水边。《楚辞・九歌・湘君》：“朝骋骛兮江皋，夕弭节兮北渚。”汉

王逸注："渚，水涯也。"晋陆机《豫章行》："泛舟清川渚，遥望高山阴。"

③澄明：凌本、嘉靖本、丛刊本作"泓澄"。溪水清澈。水物：水中生物；水产。晋左思《蜀都赋》："水物殊品，鳞介异族，或藏蛟螭，或隐碧玉。"《南史·徐湛之传》："城北有陂泽，水物丰盛。"容与：闲畅舒适自得。汉司马相如《子虚赋》："于是楚王乃弭节徘徊，翱翔容与。"唐张铣注："徘徊、翱翔、容与，谓自得也。"

④浣沙："浣纱"之讹。浣，洗。汉王符《潜夫论·实贡》："且攻玉以石，治金以盐，濯锦以鱼，浣布以灰。夫物固有以贱治贵，以丑治好者矣。"传说西施贫贱时曾浣纱于若耶溪，溪畔浣纱石犹存。

⑤脉脉：凝视貌。《汉书·东方朔传》："跂跂脉脉善缘壁，是非守宫即蜥蜴。"唐颜师古注："脉脉，视貌也。"《古诗十九首·迢迢牵牛星》："盈盈一水间，脉脉不得语。"南朝梁萧子显《日出东南隅行》："柱间徒脉脉，垣上几翘翘。"

【辑评】

刘辰翁《孟浩然诗集》评点："清溪丽景，闲远余情，不欲犯一字，绮语自足。"

吴煊、胡棠《唐贤三昧集笺注》："神似乐府。"

彭蠡湖中望庐山①

太虚生月晕，舟子知天风。
挂席候明发，渺漫平湖中②。
中流见遥岛，势压九江雄③。
黤黕容霁色，峥嵘当曙空④。
香炉初上日，瀑布喷成虹⑤。
久欲追向子，况兹怀远公⑥。
我来限于役，未暇息微躬。

淮海途将半，星霜岁欲穷⑦。
寄言岩栖者，毕趣当来同⑧。

【题解】

此诗为作者漫游东南各地、经湘赣赴扬州，过鄱阳湖而作。先写船家预知风讯而张帆待发；次写彭蠡湖中望庐山的壮丽景象；最后写望庐山而思归隐，叹行役之情。

【校注】

①彭蠡湖：即今江西鄱阳湖，我国第一大淡水湖。庐山：在今江西省九江市西南，鄱阳湖口以西。亦名匡山，又称庐阜、匡庐，故诗中称匡阜（见“遥岛”注）。

②以上四句谓夜泊湖中，船家见月晕而预知天将起风，于是张挂帆席，待天明启程。太虚：指天，天空。晋孙绰《游天台山赋》：“太虚辽廓而无阂，运自然之妙有。”唐李善注：“太虚，谓天也。”清黄鹭来《咏史》之二：“壮志弥激烈，气欲凌太虚。”月晕：月亮周围的光圈。月光经云层中冰晶的折射而产生的光现象。常被认为是天气变化起风的征兆，俗称风圈。《史记·天官书》：“平城之围，月晕参、毕七重。”明杨慎《艺林伐山·水虹风虹》：“水虹，屈霓也，主雨；风虹，月晕也，主风。”舟子：刘本、凌本、嘉靖本、丛刊本作“舟中”。指船夫。明发：黎明；平明。《诗·小雅·小宛》：“明发不寐，有怀二人。”宋朱熹集传：“明发，谓将旦而光明开发也。二人，父母也。”唐王维《春夜竹亭赠钱少府归蓝田》：“羡君明发去，采蕨轻轩冕。”渺漫：广远。唐张九龄《故刑部李尚书挽歌词》之三：“渺漫野中草，微茫空里烟。”唐高适《东征赋》：“连山郁其莽荡，大泽平乎渺漫。”

③这两句写湖中见庐山雄踞于九江之上。南朝宋鲍照《登大雷岸与妹书》：“西南望庐山，又特惊异，基压江潮，峰与辰汉相接。”中流：指湖中，表明船在行进中。遥岛：活字本、凌本、嘉靖本、丛刊本作“匡阜”。“遥岛”指彭蠡湖中山岛，“匡阜”指庐山。当从“匡阜”。

④这两句谓庐山高耸于晨空中。黤黮：黑暗貌。晋刘伶《北芒客舍》：

“泱漭望舒隐，黤黮玄夜阴。”唐韩愈《上留守郑相公启》：“必诸从事与诸将吏未能去朋党心，盖覆黤黮，不以真情白露左右。”霁色：雨停后的晴朗天色。此指天将黎明时的天色。峥嵘：高峻貌。汉班固《西京赋》：“于是灵草冬荣，神木丛生，岩峻崷崒，金石峥嵘。”唐李善注引晋郭璞《方言注》：“峥嵘，高峻也。”晋孙绰《游天台山赋》：“披荒榛之蒙茏，陟峭崿之峥嵘。”唐李善注引《字林》：“峥嵘，山高貌。”

⑤香炉：山峰名，即庐山北峰，状如香炉，故名。晋慧远《庐山记》：“东南有香炉山，孤峰秀起，游气笼其上，则氤氲若香烟。”峰下有瀑布，亦有名。

⑥这两句表明作者早有超脱隐逸的思想。向子：活字本、凌本、嘉靖本、丛刊本作“尚子”。向子即尚子，指尚长，也作向长，东汉隐士。南朝宋谢灵运《初去郡》：“毕娶类尚子，薄游似邴生。”唐李善注引三国魏嵇康《高士传》：“尚长，字子平，河内人。隐避不仕。为子嫁娶毕，敕家事断之，勿复相关，当如我死矣。”远公：指慧远，东晋高僧，他本来是要到罗浮山去建寺弘道的，然而“及届浔阳，见庐峰清净，足以息心”，便毅然栖息东林。“追”“怀”二字，包含了作者对这两位摆脱世俗的隐士高僧的敬仰和爱戴之情。诗人望庐山，思伊人，欲留庐山归隐。

⑦以上四句谓作者之所以不能“息微躬”是因为“于役”，他还要继续到长江下游江浙等地去漫游，现在整个行程还不到一半，而一年的时间却将要完了。于役：行役。谓因兵役、劳役或公务奔走在外。《诗·王风·君子于役》：“君子于役，不知其期。”汉郑玄笺：“君子于往行役，我不知其反期。”南朝齐谢朓《和伏武昌登孙权故城》：“于役傥有期，鄂渚同游衍。”微躬：谦词。卑贱的身子。南朝梁沈约《郊居赋》：“绵四代于兹日，盈百祀于微躬。”唐许浑《泛溪》：“才应毕婚嫁，还此息微躬。”星霜：星辰一年一周转，霜每年遇寒而降，因以星霜指年岁。唐白居易《岁晚旅望》：“朝来暮去星霜换，阴惨阳舒气序牵。”

⑧这两句说尽管现在不留在庐山，但将来还是要与“岩栖者”共同归隐的，表现出对庐山的神往之情。岩栖者：指那些隐士高僧。毕：尽。趣：指隐逸之趣。

【辑评】

吴煊、胡棠《唐贤三昧集笺注》:"大湖中见高山,真成活画。"

潘德舆《养一斋诗话》引严沧浪云:"'孟襄阳学力下韩退之远甚,而其诗独出退之之上者,一味妙悟故也。'然则盛唐惟孟襄阳,乃可以一味妙悟目之。然襄阳诗如'东旭早光芒,渚禽已惊聒。卧闻渔浦口,桡声暗相拨。日出气象分,始知江湖阔''太虚生月晕,舟子知天风。挂席候明发,渺漫平湖中。中流见匡阜,势压九江雄。香炉初上日,瀑布喷成虹',精力浑健,俯视一切,正不可徒以清言目之,则谓襄阳诗都属悟到,不关学力,亦微误耳。"

题鹿门山[1]

清晓因兴来,乘流越江岘[2]。
沙禽近初识,浦树遥莫辨[3]。
渐到鹿门山,山明翠微浅[4]。
岩潭多屈曲,舟楫屡回转。
昔闻庞德公,采药遂不返[5]。
金涧饵芝朮,石床卧苔藓[6]。
纷吾感耆旧,结缆事攀践[7]。
隐迹今尚存,高风邈已远[8]。
白云何时去,丹桂空偃蹇[9]。
探讨意未穷,回艇夕阳晚[10]。

【题解】

此诗为游览鹿门山之作。作者除写途中所见之远近景物外,也流露出登山怀古,流连忘返,傍晚归舟,意犹未尽之意。

【校注】

①诗题:活字本、凌本、嘉靖本、丛刊本作“登鹿门山怀古”。鹿门山:在今湖北襄阳东南四十里。北临汉水,南接霸王山。《襄阳记》云:“鹿门山,旧名苏岭山。建武中,襄阳侯习郁立神祠于山,刻二石鹿夹神道口,俗因谓之鹿门庙,遂以庙名山也。”

②乘流:顺水而下。汉贾谊《鹏鸟赋》:“乘流则逝兮,得坻则止。”江岘:指汉水、岘山。岘山,山名。在湖北襄阳南,又名岘首山。东临汉水,为襄阳南面要塞。晋羊祜镇襄阳时,常登此山,置酒吟咏。《晋书·羊祜传》:“祜乐山水,每风景,必造岘山,置酒言咏,终日不倦。”宋韦居安《梅磵诗话》卷上:“羊叔子镇襄阳,尝与从事邹湛登岘山,慨然有‘湮没无闻’之叹,岘山因是以传。”

③沙禽:沙洲或沙滩上的水鸟。南朝陈阴铿《和傅郎岁暮还湘州》:“戍人寒不望,沙禽迴未惊。”唐刘长卿《却归睦州至七里滩下作》:“江树临洲晚,沙禽对水寒。”浦:水边,河岸。《诗·大雅·常武》:“率彼淮浦,省此徐土。”毛传:“浦,涯也。”《汉书·司马相如传上》:“出乎椒丘之阙,行乎洲淤之浦。”唐颜师古注:“浦,水涯也。”

④翠微:形容山光水色青翠缥缈。晋左思《蜀都赋》:“郁葢蒀以翠微,崛巍巍以峨峨。”晋刘逵注:“翠微,山气之轻缥也。”

⑤庞德公:《后汉书·逸民列传》:“庞公者,南郡襄阳人也。居岘山之南,未尝入城府。夫妻相敬如宾。荆州刺史刘表数延请,不能屈,乃就候之。谓曰:‘夫保全一身,孰若保全天下乎?’庞公笑曰:‘鸿鹄巢于高林之上,暮而得所栖;鼋鼍穴于深渊之下,夕而得所宿。夫趣舍行止,亦人之巢穴也。且各得其栖宿而已,天下非所保也。’因释耕于垄上,而妻子耘于前。表指而问曰:‘先生苦居畎亩而不肯官禄,后世何以遗子孙乎?’庞公曰:‘世人皆遗之以危,今独遗之以安,虽所遗不同,未为无所遗也。’表叹息而去。后遂携其妻子登鹿门山,因采药不反。”

⑥芝术:宋本作“芝木”,据活字本、凌本、嘉靖本、丛刊本改。药草名。南朝宋谢灵运《昙隆法师诔》:“茹芝术而共饵,披法言而同卷。”宋范成大《病中绝句》之三:“石鼎飕飕夜煮汤,乱拖芝术斗温凉。”石床:供人坐卧的

石制用具。《西京杂记》卷六："魏襄王冢，皆以文石为椁……中有石床，石屏风，宛然周正。"北魏郦道元《水经注·夷水》："村人骆都小时到此室边采蜜，见一仙人坐石床上，见都凝瞩不转。"

⑦耆旧：指德高望重的故老，此指庞德公。《汉书·萧望之传》："上以育耆旧名臣，乃以三公使车载育入殿中受策。"结缆：系舟，停舟。《北齐书·文苑传·颜之推》："昏扬舲于分陕，曙结缆于河阴。"唐梁知微《入朝别张燕公》："凫舟才结缆，骆驾已相迎。"攀践：犹攀登。

⑧隐迹：隐者遗迹，指庞德公隐居的遗址。高风：高尚的风操。晋夏侯湛《东方朔画赞》："睹先生之县邑，想先生之高风。"

⑨白云：喻隐居。丹桂：喻秀拔的人才。偃蹇：高耸，高举貌。《楚辞·离骚》："望瑶台之偃蹇兮，见有娀之佚女。"汉王逸注："偃蹇，高貌。"唐杨炯《青苔赋》："借如灵山偃蹇，巨壁崔巍，画千峰而锦照，图万壑而霞开。"

⑩探讨：探幽寻胜。回艇：活字本、凌本、嘉靖本、丛刊本作"回舻"。回船。艇，轻便的小船。《淮南子·俶真训》："越舲蜀艇，不能无水而浮。"汉高诱注："蜀艇，一版之舟。"南朝齐谢朓《酬德赋》："巾帝车之广轼，棹河舟之轻艇。"

【辑评】

皎然《诗式》："'白云'二句，言静也。"

李梦阳《孟浩然诗集》评点："此首佳，思致郁密。"

黄培芳《唐贤三昧集》评点："绝近选体。"

题明禅师西山兰若[①]

西山多奇状，秀出倚前楹[②]。
停午收彩翠，夕阳照分明[③]。
吾师位其下，禅坐证无生[④]。
结庐就嵌窟，剪艿通往行[⑤]。

谈空对樵叟，授法与山精⑥。
日暮方辞去，田园归治城⑦。

【题解】

此诗写西山兰若之清幽秀美，赞美明禅师之雅趣高德。作者详述从早到晚景物的变化，表明对此地流连忘返。同时，作者将禅院与田园二者和谐统一起来，即禅境中有几分田园色彩，这是作者独得之乐心境的反照。

【校注】

①诗题：凌本、嘉靖本、丛刊本作“游明禅师西山兰若”，活字本作“游明禅师西兰若”。明禅师：未详其人。禅师为对僧人的尊称。

②秀出：美好特出。晋左思《蜀都赋》：“干青霄而秀出，舒丹气而为霞。”唐张铣注：“秀，犹拔擢也。”前楹：堂室前部之柱。唐李白《秋夕抒怀》：“萝月掩空幕，松霜结前楹。”《宋史·礼志五》：“前楹施帘，设东西阁殿后之左右。”

③停午：活字本、凌本作“亭午”。正午。《水经注·江水》：“自非停午夜分，不见曦月。”晋孙绰《游天台山赋》：“羲和亭午，游气高褰。”

④禅坐：修禅之人的坐法。无生：晋孙绰《游天台山赋》：“散以象外之说，畅以无生之篇。”唐李善注：“无生，谓释典也。”佛家以为涅槃之真理无生无灭，故谓之“无生”。

⑤结庐：建造房屋。晋陶渊明《饮酒二十首》之五：“结庐在人境，而无车马喧。”唐杜甫《杜鹃》：“我昔游锦城，结庐锦水边。”嵌窟：山洞，洞穴。唐岑参《江上阻风雨》：“积浪成高丘，盘涡为嵌窟。”“剪芀”句：活字本、凌本、嘉靖本、丛刊本作“剪竹通径行”。芀：同“苕”，芦苇的花穗。

⑥谈空：谈论佛教义理。空，佛教以诸法无实性谓空，与“有”相对。此泛指佛理。唐高适《同群公宿开善寺赠陈十六所居》：“谈空忘外物，持戒破诸邪。”孙钦善校注：“佛家谓诸法无实性曰空。”授法：教授佛法。山精：传说中的山间怪物。《淮南子·氾论训》“山出枭阳”汉高诱注：“枭阳，山精也。人形，长大，面黑色，身有毛，足反踵，见人而笑。”南朝宋刘敬叔《异苑》

卷三："山精如人，一足，长三四尺，食山蟹，夜出昼藏。"唐中宗《石淙》："水炫珠光遇泉客，岩悬石镜厌山精。"

⑦日暮：傍晚。治城：活字本、凌本、嘉靖本、丛刊本作"冶城"。孟浩然南园所在地。

【辑评】

李邺嗣《慰弘禅师集天竺语诗序》："即如唐人妙诗，若《游明禅师西山兰若》诗，此亦孟襄阳之禅也，而不得专谓之诗。"（见《杲堂文钞》卷二）

听郑五愔弹琴①

阮籍推名饮，清风满竹林②。
半酣下衫袖，拂拭龙唇琴③。
一杯弹一曲，不觉夕阳沉④。
余意在山水，闻之谐夙心⑤。

【题解】

此诗先写郑五愔善饮善琴，才艺堪比竹林贤士阮籍；后写郑五愔琴声与诗人心声并在山水，有同道知音之乐。

【校注】

①郑五愔：《唐诗纪事》卷一一："愔，字文靖。年十七，进士擢第。神龙中为中书舍人。与崔日用、赵履温、李愧等托武三思，权熏炙中外。天下语曰：崔、冉、郑，乱时政。或曰：初附来俊臣，俊臣诛，附易之，易之诛，托韦庶人。后附谯王，卒被诛。"

②阮籍："竹林七贤"之一。《晋书·阮籍传》："阮籍字嗣宗，陈留尉氏人也。……博览群籍，尤好庄老。嗜酒能啸，善弹琴。……籍本有济世志，属魏晋之际，天下多故，名士少有全者，籍由是不与世事，遂酣饮为常。"清风：指高洁的德操。南朝梁刘勰《文心雕龙·诔碑》："标序盛德，必见清风

之华。”竹林：“竹林七贤”之省称。魏晋之间陈留阮籍、谯郡嵇康、河内山涛、河南向秀、阮籍兄子阮咸、琅邪王戎、沛人刘伶相与友善，常宴集于竹林之下，时人号为“竹林七贤”。唐李白《鲁郡尧祠送窦明府薄华还西京》：“竹林七子去道赊，兰亭雄笔安足夸。”

③衫袖：衣袖。北周庾信《春赋》：“镂薄窄衫袖，穿珠帖领巾。”龙唇琴：琴唇以龙作装饰。

④一杯：此指一杯酒。唐杜甫《台上》：“老去一杯足，谁怜屡舞长。”一曲：指一首乐曲。三国魏嵇康《与山巨源绝交书》：“时与亲旧叙阔，陈说平生。浊酒一杯，弹琴一曲，志愿毕矣！”

⑤意在山水：犹志在山水。《吕氏春秋·孝行·本味》：“伯牙鼓琴，钟子期听之。方鼓琴而志在太山，钟子期曰：‘善哉乎鼓琴，巍巍乎若太山。’少选之间，而志在流水。钟子期又曰：‘善哉乎鼓琴，汤汤乎若流水。’钟子期死，伯牙破琴绝弦，终身不复鼓琴，以为世无足复为鼓琴者。”夙心：平素之心愿。《后汉书·文苑传下·赵壹》：“惟君明睿，平其夙心。”《周书·齐炀王宪传》：“吾之夙心，公宁不悉，但当尽忠竭节耳，知复何言。”

【辑评】

刘辰翁《孟浩然诗集》评点：“朴而不俚，风韵尚存。”

李梦阳《孟浩然诗集》评点：“在此公口出，虽浅亦自佳，效之则不可。”

钟惺、谭元春《唐诗归》：“唐人琴诗每深妙，此诗妙处，似又不在深。”

唐汝询《汇编唐诗十集》：“诸家之妙，率在琴中，此妙在琴外。”

范大士《历代诗发》：“只说听琴，而赞叹弹琴只于结意略见，便省无限气力。”

疾愈过龙泉精舍呈易业二公①

停午闻山钟，起行送愁疾②。
寻林采芝去，谷转松翠密③。

傍见精舍开，长廊饭僧毕④。
石渠流雪水，金子曜霜橘⑤。
竹房思旧游，过憩终永日⑥。
入洞窥石髓，傍崖采蜂蜜⑦。
日暮辞远公，虎溪相送出⑧。

【题解】

此诗写诗人漫步山野，寻林采药，旨在消愁。无意之中过访龙泉精舍，因记其美景幽光。

【校注】

①龙泉：寺名，本在庐山，晋释慧远所建。此诗当指襄阳附近之龙泉寺。精舍：道士、僧人修炼居住之所，此指佛舍。《三国志·吴书·孙策传》“建安五年”南朝宋裴松之注引晋虞溥《江表传》：“时有道士琅邪于吉，先寓居东方，往来吴会，立精舍，烧香读道书，制作符水以治病，吴会人多事之。”《魏书·外戚传上·冯熙》：“熙为政不能仁厚，而信佛法，自出家财，在诸州镇建佛图精舍，合七十二处。”易业二公：未详其人。

②愁疾：本指深愁。唐杜甫《观公孙大娘弟子舞剑器行》：“老夫不知其所往，足茧荒山转愁疾。”此指因愁苦而引起的疾病。宋朱熹《秋怀》之一：“秋风吹庭户，客子怀故乡。矧此卧愁疾，徘徊守空房。”

③谷转：转过山谷。谷，山间深凹的低地，多有出口与山外相通。《诗·小雅·十月之交》：“高岸为谷，深谷为陵。”晋司马彪《赠山涛》：“上凌青云霓，下临千仞谷。”松翠：活字本、凌本、嘉靖本、丛刊本作“松萝”。

④饭僧：向和尚施饭。迷信者修善祈福的行为。《旧唐书·李蔚传》：“懿宗奉佛太过，常于禁中饭僧，亲为赞呗。”《新五代史·后蜀世家·孟知祥》：“知祥尝饭僧于府，昭远执巾履从智谭以入。”

⑤石渠：石筑沟渠。汉刘桢《公宴》：“清川过石渠，流波为鱼防。”金子：指树上金色的果实。唐崔湜《唐都尉山池》：“金子悬湘柚，珠房折海榴。”

⑥旧游：过去游览的地方。或指昔日交游的友人。宋苏辙《送柳子

玉》："旧游日零落，新辈谁与伍？"

⑦石髓：洞中钟乳，即石钟乳。古人用于服食。也可入药。《晋书·嵇康传》："康又遇王烈，共入山，烈尝得石髓如饴，即自服半，余半与康，皆凝而为石。"南朝梁沈约《游沈道士馆》："朋来握石髓，宾至驾轻鸿。"傍崖采蜂蜜：此蜂蜜为山崖间野蜂所酿，俗称崖蜜或石蜜。《图经本草》："石蜜，即崖蜜。其蜂黑色，似虻，作房于岩崖高峻处或石窟中。以长竿刺令蜜出，取之……入药胜于他蜜。"

⑧远公：晋高僧慧远，居庐山东林寺，世人称为远公。宋梅尧臣《访矿坑老僧》："莫贯远公酒，余非陶令贤。"此指易、业二公。虎溪：溪名。在江西省九江市南庐山东林寺前。相传晋慧远法师居此，送客不过溪，过此，虎辄号鸣，故名虎溪。《莲社高贤传》："远法师居东林，其处流泉匝寺下入于溪。每送客过此，辄有虎号鸣，因名虎溪。后送客未尝过，独陶渊明、陆静修至，语道契合，不觉过溪，因相与大笑，世传为《三笑图》。"唐李白《庐山东林寺夜怀》："霜清东林钟，水白虎溪月。"

【辑评】

刘辰翁《孟浩然诗集》评点："此岂待赋，赋之乃佳。"

唐汝询《汇编唐诗十集》："幽而少味，结亦浅直。"

湖中旅泊寄阎防①

桂水通百越，扁舟期晓发②。
荆云闭三巴，夕望不见家③。
襄王梦行雨，才子谪长沙④。
长沙饶瘴疠，胡为久留滞⑤。
久别思款颜，承欢怀接袂⑥。
接袂杳无由，徒增旅泊愁⑦。
清猿不可听，沿月下湘流⑧。

【题解】

此诗为作者羁旅江南，暂泊湘水洞庭之时所作。抒写了自己的怀才不遇之情，以及思亲念友的漂泊之苦。

【校注】

①诗题：活字本、凌本、嘉靖本、丛刊本作“襄阳旅泊寄阎九司户”。湖中：指洞庭湖。旅泊：旅途中暂时停泊。阎防：开元二十二年(734)进士及第，在开元、天宝年间以文章著称。与岑参、孟浩然、韦应物有诗章来往。《河岳英灵集》云：“防为人好名博雅，其警策语多真素。”

②桂水：在湖南南部，唐时郴州南。一名鸡水。百越：亦作“百粤”。古代南方越人部落繁多，故称。今散居浙江、福建、广东、广西等地。《吕氏春秋·恃君览·恃君》：“扬汉之南，百越之际。”晓：宋本原作“晚”，据刘本、活字本、凌本、嘉靖本、丛刊本改。

③云闭：活字本作“云蔽”，凌本、嘉靖本、丛刊本作“门蔽”。三巴：古地名。巴郡、巴东、巴西的合称。后多泛指四川。相当于今川、渝间嘉陵江和重庆綦江流域以东的大部地区。唐杨炯《后周明威将军梁公神道碑》：“遵文翁之遗训，学富三巴。”

④襄王梦行雨：战国宋玉《高唐赋》：“昔者楚襄王与宋玉游于云梦之台……昔者，先王尝游高唐，怠而昼寝，梦见一妇人，曰：妾巫山之女也……王因幸之，去而辞曰，妾在巫山之阳，高丘之岨，旦为朝云，暮为行雨。朝朝暮暮，阳台之下。”才子：古称德才兼备的人。《左传·文公十八年》：“昔高阳氏有才子八人……齐圣广渊，明允诚笃，天下之民谓之八恺。”后多指有才华的人。晋潘岳《西征赋》：“终童山东之英妙，贾生洛阳之才子。”此指贾谊，谊曾被贬为长沙王太傅。

⑤瘴厉：同“瘴疠”。因瘴气湿热而感染的疾病。《南史·任昉传》：“流离大海之南，寄命瘴疠之地。”此指瘴气。唐杜甫《闷》：“瘴疠浮三蜀，风云暗百蛮。”久：刘本、凌本、嘉靖本、丛刊本作“苦”。留滞：滞留；羁留。也指身处困境。汉东方朔《七谏·怨世》：“年既已过太半兮，然坎轲而留滞。”汉王逸注：“言年已过五十，而坎轲沉滞，卒无所逢遇也。”唐杜甫《引水》：“人

生留滞生理难，斗水何直百忧宽。”

⑥款颜：面晤畅谈。南朝宋谢惠连《七月七日夜咏牛女》：“倾河易回斡，款颜难久悰。”承欢：承人欢颜。战国屈原《楚辞·九章·哀郢》：“外承欢之汋约兮，谌荏弱而难持。”接袂：即连袂。指相聚。《抱朴子·外篇·疾谬》：“虽远而必至，携手连袂，以遨以集。”

⑦无由：没有办法；没有机会。

⑧清猿：林中凄清的猿鸣。南朝梁任昉《齐竟陵文宣王行状》：“清猿与壶人争旦，缇幕与素濑交辉。”唐张铣注：“清猿，猿鸣声清也。”沿月：乘着月色。下：宋本原作“上”，据刘本、活字本、凌本、嘉靖本、丛刊本改。湘流：湘江。《楚辞·渔父》：“宁赴湘流，葬于江鱼之腹中。”汉刘向《楚辞·九叹·离世》：“棹舟杭以横濿兮，济湘流而南极。”

【辑评】

施闰章《蠖斋诗话·月诗》：“浩然‘沿月棹歌还’‘招月伴人还’‘沿月下湘流’‘江清月近人’，并妙于言月。”

大堤行寄黄七①

大堤行乐处，车马相驰突②。
岁岁春草生，踏青三两日③。
王孙挟珠弹，游女矜罗袜④。
携手今莫同，江花为谁发⑤。

【题解】

此诗回忆此前与黄七同游之情景，抒发了作者对友人的思念之情。

【校注】

①大堤行：即大堤曲，乐府曲调名。梁简文帝《雍州十曲》有大堤、南湖、北渚等曲。大堤为襄阳城古堤，筑于东汉。黄七：活字本、凌本、嘉靖

本、丛刊本作“万七”。未详其人。

②行乐：消遣娱乐；游戏取乐。汉杨恽《报孙会宗书》：“人生行乐耳，须富贵何时？”唐杜甫《宿昔》：“宫中行乐秘，少有外人知。”驰突：车马往来迅速。《后汉书·南匈奴传论》：“云屯鸟散，更相驰突。”唐张易之《横吹曲辞·出塞》：“瞥闻传羽檄，驰突救边荒。”

③春草生：汉刘安《招隐士》：“王孙游兮不归，春草生兮萋萋。”汉王逸注：“万物蠢动，抽萌芽也。”踏青：古代清明节前后郊野游览的习俗。唐孙思邈《千金月令》：“三月三日上踏青鞋履。”唐杜甫《绝句》：“江边踏青罢，回首见旌旗。”三两日：活字本、嘉靖本、丛刊本作“二三月”，凌本作“二三日”。

④王孙：泛指贵家子弟。挟珠弹：《战国策·楚策四》：“（黄雀）鼓翅奋翼，自以为无患，与人无争也，不知夫公子王孙，左挟弹，右摄丸，将加己乎十仞之上。”罗袜：丝罗制的袜。汉张衡《南都赋》：“修袖缭绕而满庭，罗袜蹑蹀而容与。”三国魏曹植《洛神赋》：“凌波微步，罗袜生尘。”

⑤这两句说今不能携手同行，虽江花似锦，究竟为谁而发。江花：南朝梁萧纲《采莲曲》：“桂楫兰桡浮碧水，江花玉面两相似。”

还山诒湛法师①

幼闻无生理，常欲观此身②。
心迹罕兼遂，崎岖多在尘③。
晚途归旧壑，偶与支公邻④。
喜得林下契，共推席上珍⑤。
念兹泛苦海，方便示迷津⑥。
道以微妙法，结为清净因⑦。
烦恼业顿舍，山林情转殷⑧。
朝来问疑义，夕话归清真⑨。
墨妙称今绝，词华惊世人⑩。

竹房闭虚静，花药连冬春。
平石藉琴砚，落泉洒衣巾。
欲知明灭意，朝夕海鸥驯[11]。

【题解】

此诗先言自己素有向佛之志，但久处尘嚣；次写晚年还乡，与湛禅师为邻，志趣相投；最后写湛禅师居住环境之美，赞叹其修养广博，境界高深。

【校注】

①诗题：活字本、凌本、嘉靖本、丛刊本作“还山赠湛禅师”。还山：指回归故乡岘山南园。湛法师：即湛上人。

②无生：佛教语。谓没有生灭，不生不灭。晋王该《日烛》：“咸淡泊于无生，俱脱骸而不死。”唐王维《登辨觉寺》：“空居法云外，观世得无生。”观此身：佛教语。即“观自身”，观自身之正因，是忏悔人为灭罪之便而修行的一种。或谓“观此身”即为“观身”，谓观察自身的道德修养。《老子》：“以身观身，以家观家。”

③心迹：思想与行为。南朝宋谢灵运《斋中读书》：“矧乃归山川，心迹双寂寞。”兼遂：思想与行为二者顺遂。崎岖：道路不平貌。汉张衡《南都赋》：“上平衍而旷荡，下蒙笼而崎岖。”多喻世道艰难。

④晚途：人生晚年。旧壑：指家乡故园。支公：晋高僧支遁。此指湛法师。《高僧传·义解·支遁》：“支遁，字道林，本姓关氏，陈留人，或云河东林虑人。幼有神理，聪明秀彻。初至京师，太原王濛甚重之，曰：‘造微之功，不减辅嗣。’……家世事佛，早悟非常之理，隐居余杭山，深思道行之品，委曲慧印之经。卓焉独拔，得自天心。年二十五出家，每至讲肆，善标宗会，而章句或有所遗，时为守文者所陋。谢安闻而善之，曰：‘此乃九方堙之相马也，略其玄黄，而取其骏逸。’王洽、刘恢、殷浩、许询、郄超、孙绰、桓彦表、王敬仁、何次道、王文度、谢长遐、袁彦伯等，并一代名流，皆著尘外之狎。”

⑤“喜得”二句：宋本无，据活字本、凌本、嘉靖本、丛刊本补。林下契：

山林野趣。《高僧传·义解·竺僧朗》:“与隐士张忠为林下之契,每共游处。”席上珍:坐席上的珍品。喻贤良人才。《礼记正义·儒行》:“儒有席上之珍以待聘,夙夜强学以待问。”

⑥“念兹”二句:宋本无,据活字本、凌本、嘉靖本、丛刊本补。苦海:佛教指尘世间的烦恼和苦难。南朝梁武帝《净业赋》:“轮回火宅,沉溺苦海,长夜执固,终不能改。”方便:佛教语。谓以灵活方式因人施教,使悟佛法真义。《维摩经·法供养品》:“以方便力,为诸众生分别解说,显示分明。”迷津:佛教语。指迷妄的境界。唐敬播《大唐西域记序》:“廓群疑于性海,启妙觉于迷津。”《醒世恒言·黄秀才徼灵玉马坠》:“望罗汉指示迷津,救拔苦海。”

⑦微妙:佛教语。体幽玄曰微,绝思议曰妙。清净:佛教语。远离一切恶行与烦恼。南朝梁王僧孺《礼佛唱导发愿文》:“愿现前众等,身口清净。”

⑧烦恼:佛家以为贪欲嗔恚愚痴等诸惑,烦心恼身。南朝梁武帝《净业赋》:“抱惑而生,与之偕老;随逐无明,莫非烦恼。”山林:指隐居。南朝梁沈约《与谢朏敕》:“尝谓山林之志,上所宜弘。”宋苏轼《王安石赠太傅制》:“方需功业之成,遽起山林之兴。”

⑨疑义:诗文、佛经中难解之文义与事理。晋陶渊明《移居二首》之一:“奇文共欣赏,疑义相与析。”清真:清洁纯真。南朝宋刘义庆《世说新语·赏誉》:“清真寡欲,万物不能移也。”唐李白《鸣皋歌奉饯从翁清归五崖山居》:“我家仙翁爱清真,才雄草圣凌古人,欲卧鸣皋绝世尘。”或指真实自然。唐司空图《二十四诗品·形容》:“绝伫灵素,少回清真,如觅水影,如写阳春。”

⑩墨妙:其义有二,一指精妙的文章。南朝梁江淹《别赋》:“虽渊云之墨妙,严乐之笔精……谁能摹暂离之状,写永诀之情者乎?”二指精妙的书法。唐鲁收《怀素上人草书歌》:“吾观文士多利用,笔精墨妙诚堪重。身上艺能无不通,就中草圣最天纵。”今绝:活字本、凌本、嘉靖本、丛刊本作“古绝”。

⑪明灭:活字本作“冥灭”。佛家以为真言可破除一切烦恼,曰“明”;能泯灭过去一切邪恶,归于淡泊,曰“灭”。海鸥驯:此处用“鸥鹭忘机”之典。

《列子·黄帝》:"海上之人有好沤鸟者,每旦之海上,从沤鸟游,沤鸟之至者百住而不止。其父曰:'吾闻沤鸟皆从汝游,汝取来,吾玩之。'明日之海上,沤鸟舞而不下也。"沤,通"鸥"。海鸥,鸟名。上体主要呈苍灰色,下体白色,生活在海边和内陆河流湖泊附近。南朝宋谢灵运《于南山往北山经湖中瞻眺》:"海鸥戏春岸,天鸡弄和风。"唐李善注:"《南越志》曰:江鸥,一名海鸥,涨海中随潮上下。"明李时珍《本草纲目·禽一·鸥》:"在海者名海鸥,在江者名江鸥。"这句是说能摆脱俗念而无机心。

【辑评】

李梦阳《孟浩然诗集》评点:"'墨妙'以下,便不称,虽李杜其古诗亦皆前密而后散。"

秋登万山寄张五[①]

北山白云里,隐者自怡悦[②]。
相望试登高,心飞逐鸟灭[③]。
愁因薄暮起,兴是清境发[④]。
时见归村人,沙行渡头歇。
天边树若荠,江畔洲如月[⑤]。
何当载酒来,共醉重阳节[⑥]。

【题解】

此诗为怀人之作。张五亦为隐逸之士,与孟浩然为同道中人。孟氏秋登万山,思念张五,因写诗寄意。全诗情随景生,情景交融,浑为一体。情飘逸而真挚,景清淡而优美。

【校注】

①万山:宋本作"兰山",据凌本、嘉靖本、丛刊本改。即汉皋山。张五:其人有争议。有张子容、张文儃、张諲等多种说法。

②晋陶弘景《答诏问山中何所有》云:“山中何所有,岭上多白云。只可自怡悦,不堪持赠君。”孟诗这两句即本此。怡悦:取悦;喜悦。亦作“怡说”。《史记·周本纪》:“今殷王纣乃用其妇人之言……乃为淫声,用变乱正声,怡说妇人。”《三国志·魏书·文德郭皇后传》:“纣以炮烙,怡悦妲己。”

③这两句写对张五的思念。由“相望”而“登高”远望,望而不见,但见北雁南飞,直至消逝天际。心飞逐鸟灭:活字本、嘉靖本、丛刊本、英华本作“心随雁飞灭”,凌本作“心随飞雁灭”。南朝宋鲍照《王昭君》:“既事转蓬远,心随雁路绝。”

④薄暮:傍晚。清境:活字本、凌本、嘉靖本、丛刊本、英华本作“清秋”。清幽的环境。

⑤这两句写从山上四下眺望之景。天边的树看去细如荠菜,白色的沙洲,在黄昏中清晰可见,似乎蒙上月色。树若荠:《颜氏家训·勉学》:“《罗浮山记》云:‘望平地树如荠。’故戴暠诗云:‘长安树如荠。’”

⑥何当:犹何日,何时。唐李商隐《夜雨寄北》:“何当共剪西窗烛,却话巴山夜雨时。”或何妨,何如。唐武元衡《长安叙怀寄崔十五》:“闻说唐生子孙在,何当一为问穷通?”重阳:节日名。古以九为阳数之极。九月九日故称“重九”或“重阳”。魏晋后,习俗于此日登高游宴。南朝梁庾肩吾《九日侍宴乐游苑应令诗》:“献寿重阳节,回銮上苑中。”唐杜甫《九日五首》之一:“重阳独酌杯中酒,抱病起登江上台。”

【辑评】

胡仔《苕溪渔隐丛话》引《复斋漫录》:“颜之推《家训》云:‘《罗浮山记》:“望平地树如荠。”故戴暠诗“长安树如荠”。有人《咏树》诗“遥望长安荠”,此耳学之过也。’余因读浩然《秋登万山》诗:‘天边树若荠,江畔洲如月。’乃知孟真得暠意。”

杨慎《升庵诗话》:“《罗浮山记》云:‘望平地树如荠。’自是俊语。梁戴暠诗‘长安树如荠’,用其语也。后人翻之益工,薛道衡诗:‘遥原树若荠,远水舟如叶。’孟浩然诗:‘天边树若荠,江畔洲如月。’”

张文荪《唐贤清雅集》:“超旷中独饶劲健,神味与右丞稍异,高妙则一也。结出主意,通首方着实。”

登江中孤屿话白云先生[1]

悠悠清江水，水落沙屿出[2]。
回潭石下深，绿篠岸边密[3]。
鲛人潜不见，渔父自歌逸[4]。
忆与君别时，泛舟如昨日。
夕阳门返照，中坐兴非一[5]。
南望鹿门山，归来恨如失。

【题解】

此诗先写江中孤屿的幽美风光，后追忆与王迥江上泛舟的往事，抒发对友人的怀念之情。

【校注】

①诗题：刘本、活字本、嘉靖本、丛刊本作“登江中孤屿赠白云先生王迥”，凌本作“登江中孤屿遗王迥”。江中孤屿：当为汉江中小岛。白云先生：指王迥。或称王九，或称王白云，或称王山人。曾隐居鹿门，与孟浩然友善，为孟浩然家乡隐士。

②悠悠：水势缓慢，连绵不尽。晋左思《吴都赋》：“直冲涛而上濑，常沛沛以悠悠。”唐温庭筠《梦江南》：“过尽千帆皆不是，斜晖脉脉水悠悠。”沙屿：小沙岛。南朝梁刘孝绰《还渡浙江》：“蒙漠江烟上，苍茫沙屿芜。”南朝梁江淹《谢光禄庄·郊游》：“凉叶照沙屿，秋荣冒木浔。”

③绿篠：绿竹。南朝宋谢灵运《过始宁墅》：“白云抱幽石，绿篠媚清涟。”唐刘良注：“篠，竹箭也。”

④鲛人：神话传说中的人鱼。晋张华《博物志》：“南海外有鲛人，水居如鱼，不废织绩……从水出，寓人家，积日卖绢。将去，从主人索一器，泣而成珠满盘，以与主人。”唐杜甫《雨》：“神女花钿落，鲛人织杼悲。”亦指渔夫，

捕鱼人。渔父自歌:《楚辞·渔父》:"渔父莞尔而笑,鼓枻而去。歌曰:'沧浪之水清兮,可以濯吾缨;沧浪之水浊兮,可以濯吾足。'"

⑤门:刘本、活字本、凌本、嘉靖本、丛刊本作"开"。中坐:座中;座间。南朝梁江淹《拟颜延之侍宴》:"中坐溢朱组,步櫚篁琼弁。"唐吕延济注:"中坐,谓座中也。"唐李贺《申胡子觱篥歌》:"心事如波涛,中坐时时惊。"此指坐于沙屿之上,彼此兴会无穷。

【辑评】

刘辰翁《孟浩然诗集》评点:"'回潭'二句似柳州小记。"

钟惺、谭元春《唐诗归》:"见山水思故人,自是人情,然亦非俗情,又泛泛不得。"

吴煊、胡棠《唐贤三昧集笺注》:"'中坐兴非一','一'字用法轻妙。"

晚春卧病寄张八[①]

南陌春将晚,北窗犹卧病[②]。
林园久不游,果木一何盛[③]。
狭径花将尽,闲庭竹扫净。
翠羽戏兰苕,赪鳞动荷柄[④]。
念我平生好,江乡远从政[⑤]。
云山阻梦思,衾枕劳歌咏。
歌咏复何为,同心恨别离。
世途皆自媚,流俗寡相知[⑥]。
贾谊才空逸,安仁鬓欲垂[⑦]。
遥情每东注,奔晷复西驰[⑧]。
常恐填沟壑,无由振羽仪[⑨]。
穷通若有命,欲向论中推[⑩]。

【题解】

此诗先写自己晚春卧病，次写怀念友人，最后叹知音难觅，前途渺茫。

【校注】

①张八：指张子容，“八”为排行。《唐才子传》：“子容，襄阳人。开元元年常无名榜进士，仕为乐城令。初与孟浩然同隐鹿门山，为死生交，诗篇唱答颇多。”

②南陌：南园。陌，田间小路。南朝梁沈约《鼓吹曲同诸公赋·临高台》：“所思竟何在，洛阳南陌头。”北窗：晋陶渊明《与子俨等疏》：“常言五六月中，北窗下卧，遇凉风暂至，自谓是羲皇上人。”

③果木：活字本、凌本、嘉靖本、丛刊本作“草木”。果树。一何：多么，何其。晋陆机《君子有所思行》：“廛里一何盛，街巷纷漠漠。”

④翠羽：翠鸟。唐顾况《芙蓉榭》：“文鱼翻乱叶，翠羽上危栏。”兰苕：兰花。晋郭璞《游仙诗十四首》其三：“翡翠戏兰苕，容色更相鲜。”唐李善注：“兰苕，兰秀也。”唐杜甫《戏为六绝句》之四：“或看翡翠兰苕上，未掣鲸鱼碧海中。”赪鳞：鱼的赤色鳞片，亦指鳞片赤色的鱼。《诗·周南·汝坟》：“鲂鱼赪尾，王室如毁。”毛传：“赪，赤也。”汉刘向《列仙传·吕尚》：“吕尚隐钓，瑞得赪鳞。”

⑤平生好：生平好友，指张子容。远从政：远出为官。时张子容在温州任乐城令。

⑥上句说世途之人只知自爱自吹，不知爱惜人才。《饮马长城窟行》：“入门各自媚，谁肯相为言。”下句说世俗平庸，知音很少。

⑦上句以贾谊借喻张子容有才未得大用而埋没。下句以潘岳借喻自己年事渐高而功业未就。贾谊：《史记·屈原贾生列传》：“贾生名谊，雒阳人也。年十八，以能诵诗属书闻于郡中。……文帝召为博士。”因受大臣排挤，被贬为长沙王太傅。后为梁怀王太傅。其才华横溢而不见用，后多用以喻指怀才不遇之人。安仁：指晋潘岳。《晋书·潘岳传》：“潘岳，字安仁，荥阳中牟人也。……岳少以才颖见称，乡邑号为奇童，谓终贾之俦也。……岳才名冠世，为众所疾，遂栖迟十年。出为河阳令，负其才而郁郁不得志。”

⑧上句说念远之情随江水而东流，倾注于张子容的身旁。张子容所在的温州乐城在襄阳东南，故云。下句说日光自东向西飞逝，时不我待。遥情：高远的情思。晋陶渊明《游斜川》："中觞纵遥情，忘彼千载忧。"晷：日影；日光。汉张衡《西京赋》："白日未及移其晷，已狝其什七八。"三国吴薛综注："晷，景也……言日景未移。"

⑨这两句说担心自己功业未成，默默无闻而终。填沟壑：填尸沟壑。《战国策·赵策四》："虽少，愿及未填沟壑而托之。"振羽仪：指建功立德，有所作为。《周易·渐》："上九，鸿渐于陆，其羽可用为仪，吉。"唐孔颖达疏："则其羽可用为物之仪表，可贵可法也。"

⑩这两句说仕途的穷通若真是命中注定的话，那我倒想去刘芳的《穷通论》中推究一下。《魏书·刘芳传》："芳虽处穷窘之中，而业尚贞固，聪敏过人，笃志坟典。昼则佣书，以自资给，夜则读诵，终夕不寝，至有易衣并日之弊，而澹然自守，不汲汲于荣利，不戚戚于贱贫，乃著《穷通论》以自慰焉。"

【辑评】

刘辰翁《孟浩然诗集》评点："其语甚痛，其意甚浅。"

书怀贻京邑同好①

唯先自邹鲁，家世重儒风②。
诗礼袭遗训，趋庭沾末躬③。
昼夜恒自强，词翰颇亦工。
三十既成立，吁嗟命不通。
慈亲向羸老，喜惧在深衷④。
甘脆朝不足，箪瓢夕屡空⑤。
执鞭慕夫子，捧檄怀毛公⑥。
感激遂弹冠，安能守固穷⑦。

当途诉知己，投刺匪求蒙[8]。

秦楚邈离异，翻飞何日同[9]。

【题解】

此诗作者先叙个人家世及教养；次叙成年怀才不遇，亲老家贫，渴望出仕；最后盼望得到友人提携，早日腾达。

【校注】

①诗题：活字本、凌本、嘉靖本、丛刊本作“书怀贻京邑故人”。书怀：书写自己的怀抱。贻：赠送。京邑：京城，指长安。

②这两句说祖上来自邹鲁之地，是孟子之后，世代诗书传家，遵循孔孟之道。邹鲁：春秋时邹国和鲁国。《庄子集解·天下》：“其在于诗书礼乐者，邹鲁之士，搢绅先生，多能明之。”邹是孟子故乡，鲁是孔子故乡。

③这两句说继承先人遗留之训，诵诗习礼；子承父教，至于自己。遗训：前人留下的风尚教化。晋陶渊明《癸卯岁始春怀古田舍二首》之二：“先师有遗训，忧道不忧贫。”趋庭：子承父教。《论语·季氏》：“尝独立，鲤趋而过庭。曰：‘学诗乎？’对曰：‘未也。’‘不学诗，无以言。’鲤退而学诗。他日，又独立。鲤趋而过庭。曰：‘学礼乎？’对曰：‘未也。’‘不学礼，无以立。’鲤退而学礼。”沾：浸润。末躬：微末之身，犹微躬，谦词。

④这两句说慈母渐衰，内心担忧。慈亲：慈爱的父母，后多指母亲。羸老：衰老。晋潘岳《闲居赋》：“太夫人在堂，有羸老之疾。”深衷：内心深处。南朝宋颜延之《五君咏·刘参军》：“颂酒虽短章，深衷自此见。”

⑤这两句说家庭贫困，缺衣乏食，无以养亲。甘脆：美味佳肴。箪瓢：箪，盛饭食之圆形竹器。瓢，以葫芦为之，用以舀水及盛放酒浆等物。《论语·雍也》：“一箪食，一瓢饮。在陋巷，人不堪其忧，回也不改其乐。”屡空：经常空乏。

⑥上句说如求得合乎道义的富贵，像孔子那样从事执鞭驾车的贱职，也是可以的。下句说家贫亲老，学习毛公为养亲而出仕。《论语·述而》：“子曰：富而可求也，虽执鞭之士，吾亦为之。”汉郑玄注：“富贵不可求而得

之，当修德以得之；若于道可求者，虽执鞭之贱职我亦为之。”《后汉书·刘赵淳于江刘周赵列传》：“庐江毛义少节，家贫，以孝行称。南阳人张奉慕其名，往候之。坐定而府檄适至，以义守令，义奉檄而入，喜动颜色。奉者，志尚士也，心贱之，自恨来，固辞而去。及义母死，去官行服。数辟公府，为县令，进退必以礼。后举贤良，公车征，遂不至。张奉叹曰：‘贤者固不可测。往日之喜，乃为亲屈也。斯盖所谓家贫亲老，不择官而仕者也。’”

⑦这两句说见到友人在位，心情兴奋，便很想出去做官，不愿这样长期贫困下去。感激：感动奋发，心情激动。汉刘向《说苑·修文》：“感激憔悴之音作而民思忧。”《后汉书·列女传·许升妻》：“升感激自厉，乃寻师远学，遂以成名。”弹冠：掸去帽子上的灰尘，准备出仕。《汉书·王吉传》：“吉与贡禹为友，世称‘王阳在位，贡公弹冠’。言其取舍同也。”唐颜师古注：“弹冠者，且入仕也。”固穷：坚守节操，安于贫贱。《论语·卫灵公》：“子曰：君子固穷，小人穷斯滥矣。”

⑧上句说向身居要位的友人倾诉自己的近况。下句说不向那些不是知己的人求助。当途：执政掌权。投刺：投送名帖。刺，名帖，名片。匪求蒙：不求于不知己者。《周易·蒙》：“匪我求童蒙，童蒙求我。”唐孔颖达疏：“蒙者，微昧暗弱之名。物皆蒙昧，唯愿亨通，故云蒙亨。”晋潘岳《夏侯常侍诔》：“为仁由己，匪我求蒙。谁毁谁誉，何去何从。”唐刘良注：“蒙，不知貌。”

⑨这两句说我与友人相距遥远，不知何日彼此能飞黄腾达。秦楚：秦，指京都长安，属古秦国；楚，指作者家乡襄阳，属古楚国。邈：遥远。指空间距离大。汉王粲《赠士孙文始》：“虽则同域，邈其迥深。”唐李白《古风五十九首》之十六：“吴水深万丈，楚山邈千重。”离异：分离；分隔。汉应劭《风俗通·过誉》：“谨按《礼》有东宫西宫，辟子之私，不足则资，有余，亦归之于宗也。此言兄弟无离异之义也。”翻飞：飞腾，喻仕途腾达。《抱朴子·外篇·疾谬》：“或赖高援，翻飞拔萃。于是便骄矜夸骜，气凌云物。”

游云门寺寄越府包户曹徐起居①

我行适诸越，梦寐怀所欢。
久负独往愿，今来恣游盘②。
台岭践磴石，耶溪溯林湍③。
舍舟入香界，登阁憩旃檀④。
晴山秦望近，春水镜湖宽⑤。
远怀伫应接，卑位徒劳安⑥。
白云日夕滞，沧海去还观。
故园眇天末，良朋在朝端⑦。
迟尔同携手，何时方挂冠⑧。

【题解】

此诗先写游览越地，会见友人，夙愿得遂；后写自己游踪不定，友人有为官在朝者，希望离官后能够同游。

【校注】

①游云门寺：宋本原作“题龙门山”，据活字本、凌本、嘉靖本、丛刊本改。刘本作“题云门寺”。越府：越州中都督府，在今浙江绍兴。户曹：官署名。或置于王府、公府、将军府，或置于地方州县官府。此当指户曹参军事，为户曹长官。唐代诸府用此名，诸州则称司户参军事。唐代户曹掌管籍账、婚姻、田宅、杂徭、道路等事。起居：指起居舍人。职官名，主修《起居注》。隋置，唐宋沿置。唐刘知幾《史通·史官建置》：“炀帝以为古有内史、外史，今既有著作，宜立起居。遂置起居舍人二员，职隶中书省。”唐李肇《唐国史补》卷中：“起居舍人韦绶，以心疾废。”或指起居郎。唐太宗始置，与起居舍人同掌《起居注》。包、徐二位名迹未详。

②游盘：犹游乐。晋潘岳《西征赋》：“厌紫极之闲敞，甘微行以游盘。”

《魏书·阳尼传》:“夫五都之总总兮,尚何足以游盘。”

③这两句说登山涉水。台岭:指天台山。嶝石:山道上的石阶。嶝,可供攀登的山间小道。南朝梁沈约《从军行》:“雪萦九折嶝,风卷万里波。”耶溪:即若耶溪。林湍:林间急流。

④这两句说进入佛寺,在佛殿休憩。香界:指佛寺。唐沈佺期《绍隆寺》:“香界萦北渚,花龛隐南峦。”旃檀:即檀香。北魏郦道元《水经注·河水一》:“以旃檀木为薪。”唐王维《荐福寺光师房花药诗序》:“焚香不俟于旃檀,散花奚取于优钵。”此指佛殿。

⑤秦望:山名,在今浙江绍兴东南。《水经注·浙江水》:“秦望山在州城正南,为众峰之杰,陟境便见。《史记》云:秦始皇登之以望南海。”《艺文类聚·会稽诸山》:“东有秦望山,昔秦始皇登此,使李斯勒石,其碑见在。”镜湖:又名鉴湖。在今浙江绍兴会稽山北麓,是古代长江以南的大型农田水利工程之一。

⑥伫:久立。汉王粲《赠蔡子笃诗》:“瞻望遐路,允企伊伫。”晋陆机《文赋》:“伫中区以玄览,颐情志于典坟。”应接:指山水美景众多,来不及欣赏。宋史达祖《喜迁莺·元宵》词:“自怜诗酒瘦,难应接许多春色。”

⑦眇天末:远在天涯。眇,辽远。《楚辞·九章·哀郢》:“心婵媛而伤怀兮,眇不知其所跖。”宋朱熹集注:“眇,犹远也。”晋陆机《拟行行重行行》:“游子眇天末,远期不可寻。”良朋:好友。《诗·小雅·常棣》:“每有良朋,况也永叹。”朝端:朝廷。南朝梁任昉《齐竟陵文宣王行状》:“敷奏朝端,百揆惟穆。”

⑧迟尔:待尔。迟,等待。隋江总《赠洗马袁朗别诗》:“高谈无与慰,迟尔报华篇。”挂冠:晋袁宏《后汉纪·光武帝纪五》:“(逢萌)闻王莽居摄,子宇谏,莽杀之。萌会友人曰:‘三纲绝矣,祸将及人。’即解衣冠,挂东都城门,将家属客于辽东。”又,南朝梁陶弘景,于齐高帝作相时,曾被引为诸王侍读。他家贫,求作县令不得,乃脱朝服挂神武门,上表辞禄。后因以“挂冠”指辞官、弃官。南朝梁沈约《和左丞庾杲之移病》:“挂冠若东都,山林宁复出。”宋叶适《祭韩子师尚书文》:“愤发挂冠,龠米自炊。”

示孟郊[1]

蔓草蔽极野，兰芝结孤根[2]。
众音何其繁，伯牙独不喧[3]。
当时高深意，举世无能分[4]。
钟期一见知，山水千秋闻[5]。
尔其保静节，薄俗徒云云[6]。

【题解】

此诗表现了朋友间志趣相投的情谊，也含蓄地传达出厌倦流俗生活，渴望保持高尚情操的愿望。

【校注】

①宋本无此首，据刘本、活字本、凌本、嘉靖本、丛刊本补。孟郊(751—814)：字东野，湖州武康(今浙江德清)人，唐德宗贞元十二年(796年)进士及第，曾任溧阳县尉，官至大理评事。其生年距孟浩然卒在十年以上，故此二人之时代邈不相及。此诗最早见于《唐文粹》，宋严羽《沧浪诗话》则以为"其诗亦不似浩然，必误入"。宋陆游《渭南文集·跋孟浩然诗集》、清马星翼《东泉诗话》皆怀疑当另有一孟郊。故此诗非诗题有误，即为他人之作羼入，或当时另有孟郊其人。

②这两句说小人横行，君子孤立。蔓草：蔓生的野草。南朝梁江淹《恨赋》："试望平原，蔓草萦骨，拱木敛魂。"古人常用以喻恶人恶事。《左传·隐公元年》："蔓草犹不可除，况君之宠弟乎?"极野：广阔的原野。《淮南子·精神训》："处大廓之宇，游无极之野。"汉高诱注："极，尽也。"兰芝：兰草和灵芝。喻优秀子弟。孤根：独立的根基。

③这两句说世风浇薄，君子缄默。众音：指世俗的声音。

④这两句说深思高意，举世莫辨。分：辨别。

⑤这两句说知音相逢，千秋长存。

⑥这两句说清操不改，任流俗纷纭。尔其：连词，表承接，辞赋中常用作更端之词。犹言至于，至如。汉张衡《南都赋》："尔其地势则武阙关其西，桐柏揭其东。"南朝梁刘勰《文心雕龙·史传》："尔其实录无隐之旨，博雅弘辩之才，爱奇反经之尤，条例踳落之失，叔皮论之详矣。"静节：清高的节操。唐方干《书桃花坞周处士壁》："自学古贤修静节，唯应野鹤识高情。"宋范仲淹《举许渤签署陕府判官事状》："（许渤）登仕宦后，自守静节。"薄俗：轻薄的习俗，坏风气。《汉书·元帝纪》："民渐薄俗，去礼义，触刑法，岂不哀哉！"《晋书·虞预传》："穷奢竭费谓之忠义，省烦从简呼为薄俗，转相放效，流而不反。"云云：犹纭纭。纷纭；纷纷（多用于形容言语、议论多而杂）。汉仲长统《昌言·损益》："为之以无为，事之以无事，何子言之云云也？"唐薛逢《题独孤处士村居》："何如一被风尘染，到老云云相是非。"

山中逢道士云公①

春余草木繁，耕种满田园。
酌酒聊自劝，农夫安与言。
忽闻荆山子，时出桃花源②。
采樵过北谷，卖药来西村。
村烟日云西，榛路有归客③。
杖策前相逢，依然是畴昔。
邂逅欢觏止，殷勤叙离隔④。
谓予抟扶桑，轻举振六翮⑤。
奈何偶昌运，独见遗草泽⑥。
既笑接舆狂，仍怜孔丘厄⑦。
物情趋势利，吾道贵闲寂⑧。

偃息西山下，门庭罕人迹[9]。
何时还清溪，从尔炼丹液[10]。

【题解】

此诗写山中遇见道士云公的情景。先写早闻云公隐居山中，采樵卖药，两人相逢后彼此情义殷殷，惺惺相惜。再写云公对自己的夸赞与勉励，希望作者能平步青云，不可遗落草泽，但作者无意仕途，有归隐从道之念。

【校注】

①宋本无此首，据刘本、活字本、凌本、嘉靖本、丛刊本补。道士：此当指炼丹修道之士或道教徒。云公：人名未详。

②荆山子：指云公。荆山，在今湖北南漳西，唐代属襄州。此山三面险绝，唯有东南一隅，才通人径。山有抱玉岩，传为楚人卞和得璞处。《书·禹贡》："导嶓冢，至于荆山。"孔传："荆山在荆州。"北魏郦道元《水经注·江水二》："《禹贡》：'荆及衡阳惟荆州。'盖即荆山之称，而制州名矣。故楚也。"桃花源：晋陶渊明《桃花源记》中所记避世之处。唐李白《古风》之十五："一往桃花源，千春隔流水。"此指云公隐居地。

③榛路：草木丛生之路。喻险途。南朝齐王融《左家怀善篇颂》："烦流舍智宝，榛路坦夷途。"

④邂逅：不期而遇。《诗·郑风·野有蔓草》："有美一人，清扬婉兮，邂逅相遇，适我愿兮。"毛传："邂逅，不期而会。"南朝宋鲍照《赠傅都曹别》："邂逅两相亲，缘念共无已。"觏止：相遇。《诗·召南·草虫》："亦既见止，亦既觏止。"毛传："止，辞也。觏，遇。"殷勤：情意深厚。汉杨恽《报孙会宗书》："赐书教督以所不及，殷勤甚厚。"离隔：离散相隔。三国魏曹植《离友诗》："折秋华兮采灵芝，寻永归兮赠所思。感离隔兮会无期，伊郁悒兮情不怡。"

⑤这两句说青云直上，登上高位。抟：鸟类向高空盘旋飞翔。《庄子·逍遥游》："抟扶摇而上者九万里。"三国魏曹植《玄畅赋》："希鹏举以抟天，蹶青云而奋羽。"扶桑：神话中的树名。《山海经·海外东经》："汤谷上有扶

桑，十日所浴，在黑齿北。”晋郭璞注：“扶桑，木也。”《海内十洲记·带洲》：“多生林木，叶如桑。又有椹，树长者二千丈，大二千余围。树两两同根偶生，更相依倚，是以名为扶桑也。”或传说日出于扶桑之下，拂其树杪而升，因谓为日出处。亦代指太阳。《楚辞·九歌·东君》：“暾将出兮东方，照吾槛兮扶桑。”汉王逸注：“日出，下浴于汤谷，上拂其扶桑，爰始而登，照曜四方。”六翮：谓鸟类双翅中的正羽。用以指鸟的两翼。《战国策·楚策四》：“奋其六翮而凌清风，飘摇乎高翔。”宋苏轼《与胡祠部游法华山》：“君犹鸾鹤偶飘堕，六翮如云岂长铩。”

⑥偶：逢遇。昌运：兴隆的国运。南朝宋颜延之《拜陵庙作》：“敕躬惭积素，复与昌运并。”遗草泽：弃于荒野，喻不被朝廷任用。晋左思《咏史八首》之七：“英雄有迍邅，由来自古昔。何世无奇才，遗之在草泽。”

⑦接舆狂：接舆之狂放。《论语·微子》：“楚狂接舆歌而过孔子，曰：凤兮凤兮，何德之衰。往者不可谏，来者犹可追。已而已而，今之从政者殆而。”孔丘厄：孔丘之困厄。《荀子·宥坐》：“孔子南适楚，厄于陈蔡之间，七日不火食，藜羹不糁，弟子皆有饥色。”

⑧物情：世道人情。势利：权势和利益。《史记·魏其武安侯列传》：“武安侯虽不任职，以王太后故，亲幸，数言事多效，天下吏士趋势利者，皆去魏其归武安。”闲寂：闲适静寂。《南史·顾觊之传》：“觊之驭繁以约，县用无事。昼日垂帘，门阶闲寂。”

⑨偃息：安卧。晋潘岳《秋兴赋》：“仆野人也，偃息不过茅屋茂林之下。”

⑩丹液：道教称长生不老之药。唐王维《过太乙观贾生房》：“常恐丹液就，先我紫阳宾。”赵殿成笺注：“《汉武内传》：‘其次药有九丹金液，子得服之，白日升天。’”

【辑评】

刘辰翁《孟浩然诗集》评点：“寻常经过，写得清妙。”

李梦阳《孟浩然诗集》评点：“奈何以下，其意怨。”

岁暮海上作①

仲尼既云没，余亦浮于海②。
昏见斗柄回，方知岁星改③。
虚舟任所适，垂钓非所待④。
为问乘查久，沧洲复何在⑤。

【题解】

此诗写诗人感岁月之流逝、人事之代谢，自己却无为于世之失落与惆怅。诗人任凭轻舟随意飘荡，垂下的钓竿也没有什么期待，一副随波逐流、无所归依的神态。

【校注】

①岁暮：岁末。南朝宋颜延之《秋胡诗》："岁暮临空房，凉风起坐隅。"海上：此当指东海。

②这两句说自己不得志而避世。仲尼：孔子名丘，字仲尼。《汉书·艺文志》："昔仲尼没而微言绝，七十子丧而大义乖。"浮于海：乘船到海上去。《论语·公冶长》："子曰：道不行，乘桴浮于海。"宋邢昺疏："仲尼患中国不能行己之道也，道不行，乘桴浮于海者，桴，竹木所编小筏也。言我之善道，中国既不能行，即欲乘其桴筏，浮渡于海而居九夷，庶几能行己道也。"

③斗柄：北斗柄，指北斗星第五至第七星，即玉衡、开阳、摇光。《国语·周语》："日在析木之津，辰在斗柄。"三国吴韦昭注："辰，日月之会。斗柄，斗前也。"回：指回复到去年年终时的位置。北斗星方位随季节变换而跟着移动，所以古人从斗柄所指方向可以推知不同的节候。岁星改：是说一年又要过去了。岁星，即木星。越十二年绕日运行一周。古人以其岁行一次，用以纪年。《史记·天官书》："察日月之行以揆岁星顺逆。"唐司马贞索隐曰："《物理论》云：'岁行一次，谓之岁星，则十二岁而星一周天也。'"

④这两句说自己胸怀恬淡旷达，虽隐居垂钓，也不似姜太公那样心有所待。虚舟：轻舟。南朝宋谢灵运《游赤石进帆海》："溟涨无端倪，虚舟有超越。"唐李周翰注："轻舟而进曰虚舟。"晋陶渊明《五月旦作和戴主簿》："虚舟纵逸棹，回复遂无穷。"垂钓：《史记·齐太公世家》："吕尚盖尝穷困，年老矣，以渔钓奸周西伯。西伯将出猎，卜之，曰'所获非龙非螭，非虎非罴，所获霸王之辅'。于是周西伯猎，果遇太公于渭之阳。"

⑤这两句说向往隐居生活、无所牵挂。乘查久：活字本、凌本、嘉靖本、丛刊本、英华本作"乘槎人"。乘查，即乘槎。乘坐竹、木筏。晋张华《博物志》："旧说云天河与海通。近世有人居海渚者，年年八月有浮槎去来，不失期。人有奇志，立飞阁于查上，多赍粮，乘槎而去。"沧洲：滨水的地方。古人常用以称隐士的居处。

【辑评】

刘辰翁《孟浩然诗集》评点："奇状澹荡，少许自足。"

黄培芳《唐贤三昧集》评点："一笔挥成，气格迈往。"

越中逢天台太一子①

仙穴逢羽人，停舻向前拜②。
问余涉风水，何处远行迈③。
登陆寻天台，顺流下吴会④。
兹山夙所尚，安得问灵怪⑤。
上通青天高，俯临沧海大。
鸡鸣见日出，每与神仙会。
往来赤城中，逍遥白云外⑥。
莓苔异人间，瀑布当空界⑦。
福庭长自然，华顶旧称最⑧。
永比从之游，何当济所届⑨。

【题解】

此诗先写诗人在越地遇见友人，向其讲述对天台山的了解和登临计划，后写诗人对不死之乡的向往。

【校注】

①越中：春秋时越国之地。此指浙江东部绍兴一带。太一子：名迹未详，天台山道士，作者与之友善。

②仙穴：仙人洞居穴处，此美称道士所居。羽人：神话中的飞仙。《楚辞·远游》："仍羽人于丹丘兮，留不死之旧乡。"宋洪兴祖补注："羽人，飞仙也。"此美称道士太一子，道家学仙，因称道士为羽人。唐钱起《卧疾答刘道士》："宝字比仙药，羽人寄柴荆。"停舻：停船。南朝梁江淹《谢法曹惠连》："停舻望极浦，弭棹阻风雪。"唐李善注："《说文》曰：舻，船头也。"

③涉风水：指旅途跋涉。行迈：行走不止；远行。《诗·王风·黍离》："行迈靡靡，中心如醉。"

④吴会：秦汉会稽郡治在吴县，郡县连称为吴会。清赵翼《陔馀丛考·吴会》："西汉时会稽郡治本在吴县，时俗以郡县连称，故云吴会。"东汉分会稽郡为吴、会稽二郡，并称吴会。后亦泛称此两郡故地为吴会。《后汉书·蔡邕传》："邕虑卒不免，乃亡命江海，远迹吴会。"

⑤所尚：所尊崇。晋左思《招隐》："相与观所尚，逍遥撰良辰。"唐李善注："尚，高也。谓中心之所高尚也。"灵怪：神灵怪异。晋郭璞《山海经叙》："游魂灵怪，触象而构。"

⑥赤城：山名。在浙江省天台县北。唐李白《梦游天姥吟留别》："天姥连天向天横，势拔五岳掩赤城。"王琦注："《太平广记》：'章安县西有赤城山，周三十里。一峰特高，可三百余丈。'《海录碎事》：'顾野王《舆地志》云：赤城山有赤石罗列，长里余，遥望似赤城。'"

⑦莓苔：青苔。晋孙绰《游天台山赋》："践莓苔之滑石，搏壁立之翠屏。"空界：佛教语。空大，谓虚空范畴。六界之五。南朝陈徐陵《东阳双林寺傅大士碑》："空界神仙，共来行道。"唐皎然《答俞校书冬夜》："夜闲禅用精，空界亦清迥。"

⑧福庭：即仙界。晋孙绰《游天台山赋》："仍羽人于丹丘，寻不死之福庭。"唐吕延济注："寻求不死之庭，谓求仙之处也。"自然：活字本、凌本、嘉靖本、丛刊本、英华本作"不死"。《老子》："道法自然。"华顶：在今浙江省天台县东北，天台山主峰之一。众山环拱如莲瓣，华顶正当花心，故名。《嘉定赤城志》："华顶峰在县东北六十里，盖天台第八重最高处，旧传高一万丈。少晴多晦，夏有积雪，可观日之出入……绝顶东望，沧海弥漫无际，俗号望海尖。下瞰众山，如龙虎蟠踞，旗鼓布列之状，草木薰郁，殆非人世。"

⑨末句指何时达成所愿。何当：犹何日，何时。《玉台新咏·古绝句一》："何当大刀头，破镜飞上天。"唐李商隐《夜雨寄北》："何当共剪西窗烛，却话巴山夜雨时。"济：完成。届：至。

自浔阳泛舟经明海①

大江分九流，淼淼成水乡②。
舟子乘利涉，往来至浔阳③。
因之泛五湖，流浪经三湘④。
观涛壮枚发，吊屈痛沉湘⑤。
魏阙心恒在，金门诏不忘⑥。
遥怜上林雁，冰泮已回翔⑦。

【题解】

此诗是作者从浔阳泛舟至彭蠡湖的遣兴之作。作者以景入手，穿插用典，在写行旅所见壮美景致的同时，抒发了自己对朝廷的眷恋和求仕无门的苦闷。

【校注】

①浔阳：《元和郡县图志·江南道·江州》："浔阳县，本汉旧县，属庐江郡，以在浔水之阳，故曰浔阳。隋平陈，改浔阳为彭蠡县，大业二年改为湓

城县，武德五年复改为浔阳县。”治今江西省九江市。明海：唐人称湖为海。明海，即明湖。唐李白《庐山谣寄卢侍御虚舟》：“屏风九叠云锦张，影落明湖青黛光。”此诗所云“明海”，当为庐山之南的彭蠡湖。

②大江：指长江。九流：活字本、凌本、嘉靖本、丛刊本作“九派”。指长江的众多支流。晋郭璞《江赋》：“源二分于崌崃，流九派乎浔阳。”唐李善注：“水别流为派。……应劭《汉书注》曰：江自庐江浔阳分为九也。”《初学记·江》：“至浔阳，分为九道。《浔阳记》说九江：一曰白乌江，二蜯江，三乌土江，四嘉靡江，五畎江，六浮江，七禀江，八提江，九菌江。”淼淼：活字本、凌本、嘉靖本、丛刊本作“淼漫”。水势浩大貌。南朝梁沈约《法王寺碑》：“炎炎烈火，淼淼洪波。”唐王建《水夫谣》：“逆风上水万斛重，前驿迢迢后淼淼。”

③利涉：顺利渡河。《易·需》：“贞吉，利涉大川。”又称舟楫为利涉。唐杜甫《八哀诗·故司徒李公光弼》：“扶颠永萧条，未济失利涉。”

④五湖：说法不一。其一，泛指太湖流域的湖泊。有多种说法：或指苏州南部湖泽，或指太湖，或指太湖及附近四湖，或指太湖附近的五个湖。其二，江南五大湖的总称。《史记·三王世家》：“大江之南，五湖之间，其人轻心。”唐司马贞索隐：“五湖者，具区、洮滆、彭蠡、青草、洞庭是也。”其三，指洞庭湖。唐杜甫《归雁》：“年年霜露隔，不过五湖秋。”清朱鹤龄注：“雁至衡阳则回。此五湖当指洞庭湖言。”三湘：说法不一。其一，湖南湘乡、湘潭、湘阴（或湘源），合称三湘。但古人诗文中的三湘，多泛指湘江流域及洞庭湖地区。唐李白《江夏使君叔席上赠史郎中》：“昔放三湘去，今还万死余。”其二，指沅湘、潇湘、资湘。晋陶渊明《赠长沙公族祖》：“遥遥三湘，滔滔九江。”清陶澍集注：“湘水发源会潇水，谓之潇湘；及至洞庭陵子口，会资江谓之资湘；又北与沅水会于湖中，谓之沅湘。”

⑤枚：指西汉辞赋家枚乘，字叔，淮阴（今属江苏）人。发：指枚乘之杰作《七发》。吊屈：西汉贾谊被贬长沙，过湘水而作《吊屈原赋》。沅湘：凌本、嘉靖本作“沉湘”。指沅水、湘水。屈原被放逐后，曾长期流浪沅湘间。《楚辞·离骚》：“济沅湘以南征兮，就重华而陈词。”

⑥魏阙心：谓身居江湖而心向朝廷。魏阙，古代宫门外两边高耸的楼观。楼观下常为悬布法令之所。此借指朝廷。《庄子·让王》："身在江海之上，心居乎魏阙之下。"唐元稹《酬友封话旧叙怀十二韵》："魏阙何由到，荆州且共依。"金门：汉代宫门金马门之省称，为学士待诏之处。《史记·滑稽列传》："金马门者，宦(者)署门也。门傍有铜马，故谓之曰'金马门'。"汉扬雄《解嘲》："与群贤同行，历金门上玉堂有日矣。"诏：汉代东方朔、主父偃、严安等，曾待诏于金门，后被朝廷所任用。

⑦上林：古宫苑名。秦旧苑，汉初荒废，至汉武帝时重新扩建。故址在今西安市西及周至、鄠邑界。《三辅黄图·苑囿》："汉上林苑，即秦之旧苑也。《汉书》云：'武帝建元三年，开上林苑，东南至蓝田宜春、鼎湖、御宿、昆吾，旁南山而西，至长杨、五柞，北绕黄山，濒渭水而东，周袤三百里。'离宫七十所，皆容千乘万骑。"南朝梁何逊《学古》："欲因上林雁，一见平陵桐。"冰泮：宋本作"冰判"，据活字本、凌本、嘉靖本、丛刊本改。冰冻融化。晋左思《蜀都赋》："晨凫旦至，候雁衔芦，木落南翔，冰泮北徂。"唐刘良注："冰泮，春时也。"回翔：飞回上林。指出仕朝廷。晋成公绥《乌赋》："望仁里之回翔兮，翩群鸣以拊翼。"

早发渔浦潭①

东旭早光芒，渚禽已惊聒②。
卧闻渔浦口，桡声暗相拨③。
日出气象分，始知江路阔④。
美人常晏起，照影弄流沫⑤。
饮水畏猿惊，祭鱼时见獭⑥。
舟行自无闷，况值晴景豁⑦。

【题解】

此诗为开元十八年(730年)秋,作者漫游吴越,行近富阳,赴会稽途中所作。晴日早发,行舟江上,胸襟舒畅,表现出作者浓厚的旅途情趣。

【校注】

①渔浦潭:宋本作"渔流潭",据刘本、活字本、凌本、嘉靖本、丛刊本、英华本改。在今浙江省杭州市萧山区西南。南朝宋谢灵运《富春渚》:"宵济渔浦潭,旦及富春郭。"唐李善注:"《吴郡记》曰:富春东三十里有渔浦。"

②东旭早光芒:英华本作"晨旭光苍茫"。东旭:犹曙色,曙光。南朝齐谢朓《齐海陵王墓铭》:"西光已谢,东旭又良。"南朝梁王僧孺《咏捣衣》:"下机骛西眺,鸣砧遽东旭。"渚禽:洲渚诸禽。晋左思《吴都赋》:"棹讴唱,箫籁鸣。洪流响,渚禽惊。"唐吕向注:"言渚禽闻棹歌箫管洪流之声,是以惊也。"聒:喧闹,声音高响或嘈杂。《楚辞·九思·疾世》:"鴳雀列兮哗讙,鸲鹆鸣兮聒余。"

③桡:船桨。《楚辞·九歌·湘君》:"薜荔柏兮蕙绸,荪桡兮兰旌。"汉王逸注:"桡,船小楫也。"唐曹唐《汉武帝思李夫人》:"夜深池上兰桡歇,断续歌声彻太微。"

④气象:景象。泛指景物。晋谢道韫《登山》:"气象尔何物,遂令我屡迁。"

⑤晏起:迟起。《礼记·内则》:"早寝晏起,唯所欲。"晋潘岳《射雉赋》:"恐吾游之晏起,虑原禽之罕至。"照影:临水照见形影。晋陆机《演连珠》:"目无常音之察,耳无照影之神。"流沫:谓水势激湍腾沫。《庄子·达生》:"孔子观于吕梁,县水三十仞,流沫四十里,鼋鼍鱼鳖之所不能游也。"南朝宋谢灵运《还旧园作见颜范二中书》:"流沫不足险,石林岂为艰。"一说飞溅的浪花。《淮南子·俶真训》:"人莫鉴于流沫而鉴于止水者,以其静也。"

⑥上句说畏惊猿饮水。《水经注》:"汉水又东径猴经滩。山多猴猿,好乘危缀饮。"下句说时见獭祭鱼。獭祭鱼,亦省作"獭祭"。谓獭常捕鱼陈列水边,如同陈列供品祭祀。《礼记·月令》:"(孟春之月)东风解冻,蛰虫始振,鱼上冰,獭祭鱼,鸿雁来。"《吕氏春秋·孟春》:"鱼上冰,獭祭鱼。"汉高诱注:"獭獱,水禽也。取鲤鱼置水边,四面陈之,世谓之祭鱼。"实际上因獭

食鱼时必残杀和吃剩许多鱼，故有“獭祭”之说。

⑦无闷：没有烦闷。《周易正义·乾传》：“不成乎名，遁世无闷。”唐孔颖达疏：“遁世无闷者，谓逃遁避世，虽逢无道，心无所闷。”南朝宋谢灵运《登池上楼》：“持操岂独古，无闷征在今。”豁：谓天气晴朗。唐杜甫《赠虞十五司马》：“爽气金天豁，清谈玉露繁。”

【辑评】

刘辰翁《孟浩然诗集》评点：“别是一种清景可人（‘桡声’句下）。‘美人常晏起’，著此空阔，又别超众作以此。”

钟惺、谭元春《唐诗归》：“浩然诗常为浅薄一路人，藏拙当于此等处着眼，看其气韵起止处。”

唐汝询《汇编唐诗十集》：“但知琢练为佳，殊不知孟诗妙境却在浅淡中。”

潘德舆《养一斋诗话》：“然襄阳诗如‘东旭早光芒，渚禽已惊聒。卧闻渔浦口，桡声暗相拨。日出气象分，始知江路阔’……精力浑健，俯视一切，正不可徒以清言目之。”

经七里滩①

子奉垂堂诫，千金非所轻②。
为多山水乐，频作泛舟行。
五岳追向子，三湘吊屈平③。
湖经洞庭阔，江入新安清④。
复闻严陵濑，乃在兹湍路⑤。
叠嶂数百里，沿洄非一趣⑥。
彩翠相氛氲，别流乱奔注⑦。
钓矶平可坐，苔磴滑难步⑧。
猿饮石下潭，鸟还日边树。

观奇恨来晚，倚棹惜将暮⑨。

挥手弄潺湲，从此洗尘虑⑩。

【题解】

此诗为作者漫游吴越途中所作。作者沿路观赏七里滩之美景，并探访东汉严子陵遗迹，结尾点出纵情山水之乐，飘然出尘之感。

【校注】

①七里滩：又称七里濑、严陵濑。在今浙江省桐庐县南、严陵山西。滩长七里，两山夹峙，东阳江流其间，水流湍急。《元和郡县图志·江南道·睦州建德县》："七里濑，在县东北一十里。"《淳熙严州图经》："七里滩，在城东四十里山峡之中。谚云：'有风七里，无风七十里。'因以名之。"

②"子奉"二句：《汉书·司马相如传》："鄙谚曰：'家累千金，坐不垂堂。'"汉张揖曰："畏檐瓦堕中人也。"唐颜师古注："垂堂者，近堂边外，自恐坠堕耳，非畏檐瓦也。言富人之子则自爱深也。"就是不坐在屋檐下，恐瓦坠落伤身，以示谨慎。

③五岳：我国五大名山的总称。古书中记述略有不同。其一，指东岳泰山、南岳衡山、西岳华山、北岳恒山、中岳嵩山。《周礼·春官·大宗伯》："以血祭祭社稷、五祀、五岳。"汉郑玄注："五岳，东曰岱宗、南曰衡山、西曰华山、北曰恒山、中曰嵩高山。"今所言五岳，即指此五山。其二，指东岳泰山、南岳霍山、西岳华山、北岳恒山、中岳嵩山。《尔雅·释山》："泰山为东岳，华山为西岳，霍山为南岳，恒山为北岳，嵩高为中岳。"晋郭璞注："（霍山）即天柱山。"其三，指泰山、衡山、华山、岳山、恒山。《周礼·春官·大司乐》："凡日月食，四镇、五岳崩。"汉郑玄注："五岳，岱在兖州、衡在荆州、华在豫州、岳在雍州、恒在并州。"向子：即尚长，也作向长，东汉隐士。屈平：即屈原。

④洞庭：洞庭湖，在今湖南省北部，长江南岸。湘、资、沅、澧四水汇注其中，为中国第二大淡水湖。《元和郡县图志·江南道·岳州巴陵县》："洞庭湖，在县西南一里五十步，周回二百六十里。"新安：新安江。即钱塘江上游。在浙江省西部。江水至清，南朝梁沈约有《新安江水至清浅深见底贻

京邑同好》诗，其中云："洞澈随清浅，皎镜无冬春。千仞写乔树，百丈见游鳞。"

⑤严陵濑：即七里滩。《后汉书·逸民列传》："严光字子陵，一名遵，会稽余姚人也。……除为谏议大夫，不屈，乃耕于富春山，后人名其钓处为严陵濑焉。"濑，浅水沙石滩。《汉书·司马相如传》："东驰土山兮，北揭石濑。"唐颜师古注："石而浅水曰濑。"

⑥叠嶂：重叠的山峰。南朝梁武帝《直石头》："夕池出濠渚，朝云生叠嶂。"隋薛道衡《豫章行》："前瞻叠障千重阻，却带惊湍万里流。"沿洄：顺流而下或逆流而上。唐李白《淮阴书怀寄王宋城》："沿洄且不定，飘忽怅徂征。"唐韦应物《初发扬子寄元校书》："世事波上舟，沿洄安得住。"

⑦彩翠：鲜艳翠绿之色。唐王维《木兰柴》："彩翠时分明，夕岚无处所。"宋陆游《三峡歌》："十二巫山见九峰，船头彩翠满秋空。"别流：支流。奔注：奔流灌注。唐李白《早过漆林渡寄万巨》："漏流昔吞翕，沓浪竞奔注。"

⑧钓矶：指严子陵渔钓处。矶，指水边石滩或突出的岩石。汉孔融《离合作郡姓名字诗》："吕公矶钓，阖口渭傍。"唐韩愈《送区弘南归》："虽有不逮驱騑騑，或采于薄渔于矶。"苔磴：长有青苔的石级。

⑨倚棹：靠着船桨，犹言泛舟。唐卢照邻《葭川独泛》："倚棹春江上，横舟石岸前。"唐刘长卿《赠别严士元》："春风倚棹阖闾城，水国春寒阴复晴。"

⑩潺湲：指流水。南朝宋谢灵运《入华子冈是麻源第三谷》："且申独往意，乘月弄潺湲。"唐罗邺《洛水》："一道潺湲溅暖莎，年年惆怅是春过。"尘虑：犹俗念。唐刘禹锡《游桃源一百韵》："道芽期日就，尘虑乃冰释。"金元好问《少林雨中》："重羡禅栖客，都无尘虑侵。"

南归阻雪①

我行滞宛许，日夕望京豫②。
旷野莽茫茫，乡山在何处③。
孤烟村际起，归雁天边去④。

积雪覆平皋，饥鹰捉寒兔⑤。
少年弄文墨，属意在章句⑥。
十上耻还家，徘徊守归路⑦。

【题解】

此诗约作于开元十七年(729年)冬归至南阳时。作者先写旅途遇雪，阻于南阳以北；次写黄昏所见荒凉景象；最后写落第还乡的羞愧心情。

【校注】

①诗题：活字本作“南归北阻雪”，凌本、嘉靖本、丛刊本、英华本作“南阳北阻雪”。阻雪：旅途阻于风雪。

②这两句说滞留于宛、许之间，日夜眺望着南阳。宛许：宛，古县名。秦置南阳郡，治宛，唐属邓州，今河南南阳。许，唐许州，今河南许昌。《晋书·庾亮传》：“襄阳北接宛许，南阻汉水，其险足固。”京豫：当指南阳。南阳以南为作者家乡襄阳，返家途中遇阻，故有日夕眺望之举。东汉光武帝刘秀以之为南都，此地又属于豫州，故曰京豫。一说指长安、洛阳。

③这两句说放眼望去，旷野辽远，家乡邈缈。旷野莽茫茫：出自三国魏阮籍《咏怀八十二首》之十六：“绿水扬洪波，旷野莽茫茫。”唐李善注：“《毛诗》曰：‘率彼旷野。’《楚辞》曰：‘莽茫茫之无涯。’毛苌曰：‘茫茫，广大貌。’”

④孤烟：远处独起的炊烟。南朝梁范云《之零陵郡次新亭》：“江干远树浮，天末孤烟起。”唐王维《使至塞上》：“大漠孤烟直，长河落日圆。”归雁：大雁春天北飞，秋天南飞，候时去来，故称。汉苏武《报李陵书》：“岂可因归雁以运粮，托景风以饷军哉。”唐王维《使至塞上》：“征蓬出汉塞，归雁入胡天。”

⑤平皋：宋本作“平皇”，据刘本、活字本、嘉靖本、丛刊本改。英华本作“平湍”。水边平地。《史记·司马相如列传》：“汩減噏习以永逝兮，注平皋之广衍。”三国魏嵇康《赠秀才入军十九首》之十四：“流磻平皋，垂纶长川。”

⑥文墨：文书辞章。亦指写文章，从事文字工作。《史记·萧相国世家》：“今萧何未尝有汗马之劳，徒持文墨议论，不战，顾反居臣等上，何也？”

《三国志·蜀书·诸葛亮传》:“公诚之心,形于文墨。”属意:归心,着意。晋刘琨《答卢谌》:“不复属意于文,二十余年矣。”南朝陈徐陵《玉台新咏序》:“无怡神于暇景,惟属意于新诗。”章句:此指文章、诗词。南朝梁沈约《梁武帝集序》:“汉高、宋武,虽阙章句,歌《大风》以还沛,好清谈于暮年。”唐白居易《山中独吟》:“人各有一癖,我癖在章句。”

⑦十上耻还家:多次应试落榜或献赋求官不遂,羞于还家。典出苏秦。《战国策·秦策》:“(苏秦)说秦王书十上而说不行。黑貂之裘弊,黄金百斤尽,资用乏绝,去秦而归。羸縢履蹻,负书担橐,形容枯槁,面目犁黑,状有归色。归至家,妻不下纴,嫂不为炊,父母不与言。”

【辑评】

刘辰翁《孟浩然诗集》评点:“曲折凄楚。”

钟惺、谭元春《唐诗归》:“幽事历历,随口成诗。”又:“‘守’字真境幻思,不可思议。”

将适天台留别临安李主簿①

枳棘君尚栖,匏瓜吾岂系②。
谁念离当夏,淡泊指炎裔③。
江海非堕游,田园失归计④。
定山既早发,渔浦亦宵济⑤。
泛泛随波澜,行行任舻枻⑥。
故林日已远,群木坐成翳⑦。
羽人在丹丘,吾亦从此逝⑧。

【题解】

此诗为作者漫游吴越途中所作。诗言与李主簿于夏日作别,并述自己远游之苦衷在于难以还乡,引出思乡之情。

【校注】

①临安：今浙江省杭州市临安区。《元和郡县图志·江南道·杭州》："临安县，东南至州一百二十八里。本吴大帝分余杭县立临水县，晋改为临安。隋乱，废置无准。垂拱四年巡抚使狄仁杰复奏置。"李主簿：名迹未详。主簿，唐代诸县置主簿一人，主管文书簿籍之事务。

②枳棘：枳木与棘木。因其多刺而称恶木。常用以比喻恶人或小人。《韩非子·外储说左下》："夫树橘柚者，食之则甘，嗅之则香；树枳棘者，成而刺人，故君子慎所树。"晋左思《咏史》："出门无通路，枳棘塞中涂。"唐吕向注："枳棘，有刺之木，喻谗佞也。"此处指李主簿所处的艰难险恶的环境。《后汉书·黄琼传》："光武以圣武天挺，继统兴业，创基冰泮之上，立足枳棘之林。"唐李贤注："枳棘谕艰难。"匏瓜：葫芦科。一年生草本植物，茎蔓生，叶心脏形，花白色。果实细长，圆筒形，嫩时可做蔬菜，老熟后可剖制成器具。亦指这种植物的果实。《论语·阳货》："吾岂匏瓜也哉！焉能系而不食？"后因以喻未得仕用或无所作为的人。汉王粲《登楼赋》："惧匏瓜之徒悬兮，畏井渫之莫食。"

③谁念离当夏：活字本、凌本、嘉靖本、丛刊本作"念离当夏首"。离当夏：时当在开元十八年（730年）初夏。淡泊：活字本、凌本、嘉靖本、丛刊本、英华本作"漂泊"。恬淡，不追名逐利。《东观汉记·郑均传》："好黄老，淡泊无欲，清静自守。"宋秦观《送蔡子襄用蔡子俊韵》："故人淡泊出天性，鷦鷯巢林一枝足。"炎裔：泛指南方僻远之地。唐李德裕《夏晚有怀平泉林居》："矧余窜炎裔，日夕谁晤语？"

④堕游：活字本、英华本作"惰游"。"堕游"同"惰游"，懒惰闲散，游手好闲。《礼记正义·玉藻》："垂绥五寸，惰游之士也。"汉郑玄注："惰游，罢民也。"南朝梁任昉《天监三年策秀才文》："而惰游废业，十室而九。"唐李周翰注："言学者懒惰，游戏以废道业。"归计：返回家乡，归耕田园之计。

⑤"定山"二句：化用南朝宋谢灵运《富春渚》："宵济渔浦潭，旦及富春郭。定山缅云雾，赤亭无淹薄。"唐李善注："《吴郡记》曰：富春东三十里有渔浦。"又："《吴郡缘海四县记》曰，钱塘西南五十里有定山。去富春又七十里，横出江中，涛迅迈以避山难。"定山：宋本作"空山"，据活字本、凌本、嘉

靖本、丛刊本改。一名狮子山，在今浙江省杭州市余杭区东南。宵济：夜间渡水。《左传·闵公二年》："文公为卫之多患也，先适齐。及败，宋桓公逆诸河，宵济。"晋杜预注："夜渡。"

⑥泛泛：漂浮貌；浮行貌。《诗·小雅·采菽》："泛泛杨舟，绋缅维之。"《楚辞·卜居》："宁昂昂若千里之驹乎？将泛泛若水中之凫，与波上下，偷以全无躯乎？"舻枻：指船。舻，指船头或船尾。枻，指船舷或船桨。

⑦故林：从前栖息的树林。南朝宋谢灵运《晚出西射堂》："羁雌恋旧侣，迷鸟怀故林。"这里指故乡的树林，比喻故乡或家园。唐杜甫《江亭》："故林归未得，排闷强裁诗。"坐咸翳：言故乡之树自然生长繁茂，荫翳蔽日。坐，无故，自然。咸，活字本、凌本、嘉靖本、丛刊本、英华本作"成"。翳，障蔽，遮蔽。《广雅·释诂》："翳，障也。"

⑧丹丘：传说中神仙所居之地。《楚辞·远游》："仍羽人于丹丘兮，留不死之旧乡。"汉王逸注："丹丘昼夜常明也。"北魏郦道元《水经注·泒水》："于是好道之俦自远方集，或弦琴以歌太一，或覃思以历丹丘。"吾亦从此逝：《史记·高祖本纪》："公等皆去，吾亦从此逝矣。"

【辑评】

王直方《直方诗话》："山谷尝谓余云：'作诗使《史》《汉》间全语为有气骨。'后因读浩然诗，见'以吾一日长''异方之乐令人悲'及'吾亦从此逝'，方悟山谷之言。"

适越留别谯县张主簿申少府[①]

朝乘汴河去，夕次谯县界[②]。
幸值西风吹，得与故人会。
君学梅福隐，吾从伯鸾迈[③]。
别后能相思，浮云在吴会[④]。

【题解】

此诗为作者自洛阳乘汴水而下，经谯县赴东南游吴越而作。作者在诗中既表达了对友人的恋恋不舍，又流露出对田园隐逸生活的向往。

【校注】

①诗题：活字本、凌本、嘉靖本、丛刊本、英华本于“申”下多“屠”字。谯县：今安徽省亳州市。张主簿：名迹未详。申少府：当为申屠少府。少府，指县尉。

②汴河：又称汳水、汴渠。自今河南省开封市东北分狼汤渠水东流至今商丘市北的一段水道，古称汳水。晋以后被认为是汴水的下流，“汳”名遂废弃不用，通称汴水。《说文·水部》：“汳水，受陈留浚仪阴沟，至蒙为雝水，东入于泗。”南朝宋谢灵运《撰征赋》：“涂经九守，路逾千里，沿江乱淮，溯薄泗汳。”隋唐时期，汴河是从洛阳通往东南的水运干道。次：留宿，停留。《楚辞·离骚》：“夕归次于穷石兮，朝濯发乎洧盘。”唐李白《永王东巡歌十一首》之七：“王出三江按五湖，楼船跨海次扬都。”

③梅福：《汉书·梅福传》：“梅福字子真，九江寿春人也。少学长安，明《尚书》《穀梁春秋》，为郡文学，补南昌尉。后去官归寿春……是时，福居家，常以读书养性为事。至元始中，王莽颛政，福一朝弃妻子，去九江，至今传以为仙。其后，人有见福于会稽者，变名姓，为吴市门卒云。”南朝宋谢灵运《会吟行》：“范蠡出江湖，梅福入城市。”伯鸾：《后汉书·梁鸿传》：“梁鸿字伯鸾，扶风平陵人也。……后受业太学，家贫而尚节介，博览无不通，而不为章句。……有顷，又去适吴，将行，作诗曰：‘逝旧邦兮遐征，将遥集兮东南。心惙怛兮伤悴，志菲菲兮升降。欲乘策兮纵迈，疾吾俗兮作谗。’”迈：远行，行进。《诗·王风·黍离》：“行迈靡靡，中心摇摇。”三国魏曹丕《浮淮赋》：“溯淮水而南迈兮，泛洪涛之湟波。”

④浮云在吴会：三国魏曹丕《杂诗》：“西北有浮云，亭亭如车盖。惜哉时不遇，适与飘风会。吹我东南行，行行至吴会。”唐李周翰注：“浮云，自喻也。”在吴会，英华本作“去吴会”。

【辑评】

刘辰翁《孟浩然诗集》评点：“以‘浮云在吴会’作结，清高人格，凄凉心情，令人回味。”

送从弟邕下第后寻会稽[1]

疾风吹征帆，倏尔向空没[2]。
千里在俄顷，三江坐超忽[3]。
向来共欢娱，日夕成楚越[4]。
落羽更分飞，谁能不惊骨[5]。

【题解】

此诗为赠别诗。作者从弟落第后远游会稽，作者于江边送行，兄弟分离，复当失意之后，故语言质朴沉痛，哀感动人。

【校注】

①从弟：同祖伯父或叔父之子，即堂弟。邕：孟邕，生平未详。由诗中可知亦曾参加科举并落第。下第：科举时代考试不中者曰下第，又称落第。唐韦应物《送槐广落第归扬州》："下第常称屈，少年心独轻。"寻：探赏。会稽：其一，山名。在今浙江省绍兴市柯桥区东南。相传夏禹大会诸侯于此计功，故名。一名防山，又名茅山。其二，郡名。秦置，今江苏省东部及浙江省西部地。其三，县名。隋置，治今浙江省绍兴市。

②这两句说疾风吹帆，船行很快，转瞬间消逝于天际。倏尔：迅疾貌。亦形容时间短暂。汉蔡邕《胡太傅祠前铭》："春秋既暮，倏尔乃丧。"唐裴次元《赋得亚父碎玉斗》："雄谋竟不决，宝玉将何爱。倏尔霜刃挥，飒然春冰碎。"

③这两句说千里征途，邈远三江，片刻到达。俄顷：片刻，顷刻。晋郭璞《江赋》："倏忽数百，千里俄顷。"唐李善注："何休《公羊传》注曰：'俄者，须臾之间。'"三江：古代各地众多水道的总称。《书·禹贡》："三江既入，震泽底定。"《周礼·夏官·职方氏》："其川三江。"汉以后有多种解释。此当指长江中下游的北江、中江、南江。南朝宋谢灵运《入彭蠡湖口》："三江事多往，九派理空存。"坐：顿时。超忽：遥远貌。南朝梁王中《头陀寺碑文》："东望平皋，千里超忽。"唐吕向注："超忽，远貌。"唐李白《送杨山人归天

台》:“客有思天台,东行路超忽。”

④这两句说平时兄弟感情深厚,同欢共乐,但转眼间彼此天各一方。欢娱:欢乐。晋张协《咏史》:“昔在西京时,朝野多欢娱。”日夕:早晚之间。南朝齐王融《三月三日曲水诗序》:“署行议年,日夕于中甸。”楚越:楚国之地与越国之地。襄阳,古属楚地。会稽,古属越地。

⑤这两句说从弟应举落第,再加之兄弟分离,谁能内心不为之震颤。落羽:本指受伤坠地的鸟。晋潘尼《东武馆赋》:“游鳞双跃,落羽相寻。膳夫进俎,虞人献鲜。”这里比喻落第失意的从弟。唐陈子昂《落第西还别刘祭酒高明府》:“莫言长落羽,贫贱一交情。”惊骨:同“骨惊”。内心极为震动。南朝梁江淹《别赋》:“有别必怨,有怨必盈;使人意夺神骇,心折骨惊。”宋陈与义《别大光》:“乾坤日多虞,游子屡惊骨。”

【辑评】

刘辰翁《孟浩然诗集》评点:“发兴甚苦。”

郭濬《增定评注唐诗正声》:“‘疾风’句妙,下三句从此生出。离情闪忽,真可惊。”

徐用吾《唐诗分类绳尺》:“悲语动人,至此极矣!”

周珽《唐诗选脉会通评林》:“读孟诗,逸调如闻苏门清啸,苦调似听燕市悲筑。如此诗以哀感胜者,盖浩然累试不第,穷困道途。若《南归阻雪》《苦雨思归》《寄京邑耆旧》等篇,俱慨叹悲调,读之所谓‘酸风苦雨一时来,正使英雄泪成碧’。”

送辛大不及[1]

送君不相见,日暮独愁绪。
江上独徘徊,天边迷处所。
郡邑经樊邓,山河入嵩汝[2]。
蒲轮去渐遥,石径徒延伫[3]。

【题解】

此诗写辛大欲到鄂渚去，作者为之送行，但没能赶上。黄昏时作者独自徘徊江边，愁绪满怀，望断天涯。表达了对好友的深情与眷念，以及自己的孤独与寂寞。

【校注】

①诗题：活字本、凌本、嘉靖本、丛刊本作“送辛大之鄂渚不及”。辛大：为孟浩然同乡好友。也曾去京师谋宦而未见用。大为排行。

②上句说辛大经过樊城和邓州两地，越过嵩山和汝水。郡邑：府县。唐元稹《茅舍》：“牧民未及久，郡邑纷如化。”樊邓：地名。樊，在今湖北省襄阳市。邓，今河南省邓州市。嵩：指嵩山。《元和郡县图志・河南道・登封县》：“嵩高山，在县北八里，亦名外方山。又云东曰太室，西曰少室，嵩高总名，即中岳也。山高二十里，周回一百三十里。”汝：古水名。指汝水。据《水经注》《元和郡县图志》等载，其源出河南省鲁山县大盂山，流经宝丰、襄城、郾城、上蔡、汝南等地，注入淮河。《左传・哀公元年》：“楚子围蔡……使疆于江、汝之间而还。”

③这两句说你乘坐车子渐行渐远，我久立石路之上，不肯离去。蒲轮：用蒲草裹车轮，车子行走平稳。古代征聘贤士时，方用此车，以示尊敬。《史记・平津侯主父列传》：“始以蒲轮迎枚生，见主父而叹息。”《汉书・武帝纪》：“遣使者安车蒲轮，束帛加璧，征鲁申公。”唐颜师古注：“以蒲裹轮取其安也。”延伫：久立。《楚辞・离骚》：“悔相道之不察兮，延伫乎吾将反。”汉王逸注：“延，长也。伫，立也。”南朝齐孔稚圭《北山移文》：“涧户摧绝无与归，石径荒凉徒延伫。”唐吕向注：“徒为延望也。”

【辑评】

刘辰翁《孟浩然诗集》评点：“客中送客不及。”

江上别流人①

以我越乡里，逢君谪居者②。
分飞黄鹄楼，流落苍梧野③。
驿使乘云去，征帆沿溜下④。
不知从此分，还袂何时把⑤。

【题解】

此为一首送别诗，作者也是远离家乡之人，在黄鹄楼前客中相逢被贬友人，分外惊喜，但不得久驻，各奔东西，聚首无期，依依惜别之情，溢于言表。

【校注】

①流人：宋本原作“留人”，据刘本、活字本、凌本、嘉靖本、丛刊本改。因罪被贬而流放之人。《庄子·徐无鬼》：“子不闻夫越之流人乎？去国数日，见其所知而喜。”清郭庆藩释：“司马云：流人，有罪见流徙者也。”

②越乡里：活字本、凌本、嘉靖本、丛刊本作“越乡客”。越乡，犹离乡。远离故乡。汉扬雄《方言》卷六：“伆、邈，离也，楚谓之越。”《左传·襄公十五年》：“小人怀璧，不可以越乡。”谪居：谓古代官吏被贬官降职到边远外地居住。唐高适《送李少府贬峡中王少府贬长沙》：“嗟君此别意何如？驻马衔杯问谪居。”

③黄鹄楼：即黄鹤楼，在今湖北省武汉市。《元和郡县图志·江南道·鄂州》：“州城本夏口城，吴黄武二年，城江夏以安屯戍地也。城西临大江，西南角因矶为楼，名黄鹤楼。”《舆地纪胜·鄂州》：“黄鹤楼，在子城西南隅黄鹄矶山上，自南朝已著，因山得名。鹄、鹤，古通用字。”《太平寰宇记》：“昔费祎登仙，每乘黄鹤于此憩驾，故号为黄鹤楼。”苍梧：唐代苍梧县为梧州州治，属于岭南道，为荒僻之地，罪人往往流放于此。又，“苍梧野”连用，

指苍梧山，又名“九疑”“九嶷”，相传苍梧之野为舜埋葬之地，在今湖南宁远。《礼记·檀弓上》：“舜葬于苍梧之野。”《史记·五帝本纪》：“（舜）南巡狩，崩于苍梧之野。”南朝齐谢朓《新亭渚别范零陵云》：“云去苍梧野，水还江汉流。”

④驿使：古代传递公文的信使。《后汉书·东平宪王苍传》：“自是朝廷每有疑政，则驿使谘问。”沿溜：即沿流，顺流而下。《初学记》：“逆流而上曰溯洄，顺流而下曰溯游，亦曰沿流。”

⑤末句意谓“何时还把袂”，即何时会面，再拉住你的衣袖。把袂：拉住衣袖。表示亲昵。袂，衣袖。南朝梁何逊《赠江长史别》：“饯道出郊坰，把袂临洲渚。”唐刘长卿《送贾三北游》：“把袂相看衣共缁，穷愁只是惜良时。”

【辑评】

刘辰翁《孟浩然诗集》评点：“他起语亦各一样，如‘北阙休上书’‘八月湖水平’，又夐异矣！”

洗然弟竹亭①

吾与二三子，平生结交深②。
俱怀鸿鹄志，共有鹡鸰心③。
逸气假毫翰，清风在竹林④。
远是酒中趣，琴上偶然音⑤。

【题解】

此诗先追忆兄弟间的深情厚谊，后夸赞弟弟的竹亭为生活增添了不少乐趣，也含蓄地表达了弟弟的高洁志向。

【校注】

①宋本无此首，据刘本、凌本、嘉靖本、丛刊本补。洗然：根据作者《寄弟声》（一名《送洗然弟进士举》）诗，知洗然当为孟浩然之弟，未必是亲弟。

亦曾参加科举考试。作者另有《送从弟邕下第后寻会稽》《早春润州送从弟还乡》《入峡寄舍弟》等诗，未知题中的“从弟邕”“从弟”“舍弟”与此诗之“洗然”是否为同一人。

②二三子：犹言诸君，几个人。《论语·八佾》：“二三子何患于丧乎？天下之无道也久矣，天将以夫子为铎。”三国魏曹植《赠丁翼》：“吾与二三子，曲宴此城隅。”

③鸿鹄志：为“鸿鹄之志”之省。比喻远大的志向。《史记·陈涉世家》：“陈涉少时，尝与人佣耕，辍耕之垄上，怅恨久之，曰：‘苟富贵，毋相忘。’庸者笑而应曰：‘若为庸耕，何富贵也？’陈涉太息曰：‘嗟乎，燕雀安知鸿鹄之志哉？’”《北史·张定和张奫等传论》：“当其郁抑未遇，亦安知有鸿鹄志哉！”鹡鸰心：兄弟急难相助之心。此指兄弟间亲密无间的关系。鹡鸰，本为鸟名。《诗·小雅·常棣》：“脊令在原，兄弟急难。”脊令，同“鹡鸰”。后以“鹡鸰”比喻兄弟。晋袁宏《三国名臣序赞》：“岂无鹡鸰，固慎名器。”唐韩愈《答张彻》：“冏冏抱瑚琏，飞飞联鹡鸰。”

④逸气：清逸之气。《晋书·桓温传论》：“挺雄豪之逸气，韫文武之奇才。”毫翰：本指毛笔，此指笔墨文章。北周庾信《谢滕王集序启》：“譬其毫翰则风雨争飞，论其文采则鱼龙百变。”

⑤酒中趣：酒中之乐趣。晋陶渊明《晋故征西大将军长史孟府君传》：“（桓）温尝问君：‘酒有何好，而君嗜之？’君笑而答曰：‘明公但不得酒中趣耳。’”琴上偶然音：《晋书·陶潜传》：“性不解音，而畜素琴一张，弦徽不具，每朋酒之会，则抚而和之，曰：‘但识琴中趣，何劳弦上声！’”

夜登孔伯昭南楼时沈太清朱昇在座

谁家无风月，此地有琴樽①。
山水会稽郡，诗书孔氏门②。
再来值秋杪，高阁闲无喧③。
华烛罢燃蜡，清弦方奏鹍④。

沈侯隐公胤，朱子买臣孙[5]。
好我意不浅，登兹同话言[6]。

【题解】

此诗为作者作客孔伯昭宅第，夜登南楼，赏景、听琴、饮酒后而作，赞赏了孔伯昭生活的清雅和所结交的友人的高贵与才华横溢。

【校注】

①这两句说面对清风朗月，置琴设酒。风月：清风明月，指夜景之美。《南史·褚彦回传》："尝聚袁粲舍，初秋凉夕，风月甚美。彦回援琴奏《别鹄》之曲，宫商既调，风神谐畅。"琴樽：琴与酒樽为文士悠闲生活用具。南朝齐谢朓《和宋记室省中》："无叹阻琴樽，相从伊水侧。"

②会稽郡：秦置，今江苏省东部及浙江省西部地。《世说新语·言语》："王子敬云：从山阴道上行，山川自相映发，使人应接不暇。若秋冬之际，犹难为怀。"南朝梁刘孝标注："《会稽郡记》曰：会稽境特多名山水，峰崿隆峻，吐纳云雾，松栝枫柏，擢干竦条，潭壑镜澈，清流泻注。王子敬见之曰，山水之美，使人应接不暇。"诗书：本指《诗经》《尚书》，后泛指儒家经典及其学说。《论语·述而》："《诗》《书》执礼，皆雅言也。"《庄子·天运》："丘治《诗》《书》《礼》《乐》《易》《春秋》六经，自以为久矣。"这句颂扬孔伯昭为孔子后代，知书达礼。

③秋杪：同"杪秋"。秋末。《初学记》："九月季秋，亦曰暮秋、末秋、暮商、季商、杪秋。"唐唐彦谦《初秋到慈州冬首换绛牧》："秋杪方攀玉树枝，隔年无计待春晖。"高阁：高楼。《后汉书·樊宏传》："其营理产业，物无所弃……其所起庐舍，皆有重堂高阁，陂渠灌注。"晋潘岳《秋兴赋》："高阁连云，阳景罕曜。"

④华烛：烛光灿烂。三国魏曹植《七启》："华烛烂，幄幕张。动朱唇，发清商。"南朝齐谢朓《离夜》："离堂华烛尽，别幌清琴哀。"鹍：鹍鸡。鸟名，似鹤。《楚辞·九辩》："雁廱廱而南游兮，鹍鸡啁哳而悲鸣。"宋洪兴祖补注："鹍鸡似鹤，黄白色。"此指用鹍鸡筋做的琵琶弦。南朝梁刘孝绰《夜听妓赋

得乌夜啼》:“鹍弦且辍弄,《鹤操》暂停徽。”或指《鹍鸡曲》这一古曲。汉张衡《南都赋》:“《寡妇》悲吟,《鹍鸡》哀鸣。”唐李善注:“《寡妇》曲未详,古相和歌有《鹍鸡》之曲。”

⑤上句说沈太清为沈隐侯之后嗣,下句说朱昇是朱买臣之玄孙。沈侯隐公:指南朝梁文学家沈约。《南史·沈约传》:“沈约字休文,吴兴武康人也。……梁台建,为散骑常侍,吏部尚书兼右仆射。及受禅,为尚书仆射,封建昌县侯。……十二年卒官,年七十三,谥曰隐。”胤:《说文·肉部》:“胤,子孙相承续也。”清段玉裁注:“《释诂》:胤,继也。《大雅》毛传:胤,嗣也。”朱子买臣:指西汉朱买臣。《汉书·朱买臣传》:“朱买臣字翁子,吴人也。家贫,好读书,不治产业。常艾薪樵,卖以给食,担束薪,行且诵书。……会邑子严助贵幸,荐买臣。召见。说《春秋》,言《楚词》,帝甚说之,拜买臣为中大夫,与严助俱侍中。……是时,东越数反复……上拜买臣会稽太守。上谓买臣曰:‘富贵不归故乡,如衣绣夜行,今子何如?’买臣顿首辞谢。”

⑥话言:美善之言;有道理的话。《诗·大雅·抑》:“其维哲人,告之话言。”毛传:“话言,古之善言也。”唐刘知幾《史通·六家》:“盖《书》之所主,本于号令,所以宣王道之正义,发话言于臣下,故其所载,皆典、谟、训、诰、誓、命之文。”

【辑评】

方回《瀛奎律髓》:“又如‘山水会稽郡,诗书孔氏门’,亦佳句。吾州孔氏改‘会稽’二字为‘新安’,用为桃符累年。晚辈不知为浩然诗也。”

宴包二融宅①

闲居枕清洛,左右接人野②。
门庭无杂宾,车辙多长者③。
是时方盛夏,风物自萧洒④。

五月休沐归，相携竹林下⑤。
开襟成欢趣，对酌不能罢⑥。
烟暝栖鸟迷，余将归白社⑦。

【题解】

此诗写作者旅居洛阳时在包融家的一次宴聚，称赞包融的高尚人品，描写了宜人的夏景和畅饮欢叙之乐，直至天晚鸟返，方罢宴辞归。

【校注】

①诗题：活字本、凌本、嘉靖本、丛刊本作“宴鲍二宅”。包二融：包融。元辛文房《唐才子传》：“融，延陵人。开元间仕历大理司直。与参军殷遥、孟浩然交厚，工为诗。二子何、佶，纵声雅道，齐名当时，号三包。”

②闲居：闲静的居所。枕：临；靠近。《汉书·严助传》：“会稽东接于海，南近诸越，北枕大江。”唐颜师古注：“枕，临也。”唐杜甫《滕王亭子二首》之一：“君王台榭枕巴山，万丈丹梯尚可攀。”清洛：清澄的洛水。晋潘岳《藉田赋》：“清洛浊渠，引流激水。”晋潘岳《怀旧赋》：“启开阳而朝迈，济清洛以径渡。”

③这两句说包氏交往之人皆是贤主嘉宾。门庭无杂宾：《晋书·刘惔传》：“累迁丹杨尹。为政清整，门无杂宾。”车辙多长者：《史记·陈丞相世家》：“陈丞相平者，阳武户牖乡人也。少时家贫，好读书……家乃负郭穷巷，以弊席为门，然门外多有长者车辙。”唐司马贞索隐：“言长者所乘安车，与载运之车轨辙或别。”

④风物：风光景物。晋陶潜《游斜川·诗序》：“天气澄和，风物闲美。”萧洒：清丽脱俗。南朝齐孔稚珪《北山移文》：“夫以耿介拔俗之标，萧洒出尘之想。”唐刘良注：“萧洒，脱落也。”

⑤休沐：休息洗沐，犹休假。《汉书·霍光传》：“光时休沐出，桀辄入，代光决事。”北魏杨衒之《洛阳伽蓝记·宝光寺》：“京邑士子，至于良辰美日，休沐告归，征友命朋，来游此寺。”

⑥开襟：敞开衣襟。汉王粲《登楼赋》：“凭轩槛以遥望兮，向北风而开

襟。”唐杜甫《秋日夔府咏怀奉寄郑监审李宾客之芳一百韵》:“开襟驱瘴疠,明目扫云烟。”

⑦白社:地名。在河南省洛阳市东。晋葛洪《抱朴子·杂应》:“洛阳有道士董威辇常止白社中,了不食,陈子叙共守事之,从学道。”亦见《晋书·隐逸传》。后借指隐士或隐士所居之处。南朝梁萧统《锦带书十二月启·林钟六月》:“但某白社狂人,青缃末学。”唐白居易《长安送柳大东归》:“白社羁游伴,青门远别离。”

【辑评】

刘辰翁《孟浩然诗集》评点:“实事便好。”

岘山作①

石潭傍隈隩,沙榜晓夤缘②。
试垂竹竿钓,果得查头鳊③。
美人骋金错,纤手鲙江鲜④。
因谢陆内史,莼羹何足传⑤!

【题解】

此诗记垂钓之趣与食鱼之乐。

【校注】

①岘山:活字本、凌本、嘉靖本、丛刊本作“岘潭”。山名。见《题鹿门山》诗注。

②隈隩:曲折幽深的山坳河岸。南朝宋谢灵运《从斤竹涧越岭溪行》:“逶迤傍隈隩,迢递陟陉岘。”唐李善注:“《说文》曰:‘隈,山曲也。’《尔雅》曰:‘隩,隈也。’”唐皇甫冉《杂言无锡惠山寺流泉歌》:“土膏脉动知春早,隈隩阴深长苔草。”夤缘:本指攀援、攀附。晋左思《吴都赋》:“夤缘山岳之岊,幂历江海之流。”晋刘逵注:“夤缘,布藤上貌。”这里指循依而行。唐宋之问

《宿云门寺》:“云门若邪里,泛鹢路才通。夤缘绿筱岸,遂得青莲宫。”

③查头鳊:也说“槎头鳊”。即鳊鱼。缩头,弓背,色青,味鲜美,以产汉水者最著名。人常用槎拦截,禁止擅自捕杀,故亦称“槎头缩颈鳊”。唐杜甫《解闷》:“即今耆旧无新语,漫钓槎头缩颈编。”亦省称“槎头”。唐杜甫《观打鱼歌》:“徐州秃尾不足忆,汉阴槎头远遁逃。”

④骋:施展。金错:金错刀。汉张衡《四愁诗》:“美人赠我金错刀,何以报之英琼瑶。”唐李善注:“《汉书》曰:王莽铸大钱,又造错刀,以金错其文。《续汉书》曰:佩刀,诸侯王黄金错环。谢承《后汉书》曰:诏赐应奉金错把刀。”纤手:柔细之手。汉刘弗陵《淋池歌》:“秋素景兮泛洪波,挥纤手兮折芰荷。”汉宋子侯《董娇娆》:“纤手折其枝,花落何飘扬。”鲙:鱼名,即“鲙鱼”。这里同“脍”。指切得很细的查头鳊鱼肉。汉赵晔《吴越春秋·阖闾内传》:“吴王闻三师将至,治鱼为鲙。”唐李白《秋下荆门》:“此行不为鲈鱼鲙,自爱名山入剡中。”

⑤谢:告知。陆内史:指西晋文学家陆机,曾官平原内史。《晋书·陆机传》:“陆机字士衡,吴郡人也。……少有异才,文章冠世,伏膺儒术,非礼不动。……时成都王颖推功不居,劳谦下士。……颖以机参大将军军事,表为平原内史。”莼羹:用莼菜烹制的羹。《晋书·陆机传》:“尝诣侍中王济,济指羊酪谓机曰:‘卿吴中何以敌此?’答云:‘千里莼羹,未下盐豉。’时人称为名对。”《说郛》引宋曾三异《因话录·莼羹》:“‘千里莼羹,未下盐豉。’世多以淡煮莼羹,未用盐与豉相调和。非也!盖末字误书为未,末下乃地名,千里亦地名。此二处产此二物耳。其地今属平江郡。”传:颂扬。北魏卫操《颂魏功德文》:“毫毛不犯,百姓称传。”

【辑评】

刘辰翁《孟浩然诗集》评点:“其诗风味可爱如此,以致遂为少陵拈出。”又:“其诗风味,可爱如此。”

焦袁熹《此木轩论诗汇编》:“别无深意,而有深味。”

黄培芳《唐贤三昧集》评点:“六朝人语。”

齿坐呈山南诸隐[①]

习公有遗座，高在白云陲[②]。
樵子见不识，山僧赏自知[③]。
以余为好事，携手一来窥[④]。
竹露闲夜滴，松风清昼吹[⑤]。
从来抱微尚，况复感前规[⑥]。
于此无奇策，苍生奚以为[⑦]。

【题解】

此诗写作者游览习公遗座，作诗呈送山南诸位隐士，同时抒发了自己慕前贤之遗风，宣个人之微志，叹自身无奇策，济苍生之无术的情感。

【校注】

①宋本无此首，据刘本、凌本、嘉靖本、丛刊本补。齿坐：习凿齿之遗座。据《晋书·习凿齿传》："习凿齿字彦威，襄阳人也。宗族富盛，世为乡豪。凿齿少有志气，博学洽闻，以文笔著称。荆州刺史桓温辟为从事。"后迁别驾，出为荥阳太守，后罢郡归襄阳。苻坚陷襄阳，闻其名，与道安俱舆致之。俄以疾归。襄、邓反正，朝廷欲征其典国史，会卒不果。著有《汉晋春秋》《襄阳耆旧传》等书。诸隐：指诸位隐居之士。

②白云陲：即白云边。极言其高。陲，边缘。汉王粲《咏史》："妻子当门泣，兄弟哭路陲。"唐姚合《街西居三首》之一："独我恶水浊，凿井庭之陲。"

③赏自知：欣赏自己之所知，即习公遗座。自知，认识自己，自己明了。《老子》："知人者智，自知者明。"《汉书·贡禹传》："然非自知奢僭也，犹鲁昭公曰：'吾何僭矣。'"

④好事：喜欢多事。《论衡·道虚》："今时好事之人，见旧剑古钩，多能名之。"

⑤闲夜：安静之夜。汉傅毅《舞赋》："夫何皎皎之闲夜兮，明月烂以施光。"三国魏嵇康《赠秀才入军十九首》之十六："闲夜肃清，朗月照轩。"松风：松林之风。南朝宋颜延之《拜陵庙作》："松风遵路急，山烟冒垄生。"《南史·陶弘景传》："特爱松风，庭下皆植松，每闻其响，欣然为乐。"

⑥微尚：微小的志向。指归隐之志。南朝宋谢灵运《初去郡》："伊余秉微尚，拙讷谢浮名。"南朝宋谢灵运《还旧园作见颜范二中书》："圣灵昔回眷，微尚不及宣。"前规：前贤之规范、法度。《晋书·慕容垂载记》："宜述修前规，终忠贞之节。"

⑦这两句说自己无大济苍生之计，仅有一意退隐之心。奇策：指挽救黎庶之卓越计谋。汉司马迁《报任少卿书》："上之，不能纳忠效信，有奇策才力之誉。"苍生奚以为：《晋书·谢安传》："中丞高崧戏之曰：'卿累违朝旨，高卧东山，诸人每相与言：安石不肯出，将如苍生何！'"苍生，指百姓。汉史岑《出师颂》："苍生更始，朔风变律。"唐刘良注："苍生，百姓也。"唐杜甫《行次昭陵》："往者灾犹降，苍生喘未苏。"

【辑评】

刘辰翁《孟浩然诗集》评点："清气如此。"

与王昌龄宴王十一[①]

归来卧青山，尝魂在青都[②]。
漆园有傲吏，惠县在招呼[③]。
书幌神仙录，画屏山海图[④]。
酌霞后对此，宛似入蓬壶[⑤]。

【题解】

此诗写作者与王昌龄饮宴于王道士房。先写作者自己早有归山隐居，求仙慕道之思；再写王道士邀请作客；最后写王道士房内的陈设充满仙气，饮酒其间，宛如置身仙境。

【校注】

①王昌龄：唐代著名诗人。字少伯，京兆长安（今陕西西安）人。开元十五年（727 年）进士，补秘书省校书郎。又中博学宏辞科，迁汜水尉。再迁江宁丞。以不护细行，贬龙标尉。因世乱返乡，为刺史闾丘晓所杀。与孟浩然为好友，工诗，擅长七绝，其边塞诗格调高亢明快，宫怨诗笔意含蓄深沉，艺术成就较高，时称"诗家夫子王江宁"。王十一：活字本、凌本、嘉靖本、丛刊本作"黄十一"。名迹未详。

②卧青山：指隐居。尝魂在青都：刘本作"常愧在青都"，活字本、凌本、嘉靖本、丛刊本作"常梦游清都"。青都：同"清都"，传说中天帝所居之处。《楚辞·远游》："集重阳入帝宫兮，造旬始而观清都。"《列子·周穆王》："王实以为清都、紫微、钧天、广乐，帝之所居。"晋张湛注："清都、紫微，天帝之所居也。"

③漆园有傲吏：即漆园吏，指庄子。此借指王道士。晋郭璞《游仙诗》："漆园有傲吏，莱氏有逸妻。"唐李善注："《史记》曰：庄子者，蒙人也，名周。尝为蒙漆园吏。楚威王闻庄周贤，使使厚币迎，许以为相。庄周笑谓使者曰：'亟去，无污我！'"惠县：活字本、凌本作"惠好"，嘉靖本、丛刊本作"惠我"，当从，"惠好"或"惠我"均可。友爱，友好。《诗·邶风·北风》："惠而好我，携手同行。"汉郑玄笺："性仁爱而又好我者，与我相携持同道而去。"招呼：《诗·小雅·鹿鸣》："呦呦鹿鸣，食野之苹。"毛传："当有恳诚相招呼以成礼也。"

④书幌：书帷，亦指书房。南朝梁刘孝绰《昭明太子集·序》："犹临书幌而不休，对欹案而忘怠。"唐刘长卿《过裴舍人故居》："书幌无人长不卷，秋来芳草自为萤。"录：活字本、凌本、嘉靖本、丛刊本、英华本作"箓"，当从。箓，道教的秘文。《隋书·经籍志》："其受道之法，初受《五千文箓》，次受《三洞箓》，次受《洞玄箓》，次受《上清箓》。箓皆素书，纪诸天曹官属佐吏之名有多少。"宋洪迈《夷坚志·江安世》："江安世，兰溪人。好道士说，受箓于龙虎山张静应天师，受法于南岳黄必美先生。"山海图：指以《山海经》为内容所画的图。晋郭璞有《山海经图赞》。晋陶渊明《读山

海经十三首》其一："泛览周王传，流观山海图。俯仰终宇宙，不乐复何如。"

⑤酌霞：犹言饮美酒。霞，即流霞。传说中天上神仙的饮料，后泛指美酒。汉王充《论衡·道虚》："(项曼都)曰：'有仙人数人，将我上天，离月数里而止……口饥欲食，仙人辄饮我以流霞一杯，每饮一杯，数月不饥。'"北周庾信《卫王赠桑落酒奉答》："愁人坐狭邪，喜得送流霞。"宛似：宋本作"苑似"，据刘本、活字本、凌本、嘉靖本、丛刊本、英华本改。唐骆宾王《赠李八骑曹诗序》："兰室之中，水树含香，宛似枫江之上加以御沟新柳，近入离弦，宾馆余花，遥催别酒。"蓬壶：即蓬莱。古代传说中的海中仙山。晋王嘉《拾遗记·高辛》："三壶则海中三山也。一曰方壶，则方丈也；二曰蓬壶，则蓬莱也；三曰瀛壶，则瀛洲也。形如壶器。"唐沈亚之《题海榴树呈八叔大人》："曾在蓬壶伴众仙，文章枝叶五云边。"

襄阳公宅饮①

窈窕夕阴佳，丰茸春色好②。
欲觅淹留处，无过狭斜道③。
倚席卷龙须，香杯浮玛瑙④。
北林积修树，南池生别岛⑤。
手拨金翠花，心迷玉红草⑥。
谈天光六义，发论明三倒⑦。
座非陈子惊，门还魏公扫⑧。
荣华应无间，欢娱当共保⑨。

【题解】

此诗写在春天日暮之时，作者参加襄阳公习氏宅饮酒之盛事。从诗的内容来看，参与此次宴饮者皆为当时名流。

【校注】

①襄阳公:指东汉习郁,封襄阳公。晋习凿齿《襄阳耆旧传》:“后汉习融,襄阳人,有德行,不仕。子郁,字文通,为黄门侍郎,封襄阳公。”襄阳公宅为襄阳贵第。

②窈窕:深远貌。汉王延寿《鲁灵光殿赋》:“旋室㛹娟以窈窕,洞房叫窱而幽邃。”唐张铣注:“窈窕,深也。”唐卢照邻《双槿树赋》:“纷广庭之靃靡,隐重廊之窈窕。”夕阴:晚景。丰茸:草木茂盛貌。汉司马相如《长门赋》:“罗丰茸之游树兮,离楼梧而相撑。”南朝梁刘孝绰《三日侍华光殿曲水宴》:“复以焚林日,丰茸花树舒。”

③淹留:久留。战国屈原《离骚》:“时缤纷其变易兮,又何可以淹留。”晋左思《吴都赋》:“指包山而为期,集洞庭而淹留。”狭斜:小街曲巷。多指妓院。古乐府有《长安有狭斜行》,述少年冶游之事。后称娼妓居处为“狭斜”。南朝梁沈约《丽人赋》:“狭斜才女,铜街丽人。”宋吴曾《能改斋漫录·乐府一》:“近时有士人,尝于钱塘江涨桥为狭斜之游。”

④倚席:活字本、凌本、嘉靖本、丛刊本、英华本作“绮席”。博士、经师的坐席倚于一侧,指不设讲座,废弃学术。《北堂书钞》卷一〇一引《典略》:“(樊淮)乃上疏曰:‘今学者盖少,远方尤甚,博士倚席不讲,太学多治产业。’”《后汉书·儒林传序》:“自安帝览政,薄于艺文,博士倚席不讲,朋徒相视怠散。”唐李贤注:“倚席,言不施讲坐也。”龙须:草名,亦称龙刍、龙修、缙云。茎可织席,称龙须席。晋乐府《长乐佳》:“玉枕龙须席,郎瞑首何当。”玛瑙:矿物名,玉髓的一种。品类甚多,颜色光美,可制器皿及装饰品。三国魏曹丕《玛瑙勒赋·序》:“玛瑙,玉属也。出自西域,文理交错,有似马脑,故其方人因以名之。”北周庾信《杨柳歌》:“衔云酒杯赤玛瑙,照日食螺紫琉璃。”

⑤别岛:不相连的岛,孤岛。《史记·司马相如列传》:“阜陵别岛。”唐刘禹锡《切云亭》:“隔水生别岛,带桥如断虹。”

⑥金翠花:金玉制成的衣饰。一作“金翠华”。喻身处繁华。晋陆机《百年歌十首》其五:“罗衣綷粲金翠华,言笑雅舞相经过。”玉红草:仙草名。

喻心怀隐遁。《尸子》:“赤县神洲者,实为昆仑之墟,玉红之草生焉,食其一实而醉,卧三百岁而后寤。”

⑦谈天:指能言善辩。战国齐阴阳家邹衍,其语宏大迂怪,故称“谈天”。《史记·孟子荀卿列传》:“故齐人颂曰:‘谈天衍,雕龙奭,炙毂过髡。’”南朝宋裴骃集解引汉刘向《别录》:“驺衍之所言,五德终始,天地广大,尽言天事,故曰‘谈天’。”后专指以天人感应来解释自然与人事的关系。南朝宋鲍照《河清颂·序》:“臣闻善谈天者,必征象于人。”六义:这里泛指诗歌。《诗·周南·关雎》:“故诗有六义焉:一曰风,二曰赋,三曰比,四曰兴,五曰雅,六曰颂。”三倒:《世说新语·赏誉下》:“(王平子)每闻卫玠言,辄叹息绝倒。”南朝梁刘孝标注引《卫玠别传》:“玠少有名理,善通庄老。琅邪王平子,高气不群,迈世独傲;每闻玠之语议,至于理会之间,要妙之际,辄绝倒于坐,前后三闻为之三倒。时人遂曰:‘卫君谈道,平子三倒。’”后因以“三倒”形容发论一再令人倾服。

⑧上句言自身无陈遵惊坐之名。陈子:指陈遵。《汉书·陈遵传》:“陈遵字孟公,杜陵人。……性善书,与人尺牍,主皆藏去以为荣。请求不敢逆,所到,衣冠怀之,唯恐在后。时列侯有与遵同姓字者,每至人门,曰陈孟公,坐中莫不震动,既至而非,因号其人曰陈惊坐云。”下句言主人有魏勃扫门之贵。魏公:指魏勃。《史记·齐悼惠王世家》:“及魏勃少时,欲求见齐相曹参,家贫无以自通,乃常独早夜扫齐相舍人门外。相舍人怪之,以为物,而伺之,得勃。勃曰:‘愿见相君,无因,故为子扫,欲以求见。’于是舍人见勃曹参,因以为舍人。”

⑨无间:无可非议。《论语·泰伯》:“子曰:‘禹,吾无间然矣。’”宋朱熹集注:“间,罅隙也。谓指其罅隙而非议之也。”

【辑评】

刘辰翁《孟浩然诗集》评点:“尤盛强作。”

同张明府清镜叹①

妾有盘龙镜，清光常昼发②。
自从生尘埃，有若雾中月。
愁来或取照，坐叹生白发③。
寄语边塞人，如何久离别④。

【题解】

此诗为作者与张明府同题应和之作。诗中借一个思妇的口吻，写她闺中揽镜自照，瞥见丝丝白发，发出青春不再，征夫久别的慨叹。

【校注】

①宋本无此首，据刘本、活字本、凌本、嘉靖本、丛刊本补。诗题：刘本、凌本作“清镜叹”。张明府：指张子容，襄阳人。曾任晋陵尉、乐城尉、奉先县令、户部郎中、义王府司马等官职。《唐诗纪事》说：“子容乃先天二年进士第，曾为乐城尉。与孟浩然友善。”《唐才子传》说：“初与孟浩然同隐鹿门山为死生交，诗篇唱答颇多。”明府，汉代对郡守之称，唐代称县令。清镜：明镜。南朝齐谢朓《冬绪羁怀示萧谘议虞田曹刘江二常侍》：“寒灯耿宵梦，清镜悲晓发。”南朝梁何子朗《和虞记室骞古意》：“清镜对蛾眉，新花弄玉手。”

②盘龙镜：古人以铜为镜，缕以盘龙花纹，故称。北周庾信《镜赋》：“镜乃照胆照心，难逢难值，镂五色之盘龙，刻千年之古字。”清倪璠注：“《邺中记》：石虎宫中镜有径二三尺者，下有纯金蟠龙雕饰。”北周庾信《燕歌行》：“盘龙明镜饷秦嘉，辟恶生香寄韩寿。”清光：清亮的光辉。南朝齐谢朓《侍宴华光殿曲水》：“欢饫终日，清光欲暮。”南朝梁江淹《望荆山》：“寒郊无留影，冬日悬清光。”

③坐叹：深叹。南朝宋鲍照《秋日示休上人》：“百物方萧瑟，坐叹从此

生。”南朝梁江淹《灯赋》:“丹灯坐叹,欲说忘辞。”

④边塞:边疆地区的要塞。泛指边疆。《史记·三王世家》:“宜专边塞之思虑,暴骸中野无以报。”明冯梦龙《邯郸梦·闺中闻捷》:“卢郎去后愁无奈,音书断,困守着绿窗青琐,边塞在天涯。”

【辑评】

刘辰翁《孟浩然诗集》评点:“语更欲村,真不可废。所谓‘增之太长,减之太短’者。”

夏日南亭怀辛大

山光忽西落,池月渐东上。
散发承夕凉,开轩卧闲敞①。
荷风送香气,竹露滴清响②。
欲取鸣琴弹,恨无知音赏③。
感此怀故人,中宵劳梦想④。

【题解】

此诗记作者夏夜纳凉南亭之事,先写欣赏自然景物的悠闲意趣,后写怀念友人的惆怅心情,再现了封建士大夫的隐逸生活。作者“遇景入咏,不拘奇抉异”(皮日休语),虽只就闲情逸致作轻描淡写,往往能引人渐入佳境。读之亦有孤寂之感。

【校注】

①散发:披散头发,喻指隐居,逍遥自在。轩:窗。闲敞:阔大空旷。

②竹露滴清响:言竹叶上的露水下滴,发出清脆的声音。

③知音:通晓音律。据《吕氏春秋·本味》:楚人钟子期通晓音律。伯牙鼓琴,志在高山,子期曰:“巍巍乎若太山。”志在流水,子期曰:“汤汤乎若流水。”钟子期死,伯牙破琴绝弦,不复演奏,以为世无知音。后世又称知己

为知音。此处指辛大，亦即下句中的“故人”。

④中宵：中夜，半夜。晋陆机《赠尚书郎顾彦先二首》其二：“迅雷中宵激，惊电光夜舒。”唐陆贽《贞元九年大赦制》：“中宵屡兴，终食累叹。”

【辑评】

刘辰翁《孟浩然诗集》评点：“起处似陶，清景幽情，洒洒楮墨间。”

郝敬《批选唐诗》：“写景自然，不损天真。”

周珽《唐诗选脉会通评林》：“此倒薤垂露书也。大小篆皆出其下，何况俗书！”

吴煊、胡棠《唐贤三昧集笺注》：“‘卧闲敞’字甚新奇。‘荷风’二句一读，使人神思清旷。”

沈德潜《唐诗别裁》：“荷风、竹露，佳景亦佳句也。外又有‘微云淡河汉，疏雨滴梧桐’句，一时叹为清绝。”

宋宗元《网师园唐诗笺》：“‘荷风’‘竹露’亦凡写夏景者所当有，妙在‘送’字、‘滴’字耳。”

秋宵月下有怀①

秋空明月悬，光彩露沾湿②。
惊鹊栖未定，飞萤卷帘入③。
庭槐寒影疏，邻杵夜声急④。
佳期旷何许，望望空伫立⑤。

【题解】

此诗写秋夜月下游子思归。作者以“明月”“惊鹊”“寒影”等意象勾勒出一幅孤清月夜图，堪称吟月思乡的上乘之作。

【校注】

①秋宵：秋夜。唐曹松《僧院松》：“此木韵弥全，秋宵学瑟弦。”前蜀韦

庄《抚盈歌》:“玉庭兮春昼,金屋兮秋宵。”有怀:怀念。《诗·小雅·小宛》:“明发不寐,有怀二人。”

②露沾湿:露水浸湿。南朝宋鲍照《白纻歌六首》其三:“三星参差露沾湿,弦悲管清月将入。”

③惊鹊:因月光明亮而受惊扰的乌鹊。比喻无处栖身的人。语本三国魏曹操《短歌行》:“月明星稀,乌鹊南飞。绕树三匝,何枝可依?”唐王勃《寒梧栖凤赋》:“游必有方,骇南飞之惊鹊;音能中吕,嗟入夜之啼乌。”宋苏轼《次韵蒋颖叔》:“月明惊鹊未安枝,一棹飘然影自随。”飞萤:指萤火虫。南朝梁何逊《闺怨》:“窗中度落叶,帘外隔飞萤。”

④杵:本指舂捣谷物、药物及筑土、捣衣等用的棒槌。《易·系辞下》:“断木为杵,掘地为臼。”这里借指捣衣声。唐卢汝弼《秋夕寓居精舍书事》:“叶满苔阶杵满城,此中多恨恨难平。”

⑤何许:何时。三国魏阮籍《咏怀》:“良辰在何许?凝霜沾衣襟。”南朝齐谢朓《在郡卧病呈沈尚书》:“良辰竟何许?夙昔梦佳期。”望望:瞻望貌;依恋貌。《礼记·问丧》:“其往送也,望望然,汲汲然,如有追而弗及也。”汉郑玄注:“望望,瞻望之貌也。”南朝齐谢朓《怀古人》:“望望忽超远,何由见所思?”伫立:久立。《诗·邶风·燕燕》:“瞻望弗及,伫立以泣。”

【辑评】

刘辰翁《孟浩然诗集》评点:“亦自纤丽,与‘疏雨滴梧桐’相似,谓其诗枯淡,非也。”

仲夏归汉南园寄京邑旧游[①]

尝读高士传,最嘉陶征君[②]。
日耽田园趣,自谓羲皇人[③]。
余复何为者,栖栖徒问津[④]。
中年废丘壑,十上旅风尘[⑤]。

忠欲事明主，孝思侍老亲⑥。
归来当炎夏，耕稼不及春⑦。
扇枕北窗下，采芝南涧滨⑧。
因声谢同列，吾慕颍阳真⑨。

【题解】

此诗为作者从长安返归南园后，书寄京都旧友之作。诗中推重陶渊明耽于田园之乐，言及自己求取功名未果，最后表达自己甘于隐居，不求仕进的决心。

【校注】

①仲夏：夏季之第二月，即农历五月。《周礼·地官·山虞》："仲夏斩阴木。"汉南园：当即涧南园，地处襄阳南郊，孟氏之别业。京邑：指京都长安。旧游：昔日交游之友，故友。

②高士传：《文献通考》："《高士传》十卷。晁氏曰：晋皇甫谧撰纂。自陶唐至魏八代，二千四百余载，世士高节者，其或以身徇名虽如夷、齐、两龚皆不录，凡九十六人。而东汉之士居三之一。自古名节之盛，议者独推焉。"今传本《高士传》陶渊明亦载此书之中。《隋书·经籍志》又载虞槃佐撰《高士传》二卷，周弘让撰《续高士传》七卷，今并亡佚。陶征君：即陶渊明。南朝宋颜延之《陶征士诔》："寻阳陶渊明，南岳之幽居者也。……有诏征为著作郎，称疾不到。春秋若干，元嘉四年月日卒于寻阳县之某里。……宜谥曰靖节征士。"清赵翼《陔余丛考》："有学行之士，经诏书征召而不仕者曰征士，尊称之则曰征君。"

③羲皇人：同"羲皇上人"。古人想象羲皇之世其民皆恬淡闲适，故隐逸之士自称羲皇上人。羲皇，即伏羲氏。汉扬雄《剧秦美新》："厥有云者，上罔显于羲皇。"唐李善注："伏羲为三皇，故曰羲皇。"晋陶渊明《与子俨等疏》："五六月中，北窗下卧，遇凉风暂至，自谓是羲皇上人。"

④恓恓：惶惶不安；凄凉。汉王充《论衡·指瑞》："圣人恓恓忧世，凤皇、骐驎亦宜率教。"唐白居易《伤友》："陋巷孤寒士，出门苦恓恓。"问津：询

问渡口。《论语·微子》:“长沮、桀溺耦而耕,孔子过之,使子路问津焉。”这里喻求仕之途。

⑤这两句说自己中年时放弃隐居生活,旅居长安谋求仕进,饱尝艰辛。废丘壑:指放弃隐居生活。丘壑,谓隐逸。南朝宋谢灵运《斋中读书》:“昔余游京华,未尝废丘壑。”十上:凌本、嘉靖本、丛刊本作“上国”。本指多次上书言事而不见用,此当指作者科举失利,谋求仕进未果。典出苏秦。参见《南归阻雪》诗注。

⑥孝思:孝亲之思。《诗·大雅·下武》:“永言孝思,孝思维则。”汉郑玄笺:“长我孝心之所思。所思者其维则三后之所行。子孙以顺祖考为孝。”《魏书·孝感传·赵琰》:“年余耳顺,而孝思弥笃。”

⑦耕稼:泛指种庄稼。《孟子·公孙丑上》:“(舜)自耕稼陶渔以至为帝,无非取于人者。”《汉书·循吏传·召信臣》:“其化大行,郡中莫不耕稼力田,百姓归之。”

⑧扇枕:即“扇枕温席”之省。《东观汉记·黄香传》:“(香)父况……贫无奴仆。香躬执勤苦,尽心供养。冬无裤被而亲极滋味,暑即扇床枕,寒即以身温席。”后因以“扇枕温席”为孝亲的典故。唐张说《岳州别姚司马绍之制许归侍》:“天从扇枕愿,人遂倚门情。”

⑨因声:寄语。唐杜甫《缆船苦风戏题四韵奉简郑十三判官》:“因声置驿外,为觅酒家垆。”清仇兆鳌注:“因声,犹云寄语。”同列:活字本、凌本、嘉靖本、丛刊本作“朝列”。指地位相同者。《商君书·错法》:“同列而相臣妾者,贫富之谓也。”汉贾谊《过秦论上》:“序八州而朝同列,百有余年矣。”颍阳:颍水之北。传说古高士巢父、许由隐居于此,后因以借指巢、许。《庄子·让王》:“故许由娱于颍阳而共伯得乎共首。”唐成玄英疏:“颍阳,地名,在襄阳,未为定地名也。”《后汉书·逸民传序》:“是以尧称则天,不屈颍阳之高;武尽美矣,终全孤竹之洁。”唐李贤注:“颍阳谓巢许也。”

家园卧疾毕太祝曜见寻[1]

伏枕旧游旷，笙篁劳梦思[2]。
平生重交结，迨此令人疑[3]。
冰室无暖气，炎云空赫曦[4]。
隙驹不暂驻，日听凉蝉悲[5]。
壮图哀未立，班白恨吾衰[6]。
夫子自南楚，缅怀嵩汝期[7]。
顾予衡茅下，兼致禀物资[8]。
脱分趋庭礼，殷勤伐木诗[9]。
脱君车前鞅，设我园中葵[10]。
斗酒须寒兴，明朝难重持[11]。

【题解】

此诗写作者患病在家，向来访者毕曜述说自己心中的烦闷，也表达了自己的“重交结”的情怀。

【校注】

①诗题：凌本、嘉靖本、丛刊本同宋本，但无“曜”字。活字本作“家园卧病旧游见寻”。毕太祝曜：毕曜，生卒年不详，开元末任太常寺太祝，唐肃宗乾元二年(759年)任监察御史，以酷毒著称，唐代宗朝被流放于黔中而卒。太祝，官名。《通典》：“太祝，殷官，与太宰等官为六太。……大唐初有七人，后增为九人。开元二十三年，减置三人，掌读祝文，出纳神主。”

②这两句说自己抱病在床，故人疏远，友人不在身边，欢叙不成，常在梦中想念。伏枕：犹卧床，指生病。南朝梁朱超远《别刘孝先》：“疲疴积未瘳，伏枕倦长愁。”旧游：故交。旷：疏远。笙篁：活字本、凌本、嘉靖本、丛刊

本作“笙歌”。即笙。笙由密集而长短不一的竹管制成，故称。《初学记》：“《琵琶赋》曰：掇止金石，屏斥笙篁，弹琵琶于私宴。”唐孟郊《长安道》：“高阁何人家，笙篁正喧吸。”

③这两句说自己平生重视结交朋友，现在看来颇为怀疑是否由此必要。迨此：至此。

④这两句说时虽盛夏，但感到室冷如冰。冰室：藏冰之室。晋左思《魏都赋》：“上累栋而重霤，下冰室而沍冥。”赫曦：也作“赫羲”，炎暑炽盛貌。三国魏曹植《诰咎文》：“炎旱赫羲，飙风扇发。”晋潘岳《在怀县作》：“初伏启新节，隆暑方赫曦。”唐张铣注：“赫曦，炎盛貌。”唐张九龄《夏日奉使南海在道中作》：“缅然万里路，赫曦三伏时。”

⑤这两句说光阴迅速，陪伴我的只有自己树上的鸣蝉。言其病中孤寂。隙驹：比喻易逝的光阴。语本《庄子・知北游》：“人生天地之间，若白驹之过隙，忽然而已。”唐承远《大唐□□寺故比邱尼法琬法师碑》：“岂谓隙驹易往，藤鼠难留。”

⑥这两句说自己宏图未展，年长体衰。壮图：壮志宏图。晋陆机《吊魏武帝文》：“雄心摧于弱情，壮图终于衰志。”班白：同“斑白”，头发黑白相杂，谓年老。《礼记・祭义》：“斑白者不以其任行乎道路。”汉郑玄注：“斑白者，发杂色也。”晋潘岳《闲居赋》：“昆弟班白，儿童稚齿。”吾衰：《论语・述而》：“子曰：甚矣，吾衰也。久矣，吾不复梦见周公。”

⑦这两句说毕太祝前来看望我，我想起当年嵩山、汝水相会的情况。夫子：指毕太祝。南楚：古地区名，三楚之一，说法不一。战国楚地疆域广阔，秦汉时分为西楚、东楚、南楚。《史记・货殖列传》所记南楚北起淮、汉，南至江南，约包括今安徽中部、西南部，河南东南部，湖南、湖北东部及江西等地区。于全楚位居西南，别于西楚而言，故称南楚。又有史籍以江陵（即南郡）为南楚。战国宋玉《登徒子好色赋序》：“且夫南楚穷巷之妾，焉足为大王言乎？”《史记・货殖列传》：“衡山、九江、江南、豫章、长沙，是南楚也，其俗大类西楚。”

⑧这两句说毕太祝携来若干礼物前来我简陋的居室探视。顾：探视。衡茅：衡门茅屋，简陋的居室。晋陶渊明《辛丑岁七月赴假还江陵夜行涂

口》:“养真衡茅下,庶以善自名。”禀:本指赐人以谷。《汉书·文帝纪》:“今闻吏禀当受鬻者,或以陈粟,岂称养老之意哉!”这里指赋予,给予。《汉书·礼乐志》:“人函天地阴阳之气,有喜怒哀乐之情,天禀其性而不能节也,圣人能为之节,而不能绝也。”唐颜师古注:“禀,谓给授也。”

⑨这两句说毕太祝放下了在家侍奉父母的礼节,离家探友。趋庭:谓子承父教。伐木:《诗·小雅》篇名。其诗云:“伐木丁丁,鸟鸣嘤嘤……嘤其鸣矣,求其友声。”后因以“伐木”为表达朋友间深情厚谊的典故。唐骆宾王《初秋于窦六郎宅宴得风字诗序》:“诸君情谐伐木,仰登龙以缔欢。”

⑩这两句说解下毕太祝的车驾,在家中设食招待。鞅:本指套在牛马颈上的皮带。一说在马腹上。《左传·僖公二十八年》:“晋车七百乘,韅、靷、鞅、靽。”晋杜预注:“在腹曰鞅。”唐陆德明《经典释文》:“鞅,《说文》云:‘颈皮也。’”这里借指车驾。南朝齐谢朓《京路夜发》:“行矣倦路长,无由税归鞅。”唐李周翰注:“鞅,驾也。”葵:蔬菜名。我国古代重要蔬菜之一。可腌制,称葵菹。《诗·豳风·七月》:“七月亨葵及菽。”明李时珍《本草纲目·草五·葵》:“葵菜古人种为常食,今之种者颇鲜。有紫茎、白茎二种,以白茎为胜。大叶小花,花紫黄色,其最小者名鸭脚葵。其实大如指顶,皮薄而扁,实内子轻虚如榆荚仁。”

⑪这两句说今日我们权借此斗酒聊以遣兴,来日恐怕如此机会难以再得。须:依靠。《汉书·循吏传·朱邑》:“昔陈平虽贤,须魏倩而后进;韩信虽奇,赖萧公而后信。”寒:自谦之词。

田家元日①

昨夜斗回北,今朝岁起东②。
我来已强仕,无禄唯尚农③。
桑野就耕父,荷锄随牧童④。
田家占气候,共说此年丰⑤。

【题解】

此诗为忧农之作。作者并无一官半职，但为田家生活而忧虑。好在春耕临近，但愿此年能喜获丰收。

【校注】

①田家：农家。元日：农历正月初一，即春节。《初学记·元日》："《玉烛宝典》曰：正月为端月，其一日为元日。"

②斗回北：北斗星的斗柄从指向北的方向回过来指向东方。北斗星的方位随着季节的变化而移动。《鹖冠子·环流》："斗柄东指，天下皆春；斗柄南指，天下皆夏；斗柄西指，天下皆秋；斗柄北指，天下皆冬。"岁起东：指岁星升于东方。《尚书·尧典》："寅宾出日，平秩东作。"孔传："岁起于东而始就耕，谓之东作。"

③强仕：四十岁的代称。语本《礼记·曲礼上》："四十曰强，而仕。"唐孔颖达疏："三十九以前通曰壮；壮久则强，故四十曰强。强有二义：一则四十不惑，是智虑强；二则气力强也。"《后汉书·胡广传》："甘奇显用，年乖强仕，终贾扬声，亦在弱冠。"

④耕父：农夫。晋张协《七命》："耕父推畔，鱼竖让陆。"唐李善注："文子曰：'黄帝之化天下，田者让畔。'"荷锄：以肩扛锄。晋陶渊明《归园田居五首》其三："晨兴理荒秽，带月荷锄归。"

⑤占气候：即占候。古时根据自然现象的变化来推测年成等好坏称为占候。汉王充《论衡·谴告篇》："夫变异自有占候，阴阳物气自有始终。"

【辑评】

钟惺、谭元春《唐诗归》："'桑野'用'荷锄'假对，读者不觉。"

晚泊浔阳望庐山①

挂席几千里，名山都未逢②。
泊舟浔阳郭，始见香炉峰③。

尝读远公传，永怀尘外踪④。
东林精舍近，日暮但闻钟⑤。

【题解】

此诗写诗人“晚泊浔阳”时的所见、所闻、所思，追怀高僧事迹，流露出对隐逸生活的钦羡。全诗色彩淡素，浑成无迹，后人叹为“天籁”之作。

【校注】

①浔阳：县名，治今江西省九江市。唐代时属江南道江州，是江州州治所在地。因在浔水之阳，故名。庐山：活字本、凌本、嘉靖本、丛刊本作“香炉峰”。

②挂席：扬帆。犹挂帆。南朝宋谢灵运《游赤石进帆海》：“扬帆采石华，挂席拾海月。”唐李善注：“扬帆、挂席，其义一也。”

③郭：外城，古代在城的外围加筑的一道城墙。《礼记·礼运》：“城郭沟池以为固。”明何景明《上元叶邦重别墅归》：“昏钟野寺到郭，晚饭人家出村。”香炉峰：是庐山的著名山峰。唐李白《望庐山瀑布二首》其一：“西登香炉峰，南见瀑布水。”唐白居易《登香炉峰顶》：“迢迢香炉峰，心存耳目想。”

④远公：晋高僧慧远，世称远公。本姓贾，雁门楼烦（今山西宁武附近）人。曾在庐山与佛徒一百二十三人结白莲社，同修净业。著有《法性论》，倡涅槃常住之说。后世奉为净土宗初祖。尘外踪：指慧远超尘绝俗的行踪。尘外，犹言世外。汉张衡《思玄赋》：“游尘外而瞥天兮，据冥翳而哀鸣。”唐孟浩然《武陵泛舟》：“坐听闲猿啸，弥清尘外心。”

⑤东林精舍：即东林寺，在庐山山麓。《高僧传》：“时有沙门慧永，居在西林，与远同门旧好，遂要远同止。……（刺史）桓（伊）乃为远复于山东更立房殿，即东林是也。远创造精舍，洞尽山美，却负香炉之峰，傍带瀑布之壑。”精舍，道士、僧人修炼居住之所，此指佛舍。

【辑评】

吕本中《吕氏童蒙训》：“浩然诗‘挂席几千里，名山都未逢。泊舟浔阳郭，始见香炉峰’，但详看此等语，自然高远。”

王士禛《带经堂诗话》:“诗至此,色相俱空,正如羚羊挂角,无迹可求,画家所谓逸品是也!”

何焯《唐三体诗评》:“后半写‘望’字,闲远空阔。”

田同之《西园诗说》:“严沧浪‘羚羊挂角,无迹可求’,司空表圣‘不着一字,尽得风流’之说,唯李太白‘牛渚西江夜’,孟襄阳‘挂席几千里’二首与沈云卿《龙池乐章》、崔司勋《黄鹤楼》诗,足以当之,所谓逸品是也。”

沈德潜《说诗晬语》:“又有通体俱散者,李太白《夜泊牛渚》、孟浩然《晚泊浔阳》、释皎然《寻陆鸿渐》等章,兴到成诗,人力无与,匪垂典则,偶存标格而已。”

沈德潜《唐诗别裁》:“此天籁也。已近远公精舍,而但闻钟声,写‘望’字意,悠然神远。”

陈衍《石遗室诗话》:“夫古今所传伫兴而得者,莫如孟浩然之‘微云淡河汉,疏雨滴梧桐’‘挂席几千里,名山都未逢。泊舟浔阳郭,始见香炉峰’诸语。然当时实有微云、疏雨、河汉、梧桐诸景物,谋于目,谋于心,并无一字虚造,但写得大方不费力耳。然如此人人眼中之景,人人口中之言,而必待孟山人发之者,他人一腔俗虑,挂席千里,并不为看山计。自襄阳下汉水,至于九江、黄州、赤壁、武昌,皆卑不足道;惟匡庐东南伟观,久负大名。但俗人未逢名山,不觉其郁郁;逢名山,亦不觉其欣欣耳。”

山　潭[1]

垂钓坐磐石,水清心益闲[2]。
鱼行潭树下,猿挂岛萝间[3]。
游女昔解佩,传闻于此山[4]。
求之不可得,沿月棹歌还[5]。

【题解】

此诗写作者于万山潭垂钓之乐趣。其地景物清幽,水清鱼游,猿挂藤萝，充满神奇色彩的神女冶游传说，这一切都令作者心驰神往。置身其间，心静神闲，乐以忘忧，月下棹歌而返，自谓羲皇上人。

【校注】

①诗题：活字本、凌本、嘉靖本、丛刊本、英华本作“万山潭”。万山潭，即沉碑潭。在今湖北省襄阳市西北万山下。《晋书·杜预传》：“刻石为二碑，纪其勋绩，一沈万山之下，一立岘山之上。”

②磐石：厚而大的石头。战国宋玉《高唐赋》：“磐石险峻，倾崎崖隤。岩岖参差，从横相追。”《玉台新咏·古诗为焦仲卿妻作》：“君当作磐石，妾当作蒲苇。蒲苇纫如丝，磐石无转移。”

③鱼行：英华本作“鱼游”。南朝梁何逊《渡连圻二首》其二：“鱼游若拥剑，猿挂似悬瓜。”

④游女：英华本作“神女”。此处用汉皋解佩的典故，指周代郑交甫游汉皋遇二女，二女解珠佩相赠事。传闻：非亲历亲闻，而出自他人转述。亦指所传闻的事。汉董仲舒《春秋繁露·楚庄王》：“《春秋》分十二世以为三等：有见，有闻，有传闻；有见三世，有闻四世，有传闻五世。”唐刘知幾《史通·采撰》：“讹言难信，传闻多失。”

⑤求之不可得：《诗·周南·关雎》：“窈窕淑女，寤寐求之。求之不得，寤寐思服。”棹歌：行船时所唱之歌。汉武帝《秋风辞》：“箫鼓鸣兮发棹歌，欢乐极兮哀情多。”南朝梁丘迟《旦发渔浦潭》：“棹歌发中流，鸣鞞响沓嶂。”

【辑评】

刘辰翁《孟浩然诗集》评点：“蜕出风露，古始未有。”又：“古意淡韵，终不可以众作律之，而众作愈不可及。”

钟惺、谭元春《唐诗归》：谭云：“澹而永。”钟云：“宜入律。”

焦袁熹《此木轩论诗汇编》：“读至‘求之不可得’，试掩下句，看他如何发放。须知才有意，便失之‘吾与点也’之意。”

范大士《历代诗发》：“襄阳山水间诗，境象兴趣，不必追摹谢客，而超诣处往往神契。至于灵襟萧旷，洒然孤行，方诸俳骈，尤为挺出矣。”

入峡寄舍弟①

吾昔与尔辈，读书常闭门。
未尝冒湍险，岂顾垂堂言②。
自此历江湖，辛勤难具论③。
往来行旅弊，开凿禹功存④。
壁直千岩峻，淙流万壑奔⑤。
我来凡几宿，无夕不闻猿⑥。
浦上思归恋，舟中失梦魂。
泪沾明月峡，心断鹡鸰原⑦。
离阔星难聚，秋深露已繁⑧。
因君下南楚，书此示乡园⑨。

【题解】

此诗先写昔日与诸弟闭门苦读，未曾历险；次写自己漂泊江湖，艰辛备尝；再写入峡见闻；最后写念弟思乡，作诗以记之。

【校注】

①峡：指三峡，在重庆、湖北境内，长江上游的瞿塘峡、巫峡和西陵峡的合称。晋左思《蜀都赋》："经三峡之峥嵘，蹑五屼之蹇浐。"舍弟：谦称自己的弟弟。

②垂堂：靠近堂屋檐下。因檐瓦坠落可能伤人，故以喻危险的境地。《汉书·爰盎传》："千金之子不垂堂，百金之子不骑衡。"唐颜师古注："垂堂，谓坐堂外边，恐坠堕也。"五代王定保《唐摭言·及第后隐居》："时四郊多垒，颖以垂堂之诫，绝意禄位，隐于鹿门别墅。"

③辛勤难具论：这句说辛苦非言语所能表达。具论：详细讨论。南朝

宋谢灵运《入彭蠡湖口作》:“客游倦水宿,风潮难具论。”

④行旅弊:旅客困顿艰辛。行旅,旅客。《孟子·梁惠王上》:“商贾皆欲藏于王之市,行旅皆欲出于王之涂。”弊,疲困。开凿禹功存:大禹治水,开山凿河,功绩犹存。《淮南子·主术训》:“禹决江疏河,以为天下兴利。”晋郭璞《江赋》:“若乃巴东之峡,夏后疏凿。”唐李善注:“《孟子》曰:当尧之时,洪水横流,泛滥于天下。尧独忧之,举舜;舜使禹疏九河。”

⑤壁直千岩峻:形容三峡之地势险峻。晋郭璞《江赋》言巴东之峡:“绝岸万丈,壁立赮驳。”唐李周翰注:“江水绝岸高万丈,石壁如立而云霞斑驳。”壁直,即“壁立”,峭壁耸立。淙流:活字本、凌本、嘉靖本、丛刊本作“潨流”。急流。

⑥闻猿:三峡中多猿,常夜啼,啼声凄厉。北魏郦道元《水经注·江水》:“故渔者歌曰:‘巴东三峡巫峡长,猿鸣三声泪沾裳。’”北周庾信《为上黄侯世子与妇书》:“莫不衔怨而心悲,闻猿而下泪。”

⑦明月峡:在今重庆市巴南区东北。《水经注·江水》:“江水又左径明月峡、东至梨乡,历鸡鸣峡。”北周庾信《和赵王送峡中军》:“客行明月峡,猿声不可闻。”鹡鸰原:《诗·小雅·常棣》:“脊令在原,兄弟急难。”脊令,同“鹡鸰”。后即以“鹡鸰原”比喻兄弟友爱之情。

⑧离阔:阔别。《抱朴子·外篇·疾谬》:“其相见也,不复叙离阔。”星难聚:指兄弟难以团聚。

⑨君:指为作者捎带书信的人。南楚:古地区名,三楚之一,说法不一。详见《家园卧疾毕太祝曜见寻》诗注。此当指江陵、襄阳一带,均属于楚地。乡园:家园,故乡。南朝梁何逊《春暮喜晴酬袁户曹苦雨》:“乡园不可见,江水独自清。”

【辑评】

刘辰翁《孟浩然诗集》评点:“起处凄婉,‘壁立’四句,巴峡峭幽之状殆尽,然不可下点,又却自佳。”

宿杨子津寄润州长山刘隐士①

所思在建业，欲往大江深②。
日夕望京口，烟波愁我心③。
心驰茅山洞，目极枫树林④。
不见少微星，风霜徒夜吟⑤。

【题解】

此诗写作者对居住润州长山的刘隐士的思念。

【校注】

①杨子津：当作“扬子津”，即扬子渡，在长江北岸，今江苏省扬州市邗江区南。唐代为江滨要津，从此可南渡京口。润州：治所在今江苏省镇江市。长山：据《嘉定镇江志》：“长山，在城南二十里，山有灵泉，旧传其流与练湖通，注溉民田万顷。”刘隐士：名迹未详。

②所思：战国屈原《九歌·山鬼》：“被石兰兮带杜衡，折芳馨兮遗所思。”汉张衡《四愁诗》：“我所思兮在桂林，欲往从之湘水深，侧身南望涕沾襟。”建业：三国时吴国都城，孙权所置，今江苏省南京市。

③京口：古城名，故址在今江苏省镇江市。烟波：本指烟雾苍茫的水面。隋江总《秋日侍宴娄苑湖应诏》：“雾开楼阙近，日迥烟波长。”这里指避世隐居的江湖。唐黄滔《水殿赋》：“城苑兴阑，烟波思起。”

④茅山：在今江苏省句容市。相传汉茅盈与其弟衷、固得道于此，故名。《元和郡县图志·润州·延陵县》：“茅山，在县西南三十五里，三茅得道之所。”《太平寰宇记》：“茅山在（昇州句容）县南五十里，本句曲山，其山形如勾字三曲。晋茅君得道于此山，后人遂名为茅山。”目极：极尽目力远望。《楚辞·招魂》：“湛湛江水兮上有枫，目极千里兮伤春心。”枫树林：三

国魏阮籍《咏怀诗》:“湛湛长江水,上有枫树林。”

⑤少微:星座名。共四星,在太微垣西南。《史记·天官书》:“廷藩西有隋星五(当作‘四’),曰少微,士大夫。”唐张守节《史记正义》:“少微四星,在太微西,南北列:第一星,处士也;第二星,议士也;第三星,博士也;第四星,士大夫也。占以明大黄润,则贤士举;不明,反是;月、五星犯守,处士忧,宰相易也。”《晋书·隐逸传·谢敷》:“初,月犯少微。少微一名处士星,占者以隐士当之。”故后多用以指处士、隐士。北周庾信《哀江南赋》:“况乃少微真人,天山逸民。”

【辑评】

刘辰翁《孟浩然诗集》评点:“是大家数诗,有六朝人口吻。”

王昌会《诗话类编》:“孟浩然‘日夕望京口,烟波愁我心’,岂有意于属对哉!”

送丁大凤进士举①

吾观鷦鷯赋,君负王佐才②。
惜无金张援,十上空归来③。
弃置乡园老,翻飞羽翼催④。
故人今在位,歧路莫迟回⑤。

【题解】

此诗先盛赞丁大凤文才高妙,接着慨叹其屡试不第,才能埋没,最后鼓励其积极进取。

【校注】

①诗题:活字本、凌本、嘉靖本、丛刊本作“送丁大凤进士赴举呈张九龄”。进士举:应进士科考试。

②鸂鶒赋:《文选》卷一三张华《鹪鹩赋》,唐李善注云:"臧荣绪《晋书》曰:张华字茂先,范阳人也。少好文义,博览坟典,为太常博士,转兼中书郎。虽栖处云阁,慨然有感,作《鹪鹩赋》。"王佐才:辅佐帝王创业治国的才能。三国魏曹植《薤露行》:"怀此王佐才,慷慨独不群。"《晋书·张华传》:"初未知名,著《鹪鹩赋》以自寄。……陈留阮籍见之,叹曰:王佐之才也!由是声名始著。"

③金张:汉代金日磾、张安世二人的并称。二氏子孙相继,七世荣显。后因用为显宦的代称。《汉书·盖宽饶传》:"上无许史之属,下无金张之托。"唐颜师古注引汉应劭曰:"金,金日磾也。张,张安世也。"三国魏应璩《与从弟君苗君胄书》:"宦无金张之援,游无子孟之资。"此指当朝权贵。

④弃置:抛弃,不被任用。三国魏曹丕《杂诗二首》其二:"弃置勿复陈,客子常畏人。"三国魏曹植《赠白马王彪》:"心悲动我神,弃置莫复陈。"羽翼催:翅膀摧折,喻谋事无成或行事失败。《新语·本行》:"大道隐而不舒,羽翼摧而不申。"

⑤故人:指张九龄。在位:居要位,掌权。《孟子·公孙丑上》:"俊杰在位,则天下之士皆悦。"歧路:岔路。三国魏曹植《美女篇》:"美女妖且闲,采桑歧路间。"晋孙楚《征西官属送于陟阳候作诗》:"晨风飘歧路,零雨被秋草。"迟回:迟疑徘徊。南朝宋鲍照《放歌行》:"今君有何疾,临路独迟回。"

送吴悦游韶阳[1]

五色怜凤雏,南飞适鹧鸪[2]。
楚人不相识,何处求椅梧[3]。
去去日千里,茫茫天一隅[4]。
安能与尺鷃,决起但抢榆[5]。

【题解】

此诗为送别诗，先写吴悦才华卓著而官位卑微；次写吴悦在楚不得大用，遂远适岭南；最后称赞其胸怀大志，不甘平庸。

【校注】

①吴悦：名迹未详。韶阳：唐代韶州。治今广东省韶关市曲江区。

②五色：青、赤、白、黑、黄五种颜色。古代以此五者为正色。《书·益稷》："以五采彰施于五色，作服，汝明。"清孙星衍疏："五色，东方谓之青，南方谓之赤，西方谓之白，北方谓之黑，天谓之玄，地谓之黄，玄出于黑，故六者有黄无玄为五也。"凤雏：幼凤。喻人杰。《晋书·陆云传》："幼时吴尚书广陵闵鸿见而奇之曰：'此儿若非龙驹，当是凤雏。'"鹧鸪：鸟名。形似雌雉，头如鹑，胸前有白圆点，如珍珠。背毛有紫赤浪纹。足黄褐色。晋左思《吴都赋》："鹧鸪南翥而中留，孔雀綷羽以翱翔。"晋刘逵注："鹧鸪，如鸡，黑色，其鸣自呼。或言此鸟常南飞不止。豫章已南诸郡处处有之。"《禽经》说它"飞必南翥"。

③不相识：指不能赏识吴悦的才能。椅梧：椅树和梧桐树。古代以为是凤凰栖止之木。三国魏嵇康《琴赋》："惟椅梧之所生兮，托峻岳之崇冈。"南朝宋颜延之《秋胡诗》："椅梧倾高凤，寒谷待鸣律。"

④去去：远去。汉乐府《西门行》："游行去去如云除，弊车羸马为自储。"三国魏曹植《门有万里客行》："行行将复行，去去适西秦。"天一隅：天一方，指天涯。汉李陵《与苏武诗三首》其一："风波一失所，各在天一隅。"

⑤尺鷃：凌本、嘉靖本、丛刊本作"斥鷃"。尺、斥，古字通。即鷃雀。《庄子·逍遥游》："斥鷃笑之曰：'彼且奚适也？'"唐陆德明《经典释文》引晋司马彪曰："斥，小泽也。本亦作'尺'。鷃，鷃雀也。"唐成玄英疏："鷃雀，小鸟。"晋葛洪《抱朴子·明本》："犹之斥鷃之挥短翅，以凌阳侯之波。"决：迅疾貌。唐马戴《赠别北客》："决去如征鸟，离心空自劳。"伹：笨拙。亦指笨拙的人。《说文·人部》："伹，拙也。"抢榆：语本《庄子·逍遥游》："我决起而飞，抢榆枋，时则不至而控于地而已矣，奚以之九万里而南为？"后以"抢榆"借指仅能短程飞掠的小鸟。亦以喻胸无大志或胸无大志的人。

【辑评】

刘辰翁《孟浩然诗集》评点："只是楚人不识凤，贴得亲切。"又："再看方觉好。"

送陈七赴西军[1]

吾观非常者，碌碌在目前[2]。
君负鸿鹄志，蹉跎书剑年[3]。
一闻边烽动，万里忽争先[4]。
余亦赴京国，何当献凯还[5]。

【题解】

此为一首送人从戎之诗。诗中赞许陈七有非常之才，具鸿鹄之志，身当壮年，不应蹉跎岁月，而应立功疆场。最后言及自己也将奔赴长安，期待友人凯旋，与其相会。

【校注】

①宋本无此首，据刘本、活字本、凌本、嘉靖本、丛刊本补。陈七：名迹未详。为孟浩然家乡友人。西军：当指戍守西陲之军队。

②非常：不同寻常。《史记·司马相如列传》："盖世必有非常之人，然后有非常之事；有非常之事，然后有非常之功。非常者，固常之所异也。"碌碌：随众附和貌；平庸无能貌。《史记·酷吏列传论》："九卿碌碌奉其官，救过不赡，何暇论绳墨之外乎！"《周书·李弼传》："丈夫生世，会须履锋刃，平寇难，安社稷以取功名；安能碌碌依阶资以求荣位乎？"

③鸿鹄志：见《洗然弟竹亭》诗注。蹉跎：失意；虚度光阴。南朝齐谢朓《和王长史卧病》："日与岁眇邈，归恨积蹉跎。"唐李颀《放歌行答从弟墨卿》："由是蹉跎一老夫，养鸡牧豕东城隅。"书剑：书和剑。唐许浑《别刘秀才》："三献无功玉有瑕，更携书剑客天涯。"此指学书学剑，谓学文学武。唐

孟浩然《自洛之越》:“遑遑三十载,书剑两无成。”书剑年,指壮年。

④边烽:边疆报警的烽火。唐沈佺期《塞北》:“海气如秋雨,边烽似夏云。”此指指代边境上的战事。南朝梁徐悱《白马篇》:“闻有边烽急,飞候至长安。”元辛文房《唐才子传·戎昱》:“宪宗时,边烽累急,大臣议和亲。”

⑤献凯:献捷。古代打胜仗后,进献所获的俘虏及战利品。唐骆宾王《在军中赠先还知己》:“献凯多惭霍,论封几谢班。”

【辑评】

刘辰翁《孟浩然诗集》评点:“起得别！一个一样语,可观。”

田园作[①]

弊庐隔尘喧,唯先尚恬素[②]。
卜邻近三径,植果盈十树[③]。
粤余任推迁,三十犹未遇[④]。
书剑时将晚,丘园日已暮[⑤]。
晨兴日多怀,昼坐常寡悟[⑥]。
冲天羡鸿鹄,争食嗟鸡鹜[⑦]。
望断金马门,劳歌采樵路[⑧]。
乡曲无知己,朝端乏亲故[⑨]。
谁能为扬雄,一荐甘泉赋[⑩]。

【题解】

此诗为诗人身居田园时的一份宣言书。诗人不甘寂寞,功业未就,在能有建树之年未被赏识,空耗大好时光。虽有鸿鹄之志,但不肯与小人为伍,因此身居乡野,缺乏知己,朝无亲友,才能埋没。

【校注】

①诗题:活字本、凌本、嘉靖本、丛刊本作“田家作”。

②恬素：恬淡朴素。晋葛洪《抱朴子·至理》："专气致柔，镇以恬素。"南朝梁范缜《神灭论》："小人甘其垄亩，君子保其恬素。"

③卜邻：选择邻居。《左传·昭公三年》："且谚曰：'非宅是卜，唯邻是卜。'二三子先卜邻矣。"晋杜预注："卜良邻。"唐杜甫《寄赞上人》："一昨陪锡杖，卜邻南山幽。"三径：晋赵岐《三辅决录·逃名》："蒋诩归乡里，荆棘塞门，舍中有三径，不出，唯求仲、羊仲从之游。"后因以"三径"指归隐者的家园。晋陶渊明《归去来兮辞》："三径就荒，松竹犹存。"

④粤余：犹余，"粤"为语助词，无实义。推迁：推移变迁。晋陶渊明《荣木·序》："日月推迁，已复九夏，总角闻道，白首无成。"南朝宋谢灵运《过始宁墅》诗："束发怀耿介，逐物遂推迁。"未遇：未得到赏识和重用；未发迹。晋左思《咏史诗八首》其七："当其未遇时，忧在填沟壑。英雄有迍邅，由来自古昔。"

⑤丘园：家园；乡村。《易·贲》："六五，贲于丘园，束帛戋戋。"三国魏王肃注："失位无应，隐处丘园。"唐孔颖达疏："丘谓丘墟，园谓园圃。唯草木所生，是质素之所。"后以"丘园"指隐居之处。汉蔡邕《处士圂叔则铭》："洁耿介于丘园，慕七人之遗风。"

⑥晨兴：早晨起来。《汉书·宣帝纪》："反侧晨兴，念虑万方。"晋陶渊明《归园田居五首》其三："晨兴理荒秽，带月荷锄归。"寡悟：少有觉悟。

⑦冲天：直上天空。《楚辞·九歌·大司命》："乘龙兮辚辚，高驼兮冲天。"《史记·滑稽列传》："此鸟不飞则已，一飞冲天；不鸣则已，一鸣惊人。"鸿鹄：即鹄。俗称天鹅。《管子·戒》："今夫鸿鹄，春北而秋南，而不失其时。"因鸿鹄善高飞，常比喻志向远大的人。鸡鹜：鸡和鸭。比喻小人或平庸的人。《楚辞·九章·怀沙》："凤皇在笯兮，鸡鹜翔舞。"汉王逸注："言贤人困厄，小人得志也。"《陈书·蔡景历传》："欲以鸡鹜厕鸳鸿于池沼，将移瓦砾参金碧之声价。"

⑧金马门：汉代宫门名。学士待诏之处。亦省称"金门"。《史记·滑稽列传》："金马门者，宦（者）署门也。门傍有铜马，故谓之曰'金马门'。"唐刘禹锡《为郎分司寄上都同舍》："籍通金马门，身在铜驼陌。"劳歌：劳作者之歌。《晋书·礼志中》："新礼以为挽歌出于汉武帝役人之劳歌，声哀切，

遂以为送终之礼。”唐张旭《清溪泛舟》：“旅人倚征棹，薄暮起劳歌。”采樵：打柴。《左传·桓公十二年》：“请无扞采樵者以诱之。”晋杜预注：“樵，薪也。”南朝梁沈约《宿东园》：“陈王斗鸡道，安仁采樵路。”

⑨乡曲：家乡，故里。《战国策·秦策一》：“卖仆妾售乎闾巷者，良仆妾也；出妇嫁乡曲者，良妇也。”汉司马迁《报任少卿书》：“仆少负不羁之才，长无乡曲之誉。”朝端：位居首席的朝臣。指尚书省的长官。《宋书·王弘传》：“臣弘忝承人乏，位副朝端，若复谨守常科，则终莫之纠正。”唐王维《送丘为往唐州》：“朝端肯相送，天子绣衣臣。”这里指朝廷。南朝梁任昉《齐竟陵文宣王行状》：“敷奏朝端，百揆惟穆。”

⑩这两句说自己才如扬雄，盼望其能得到推荐，受到朝廷重用。扬雄：《汉书·扬雄传》：“扬雄字子云，蜀郡成都人也。……孝成帝时，客有荐雄文似相如者。上方郊祠甘泉泰畤、汾阴后土，以求继嗣，召雄待诏承明之庭。正月，从上甘泉，还奏《甘泉赋》以风。……赋成奏之，天子异焉。”

从张丞相游纪南城猎戏赠裴迥张参军①

从禽非吾乐，不好云梦田②。
岁暮登城望，偏令乡思悬。
公卿有几几，车骑何翩翩③。
世禄金张贵，官曹幕府连④。
顺时行杀气，飞刃争割鲜⑤。
十里届宾馆，徵声匝妓筵⑥。
高标回落日，平楚散芳烟⑦。
何意狂歌客，从公亦在旃⑧。

【题解】

此诗记与张丞相冬猎之事。先写岁暮思乡，不乐田猎；次写张丞相僚属家世显赫，打猎宴会，品尝野味，酣歌狎妓；最后点名作者亦亲临筵席。

【校注】

①张丞相：张九龄。唐玄宗开元二十二年（734 年）为相，二十五年（737 年）贬为荆州大都督府长史。张曾辟孟浩然置幕府。纪南城：宋本原作“南纪城”，据活字本、凌本、嘉靖本、丛刊本改。一名郢城。故城在今湖北省江陵县北十余里，以在纪山之南而得名。裴迥：活字本、凌本、嘉靖本、丛刊本作“裴迪”。迥为唐玄宗时人，曾官司封员外郎。张参军：名迹未详。

②从禽：指田猎时追逐禽兽。《易·屯》：“象曰，即鹿无虞，以从禽也。”《后汉书·度尚传》：“兵士喜悦，大小皆相与从禽。”云梦：古泽薮名，指云梦泽。《尔雅·释地》：“宋有孟诸，楚有云梦。”《初学记》：“刘澄之《荆州记》曰：‘华容县东南有云梦泽，一名巴丘湖，荆之薮也。’”田：田猎。

③公卿：三公九卿的简称，这里泛指高官。几几：犹几许。前蜀贯休《山居》：“自古浮华能几几，逝波终日去滔滔。”翩翩：连绵不断貌。晋左思《吴都赋》：“缔交翩翩，傧从弈弈。”唐李善注：“翩翩，往来貌。”《乐府诗集·相和歌辞十三·妇病行》：“妇病连年累岁，传呼丈人前一言。当言未及得言，不知泪下一何翩翩。”

④金张：汉代金日磾、张安世二人的并称。参见《送丁大凤进士举》诗注。此处指张九龄。官曹：官署。南朝梁萧纲《与萧临川书》：“九棘外府，且息官曹之务。”北周庾信《司马裔碑》：“官曹案牍，未尝烦壅。”幕府：将帅在外，以帐幕为府署，故称将帅府署为幕府。

⑤顺时：凌本、嘉靖本、丛刊本作“岁时”。顺应时宜，适时。《左传·成公十六年》：“礼以顺时，信以守物。”杀气：阴气，寒气，肃杀之气。《礼记·月令》：“（仲秋之月）杀气浸盛，阳气日衰。”割鲜：割杀禽兽。汉司马相如《子虚赋》：“骛于盐浦，割鲜染轮。”汉班固《西都赋》：“割鲜野食，举烽命釂。”唐李善注：“孔安国《尚书传》曰：‘鸟兽新杀曰鲜。’”

⑥届宾馆：犹言“宾届馆”，众宾至客馆。徵声：指宫、商、角、徵、羽五音中徵声。匝伎筵：犹言“伎匝筵”，歌伎围绕筵席。

⑦高标：高树。晋左思《蜀都赋》：“羲和假道于峻岐，阳乌回翼乎高标。”唐吕延济注：“高标，高枝也。”平楚：登高远望，见树梢齐平谓之平楚。

南朝齐谢朓《郡内登望》："寒城一以眺，平楚正苍然。"唐李善注："楚，丛木也。"

⑧这两句说自己亦在张丞相的麾下，指在筵席现场。何意：岂料；不意。《后汉书·申屠蟠传》："蟠勃然作色曰：'始吾以子为可与言也，何意乃相拘教乐贵之徒邪？'"三国魏吴质《答魏太子笺》："自谓可终始相保，并骋材力，效节明主，何意数年之闲，死丧略尽。"狂歌客：作者自指。狂歌，纵情歌咏。汉徐干《中论·夭寿》："或披发而狂歌，或三黜而不去。"唐杜甫《赠李白》："痛饮狂歌空度日，飞扬跋扈为谁雄？"公，指张九龄。旃：赤色曲柄旌旗。

【辑评】

刘辰翁《孟浩然诗集》评点："远景自然。"

登望楚山最高顶①

山水观形胜，襄阳美会稽②。
最高唯望楚，曾未一攀跻③。
石壁疑削成，众山比全低。
晴明试登陟，目极无端倪④。
云梦掌中小，武陵花处迷⑤。
暝还归骑下，萝月映深溪⑥。

【题解】

此诗为作者登望楚山而作。先写望楚山美于浙江的会稽山，以表达登临之意；再写望楚山的高险；最后写晴明登山，戴月返回，足见作者对此山风景的迷恋。

【校注】

①望楚山：在今湖北省襄阳市西。《太平御览》卷四三引《襄阳记》云：

“望楚山有三名：一名马鞍山，一名灾山；宋元嘉中，武陵王骏为刺史，屡登之。旧名望郢山，因改为望楚山。后遂龙飞，是孝武望之处，时人号为凤岭。高处有三蹬，即刘宏山简九日宴赏之所也。”

②形胜：谓山川壮美。《魏书·冯亮传》：“世宗给其工力，令与沙门统僧暹、河南尹甄琛等，周视崧高形胜之处，遂造闲居佛寺。”唐高适《观宓子贱神祠碑》：“形胜驻群目，坚贞指苍穹。”

③攀跻：犹攀登。三国魏刘劭《人物志·体别》：“休动磊落，业在攀跻，失在疏越。”唐孟郊《和皇甫判官游琅琊溪》：“唯当清宵梦，仿佛愿攀跻。”《说文·足部》：“跻，登也。”

④登陟：登上。晋孙绰《游天台山赋序》：“举世罕能登陟，王者莫由禋祀，故事绝于常篇，名标于奇纪。”北魏郦道元《水经注·庐江水》：“下有磐石，可坐数十人，冠军将军刘敬宣每登陟焉。”端倪：边际。南朝宋谢灵运《游赤石进帆海》：“溟涨无端倪，虚舟有超越。”唐李周翰注：“端倪，犹涯际也。”唐岑参《西亭子送李司马》：“坐来一望无端倪，红花绿柳莺乱啼。”

⑤这两句说登高望远，云梦似乎可置于手掌之中，而遥望武陵则一片迷茫。武陵：在今湖南省常德市。

⑥萝月：藤萝间的明月。南朝宋鲍照、王延秀等《月下登楼连句》：“佛仿萝月光，缤纷篁雾阴。”唐沈佺期《入少密溪》：“相留且待鸡黍熟，夕卧深山萝月春。”

樵采作①

采樵入深山，山深树重叠。
桥崩卧槎拥，路险垂藤接②。
日落伴将稀，山风拂薜衣③。
长歌负轻策，平野望烟归④。

【题解】

此诗为樵采之作，但终篇未言樵采之事。先写山景，后写暮归。

【校注】

①诗题：刘本、活字本、凌本、嘉靖本、丛刊本作"采樵作"。樵采：打柴。《战国策·齐策四》："有敢去柳下季垄五十步而樵采者，死不赦。"晋张协《杂诗》："投耒循岸垂，时闻樵采音。"

②卧楂：横卧的树枝。楂，树的杈枝。唐卢照邻《行路难》："君不见长安城北渭桥边，枯木横楂卧古田。"拥：聚集在一起。垂藤：垂下之藤蔓。南朝齐谢朓《与江水曹至滨干戏》："花枝聚如雪，垂藤散似网。"

③薜衣："薜荔衣"的简称。用薜荔的叶子制成的衣裳。原指神仙鬼怪所披的衣饰，后借以称隐士的服装。唐沈佺期《入少密溪》："自言避喧非避秦，薜衣耕凿帝尧人。"唐孟郊《送豆卢策归别墅》："身披薜荔衣，山陟莓苔梯。"

④长歌：放声高歌。汉张衡《西京赋》："女娥坐而长歌，声清畅而蜲蛇。"南朝宋谢庄《月赋》："情纡轸其何托，诉皓月而长歌。"策：树木细枝。指拐杖。晋湛方生《游园咏》："乘夕阳而含咏，杖轻策以行游。"平野：平坦广阔的原野。语出汉晁错《言兵事书》："平原广野，此车骑之地，步兵十不当一。"南朝宋鲍照《送盛侍郎饯候亭》："高墉宿寒雾，平野起秋尘。"南朝梁吴均《答萧新浦》："青袍行中把，蔽草覆平野。"烟：指傍晚的炊烟。

【辑评】

刘辰翁《孟浩然诗集》评点："孟诸诗皆极洗炼而不枯瘁，又在苏州前。"

钟惺、谭元春《唐诗归》："观此'稀'字，远胜'樵人归欲尽''尽'字。"

周珽《唐诗选脉会通评林》：吴山民云："幽深静至之语，读之使喧扰人自失。"

沈德潜《唐诗别裁》："'桥崩'十字，写出奇险之状。"

贺裳《载酒园诗话·诗归》："孟襄阳……《采樵作》曰：……远胜'樵人归欲尽'，有'搔首踟蹰'之意。"

早　梅①

园中有早梅，年例犯寒开②。
少妇争攀折，将归插镜台③。
犹言看不足，更欲剪刀裁。

【题解】

此诗写少妇折梅，装饰镜台，插花剪彩，表现少妇热爱生活，及对美好事物的眷念。

【校注】

①宋本无此首，据刘本、活字本、凌本、嘉靖本、丛刊本补。早梅：早开之梅。南朝陈李爽《山家闺怨》："山中多早梅，荆扉达曙开。"隋王申礼《赋得岩穴无结构》："早梅香野径，清涧响丘琴。"

②年例：每年照例。犯寒：冒着严寒。南朝梁沈约《泛永康江》："山光浮水至，春色犯寒来。"唐鲍溶《冬夜答客》："幸君霜露里，车马犯寒过。"

③将：携带。镜台：大型镜奁，可架镜，兼储装饰品。《初学记》："《魏武杂物疏》曰：镜台出魏宫中，有纯银参带镜台一，纯银七子贵人公主镜台四。《晋东宫旧事》曰：皇太子纳妃，服用有玳瑁细漏镜台一。刘义庆《世说》曰：刘聪为玉镜台。"南朝梁萧纲《晓思》："炉烟入斗帐，屏风隐镜台。"

【辑评】

刘辰翁《孟浩然诗集》评点："语欲其野，直以意胜，亦有情致。"

涧南即事贻皎上人①

弊庐在郭外，素产唯田园②。
左右林野旷，不闻朝市喧③。
钓竿垂北涧，樵唱入南轩④。
书取幽栖事，将寻静者论⑤。

【题解】

此诗为作者赠送给皎上人的诗，借以述说隐居生活的情况。

【校注】

①涧南：即涧南园，亦称汉南园。为孟家旧业。即事：面对眼前事物。晋陶渊明《癸卯岁始春怀古田舍》："虽未量岁功，即事多所欣。"宋王安石《乙巳九月登冶城作》："即事有哀伤，山川自如故。"后人多用以作为诗题。皎上人：名迹未详。

②郭：外城。《初学记》："《管子》曰：内为之城，外为之郭。《释名》云：城，盛也，盛受国都也。郭，廓也，廓落在城外也。"素产：凌本、嘉靖本、丛刊本作"素业"。素产同素业。先世所遗之业。旧时多指儒业。南朝梁任昉《为范尚书让吏部封侯第一表》："臣本自诸生，家承素业，门无富贵，易农而仕。"《隋书·张煚传》："周代公卿，类多武将，唯羡以素业自通，甚为当时所重。"

③林野：森林郊野。晋张华《鹪鹩赋》："恋钟岱之林野，慕陇坻之高松。"朝市：泛指名利之场。晋陶渊明《感士不遇赋》："拥孤襟以毕岁，谢良价于朝市。"

④钓竿：钓鱼竿。三国魏曹丕《钓竿行》："钓竿何珊珊，鱼尾何篵篵。"北周庾信《正旦上司宪府》："一知悬象法，谁思垂钓竿。"北涧：涧南园之北。樵唱：犹樵歌。唐祖咏《汝坟别业》："山中无外事，樵唱有时闻。"南轩：南

窗。轩,窗户。三国魏阮籍《咏怀》之十九:“开轩临四野,登高望所思。”唐杜甫《夏夜叹》诗:“仲夏苦夜短,开轩纳微凉。”

⑤幽栖:隐居。南朝宋谢灵运《邻里相送方山诗》:“资此永幽栖,岂伊年岁别。”唐李善注:“郭璞《山海经》曰,山居为栖。”南朝梁丘迟《旦发鱼浦潭》:“信是永幽栖,岂徒暂清旷。”静者:此指皎上人。

【辑评】

方回《瀛奎律髓》:“郊野之作,如‘钓竿垂北涧,樵唱入南轩’,皆佳。”

白云先生王迥见访①

闲归日无事,云卧昼不起②。
有客款柴扉,自云巢居子③。
居闲好芝术,采药来城市。
家在鹿门山,常游涧泽水。
手持白羽扇,脚步青芒履④。
闻道鹤书征,临流还洗耳⑤。

【题解】

此诗先写自己闲居、云卧,再写来客。然后详述了这位颇具仙风道骨的白云先生的兴趣、行止、衣着、生活方式以及隐居不仕之心。

【校注】

①诗题:活字本、凌本、嘉靖本、丛刊本作“王迥见寻”。

②云卧:高卧于云雾缭绕之中。谓隐居。南朝宋鲍照《代升天行》:“风餐委松宿,云卧恣天行。”唐杜甫《游龙门奉先寺》诗:“天阙象纬逼,云卧衣裳冷。”

③款柴扉:叩柴门。南朝梁范云《赠张徐州谡》:“还闻稚子说,有客款柴扉。”唐李善注:“《吕氏春秋》曰:‘款门而谒。’高诱曰:‘款,叩也。柴扉,

即荆扉也。'"巢居子：指巢父，泛指隐者。晋王康琚《反招隐诗》："昔在太平时，亦有巢居子。"唐李善注："皇甫谧《逸士传》曰：巢父，尧时隐人，常山居不营世利。年老，以树为巢而寝其上。故时人号曰巢父。"此为王迥自指。

④白羽扇：特指古代军中主将用来指挥作战的白色羽毛扇。《太平御览》卷七〇二引晋裴启《语林》："诸葛武侯与宣王（司马懿）在渭滨将战，武侯乘素舆，葛巾，白羽扇，指挥三军，三军皆随其进止。"后泛指白色的羽毛扇。唐李白《夏日山中》："懒摇白羽扇，裸袒青林中。"唐孟郊《塘下行》："徒将白羽扇，调妾木兰花。"步：踏，穿着。青芒履：道士穿的一种草鞋。芒履，即芒鞋。草鞋。宋陆游《夜出偏门还三山》："水风吹葛衣，草露湿芒履。"

⑤鹤书：书体名。也叫鹤头书。古时用于招贤纳士的诏书。亦借指征聘的诏书。南朝齐孔稚珪《北山移文》："及其鸣驺入谷，鹤书赴陇；形驰魄散，志变神动。"唐李善注引南朝齐萧子良《古今篆隶文体》："鹤头书与偃波书，俱诏板所用，在汉则谓之尺一简，仿佛鹄头，故有其称。"唐杨炯《唐昭武校尉曹君神道碑》："南宫养老，坐闻鸠杖之荣；东岳游魂，俄见鹤书之召。"临流还洗耳：谓朝政之事污耳，故临流而洗之，以示守高，不受征聘。洗耳，表示厌闻污浊之声。晋郭璞《游仙诗七首》其二："翘迹企颍阳，临河思洗耳。"唐李善注："《琴操》曰：尧大许由之志，禅为天子。由以其言不善，乃临河而洗其耳。"临流，近水。南朝宋鲍照《登黄鹤矶》："临流断商弦，瞰川悲棹讴。"南朝宋谢瞻《九日从宋公戏马台集送孔令》："临流怨莫从，欢心叹飞蓬。"

与黄侍御北津泛舟①

津无蛟龙患，日久常安流②。
本欲避骢马，何如同鹢舟③。
岂伊今日幸，曾是昔年游④。
莫奏琴中鹤，且随波上鸥⑤。

堤缘九里郭，山面百城楼⑥。
自顾躬耕者，才非管乐俦⑦。
闻君荐草泽，从此泛芳州⑧。

【题解】

此诗写与黄侍御泛舟之事，不举乐，不奏曲，欣赏自然山水。最后谦虚地道出自己小才微善，不堪大用。

【校注】

①诗题：凌本作“与黄侍御泛北津”。黄侍御：名迹未详。侍御，唐代侍御史之简称。掌纠察百官等。北津：在今湖北省襄阳市北沔水之津。

②津无蛟龙患：津，即题中之“北津”，沔水之津也，在襄阳城北。《水经注·沔水》：“城北枕沔水，水中常苦蛟害。襄阳太守邓遐负其气果，拔剑入水，蛟绕其足，遐挥剑斩蛟，流血丹水。自后患除，无复蛟难矣。”安流：水流平稳。战国屈原《九歌·湘君》：“令沅湘兮无波，使江水兮安流。”南朝宋谢灵运《游赤石进帆海》：“川后时安流，天吴静不发。”

③避骢马：指回避侍御史。《后汉书·桓典传》：“典字公雅……举高第，拜侍御史。是时宦官秉权，典执政无所回避。常乘骢马，京师畏惮，为之语曰：行行且止，避骢马御史。”此指黄侍御。骢马，毛色青白相杂之马。鹢舟：船头画有鹢鸟图像的船，亦泛指船。汉张衡《西京赋》：“浮鹢首，翳云芝。”三国吴薛综注：“船头象鹢鸟，厌水神。”《晋书·张协传》：“乘鹢舟兮为水嬉，临芳洲兮拔灵芝。”唐李商隐《南潭上亭宴集以疾后至因而抒情》：“鹢舟萦远岸，鱼钥启重关。”

④岂伊：难道，岂是。南朝宋鲍照《放歌行》：“岂伊白璧赐，将起黄金台。”

⑤莫奏琴中鹤：这句说莫奏《琴操》中之《别鹤操》。古琴曲中有十二操，第九曰《别鹤操》。《初学记》：“《琴操》曰，古琴曲有诗歌五曲……又有十二操……八曰《朝飞操》，九曰《别鹤操》，十曰《残形操》。”波上鸥：江波上之鸥鸟。此句说纵舟随鸟，乐彼自然。

⑥缘：沿，绕。《荀子·议兵》："限之以邓林，缘之以方城。"唐王昌龄《奉赠张荆州》："邑西有路缘石壁，我欲从之卧穹嵌。"

⑦这两句说自己有诸葛亮躬耕之劳，但无诸葛亮伯仲于管乐之才。躬耕：亲身务农。《三国志·蜀书·诸葛亮传》："亮躬耕陇亩，好为梁父吟。"又："臣本布衣，躬耕于南阳。"管乐：管仲、乐毅。管仲为春秋齐国名相，曾助齐桓公九合诸侯，一匡天下。乐毅为战国燕之大将，燕昭王用乐毅计下齐国七十余城。他们皆有大功殊勋，故并称之，指具治国之才能者。《三国志·蜀书·诸葛亮传》："身长八尺，每自比于管仲、乐毅，时人莫之许也。惟博陵崔州平、颍川徐元直与亮友善，谓为信然。"晋袁宏《三国名臣序赞》："孔明盘桓，俟时而动，遐想管乐，远明风流。"

⑧这两句说听说您黄侍御有意荐举我出仕，则我将自此避俗远去。草泽：草野。芳州：即芳洲。活字本、凌本、嘉靖本、丛刊本作"沧洲"。芳草丛生的水洲。

题长安主人壁①

久废南山田，叨陪东阁贤②。
欲随平子去，犹未献甘泉③。
枕藉琴书满，褰帷远岫连④。
我来如昨日，庭树忽鸣蝉⑤。
促织惊寒女，秋风思长年⑥。
授衣当九日，无褐竟谁怜⑦。

【题解】

此诗写自己功名未就，枉与诸位贤士盘桓。欲归家乡，尚存献赋之心，只得弹琴、读书、看山以消遣心中的郁闷。结尾点明其时已深秋，自己尚未备办御寒之衣，慨叹失意之人无人关怀。

【校注】

①长安主人：名迹未详。孟浩然于开元十五年(727年)冬天赴京师长安应试，应开元十六年(728年)春进士举，未登第，此为作者寓居长安时借住房舍的主人。题壁：题诗于壁上。

②南山：作者家乡山名，在襄阳岘山之南。叨陪：凌本、嘉靖本、丛刊本作“谬陪”。谦称陪侍或追随。唐王勃《滕王阁序》：“他日趋庭，叨陪鲤对。”东阁：东向的小门。《汉书·公孙弘传》：“弘自见为举首，起徒步，数年至宰相封侯，于是起客馆，开东阁以延贤人。”清王先谦补注引清姚鼐曰：“此阁是小门，不以贤者为吏属，别开门延之。”《后汉书·周黄徐等传序》：“东平王苍为骠骑将军，开东阁延贤俊。”后因以称宰相招致款待宾客之所。唐李商隐《哭遂州萧侍郎二十四韵》：“早岁思东阁，为邦属故园。”

③平子：即张衡，其字平子。此言欲追随平子之志，归田隐居。汉张衡尝作《归田赋》，唐李善解题云：“《归田赋》者，张衡仕不得志，欲归于田，因作此赋。”献甘泉：指汉扬雄献《甘泉赋》事。孟浩然落第，滞留长安，犹望献赋博得皇帝赏识。

④枕藉：活字本、凌本、嘉靖本、丛刊本作“枕席”。枕头与垫席，亦作“枕籍”。汉桓宽《盐铁论·殊路》：“夫重怀古道，枕籍《诗》《书》，危不能安，乱不能治。”唐杜甫《八哀诗·故秘书少监武功苏公源明》：“前后百卷文，枕藉皆禁脔。”褰帷：揭起帘帷。远岫：远山。南朝齐谢朓《郡内高斋闲坐答吕法曹》：“窗中列远岫，庭际俯乔林。”

⑤如昨日：过去的如同昨天，用以形容时光飞逝。晋张协《杂诗十首》其八：“下车如昨日，望舒四五圆。”庭树：三国魏曹植《赠丁仪》：“初秋凉气发，庭树微销落。”晋潘岳《秋兴赋》：“庭树槭以洒落兮，劲风戾而吹帷。”

⑥促织：即蟋蟀。《尔雅·释虫》：“蟋蟀，蛬。”晋郭璞注：“今促织也，亦名青蛪。”三国吴陆玑《毛诗草木鸟兽虫鱼疏》：“楚人谓之王孙，幽州人谓之趋织。里语曰‘趋织鸣，懒妇惊’是也。”《古诗十九首》其七：“明月皎夜光，促织鸣东壁。”唐李善注：“《春秋考异邮》曰：立秋，趣织鸣。宋均曰：趣织，蟋蟀也，立秋，女工急，故趣之。”寒女：贫寒女子。长年：年纪渐长，思欲长寿。《淮南子·说山训》：“故桑叶落而长年悲也。”汉高诱注：“桑叶时将茹

落，长年惧命尽，故感而悲也。”

⑦“授衣”二句：《诗·豳风·七月》：“七月流火，九月授衣。一之日觱发，二之日栗烈。无衣无褐，何以卒岁。”汉毛苌传：“九月霜始降，妇功成，可以授冬衣矣。”汉郑玄笺：“褐，毛布也。”

庭　橘①

明发览群物，万木何阴森②。
凝霜渐渐水，庭橘似悬金③。
女伴争攀摘，摘窥碍叶深④。
并生怜共蒂，相示感同心⑤。
骨刺红罗被，香粘翠羽簪⑥。
擎来玉盘里，全胜在幽林⑦。

【题解】

此诗言庭园中的橘子经霜后，颜色金光灿灿，美人们竞相采摘。作者似以此来比喻贤者，历经磨砺，如能有良人举荐，君主能委以重任，则其才干方能得以施展。

【校注】

①宋本无此首，据刘本、活字本、凌本、嘉靖本、丛刊本补。

②群物：万物。南朝宋谢灵运《初往新安桐庐口》：“景夕群物清，对玩咸可喜。”阴森：谓树木浓密成荫。《南史·张充传》：“松柏阴森，相缭于涧侧。”唐柳宗元《寄韦珩》：“阴森野葛交蔽日，悬蛇结虺如蒲萄。”

③凝霜：浓霜。战国屈原《九章·悲回风》：“吸湛露之浮源兮，漱凝霜之雰雰。”三国魏曹植《赠丁仪》：“凝霜依玉除，清风飘飞阁。”渐渐：流淌貌。汉刘向《九叹·远逝》：“肠纷纭以缭转兮，涕渐渐其若屑。”唐韩愈《苦寒》：“中宵倚墙立，淫泪何渐渐。”悬金：指金黄色的橘子悬挂于树枝。隋李孝贞

《园中杂咏橘树》："白华如散雪，朱实似悬金。"

④女伴：女性伴侣。攀摘：采摘，摘取。摘窥碍叶深：言采摘时视线被繁茂的枝叶遮挡。

⑤上句说采橘女喜爱共蒂而生的橘子，下句说采橘女为共蒂而生的橘子彼此同心而感动。蒂：花或瓜果与枝茎相连的部分。

⑥上句说橘枝刺破采橘女的裙子，下句说采橘女的簪子沾染了橘子香气。骨：指橘枝。红罗：红色的轻软丝织品。多用以制作妇女衣裙。《汉书·孝成班倢伃传》："感帷裳兮发红罗，纷綷縩兮纨素声。"被：通"帔"，裙。翠羽簪：指妇女绾髻的首饰，状如翠鸟的羽毛。

⑦玉盘：玉制的盘子。亦为盘的美称。汉张衡《四愁诗》之二："美人赠我金琅玕，何以报之双玉盘。"唐白居易《琵琶行》："嘈嘈切切错杂弹，大珠小珠落玉盘。"全胜：远远胜过。唐卢殷《七夕》："定不嫌秋驶，唯当乞夜迟。全胜客子妇，十载泣生离。"幽林：幽深茂密的树林。汉班固《西都赋》："其阳则崇山隐天，幽林穹谷，陆海珍藏，蓝田美玉。"唐宋之问《陆浑山庄》："源水看花入，幽林采药行。"

【辑评】

刘辰翁《孟浩然诗集》评点："委屈。"

唐汝询《汇编唐诗十集》："一段稀世之想。"

贺裳《载酒园诗话·艳诗》："孟襄阳素心士也。其《庭橘》诗'并生怜共蒂，相示感同心'，一何婉昵！至若'照水空自爱，折花将遗谁'，真有生香真色之妙。觉老杜'香雾云鬟''清辉玉臂'，未免太官样妆矣。"

卷二

七言古诗

夜归鹿门寺①

山寺鸣钟昼已昏，渔梁渡头争渡喧②。
人随沙路向江村，予亦乘舟归鹿门。
鹿门月照开烟树，忽到庞公栖隐处③。
樵径非遥长寂寥，唯有幽人夜来去④。

【题解】

作者早先一直隐居岘山南园的家里，四十岁赴长安谋仕不遇，游历吴、越数年后返乡，决心追步乡先贤庞德公的行迹，亦隐居在鹿门山这一别业。此诗虽有纪实之意，而主旨却在歌咏归隐的情怀志趣。

【校注】

①诗题：刘本、活字本、凌本、嘉靖本、丛刊本作“夜归鹿门山歌”。孟浩然家在襄阳城南郊外，岘山附近，汉江西岸，名曰“南园”或“涧南园”。鹿门山则在汉江东岸，与岘山隔江相望。汉末著名隐士庞德公，因拒绝征辟，曾携家隐居于此，从此鹿门山就成了隐逸圣地。

②渔梁：洲名，指鱼梁洲，在襄阳市汉水中。《水经注·沔水》：“襄阳城东有东白沙，白沙北有三洲，东北有宛口，即淯水所入也。沔水中有鱼梁洲，庞德公所居。”

③开烟树：树林被云烟所笼罩，在月光照射下又清楚了。庞公：即庞德公，汉末隐士。《后汉书·逸民传》：“庞公者，南郡襄阳人也……荆州刺史刘表数延请，不能屈……后遂携妻子登鹿门山，因采药不反。”

④樵径：深山打柴人踏出的小路。寂寥：寂静无声；沉寂。汉枚乘《忘

忧馆柳赋》:“枪锽啾唧,萧条寂寥。”宋章樵注:“枪锽,大音;啾唧,小音。并寂然无声。”唐柳宗元《至小丘西小石潭记》:“坐潭上,四面竹树环合,寂寥无人。”幽人:幽隐之人;隐士。作者自指。《易・履》:“履道坦坦,幽人贞吉。”唐孔颖达疏:“幽人贞吉者,既无险难,故在幽隐之人守正得吉。”《后汉书・逸民传序》:“光武侧席幽人,求之若不及。”清顾炎武《与胡处士庭访北齐碑》诗:“策杖向郊坰,幽人在岩户。”

【辑评】

刘辰翁《孟浩然诗集》评点:“此诗为昔人所甚赏,尚非孟胜场,作手自辨。”

桂天祥《批点唐诗正声》:“浩然作《鹿门歌》,其本象清彻,闲淡备至。”

唐汝询《唐诗解》:“此篇不加斧凿,字字超凡。”

唐汝询《汇编唐诗十集》:“浅浅说去,自然不同,此老胸中有泉石。”

刘邦彦《唐诗归折衷》:“‘幽’之一字,非孟襄阳其谁与?然篇不多见,即此五十六字,亦足当诸家千百言。”

张文荪《唐贤清雅集》:“幽秀至此,直是诗中精灵。”

张谦宜《絸斋诗谈》:“《夜归鹿门歌》,句句下韵,紧调也,脉却舒徐。”

施补华《岘佣说诗》:“孟公边幅太窘,然如《夜归鹿门》一首,清幽绝妙。才力小者,学步此种,参之李东川派,亦可名家。”

和卢明府送郑十三还京兼寄之什①

昔时风景登临地,今日衣冠送别筵②。
醉坐自倾彭泽酒,思归长望白云天③。
洞庭一叶惊秋早,濩落空嗟滞江岛④。
寄语朝廷当世人,何时重见长安道⑤。

【题解】

此诗主旨在于表达自己的人生失意,以希冀得到当权者的援引。

【校注】

①诗题：活字本、凌本、嘉靖本、丛刊本同此，但无“什”字。卢明府：孟诗中凡六见，与孟浩然交从甚密。唐王士源《孟浩然诗集序》里说范阳卢僎“与浩然为忘形之交”，故此处卢明府当为卢僎。明府：汉代称郡守牧尹为明府，唐代用来专称县令。郑十三：疑为华阴太守郑倩之。唐王士源《孟浩然诗集序》里亦说郑倩之“与浩然为忘形之交”。之什：《诗经》中《雅》《颂》部分多以十篇为一组，称之为“什”，如《鹿鸣之什》《清庙之什》等。后用以泛指诗篇、文卷，犹言篇什。南朝梁任昉《奉答敕示七夕诗启》：“窃惟帝迹多绪，俯同不一，托情风什，希世罕工。”唐柳宗元《故大理评事柳君墓志》：“其嗣曰宽，字存谅，读其世书，扬于文辞，南方之人多讽其什。”

②衣冠：代称缙绅、士大夫。《汉书·杜钦传》：“茂陵杜邺与钦同姓字，俱以材能称京师，故衣冠谓钦为‘盲杜子夏’以相别。”唐颜师古注：“衣冠谓士大夫也。”唐李白《登金陵凤凰台》：“吴宫花草埋幽径，晋代衣冠成古丘。”

③彭泽：县名，汉代始设。在今江西省北部。晋陶渊明曾为彭泽令，因以“彭泽”借指陶渊明。其性嗜酒，任彭泽令时尝言“令吾常醉于酒足矣”，故云“彭泽酒”。唐王勃《滕王阁序》：“睢园绿竹，气凌彭泽之樽；邺水朱华，光照临川之笔。”唐刘知幾《史通·称谓》：“有匹夫而不名者，若步兵、彭泽之类是也。”思归：汉张衡《思玄赋》：“悲离居之劳心兮，情悁悁而思归。”长望：远望。三国魏阮籍《清思赋》：“游平圃以长望兮，乘修水之华旂。”白云：喻归隐。晋左思《招隐诗》：“白云停阴冈，丹葩曜阳林。”南朝梁陶弘景《诏问山中何所有赋诗以答》：“山中何所有？岭上多白云。只可自怡悦，不堪持寄君。”唐钱起《蓝田溪与渔者宿》：“一论白云心，千里沧洲趣。”

④一叶惊秋：《淮南子·说山训》：“见一叶落，而知岁之将暮。”唐朱邺《落叶赋》：“见一叶之已落，感四序之惊秋。”漠落：活字本、凌本、嘉靖本、丛刊本作“濩落”。沦落失意。空嗟：徒自怨嗟。

⑤寄语：传话，转告。南朝宋鲍照《代少年时至衰老行》：“寄语后生子，作乐当及春。”唐刘希夷《晚春》：“寄语同心伴，迎春且薄妆。”当世：当政，执政。《左传·昭公七年》：“圣人有明德者，若不当世，其后必有达人。”长安

道:指京师。唐李隆基《初入秦川路逢寒食》:“可怜寒食与清明,光辉并在长安道。”

送王七尉松滋得阳台云①

君不见巫山神女作行云,霏虹沓翠晓氛氲②。
婵娟流入楚王梦,倏忽还随零雨分③。
空中飞去复飞来,朝朝暮暮下阳台④。
愁君此去为仙尉,便逐行云去不回⑤。

【题解】

此诗借咏巫山神女故事,联想到县尉上任若追随神女,以此表达对友人的留念。颇富典雅风趣意味。

【校注】

①王七:名迹未详。尉松滋:任松滋县尉。松滋,故城在今湖北省松滋市西南。得阳台云:古人作诗常限题分咏,以占得之题目作为抒写题材,本诗即限以“阳台云”为内容进行写作。

②巫山神女作行云:战国宋玉《高唐赋》:“昔者先王尝游高唐,怠而昼寝,梦见一妇人,曰:‘妾巫山之女也,为高唐之客,闻君游高唐,愿荐枕席。’王因幸之。去而辞曰:‘妾在巫山之阳,高丘之岨,旦为朝云,暮为行雨;朝朝暮暮,阳台之下。’”霏虹:活字本、凌本、嘉靖本、丛刊本作“霏红”。英华本作“虹霓”。弥漫的云气成虹。沓翠:叠翠。

③婵娟:姿态美好貌。汉张衡《西京赋》:“嚼清商而却转,增婵娟以此豸。”三国吴薛综注:“婵娟此豸,姿态妖蛊也。”唐李商隐《霜月》:“青女素娥俱耐冷,月中霜里斗婵娟。”这里指美人。唐方干《赠赵崇侍御》:“却教鹦鹉呼桃叶,便遣婵娟唱《竹枝》。”倏忽:英华本作“觉后”。形容时间短暂。汉蔡琰《胡笳十八拍》:“生倏忽兮如白驹之过隙然,不得欢乐兮当我之盛年。”

零雨：慢而细的小雨。《诗·豳风·东山》："我来自东，零雨其蒙。"唐孔颖达疏："道上乃遇零落之雨，其蒙蒙然。"高亨注："零雨，又慢又细的小雨。"《太平御览》卷十引南朝梁元帝《纂要》："疾雨曰骤雨，徐雨曰零雨。"

④阳台：出自战国宋玉《高唐赋》。后遂以"阳台"指男女欢会之所。南唐严续姬《赠别》："风柳摇摇无定枝，阳台云雨梦中归。"宋曾觌《菩萨蛮》："阳台云易散，往事寻思懒。"

⑤仙尉：汉代梅福曾为南昌县尉，后传以为仙，故后称誉县尉为仙尉。《汉书·梅福传》："少学长安，明《尚书》《穀梁春秋》，为郡文学，补南昌尉。……至元始中，王莽颛政，福一朝弃妻子，去九江，至今传以为仙。"宋洪迈《容斋四笔》卷七"县尉为少仙"条："县尉谓之少府，而梅福为尉，有神仙之称。少仙二字，尤为清雅，与今俗呼为仙尉不侔矣。"

【辑评】

施闰章《蠖斋诗话·诗谶》："'有官真似水，无梦不还家'，予寄怀同年侯兰山句也。侯竟卒于官，友人以为诗谶。然此故未尝言其不还也。浩然《送王七尉松滋》：'愁君此去为仙尉，便逐行云去不回。'老杜送郑虔：'便与先生应永诀，九重泉路尽交期。'更不复忌讳，何也？"

鹦鹉洲送王九之江左①

昔登江上黄鹤楼，遥爱江中鹦鹉洲。
洲势逶迤还碧流，鸳鸯鸂鶒满滩头②。
滩头日落沙碛长，金沙熠熠动飙光③。
舟人牵锦缆，浣女结罗裳④。
月明全见芦花白，风起遥闻杜若香⑤，
君子来来莫相忘。

【题解】

此诗为送别诗，是送好友游江南之作。先写鹦鹉洲之美景，后表达对友人清操自守的期许。

【校注】

①鹦鹉洲:《元和郡县图志》卷二七《江南道三·鄂州·江夏县》:“鹦鹉洲,在县西南二里。”《读史方舆纪要》:“鹦鹉洲在城南,跨城西大江中,尾直黄鹄矶,即黄祖害祢衡之地。”汉祢衡《鹦鹉赋》:“时黄祖太子射,宾客大会。有献鹦鹉者,举酒于衡前曰:‘祢处士,今日无用娱宾,窃以此鸟自远而至,明慧聪善,羽族之可贵,愿先生为之赋,使四座咸共荣观,不亦可乎?’衡因为赋,笔不停缀,文不加点。”洲因以名。王九:即王迥。江左:有两种说法。其一,江东。指长江下游以东地区。五代丘光庭《兼明书·杂说·江左》:“晋、宋、齐、梁之书,皆谓江东为江左。”其二,东晋及南朝宋、齐、梁、陈各代的基业都在江左,故当时人又称这五朝及其统治下的全部地区为江左,南朝人则专称东晋为江左。《晋书·温峤传》:“于时江左草创,纲维未举,峤殊以为忧。及见王导共谈,欢然曰:‘江左自有管夷吾,吾复何虑!’”

②逶迤:曲折绵延貌。汉扬雄《甘泉赋》:“梁弱水之濎濙兮,蹑不周之逶迤。”唐李善注:“迤,音移。”唐吕向注:“逶迤,长曲貌。”唐卢纶《与从弟瑾同下第后出关言别》:“杂花飞尽柳阴阴,官路逶迤绿草深。”鸳鸯:鸟名。似野鸭,体形较小。嘴扁,颈长,趾间有蹼,善游泳,翼长,能飞。雄的羽色绚丽,头后有铜赤、紫、绿等色羽冠;嘴红色,脚黄色。雌的体稍小,羽毛苍褐色,嘴灰黑色。旧传雌雄偶居不离,古称“匹鸟”。《诗·小雅·鸳鸯》:“鸳鸯于飞,毕之罗之。”毛传:“鸳鸯,匹鸟也。”晋崔豹《古今注·鸟兽》:“鸳鸯,水鸟,凫类也。雌雄未尝相离,人得其一,则一思而死,故曰匹鸟。”鸂鶒:水鸟名。形大于鸳鸯,而多紫色,好并游。俗称紫鸳鸯。唐温庭筠《开成五年秋以抱疾郊野一百韵》:“溟渚藏鸂鶒,幽屏卧鹧鸪。”清顾嗣立补注:“《临海异物志》:鸂鶒,水鸟,毛有五采色,食短狐,其在溪中无毒气。”

③沙碛:沙滩;沙洲。《西京杂记》:“路乔如为《鹤赋》。其辞曰:‘……宛修颈而顾步,啄沙碛而相欢。’”北周庾信《奉和泛江》:“锦缆回沙碛,兰桡避荻洲。”熠熠:鲜明貌;闪烁貌。三国魏阮籍《清思赋》:“色熠熠以流烂兮,纷杂错以葳蕤。”唐白居易《宣州试射中正鹄赋》:“银镝急飞,不夜而流星熠熠。”飙光:闪烁不定的光。

④锦缆：锦制的缆绳。南朝梁沈君攸《桂楫泛河中》："风急金乌翅自转，汀长锦缆影微悬。"南朝陈张正见《公无渡河》："金堤分锦缆，白马渡莲舟。"

⑤杜若：香草名。多年生草本，高一二尺。叶广披针形，味辛香。夏日开白花。果实蓝黑色。《楚辞·九歌·湘君》："采芳洲兮杜若，将以遗兮下女。"唐皮日休《端忧》："筼筜飒兮雨岸，杜若死兮霜洲。"

【辑评】

刘辰翁《孟浩然诗集》评点："好语。"又："古调。"

李梦阳《孟浩然诗集》评点："伤于轻。"

唐汝询《汇编唐诗十集》："通篇全不说送一语，收尽别意，觉上数语，皆关情矣！"

王夫之《唐诗评选》："襄阳于盛唐中尤为褊露，此作寓意于言，风味深永，可歌可言亦晨星之仅见。"

贺裳《载酒园诗话·又编》："笔力强弱，实由性生，不复可强，智者善藏其短耳。如孟襄阳写景、叙事、述情，无一不妙，令读者躁心欲平。但瑰奇磊落，实所不足，故不甚作七言，专精五字。如《鹦鹉洲送王九之江左》曰：'月明全见芦花白，风起遥闻杜若香，君行采采莫相忘。'全似《浣溪纱》风调也。"

高阳池送朱二①

尝昔襄阳雄盛时，山公恒醉习家池②。
池边钓女自相随，装成照影竟来窥。
红波淡淡芙蓉发，绿岸毵毵杨柳垂③。
一朝物变人亦非，四面荒凉人径稀④。
意气豪华何处去？空余草露湿征衣⑤。
此时朝来饯行者，翻向此中牧征马⑥。

征马分飞日渐斜，见此空为人所嗟。
殷勤为访桃源路，予亦归来松子家[⑦]。

【题解】

此诗为送别诗。作者送友人过名人名园，抚今追昔，抒发物是人非、盛衰无常之叹。同时与友人聚散匆匆，不免吁嗟满怀，流露出遁世求仙之思。

【校注】

①高阳池：即习家池。在今湖北省襄阳市南十四里，为东汉习郁所开凿。《舆地纪胜·襄阳府》："习家池，襄阳记云，岘山南有习郁池。按郁后汉人，为黄门侍郎，封襄阳侯。"朱二：宋本原作"朱一"，据刘本、活字本、凌本、嘉靖本、丛刊本改。名迹未详。

②山公：指山简。《晋书·山简传》："简字季伦，性温雅，有父风……永嘉三年，出为征南将军、都督荆湘交广四州诸军事、假节，镇襄阳……简优游卒岁，唯酒是耽。诸习氏，荆土豪族，有佳园池。简每出嬉游，多之池上，置酒辄醉，名之曰高阳池。"山简好酒狂放，自比高阳郦生，因名彼池。

③红波：活字本、凌本、嘉靖本、丛刊本作"澄波"。古代女子盛装艳抹，故临池照影亦成红波。淡淡：同"澹澹"。水波动貌。汉曹操《观沧海》："东临碣石，以观沧海。水何澹澹，山岛竦峙。"晋潘岳《金谷集作》："绿池泛淡淡，青柳何依依。"芙蓉：战国屈原《离骚》："制芰荷以为衣兮，集芙蓉以为裳。"汉王逸注："芙蓉，莲华也。"毵毵：宋本原作"彡彡"，据刘本、活字本、凌本、嘉靖本、丛刊本改。垂拂纷披貌。《诗·陈风·宛丘》："值其鹭羽。"三国吴陆玑疏："白鹭，大小如鸱，青脚高尺七八寸，尾如鹰尾，喙长三寸许，头上有毛十数枚，长尺余，毵毵然与众毛异。"

④一朝：一时，一旦。《论语·颜渊》："一朝之忿，忘其身，以及其亲，非惑与。"

⑤意气：志向与气概。《管子·心术下》："是故意气定，然后反正。"南朝宋袁淑《效曹子建〈白马篇〉》："意气深自负，肯事郡邑权？"征衣：活字本、凌本、嘉靖本、丛刊本作"罗衣"。

⑥饯行：设酒食送行。南朝梁萧纲《饯庐陵内史王修应令》："饯行临上节，开筵命羽觞。"征马：远行的马。北魏贾思勰《齐民要术·养牛马驴骡》："饲征马令硬实法：细锉刍……和谷豆秣之。"石声汉注："征马，是能远行的马。"南朝梁江淹《别赋》："驱征马而不顾，见行尘之时起。"

⑦桃源：用陶渊明《桃花源记》事，此指归隐。北周庾信《咏春》："逍遥游桂苑，寂绝想桃源。"松子：传说中神仙赤松子的省称。《列仙传》卷上："赤松子者，神农时雨师也。服冰玉散以教神农。能入火自烧。至昆仑山，常入西王母石室中，随风雨上下。炎帝少女追之，亦得仙俱去。"三国魏曹植《赠白马王彪》："虚无求列仙，松子久吾欺。"《梁书·阮孝绪传》："愿迹松子于瀛海，追许由于穹谷，庶保促生，以免尘累。"

【辑评】

刘辰翁《孟浩然诗集》评点："起语兴自清发，中段流媚，末复凄惋。"

李梦阳《空同集》："不是长篇手。"

周珽《唐诗选脉会通评林》："风裁透朗。"

五言排律

西山寻辛谔[1]

漾舟寻水便，因访故人居。
落日清川里，谁言独羡鱼[2]。
石潭窥洞彻，沙岸历纡余[3]。
竹屿见垂钓，茅斋闻读书[4]。
款言忘景夕，清兴属凉初[5]。
回也一瓢饮，贤哉常晏如[6]。

【题解】

此诗为访友之作。先写泛舟访友沿途之景，次写友人生活情趣之清雅，后赞友人品格之高标。

【校注】

①西山：涧南园西边之山，明禅师亦结庐其下。辛谔：生平未详，孟浩然同乡旧友。

②这两句说不独羡鱼，兼爱清川风光。清川：清澈的河川。汉刘桢《公宴诗》："清川过石渠，流波为鱼防。"晋张华《太康六年三月三日后园会》："合乐华池，祓濯清川。"羡鱼：喻空存想望。《淮南子·说林训》："临河而羡鱼，不若归家织网。"汉扬雄《河东赋》："雄以为临川羡鱼，不如归而结网。"

③洞彻：透明，清澈。南朝梁沈约《新安江至清浅深见底贻京邑游好》："洞彻随清浅，皎镜无冬春。"唐欧阳詹《智达上人水精念珠歌》："良工磨拭成贯珠，泓澄洞澈看如无。"纡余：迂回曲折。汉司马相如《上林赋》："酆、鄗、潦、潏，纡余委蛇，经营乎其内。"唐刘良注："纡余委蛇，屈曲貌。"南朝宋刘义庆《世说新语·言语》："若使阡陌条畅，则一览而尽，故纡余委曲，若不可测。"

④竹屿：竹林茂盛的小岛。唐储光羲《同武平一员外游湖五首时武贬金坛令》之五："花潭竹屿傍幽蹊，画楫浮空入夜溪。"《觚剩续编·醉隐记》引明区大相《醉隐记》："或藉花蹊，或荫竹屿，或杖山烟，或棹水郭，皆无不醉之时，无不醉之地。"

⑤款言：恳切的言词。《南齐书·王俭传》："款言彰于侍接，丹诚布于朝野。"景夕：黄昏；天黑。唐玄奘《大唐西域记·摩揭陀国上》："书生遂留，往来树侧，景夕之后，异光烛野，管弦清雅，帷帐陈列。"清兴：清雅的兴致。晋陶渊明《归鸟》："晨风清兴，好音时交。"

⑥回也一瓢饮：语本《论语·雍也》："子曰：贤哉回也！一箪食，一瓢饮，在陋巷，人不堪其忧，回也不改其乐。贤哉回也！"回，指颜回，孔子的弟子。晏如：犹安然，安定平静貌。《汉书·扬雄传》："家产不过十金，乏无儋石之储，晏如也。"《三国志·吴书·朱然传》："将士皆失色，然宴如而无恐意。"唐杜甫《赠李八秘书别三十韵》："寇盗方归顺，乾坤欲宴如。"

【辑评】

刘辰翁《孟浩然诗集》评点："自言其趣，言颇简淡。"又："其为诗，必实说。"

郭濬《增订评注唐诗正声》："清旷脱俗，非常见闻。"

王尧衢《古唐诗合解》："前解不用对偶，后解落句俊逸，调新而格弱矣。视初唐排律有间，然写作自佳。"

冬至后过吴张二子檀溪别业①

卜筑依自然，檀溪更不穿②。
园庐二友接，水竹数家连③。
直与南山对，非关选地偏。
卜邻依孟母，共井让王宣④。
曾是歌三乐，仍闻咏五篇⑤。

草堂时偃曝，兰枻日周旋[⑥]。
外事情都远，中流性所便[⑦]。
闲垂太公钓，兴发子猷船[⑧]。
余亦幽栖者，经过窃慕焉[⑨]。
梅花残腊日，柳色半春天。
鸟泊随阳雁，鱼藏缩项鳊[⑩]。
停杯问山简，何似习池边。

【题解】

此诗先写友人卜地佳，择邻成；次写友人超然自得的生活，以及自己的向慕之心；后写冬末春初之景，赞叹檀溪别业之美。

【校注】

①冬至：二十四节气之一。每年公历十二月二十二或二十三日。《史记·律书》："日冬至则一阴下藏，一阳上舒。"《初学记》："《周礼》曰：冬至，日在牵牛，景长一丈三尺。"吴张二子：名迹未详。檀溪：在今湖北省襄阳市西南。《三国志》卷三二《先主传》："表（刘表）疑其（刘备）心，阴御之。"南朝宋裴松之注引《世语》曰："（备）骑的卢走，堕襄阳城西檀溪水中。"别业：别墅。

②这两句说吴张二子别业顺着檀溪的自然之势而构筑，不需人工穿凿。卜筑：择地构筑房屋。《梁书·刘讦传》："曾与族兄刘歊听讲于钟山诸寺，因共卜筑宋熙寺东涧，有终焉之志。"自然：天然。晋谢道韫《登山》："非工复非匠，云构发自然。"

③这两句说吴张二子园林彼此相连。《水经注·沔水》："（檀）溪之阳，有徐元直、崔州平故宅，悉人居，故习凿齿与谢安书云：每省家舅，纵目檀溪，念崔、徐之交，未尝不抚膺踌躇，惆怅终日矣。"此处有以徐、崔喻吴张二子之意。

④卜邻：选择邻居。孟母：孟子的母亲，为选择良邻，曾三次搬家。《列女传·母仪》："邹孟轲之母也，号孟母。其舍近墓，孟子之少也，嬉游为墓

间之事，踊跃筑埋。孟母曰：此非吾所以居处子。乃去。舍市傍，其嬉戏为贾人衒卖之事。孟母又曰：此非吾所以居处子也。复徙。舍学宫之傍，其嬉游乃设俎豆，揖让进退。孟母曰：真可以居吾子矣。遂居。及孟子长，学六艺，卒成大儒之名。”三国魏何晏《景福殿赋》：“嘉班妾之辞辇，伟孟母之择邻。”共井：《礼记·内则》：“男不言内，女不言外。……外内不共井，不共湢浴。”王宣：指王粲。王粲，字仲宣，东汉末人，建安七子之一。《襄阳耆旧传》：“王粲与繁钦并邻同井。“《襄沔记》：“王粲宅在襄阳县西二十里岘山坡下。宅前有井，人呼为仲宣井。”

⑤歌三乐：《列子·天瑞》：“孔子游于太山，见荣启期行乎郕之野，鹿裘带索，鼓琴而歌。孔子问曰：‘先生所以乐，何也？’对曰：‘吾乐甚多：天生万物，唯人为贵，而吾得为人，是一乐也。男女之别，男尊女卑，故以男为贵；吾既得为男矣，是二乐也。人生有不见日月、不免襁褓者，吾既已行年九十矣，是三乐也。贫者士之常也，死者人之终也，处常得终，当何忧哉？’”此外，《论语·季氏》《孟子·尽心上》等亦有“三乐“之说，兹不具引。五篇：五篇诗。汉班固《东都赋》：“主人曰：复位，今将授子五篇之诗。”这五篇诗为《明堂诗》《辟雍诗》《灵台诗》《宝鼎诗》《白雉诗》。

⑥偃曝：伏卧曝日。南朝宋王僧达《答颜延年》：“寒荣共偃曝，春酝时献斟。”唐李善注：“《桓子新论》曰：余与杨子云奏事，坐白虎殿廊庑下，以寒故，背日曝焉。”兰枻：木兰船旁板，或木兰之桨，代指船。战国屈原《九歌·湘君》：“桂棹兮兰枻，斫冰兮积雪。”南朝宋谢灵运《罗浮山赋》：“鼓兰枻以水宿，杖桂策以山游。”周旋：周游。晋左思《魏都赋》：“琴高沉水而不濡，时乘赤鲤而周旋。”唐吕延济注：“周旋为周游也。”

⑦这两句说对世事已不关心，超然世外，任性情之所适，如同泛舟中流，任意东西。外事：世事。晋葛洪《西京杂记》：“司马相如为《上林》《子虚赋》，意思萧散，不复与外事相关。”中流：江河中央。汉刘彻《秋风辞》：“泛楼船兮济汾河，横中流兮扬素波。”

⑧太公钓：太公，指吕尚。《史记·齐太公世家》：“于是周西伯猎，果遇太公于渭之阳。”《吕氏春秋》：“太公钓于兹泉，遇文王。”子猷船：《晋书·王徽之传》：“徽之字子猷，性卓荦不羁。”《世说新语·任诞》：“王子猷居山阴，

夜大雪，眠觉，开室，命酌酒。四望皎然，因起彷徨，咏左思《招隐诗》。忽忆戴安道，时戴在剡，即便夜乘小船就之，经宿方至。造门前而返。人问其故，王曰：吾本乘兴而行，兴尽而返，何必见戴。”

⑨幽栖者：隐居者。窃慕：私下羡慕。战国宋玉《九辩》：“窃慕诗人之遗风兮，愿托志乎素餐。”

⑩随阳雁：古人称候鸟。《书·禹贡》：“彭蠡既猪，阳鸟攸居。”汉孔安国传云：“随阳之鸟，鸿雁之属。”唐孔颖达疏：“日之行也，夏至渐南，冬至渐北。鸿雁之属，九月而南，正月而北。左思《蜀都赋》所云‘木落南翔，冰泮北徂’是也。日，阳也。此鸟南北与日进退，随阳之鸟，故称阳鸟。”

【辑评】

刘辰翁《孟浩然诗集》评点：“一句欲尽，甚得妙意。”又：“成村可画。”

李梦阳《孟浩然诗集》评点：“兴味可掬。”

陪张丞相自松滋江东泊渚宫①

放溜下松滋，登舟命楫师②。
讵忘经济日，不惮冱寒时③。
洗帻岂独古，濯缨良在兹④。
政成人自理，机息鸟无疑⑤。
云物吟孤屿，江山辨四维⑥。
晚来风稍紧，冬至日行迟⑦。
猎响经云梦，渔歌激楚辞⑧。
渚宫何处是，川暝欲安之。

【题解】

此时写诗人陪张九龄泛舟松滋江东行，至停泊于渚宫这一段航程的所见所闻，抒发了自己既欲经世济明，又欲与世推移，甚至归隐的矛盾思想。

【校注】

①诗题：宋本、刘本作“陪张丞相登当阳城楼”。张丞相：指张九龄，时任荆州大都督府长史。松滋江：即今松滋河，在湖北南部，流经松滋市境，复分东西二支入江。渚宫：春秋时楚成王所建，为楚王别宫，故址在今湖北江陵城内。《左传·文公十年》：“子西缢而悬绝，王使适至，遂止之，使为商公。沿汉溯江，将入郢，王在渚宫下见之。”唐孔颖达疏：“渚宫，当郢都之南。”郢都即江陵西北之纪南城。

②放溜：任船顺流自行。南朝梁元帝《早发龙巢》：“征人喜放溜，晓发晨阳隈。”宋苏轼《与子由同游寒溪西山》：“千摇万兀到樊口，一箭放溜先凫鹥。”楫师：船工。晋左思《吴都赋》：“篙工楫师，选自闽禺。”唐吕向注：“工谓所善，师谓所长，皆使其驾行舟者。”

③讵忘：活字本、凌本、嘉靖本、丛刊本作“宁忘”。岂忘。经济：经世济民。《晋书·殷浩传》：“足下沈识淹长，思综通练，起而明之，足以经济。”唐袁郊《甘泽谣·陶岘》：“岘之文学，可以经济；自谓疏脱，不谋宦游。”不惮：不怕。《管子·乘马》：“民不惮劳苦，故不均之为恶也。”冱寒：闭寒。谓不得见日，极为寒冷。《左传·昭公四年》：“其藏冰也，深山穷谷，固阴冱寒，于是乎取之。”晋杜预注：“冱，闭也。”唐孔颖达疏：“牢阴闭寒，言其不得见日，寒甚之处。”

④洗帻：事见三国吴谢承《后汉书》：“巴祗字敬祖，为扬州刺史，在官不迎妻子，禄俸不使有余。帻毁坏，不复改易，以水澡，傅墨用之。”帻，犹冠，形状类似帽子的东西。濯缨：《楚辞·渔父》：“沧浪之水清兮，可以濯吾缨；沧浪之水浊兮，可以濯吾足。”唐刘良注：“清，喻明时，可以修饰冠缨而仕也。”唐张铣注：“浊，喻乱世，可以抗足远去。”缨，系冠的带子。以二组系于冠，结在颔下。《礼记·玉藻》：“玄冠朱组缨，天子之冠也。”

⑤政成：《左传·桓公二年》：“礼以体政，政以正民。是以政成而民听。”《左传·昭公十二年》：“政以礼成，民是以息，百官承事，朝而不夕。”机息：机心止息。犹忘机。唐戴叔伦《将巡郴永途中作》：“机息知名误，形衰恨道贫。”

⑥云物：景物，景色。南朝齐谢朓《高松赋》：“尔乃青春受谢，云物含

明，江皋绿草，暖然已平。”南朝梁王僧孺《秋日愁居答孔主簿》：“首秋云物善，昼暑旦犹清。”四维：指东南、西南、东北、西北四隅。《淮南子·天文训》：“帝张四维，运之以斗……日冬至，日出东南维，入西南维……夏至，出东北维，入西北维。”《晋书·地理志上》：“天有四维，地有四渎。”这里指四方。唐欧阳詹《早秋登慈恩寺塔》：“宝塔过千仞，登临尽四维。”

⑦日行迟：一年之中冬至日最短，冬至以后，日渐长，故云“日行迟”。远道则日自行迟。

⑧云梦：古薮泽名。汉魏之前所指云梦范围并不很大，晋以后的经学家才将云梦泽的范围越说越广，把洞庭湖都包括在内。《周礼·夏官·职方氏》：“正南曰荆州，其山镇曰衡山，其泽薮曰云梦。”汉郑玄注：“衡山在湘南，云梦在华容。”唐李频《湘口送友人》诗：“去雁远冲云梦雪，离人独上洞庭船。”

【辑评】

刘辰翁《孟浩然诗集》评点：“工处浑然，不似深思者。”又：“极有情致，非思索可及。”又：“‘渔歌’句，‘激’字有生气。”

李梦阳《空同集》：“此首不浑成。如‘机息鸟无疑’等，伤于细碎。”

胡震亨《唐音癸签》：“孟浩然《陪张始兴泛江》：‘洗帻岂独古，濯缨良在兹。’帻坏，水洗敷墨，虽良刺史（后汉扬州刺史巴祗）事，然用以唤‘濯缨’作对，亦大费纽和矣！孟不善用实乃尔。”

陪卢明府泛舟回作①

百里行春返，清流逸兴多②。
鷁舟随鸟泊，江火共星罗③。
已救田家旱，仍医里化讹④。
文章推后辈，风雅激颓波⑤。
高岸迷陵谷，新声满棹歌⑥。
犹怜不才子，白首未登科⑦。

【题解】

此诗先写卢明府游春途中所见的江景；次写卢明府的政绩，诸如关心民生疾苦，风俗教化，勉励后辈，挽救颓势；最后写卢明府对诗人年老白首，功名未就的处境的同情。

【校注】

①诗题："回"字下，活字本、凌本、嘉靖本、丛刊本有"岘山"二字。

②百里：古时一县所辖之地。因以为县的代称。《汉书·百官公卿表上》："县大率方百里。"汉蔡邕《太尉陈公赞》："公在百里，有西产之惠，赐命方伯，分陕余庆。"这里借指县令。《后汉书·循吏传·仇览》："涣（王涣）谢遣曰：'枳棘非鸾凤所栖，百里岂大贤之路。'"唐李贤注："时涣为县令，故自称百里也。"《南齐书·文学传·崔慰祖》："帝（明帝）欲试以百里，慰祖辞不就。"行春：谓官吏春日出巡。《后汉书·郑弘传》："弘少为乡啬夫，太守第五伦行春，见而深奇之，召署督邮，与孝廉。"唐李贤注："太守常以春行所主县，劝人农桑，振救乏绝。"《周书·裴文举传》："邃（裴邃）之往正平也，以廉约自守，每行春省俗，单车而已。"这里泛指游春。逸兴：超逸豪放的意兴。《艺文类聚》卷一引晋湛方生《风赋》："轩濠梁之逸兴，畅方外之冥适。"唐李白《宣州谢朓楼饯别校书叔云》："俱怀逸兴壮思飞，欲上青天览明月。"

③江火：江中船上的灯火。星罗：排列。晋傅玄《莲歌》："芙蓉增敷，晔若星罗。"

④里化：当作"俗化"。即乡里的风俗教化。《潜夫论·贤难》："处士不得直其行，朝臣不得直其言，此俗化之所以败。"

⑤文章：文辞或才学。《史记·儒林列传序》："臣谨案诏书律令下者，明天人分际，通古今之义，文章尔雅，训辞深厚，恩施甚美。"唐杜甫《偶题》："文章千古事，得失寸心知。"风雅：本指《诗经》中之国风、大雅、小雅。这里指教化规范。晋皇甫谧《三都赋序》："至于战国，王道陵迟，风雅寝顿。"唐李善注："《汉书》曰：春秋之后，周道寝坏，而贤人失志。"唐李白《赠常侍御》："大贤有卷舒，季叶轻风雅。"颓波：本指向下流的水势。北魏郦道元《水经注·沔水》："泉涌山顶，望之交横，似若瀑布，颓波激石，散若雨洒，势同厌原风雨之池。"也用以比喻衰颓的世风或事物衰落的趋势。唐李白《上

留田》:“高风缅邈,颓波激清。”

⑥“高岸”句:天色已晚,所以岸上的高崖和山谷望之一片迷茫。高岸:高崖,高峻的山崖。《后汉书·孔融传》:“前以露袁术之罪,今复下刘表之事,是使跛牂欲窥高岸,天险可得而登也。”南朝梁元帝《登堤望水》:“高岸翻成浦,曲港反通舟。”陵谷:深邃的山谷。语出《诗·小雅·十月之交》:“高岸为谷,深谷为陵。”

⑦不才子:活字本、凌本、嘉靖本作“不调者”。此指作者自己。登科:科举时代应考人被录取。唐裴说《见王贞白》:“共贺登科后,明宣入紫宸。”五代王仁裕《开元天宝遗事·泥金帖子》:“新进士才及第,以泥金书帖子,附家书中,用报登科之喜。”

【辑评】

刘辰翁《孟浩然诗集》评点:“江火二句,下句胜。”

李梦阳《孟浩然诗集》评点:“江火二句,胜。”“他妙在鹢雁,何云下句胜?”

陪张丞相祠紫盖山述经玉泉寺①

望秩宣王命,斋心待漏行②。
青衿列胄子,从事有参卿③。
五马寻归路,双林指化城④。
闻钟度门近,照胆玉泉清⑤。
皂盖依林憩,缁徒拥锡迎⑥。
天宫上兜率,沙界豁迷明⑦。
欲就终焉志,先闻智者名⑧。
人随逝水殁,止欲覆船倾⑨。
想像若在眼,周流空复情⑩。
谢公还欲卧,谁与济苍生⑪。

【题解】

此诗写诗人陪同张九龄奉旨祭祀名山宝刹的经过与感想。

【校注】

①张丞相:指张九龄。祠:祭祀。紫盖山:在今湖北省当阳市南。玉泉寺:在今湖北省当阳市西南玉泉山麓。

②望秩:指按等级望祭山川。《书·舜典》:“岁二月,东巡守,至于岱宗,柴,望秩于山川。”孔传:“东岳诸侯境内名山大川,如其秩次望祭之。”宣王命:宣达帝王诏命。斋心:祛除杂念,使心神凝寂。《列子·黄帝》:“退而闲居大庭之馆,斋心服形。”宋王禹偁《李太白真赞并序》:“有时沐肌濯发,斋心整衣,屏妻孥,清枕簟,馨炉以祝。”待漏:百官清晨入朝,等待朝拜天子。漏,古代计时器。《东观汉记·樊梵传》:“自当直事,常晨驻马待漏。”南朝梁沈约《齐故安陆昭王碑文》:“奉待漏之书,衔如丝之旨。”唐李周翰注:“奉事上书,皆晨起驻车待其漏刻。”

③这两句说有学子随从,有佐吏执事。青衿:青色交领的长衫。古代学子的常服。《诗·郑风·子衿》“青青子衿,悠悠我心。”毛传:“青衿,青领也。学子之所服。”这里借指学子。《魏书·逸士传·李谧》:“方欲训彼青衿,宣扬坟典。”唐杨炯《大唐益州大都督府新都县学先圣庙堂碑文》:“绛帐语道,青衿质疑。”胄子:古代称帝王或贵族的长子。《书·舜典》:“夔!命汝典乐,教胄子。”孔传:“胄,长也,谓元子以下至卿大夫子弟。”唐孔颖达疏:“继父世者,惟长子耳,故以胄为长也。”晋潘岳《世祖武皇帝诔》:“胄子入学,辟雍宗礼。”从事:官名。汉以后三公及州郡长官皆自辟僚属,多以从事为称。《汉书·丙吉传》:“坐法失官,归为州从事。”参卿:对参谋、参军的敬称。唐杜甫《冬晚送长孙渐舍人归州》:“参卿休坐幄,荡子不归乡。”唐耿湋《送绛州郭参军》:“人传府公政,记室有参卿。”

④五马:汉制,太守出巡驭五马,后世以五马代太守,此指张九龄。双林:佛经中说释迦牟尼涅槃于双树间,后以双林为僧人寂灭之所。南朝梁元帝《荆州长沙寺阿育王像碑》:“然俱冥四德,脱屣双林;示表金棺,现焚檀椁。”这里借指寺院,指玉泉寺。唐韩翃《题龙兴寺澹师房》:“双林彼上人,诗兴转相亲。”五代齐己《答陈秀才》:“他年立名字,笑我老双林。”化城:一

时幻化的城郭。佛教用以比喻小乘境界。佛欲使一切众生都得到大乘佛果，然恐众生畏难，先说小乘涅槃，犹如化城，众生中途暂以止息，进而求取真正佛果。南朝宋谢灵运《缘觉声闻合赞》："厌苦情多，兼物志少。如彼化城，权可得宝。诱以涅盘，救尔生老。"唐朱子奢《豳州昭仁寺碑》："慧刀已裂，化城斯引。"

⑤度门：普度众生之门，指佛寺。这里指度门寺，在玉泉寺附近。

⑥缁徒：缁衣之徒，指僧侣。宋岳珂《桯史·记李龙眠海会图》："李龙眠既弃画马之嗜，亶作补陁大士相，以施缁徒。"拥锡：握执锡杖。即僧徒所持禅杖。

⑦这两句说置身佛寺，进入佛界，于迷途中豁然有所悟察。兜率："兜率天"的简称。梵语音译。佛教谓天分许多层，第四层叫兜率天。它的内院是弥勒菩萨的净土，外院是天上众生所居之处。唐白居易《祭中书韦相公文》："灵鹫山中，既同前会；兜率天上，岂无后期？"五代齐己《题东林白莲》："大士生兜率，空池满白莲。"此指玉泉寺。沙界：佛教语。谓多如恒河沙数的世界。南朝梁王中《头陀寺碑文》："演勿照之明，而鉴穷沙界。"唐李善注："《金刚般若经》曰：诸恒河所有沙数佛世界，如是宁为多不？"宋苏轼《观湖》："回首不知沙界小，飘衣犹觉色尘高。"

⑧终焉志：终老于此之志。智者：指智𫖮。陈、隋间著名僧人，世称智者大师，为天台宗四祖。逝水：指时光流逝。语本《论语·子罕》："子在川上曰：逝者如斯夫，不舍昼夜！"

⑨覆船：山名。以其峰似覆舟，故名。后智𫖮居此，改名为玉泉山。

⑩这两句说想象佛陀若在目前，周流寻觅却又无望。周流：即周游。战国屈原《天问》："穆王巧梅，夫何为周流？"汉陆贾《新语》："夫子周流天下，无所合意。"空复情：空有情而无法得见。南朝齐谢朓《同谢咨议铜爵台诗》："芳襟染泪迹，婵媛空复情。"

⑪谢公：谢安。《晋书·谢安传》："征西大将军桓温请为司马，将发新亭，朝士咸送。中丞高崧戏之曰：卿累违朝旨，高卧东山，诸人每相与言：安石不肯出，将如苍生何！安甚有愧色。"此以谢安指张九龄，张祭祀紫盖山，至玉泉寺时，有退隐之情，故云。

腊八日于剡县石城寺礼拜①

石壁开金像，香山倚铁围②。
下生弥勒见，回向一心归③。
竹柏禅庭古，楼台世界稀④。
夕岚增气色，余照发光辉⑤。
讲席邀谈柄，泉堂施浴衣⑥。
愿从功德水，从心灌尘机⑦。

【题解】

此诗记腊月八日礼拜佛事。先写石城寺弥勒降尘之事；次写佛寺历史悠久，规模宏大；再写黄昏时分僧人讲道；最后言及自己有皈依佛门，洗濯尘俗之心愿。

【校注】

①腊八日："腊八"，活字本、凌本、嘉靖本、丛刊本、英华本作"腊月八"。农历十二月初八日，相传为释迦牟尼成道日。剡县：今浙江省新昌县。石城寺：今新昌县城西三里南明山中大佛寺。唐代称石城寺，宋代改称宝相寺。礼拜：信教者向神像恭敬行礼。

②铁围：佛经说南赡部洲等四大部洲之外有铁围山，其中心为须弥山，外有七山八海，铁围山环绕其外。

③弥勒：梵语音译，意译"慈氏"。传说五代时布袋和尚是其化身。《弥勒下生经》："将来久远，弥勒出现，至真等正觉。"唐窥基《观弥勒上生兜率天经赞》："又念弥陀、弥勒，功德无有差别。"此指石城寺中弥勒佛像。回向：佛教语。回转自己所修之功德，趋向众生和佛果。南朝陈徐陵《东阳双林寺傅大士碑》："俱识还源，并知回向。"归：皈依。

④禅庭：犹禅院，寺宇庭院。世界：佛教语，犹言宇宙。世指时间，界指

空间。《楞严经》卷四："何名为众生世界？世为迁流，界为方位。汝今当知，东、西、南、北、东南、西南、东北、西北、上、下为界，过去、未来、现在为世。"南朝梁沈约《齐禅林寺尼净秀行状》："忽自见大光明遍于世界，山河树木，浩然无碍。"这里指世上，人间。北齐颜之推《颜氏家训・归心》："以世界外事及神化无方，为迂诞也。"

⑤夕岚：傍晚山林中的雾气。唐王维《崔濮阳兄季重前山兴》："残雨斜日照，夕岚飞鸟还。"气色：景色，景象。南朝宋谢惠连《西陵遇风献康乐》："萧条洲渚际，气色少谐和。"余照：残照。南朝齐谢朓《和萧中庶直石头诗》："川霞旦上薄，山光晚余照。"

⑥讲席：僧人讲道说经的座席。谈柄：古人清谈时所执的拂尘。僧人讲法或执如意。北周庾信《送灵法师葬》："玉匣摧谈柄，悬河落辩锋。"唐刘禹锡《送僧仲剬东游兼呈灵澈上人》："高筵谈柄一麈拂，讲下门徒如醉醒。"泉堂：佛寺沐浴的泉池。

⑦功德水：即八功德水。佛教谓西方极乐世界中，处处皆有七妙宝池，八功德水弥满其中。其水澄净、清冷、甘美、轻软、润泽、安和，饮时除饥渴，能增益种种殊胜善根。唐钱起《梦寻西山准上人》："觉来缨上尘，如洗功德水。"尘机：尘俗机心。

同独孤使君东斋作[①]

郎官旧华省，天子命分忧[②]。
襄土岁频旱，随车雨再流[③]。
云阴自南楚，河润及东周[④]。
廨宇宜新霁，田家贺有秋[⑤]。
竹间残照入，池上夕阳浮。
寄谢东阳守，何如八咏楼[⑥]。

【题解】

此诗先盛赞独孤使君德高望重，后赞美官署东斋环境幽美。

【校注】

①宋本无此首，据刘本、活字本、凌本、嘉靖本、丛刊本补。独孤使君：指独孤册。据唐王士源《孟浩然集序》，孟氏与“太守河东独孤册”等为忘形之交。独孤氏曾为襄州刺史。使君，对州郡长官的尊称。

②郎官：唐代的六部之中皆有郎中、员外郎等官职，统称郎官。独孤册曾任户部郎中，故云。华省：指清贵者的官署。晋潘岳《秋兴赋》：“宵耿介而不寐兮，独展转于华省。”南朝齐谢朓《酬德赋》：“吊悴躯于华省，理衣簪而自敕。”分忧：《汉书·循吏传序》：“（孝宣）常称曰：‘庶民所以安其田里，而亡叹息愁恨之心者，政平讼理也，与我共此者，其唯二千石乎？’”唐颜师古注：“谓郡守、诸侯相。”后因以“分忧”代指郡守之职。唐白居易《贺平淄青表》：“臣名参共理，职忝分忧。”

③随车雨：《后汉书·郑弘传》：“拜为驺令，政有仁惠，民称苏息，迁淮阴太守。”唐李贤注：“《谢承书》曰：弘消息繇赋，政不烦苛。行春天旱，随车致雨。”

④南楚：古地区名，说法不一。此处指襄阳一带。襄阳古属楚国。河润：《庄子·列御寇》：“河润九里，泽及三族。”言恩惠泽人如河水滋润大地。东周：东周都洛阳，此指河南洛阳一带。

⑤廨宇：官署。《南史·蔡凝传》：“及将之郡，更令左右修中书廨宇。”新霁：雨刚停止。《初学记》：“雨晴曰霁。”有秋：秋收有望。《尚书·盘庚上》：“若农服田力穑，乃亦有秋。”

⑥寄谢：寄语。东阳守：南朝齐沈约曾任东阳郡太守。《梁书·沈约传》：“隆昌元年，除吏部郎，出为宁朔将军，东阳太守。”东阳即今浙江金华。八咏楼：本名玄畅楼。《金华志》：“沈约出为东阳太守，作八诗题于玄畅楼，后人更为八咏楼。”

岘山送张去非游巴东[①]

岘山南郭外，送别每登临。
沙岸江村近，松门山寺深[②]。
一言余有赠，三峡尔将寻。
祖席宜城酒，征途云梦林[③]。
蹉跎游子意，眷恋故人心[④]。
去矣勿淹滞，巴东猿夜吟[⑤]。

【题解】

此诗为送别诗。先写送别之地，以及别地景物；次写行人离别行走路线，即经南楚而入巴东，作者赠以美酒嘉言；最后写双方依依不舍之别情。

【校注】

①诗题："张"，凌本、嘉靖本、丛刊本作"朱大"。活字本题作"送朱去非游巴东"。英华本题作"岘山亭送朱大游巴东"。张去非：生平未详。巴东：今重庆市云阳、奉节等县。

②松门：寺门前植满松树。唐王勃《游梵宇三觉寺》："萝幌栖禅影，松门听梵音。"

③祖席：饯行的宴席。唐杜甫《送许八拾遗归江宁觐省》："圣朝新孝理，祖席倍辉光。"清仇兆鳌注："祖席，饮饯也。"宜城酒：汉代宜城（今湖北宜城）出产美酒。三国魏曹植《酒赋》："其味有宜城醪醴，苍梧缥清。"晋张华《轻薄篇》："苍梧竹叶清，宜城九酝醝。"唐人犹以宜城酒为名贵。

④游子：离家远行之人。此指张去非。汉苏武《诗四首》其四："征夫怀远路，游子恋故乡。"眷恋：怀念；想念。晋束皙《补亡诗六首》其一："眷恋庭闱，心不遑安。"南朝宋鲍照《与荀中书别》："亲交笃离爱，眷恋置酒终。"唐元稹《莺莺传》："长安行乐之地，触绪牵情。何幸不忘幽微，眷念无斁。"

⑤淹滞：拖延；久留。汉枚乘《七发》："所从来者至深远，淹滞永久而不废，虽令扁鹊治内，巫咸治外，尚何及哉！"猿夜吟：巴东一带多猿，喜夜啼，啼声凄厉。晋张载《叙行赋》："闻山鸟之晨鸣，听玄猿之夜吟。"

【辑评】

魏庆之《诗人玉屑》："实字妆句。"（谓"沙岸"二句）

李梦阳《孟浩然诗集》评点："情思宛然慨然。"

宴张记室宅①

甲第金张馆，门庭车骑多②。
家封汉阳郡，文会楚材过③。
曲岛浮觞酌，前山入咏歌④。
妓堂花映发，书阁柳逶迤⑤。
玉指调筝柱，金泥饰舞罗⑥。
宁知书剑者，年岁独蹉跎⑦。

【题解】

此诗为宴饮诗。先夸赞宴饮、文会之盛；结尾聊吐自己年华虚度，失时不遇之悲。

【校注】

①记室：唐代王府中掌表启书疏等文书之官。张记室，唐代名相张柬之后裔，名迹未详。

②甲第：旧时豪门贵族的宅第。《史记·孝武本纪》："赐列侯甲第，僮千人。"南朝宋裴骃集解引《汉书音义》："有甲乙第次，故曰第。"汉张衡《西京赋》："北阙甲第，当道直启。"三国吴薛综注："第，馆也；甲，言第一也。"金张馆：晋左思《咏史诗八首》："朝集金张馆，暮宿许史庐。"详见《送丁大凤进士举》诗注。此指襄阳张氏宅。

③汉阳郡:《旧唐书·张柬之传》:“中宗即位,以功擢拜天官尚书,凤阁鸾台三品,封汉阳郡公,食实封五百户。未几,迁中书令,监修国史。月余,进封汉阳郡王,加授特进,令罢知政事。”张柬之为襄阳人,此张记室为其后裔,故云。文会:文士饮酒赋诗或切磋学问的聚会。南朝梁刘勰《文心雕龙·时序》:“逮明帝秉哲,雅好文会。”唐杨炯《晦日药园诗序》:“请诸文会之游,共纪当年之事。”楚材:泛指楚地之人才。《左传·襄公二十六年》:“虽楚有材,晋实用之。”唐骆宾王《狱中书情通简知己》:“昔岁逢杨意,观光贵楚材。”

④浮觞:古人每逢三月上旬的巳日在环曲的水渠旁集会,在上流放置酒杯,任其顺流而下,停在谁的面前,谁就取饮,称“浮觞”。汉孔臧《杨柳赋》:“流川浮觞,殽核纷杂。”也泛指饮酒。三国魏吴质《在元城与魏太子笺》:“虽虞卿适赵,平原入秦,受赠千金,浮觞旬日,无以过也。”

⑤妓堂:第宅中女妓歌舞处。唐白居易《宴周皓大夫光福宅》:“何处风光最可怜?妓堂阶下砌台前。”映发:辉映。《世说新语·言语》:“王子敬云:从山阴道上行,山川自相映发,使人应接不暇。”逶迤:形容舞姿、体态优美。《后汉书·文苑传下·边让》:“振华袂以逶迤,若游龙之登云。”三国魏曹丕《临涡赋》:“鱼颉颃兮鸟逶迤,雌雄鸣兮声相和。”

⑥玉指:美人纤纤手指。晋乐府《子夜歌》:“朱口发艳歌,玉指弄娇弦。”筝柱:筝面上支弦之柱。北周庾信《春赋》:“更炙笙簧,还移筝柱。”金泥:用以饰物的金屑。舞罗:指舞蹈时所穿的罗衣或罗裙。

⑦书剑者:凌本作“书剑客”。学书学剑者,谓学文学武之人。此指作者自己。

登龙兴寺阁①

阁道乘空出,披轩远目开②。
逶迤见江势,客至屡缘回③。
兹郡何填委,遥山复几哉④。

苍苍皆草木，处处尽楼台。
骤雨一阳散，行舟四海来⑤。
鸟归余兴满，周览更徘徊⑥。

【题解】

此诗为登阁远眺之作。江水曲折，楼台纷集，草木苍苍，遥山隐隐，至于骤雨初歇，行舟云集，尤为壮观。直至日暮鸟归，作者兴致犹浓。

【校注】

①宋本无此首，据刘本、活字本、凌本、嘉靖本、丛刊本补。龙兴寺：寺名。唐代各地龙兴寺甚多，难以确指。唐陆广微《吴地记》云："龙兴寺，则天皇后置，御书额八方。开元五年再兴此寺。刺史张廷珪模勒御书于碑。"

②阁道：复道。《史记·秦始皇本纪》："先作前殿阿房，东西五百步，南北五十丈，上可以坐万人，下可以建五丈旗。周驰为阁道，自殿下直抵南山。"唐王维《奉和圣制从蓬莱向兴庆阁道中留春雨中春望之作应制》："銮舆迥出仙门柳，阁道回看上苑花。"披轩：开窗。

③逶迤：曲折绵延貌。亦作"逶蛇"。《淮南子·泰族训》："河以逶蛇故能远，山以陵迟故能高。"汉扬雄《甘泉赋》："梁弱水之濎濙兮，蹑不周之逶迤。"唐李善注："迤，音移。"唐吕向注："逶迤，长曲貌。"缘回：或沿流而下，或溯流而上。

④填委：纷集；堆积。汉刘桢《杂诗》："职事相填委，文墨纷消散。"南朝宋鲍照《河清颂序》："冀马南金，填委内府。"此为壅塞貌。

⑤骤雨：暴雨。《老子》："骤雨不终日。"宋秦观《满庭芳·咏茶》："晓色云开，春随人意，骤雨才过还晴。"

⑥周览：遍观。汉司马相如《上林赋》："周览泛观，缜纷轧芴。"《史记·秦始皇本纪》："登兹泰山，周览东极。"

【辑评】

刘辰翁《孟浩然诗集》评点："能赋。"又："但有此景，亦不肯写。"

李梦阳《孟浩然诗集》评点："能赋，信然。"

登总持浮图[①]

半空跻宝塔，时望尽京华[②]。
竹绕渭川遍，山连上苑斜[③]。
四郊开帝宅，行陌逗人家[④]。
累劫从初地，为童忆聚沙[⑤]。
一窥功德见，弥益道心加[⑥]。
坐觉诸天近，空香逐落花[⑦]。

【题解】

此诗为登寺塔之作。先写晴登寺塔，天地壮观，京华长安，尽收眼底；次写登塔所感，体会修道之艰难，心中有向佛之愿；最后写求道之心弥切，恍若有奇迹发生。

【校注】

①诗题：活字本、凌本、嘉靖本、丛刊本作“登总持寺浮屠”。总持寺：在今陕西省西安市长安区西南十二里。隋大业三年(607 年)，隋炀帝为文帝所立。初名大禅定寺，建木浮图。武德元年(618 年)改为总持寺。浮图：寺塔。《魏书・释老志》：“自洛中构白马寺，盛饰佛图，画迹甚妙，为四方式。凡宫塔制度，犹依天竺旧状而重构之，从一级至三、五、七、九，世人相承谓之浮图，或云佛图。”

②跻：升登。宝塔：即佛塔。京华：京都、京城。晋郭璞《游仙诗》：“京华游侠窟，山林隐遁栖。”南朝宋谢灵运《斋中读书》：“昔余游京华，未尝废丘壑。”

③渭川：即渭水。黄河最大支流。源出甘肃省渭源县，流经天水市入陕西省境内，经宝鸡、咸阳、西安、渭南等地，至潼关县入黄河。上苑：古宫苑名，指上林苑。见《自浔阳泛舟经明海》诗注。

④帝宅：皇宫；皇都。此指长安。《后汉书·南匈奴传论》："降及后世，玩为常俗，终于吞噬神乡，丘墟帝宅。"行陌：即阡陌。本指田界。《史记·秦本纪》："为田开阡陌。"唐司马贞索隐："《风俗通》曰：南北曰阡，东西曰陌。河东以东西为阡，南北为陌。"此泛指道路。逗：穿通，穿过。唐刘禹锡《连州刺史厅壁记》："袭山逗谷，化为鲜云。"五代齐己《潇湘》："流古递今空作岛，逗山冲壁自为潭。"

⑤劫：佛教名词，"劫波"（或"劫簸"）的略称。意为极久远的时节。古印度传说世界经历若干万年毁灭一次，重新再开始，这样一个周期叫作一"劫"。"劫"的时间长短，佛经有各种不同的说法。一"劫"包括"成""住""坏""空"四个时期，叫作"四劫"。到"坏劫"时，有水、火、风三灾出现，世界归于毁灭。后人借指天灾人祸。《敦煌变文集·温室讲唱押座文》："百年（千）万劫作轮王，不乐王宫恩爱事。舍命舍身千万劫，直至今身证菩提。"唐孟郊《列仙文·清虚真人》："哀此去留会，劫尽天地倾。"累劫，屡次经劫。初地：佛教语。谓修行过程十个阶位中的第一阶位。三乘共修"十地"中，以"干慧地"为"初地"；大乘菩萨"十地"中，以"欢喜地"为"初地"。《华严经·十地品》："今明初地义，但以略解说……是初菩萨地，名之为欢喜。"唐玄奘《大唐西域记·摩揭陀国上》："出家修学，深究妙理，位登初地。"为童忆聚沙：《法华经·方便品》："乃至童子戏，聚沙为佛塔，如是诸等人，皆已成佛道。"佛家因称儿童时代为聚沙之年。

⑥功德：佛教语。《大乘义章·十功德义三门分别》："功谓功能，能破生死，能得涅槃，能度众生，名之为功。此功是其善行家德，故云功德。"弥益：愈益。道心：向道之心。

⑦坐：因。诸天：佛教语。指护法众天神。佛经言欲界有六天，色界之四禅有十八天，无色界之四处有四天，其他尚有日天、月天、韦驮天等诸天神，总称之曰诸天。《长阿含经》卷一："佛告比丘，毗婆尸菩萨生时，诸天在上于虚空中，手执白盖宝扇，以障寒暑风雨尘土。"南朝宋谢灵运《昙隆法师诔序》："且三界回沈，诸天倏瞬。"

【辑评】

刘辰翁《孟浩然诗集》评点："盛丽高旷，佛地幻语无不具。"

与崔二十一游镜湖寄包贺①

试览镜湖物，中流见底清。
不知鲈鱼味，但识鸥鸟情②。
帆得樵风送，春逢谷雨晴③。
特寻夏禹穴，稍背越王城④。
府掾有包子，文章推贺生⑤。
沧浪醉后唱，因此寄同声⑥。

【题解】

此诗为游览诗。先写与崔二十一游览镜湖之实况，后写游山与会友之设想。

【校注】

①崔二十一：指崔国辅。吴郡（今江苏苏州）人，开元十四年（726 年）进士，为山阴尉。曾官许昌令、集贤直学士、左补阙、礼部员外郎等，后坐事贬晋陵郡司马。镜湖：宋本原作“镜湘”，据刘本、活字本、凌本、嘉靖本、丛刊本、英华本改。镜湖在今浙江绍兴，是古代长江以南的大型农田水利工程之一。包贺：宋本原作“句贺”，据刘本、活字本、凌本、嘉靖本、丛刊本、英华本改。“贺”字下各本有“二公”二字。包、贺，未详其人。疑指包融、贺朝。

②鲈鱼：体侧扁，口巨，头大，鳞细，背苍，腹白，味鲜美。南朝宋刘义庆《世说新语·识鉴》：“张季鹰辟齐王东曹掾，在洛，见秋风起，因思吴中菰菜羹、鲈鱼脍，曰：‘人生贵得适意尔，何能羁宦数千里以要名爵？’遂命驾便归。俄而齐王败，时人皆谓为见机。”

③樵风：指顺风、好风。《后汉书·郑弘传》：“郑弘字巨君，会稽山阴人也。”唐李贤注：“孔灵符《会稽记》曰：射的山南有白鹤山，此鹤为仙人取箭。

汉太尉郑弘尝采薪，得一遗箭，顷有人觅，弘还之。问何所欲，弘识其神人也，曰：常患若邪溪载薪为难，愿旦南风，暮北风。后果然。故若邪溪风至今犹然，呼为郑公风也。”谷雨：二十四节气之一，在四月二十日前后。

④夏禹穴：在今绍兴会稽山上，相传为夏禹葬地。《史记·太史公自序》：“迁……二十而南游江、淮，上会稽，探禹穴。”南朝宋裴骃集解：“张宴曰：禹巡狩至会稽而崩，因葬焉。上有孔穴，民间云禹入此穴。”越王城：在今会稽山上。春秋时越王勾践为吴所败，以甲楯五千，栖于此。清沈翼机等纂《浙江通志·古迹》：“越王城：《嘉泰会稽志》：‘山阴越王城，在府(绍兴府)西南四十七里。’”

⑤府掾：府署辟置的僚属。唐皇甫枚《三水小牍·步飞烟》：“武生为府掾属……此时恰值入府曹。”《旧唐书·沈法兴传》：“承制置百官，以陈果仁为司徒……刘子翼为选部侍郎，李百药为府掾。”

⑥沧浪：指沧浪之歌。《楚辞·渔父》：“沧浪之水清兮，可以濯吾缨；沧浪之水浊兮，可以濯吾足。”同声：指志趣相投或志趣相投的人。《易·乾》：“同声相应，同气相求。”《庄子·渔父》：“同类相从，同声相应。”晋陆机《驾言出北阙行》：“良会罄美服，对酒宴同声。”

本阁黎新亭作①

八解禅林秀，三明给苑才②。
地偏香界远，心静水亭开③。
傍险山查立，寻幽石径回④。
瑞花长自下，灵药岂须栽⑤。
碧网交红树，清泉尽绿苔⑥。
戏鱼闻法聚，闲鸟诵经来⑦。
弃象玄应悟，忘言理必该⑧。
静中何所得，吟咏也徒哉。

【题解】

此诗为游览之作。先写寺院之秀丽，阇黎之慧才；次写新亭环境之美好以及游览之感受。

【校注】

①宋本无此首，据刘本、活字本、凌本、嘉靖本、丛刊本补。本阇黎：刘本、凌本作“来阇黎”，名迹未详。阇黎，即阇梨，梵语“阿阇梨”之省略，意思是高僧，也泛指僧人。

②八解：佛家所言八种解脱。后秦僧肇《注维摩诘所说经·佛道品》：“八解之浴池，定水湛然满。布以七净华，浴此无垢人。”晋僧支遁《四月八日赞佛》：“六度启穷俗，八解濯世缨。”佛寺之水具八解之功，故言八解常与水相系。禅林：指寺院。北周庾信《陕州弘农郡五张寺经藏碑》：“春园柳路，变入禅林。”三明：佛教语。指天眼明、宿命明、漏尽明。南朝梁王中《头陀寺碑》：“气茂三明，情超六入。”唐李周翰注：“三明，谓天眼明、宿命明、漏尽明。”北魏杨衒之《洛阳伽蓝记序》：“至于一乘二谛之原，三明六通之旨，西域备详，东土靡记。”给苑：即给园，“给孤独园”之省称。亦泛指佛寺。明唐寅《游金山》：“春日客途悲白发，给园兵燹废黄金。”

③香界：指寺院。唐沈佺期《绍隆寺》：“香界萦北渚，花龛隐南峦。”明杨慎《丹铅总录·琐语》：“佛寺曰香界。”清赵翼《美人风筝》：“罗袜无尘香界迥，云中君本楚骚传。”

④山查：山势如斜斫的树桩。查，指树木砍伐后留下的残桩。《隋书·杨约传》：“约字惠伯，素异母弟也。在童儿时，尝登树堕地，为查所伤，由是竟为宦者。”

⑤瑞花：梵名优昙钵，译为瑞应花、灵瑞花。南朝梁刘孝绰《答云法师书》：“解剑却盖，躬诣道场，瑞花承足，人观雕辇之盛。”

⑥碧网：林木繁茂，交织如网。红树：开满红花之树。南朝齐谢朓《三日侍华光殿曲水宴代人应诏》：“红树岩舒，青莎水被。”

⑦戏鱼：互相游戏之鱼。南朝梁王僧孺《春日寄乡友》：“戏鱼两相顾，游鸟半藏云。”闻法：闻讲佛法。《法华经·安乐行品》：“合掌赞佛，闻法

欢喜。”

⑧弃象：抛弃纷纭之表象。玄应悟：彻悟微妙之道理。忘言：谓心中领会其意，不须用言语来说明。语本《庄子·外物》：“言者所以在意，得意而忘言。”三国魏曹植《苦思行》：“中有耆年一隐士，须发皆皓然，策杖从我游，教我要忘言。”理必该：道理兼备其中。

【辑评】

刘辰翁《孟浩然诗集》评点：“下句容易胜。”（谓“心静”句）又：“亦有模写，第不雕饰。”又：“‘戏鱼’二句暗用。”

长安早春①

关戍唯东井，西城起北辰②。
咸歌太平日，共乐建寅春③。
雪尽青山树，冰开黑水滨④。
草迎金埒马，花伴玉楼人⑤。
鸿渐看无数，莺声听欲频⑥。
何当遂荣擢，归及柳条新⑦。

【题解】

此诗作者先写长安早春，雪融冰消之景，后写自己急于应举得第，早还故乡之心情。

【校注】

①此诗《文苑英华》《唐诗纪事》作张子容之诗。长安：唐代都城。早春：即春正月。

②关戍：边界上的关隘。东井：星宿名，即二十八宿之一的井宿。北辰：北极星。《尔雅·释天》：“北极谓之北辰。”汉张衡《西京赋》：“累层构而遂隮，望北辰而高兴。”

③建寅春：春正月。夏历以寅月为岁首，称建寅。《初学记》卷三："日月之行，一岁十二会，观斗所建，命其四时。孟春，日月会于娵訾，而斗建寅。"

④黑水：《书・禹贡》："黑水西河惟雍州。"长安为古雍州之地。

⑤金埒：用钱币筑成的界垣。南朝宋刘义庆《世说新语・汰侈》："于时人多地贵，济（王济）好马射，买地作埒，编钱匝地竟埒。时人号曰'金埒'。"徐震堮校笺："谓筑短垣围之以为界埒。"借指名贵的马匹。唐司空曙《观猎骑》："金埒争开道，香车为驻轮。"

⑥鸿渐：《易・渐》："初六，鸿渐于干"，"六二，鸿渐于磐"，"九三，鸿渐于陆"，"六四，鸿渐于木"，"九五，鸿渐于陵"。谓鸿鹄飞翔从低到高，循序渐进，故后以鸿渐喻仕宦的升迁。

⑦荣擢：光荣擢升，荣登高第，指科举及第。《后汉书・宦者传・吕强》："又授位乖越，贤才不升，素餐私幸，必加荣擢。"唐李峤《为王方庆让凤阁侍郎表》："骤荷私遇，频阶荣擢。"

【辑评】

刘辰翁《孟浩然诗集》评点："寒食富贵语。"（谓"草迎"二句）

答秦中苦雨思归而袁左丞贺侍郎①

苦学三十载，闭门江汉阴。
用贤遭圣日，羁旅属秋霖②。
岂直昏垫苦，亦为权势沉③。
二毛催白发，百镒罄黄金④。
泪忆岘山堕，愁怀襄水深⑤。
谢公积愤懑，履舄空谣吟⑥。
跃马非吾事，狎鸥宜我心⑦。
寄言当路者，去矣北山岑⑧。

【题解】

此诗为作者羁旅长安时内心世界的真实写照，世事不遂，思想感情颇为复杂。诗中写自己读书半生，功名未就；滞留秦中，苦雨难堪；囊中羞涩，年老发白；思乡怀古，牢骚满腹；不趋炎附势，决心归隐。

【校注】

①诗题：活字本、凌本、嘉靖本、丛刊本无“答”字，且“而”字作“赠”字。“而”字不通，当从“赠”字。秦中：即关中，此指唐都长安。《汉书·娄敬传》：“秦中新破。”唐颜师古注：“秦中谓关中，故秦地也。”苦雨：久雨。《初学记》：“雨久曰苦雨，亦曰愁霖。”袁左丞：袁仁敬，襄阳人，曾官尚书左丞。贺侍郎：贺知章，会稽人，曾官礼部侍郎。

②用贤：任用贤人。圣日：圣明之时。羁旅：寄居异乡。《左传·庄公二十二年》：“齐侯使敬仲为卿，辞曰：‘羁旅之臣……敢辱高位？’”晋杜预注：“羁，寄；旅，客也。”唐韩愈《又与柳中丞书》：“夫远征军士，行者有羁旅离别之思，居者有怨旷骚动之忧。”秋霖：秋日的淫雨。《管子·度地》：“冬作土功，发地藏，则夏多暴雨，秋霖不止。”北周庾信《周大将军司马裔碑》：“北风吹旆，秋霖泣军。”

③岂直：岂但，何止。昏垫：陷溺。指困于水灾。亦指水患，灾害。《书·益稷》：“洪水滔天，浩浩怀山襄陵，下民昏垫。”唐孔颖达疏：“言天下之人，遭此大水，精神昏瞀迷惑，无有所知，又若沈溺，皆困此水灾也。郑云：‘昏，没也；垫，陷也。禹言洪水之时，人有没陷之害。’”南朝宋谢灵运《游南亭》诗：“久痗昏垫苦，旅馆眺郊歧。”

④二毛：斑白的头发。常用以指老年人。《左传·僖公二十二年》：“君子不重伤，不禽二毛。”晋杜预注：“二毛，头白有二色。”晋葛洪《抱朴子·遐览》：“二毛告暮，素志衰颓。”这里以“二毛”指作者三十余岁。晋潘岳《秋兴赋序》：“余春秋三十有二，始见二毛。”镒：古代重量单位。合二十两，一说二十四两。《墨子·号令》：“又赏之黄金，人二镒。”清孙诒让《间诂》：“镒，二十四两也。”《国语·晋语二》：“黄金四十镒，白玉之珩六双。”三国吴韦昭注：“二十两为镒。”罄：尽。

⑤岘山堕：襄阳岘山有堕泪碑。襄水：在襄阳。《元和郡县图志·襄阳县》："本汉旧县也，属南郡，在襄水之阳，故以为名。"

⑥谢公：指谢灵运。《宋书·谢灵运传》："灵运为性褊激，多愆礼度，朝廷唯以文义处之，不以应实相许。自谓才能宜参权要，既不见知，常怀愤愤。"这里作者借以表达自己怀才不遇之意。履舄：古代单底鞋称履，复底鞋称舄，故以"履舄"泛称鞋。唐姚合《扬州春词》："竹风轻履舄，花露腻衣裳。"借指脚或足迹。空谣吟：徒自歌吟。指谢灵运思归所作《道路忆山中》诗。

⑦上句说富贵非吾所求。跃马：纵马驰骋，喻获取功名富贵。《史记·蔡泽列传》："吾持粱刺齿肥，跃马疾驱，怀黄金之印，结紫绶于要，揖让人主之前，食肉富贵，四十三年足矣。"下句说归隐乃我所愿。狎鸥：与鸥相娱。喻隐逸不仕。南朝梁江淹《张廷尉杂述》："物我俱忘怀，可以狎鸥鸟。"

⑧当路：执政，掌权。《孟子·公孙丑上》："夫子当路于齐，管仲、晏子之功，可复许乎？"北山：即钟山。此泛指隐逸、归隐。南朝梁吴均《酬别江主簿屯骑》："我有北山志，留连为报恩。"

【辑评】

刘辰翁《孟浩然诗集》评点："等闲见。"

陪张丞相登荆城楼同寄荆州张史君①

蓟门天北畔，铜柱日南端②。
出守声弥远，投荒法未宽③。
侧身聊倚望，携手莫同欢④。
白璧无瑕玷，青松有岁寒⑤。
府中丞相阁，江上使君滩⑥。
兴尽回舟去，方知兹路难。

【题解】

此诗为诗人陪张九龄登荆州城楼所作。先写登楼怀友，友人分离，天南海北；次写友人身处逆境，品格坚贞；再写自己有幸被张丞相延揽，而友人在外必多艰难险阻；最后言及久阅世事，方体会世道艰难。

【校注】

①诗题：活字本、凌本、嘉靖本、丛刊本作“陪张丞相登荆州城楼因寄苏台张使君及浪泊戍主刘家”。张丞相：指张九龄。荆城：指荆州城。西汉武帝置“十三刺史部”之一。张史君：名迹未详。

②蓟门：宋本原作“荆州”，据活字本、凌本、嘉靖本、丛刊本改。即蓟丘，在今北京德胜门西北。《史记·乐毅列传》：“乐毅报遗燕惠王书曰：‘蓟丘之植，植于汶篁。’”唐张守节正义：“幽州蓟地西北隅，有蓟丘。”明沈榜《宛署杂记·古迹》：“蓟丘，在县西德胜门外五里西北隅，即古蓟门也。”明蒋一葵《长安客话·古蓟门》：“京师古蓟地，以蓟草多得名……今都城德胜门外有土城关，相传古蓟门遗址，亦曰蓟邱。”铜柱：马援征交阯时所立铜制界桩。《后汉书·马援传》唐李贤注引《广州记》曰：“援到交阯，立铜柱，为汉之极界也。”交阯为当时南方边疆，汉代曾设立日南郡，故云“日南端”。

③出守：离京出任太守。南朝宋颜延之《五君咏·阮始平》：“屡荐不入宦，一麾乃出守。”投荒：宋本原作“收荒”，据活字本、凌本、嘉靖本、丛刊本改。贬谪、流放至荒远之地。唐独孤及《为明州独孤使君祭员郎中文》：“公负谴投荒，予亦左衽异域。”

④这两句说登楼侧望，友人远居天北日南，不得携手同乐。侧身：身体侧立。汉张衡《四愁诗》：“我所思兮在桂林，欲往从之湘水深，侧身南望涕沾襟。”同欢：共欢。晋裴秀《大蜡诗》：“率土同欢，和气来臻。”

⑤白璧无瑕玷：璧玉完美，没有缺陷。喻品德完美。《诗·大雅·抑》：“白圭之玷，尚可磨也。”毛传：“玷，缺也。”青松有岁寒：喻节操坚贞。《论语·子罕》：“子曰：岁寒，然后知松柏之后凋也。”

⑥丞相阁：《汉书·公孙弘传》：“时上方兴功业，娄举贤良。弘自见为举首，起徒步，数年至宰相封侯，于是起客馆，开东阁以延贤人。”此以汉丞相公孙弘延揽贤人喻张九龄。使君滩：在今重庆市万州区东。《水经注·

江水一》:“又东径羊肠虎臂滩。杨亮为益州,至此舟覆。惩其波澜,蜀人至今犹名之为使君滩。”

荆门上张丞相[①]

共理分荆国,招贤愧楚材[②]。
召南风更阐,丞相阁还开[③]。
觏止欣眉睫,沉沦拔草莱[④]。
坐登徐孺榻,频接李膺杯[⑤]。
始慰蝉鸣稻,俄看雪间梅。
四时云籥尽,千里客程催[⑥]。
日下瞻归翼,沙边厌曝腮[⑦]。
伫闻宣室召,星象列三台[⑧]。

【题解】

此诗为孟浩然为荆州从事时书赠张九龄之作。先写张在荆州招贤纳士,治理有方;次写自己受到张的礼遇甚厚,自愧才薄;再写张即将离开荆州而去,自己可能陷于困顿。但还是希望张受到皇帝召见,能够官复原职。

【校注】

①荆门:山名。在今湖北省宜都市西北、长江南岸,隔江和虎牙山相对。江水湍急,形势险峻。古为巴蜀荆吴之间要塞。北魏郦道元《水经注·江水二》:“江水又东历荆门虎牙之间。荆门在南,上合下开,暗彻山南,有门像,虎牙在北,石壁色红,间有白文,类牙形,并以物像受名,此二山,楚之西塞也。”此指荆州。唐王维《寄荆州张丞相》:“所思竟何在？怅望深荆门。”清赵殿成笺注:“唐人多呼荆州为荆门。文人称谓如此,不仅指荆门一山矣。”

②共理:共同治理政事。荆国:泛称荆州地区。时九龄罢相,谪为荆州

大都督府长史。招贤愧楚材：言张九龄招贤纳士，诗人亦在被招之列。楚材，泛指南方的人才。

③召南：《诗经》十五国风之一。唐陆德明《经典释文》卷五："召亦地名也，在岐山之阳。扶风雍县南有召亭。案，周、召皆周之旧土，文王受命后，以赐二公为采地。"汉郑玄《诗经周南召南谱》："其得圣人之化者，谓之召南，得贤人之化者，谓之周南。言二公之德政，自岐而行于南国也。"此处以召公喻张九龄。风更阐：风俗教化愈加发扬。

④觏止：相遇。眉睫：眉与睫毛。泛指脸面。《庄子·庚桑楚》："向吾见若眉睫之间。"欣眉睫，犹言喜形于色。沉沦：埋没。汉刘向《九叹·愍命》："或沉沦其无所达兮，或清激其无所通。"草莱：犹草野。指乡野，民间。《汉书·蔡义传》："臣山东草莱之人，行能亡所比，容貌不及众。"

⑤徐孺：即徐孺子。《后汉书·徐稺传》："徐稺字孺子，豫章南昌人也。家贫，常自耕稼，非其力不食。……时陈蕃为太守，以礼请署功曹，稺不免之，既谒而退。蕃在郡不接宾客，唯稺来特设一榻，去则悬之。"这里作者以徐孺自比。频接李膺杯：受其杯，表接受之意。喻张九龄礼贤下士。李膺：《后汉书·党锢列传》："李膺字元礼，颍川襄城人也。……是时朝庭日乱，纲纪颓阤，膺独持风裁，以声名自高。士有被其容接者，名为登龙门。"这里以陈蕃、李膺喻张九龄。

⑥四时云籥尽：这句说一年即将过去。籥：古管乐器。在甲骨文中，本作"龠"。象编管之形，似为排箫之前身。有吹籥、舞籥两种。吹籥似笛而短小，三孔；舞籥长而六孔，可执作舞具。《诗·邶风·简兮》："左手执籥，右手秉翟。"唐孔颖达疏："籥虽吹器，舞时与羽并执，故得舞名。"《礼记·文王世子》："春夏学干戈，秋冬学羽籥，皆于东序。"唐孔颖达疏："籥，笛也。籥声出于中，冬则万物藏于中，云羽籥，籥舞，象文也。"

⑦上句说皇帝欲召见张九龄，下句说自己将陷于困顿。日下：指京都。古代以帝王比日，因以皇帝所在地为"日下"。南朝宋刘义庆《世说新语·排调》："荀鸣鹤、陆士龙二人未相识，俱会张茂先坐。张令共语……陆举手曰：'云间陆士龙。'荀答曰：'日下荀鸣鹤。'"徐震堮校笺："日下，指京都。荀，颍川人，与洛阳相近，故云。"唐钱起《送薛判官赴蜀》："边陲劳帝念，日

下降才杰。”归翼：归鸟。此喻张九龄。曝腮：即曝鳃。喻挫折、困顿。《后汉书·郡国志五》：“（交趾郡）封溪建武十九年置。”南朝梁刘昭注引晋刘欣期《交州记》：“有堤防龙门，水深百寻，大鱼登此门化成龙，不得过，曝鳃点额，血流此水，恒如丹池。”唐高适《酬裴员外以诗代书》：“一夕瀍洛空，生灵悲曝腮。”

⑧这两句说张此次进京会受到皇帝的重用，官复原职，位列三公。宣室召：指受到皇帝召见。宣室，汉未央宫前正室，《史记·贾生列传》：“贾生征见，孝文帝方受釐，坐宣室。”星象：指星体的明、暗及位置等现象。古人据以占测人事的吉凶祸福。《后汉书·律历志中》：“愿请太史官日月宿簿及星度课，与待诏星象考校。”唐刘长卿《瓜洲驿奉饯张侍御》：“星象衔新宠，风霜带旧寒。”三台：星名。《晋书·天文志上》：“三台六星，两两而居……在人曰三公，在天曰三台，主开德宣符也。西近文昌二星曰上台，为司命，主寿。次二星曰中台，为司中，主宗室。东二星曰下台，为司禄，主兵，所以昭德塞违也。”喻三公。《后汉书·杨震传》：“蛇鳣者，卿大夫服之象也。数三者，法三台也。先生自此升矣。”

和宋大使北楼新亭①

返耕意未遂，日夕登城隅②。
谁谓山林近，半为符竹拘③。
丽樵非改作，轩槛是新图④。
远水自嶓冢，长云吞具区⑤。
愿为江燕贺，羞逐府寮趋⑥。
欲识狂歌者，丘园一竖儒⑦。

【题解】

此诗先写自己有意归隐未成，次写登楼远望宋大使新亭，再写自己不乐如府吏般趋奉左右，最后表明自己愿作田园之中狂放而清高的隐者。

【校注】

①宋大使：指宋鼎，开元二十四年（736年）为襄州刺史，兼山南东道采访使。大使，唐代称节度使、副大使知节度事者。北楼：荆州城北门楼。

②返耕：辞官归耕。《左传·宣公十五年》："申叔时仆，曰：筑室返耕者，宋必听命。从之。"城隅：城角。此指荆州城门楼。《诗·国风·静女》："静女其姝，俟我于城隅。"晋石崇《思归叹》："登城隅兮临长江，极望无涯兮思填胸。"

③谁谓：《诗·卫风·河广》："谁谓河广，一苇杭之。"山林：指隐居。符竹：《汉书·文帝纪》："（二年）九月，初与郡守为铜虎符、竹使符。"唐颜师古注引汉应劭曰："铜虎符第一至第五，国家当发兵遣使者，至郡合符，符合乃听受之。竹使符皆以竹箭五枚，长五寸，镌刻篆书，第一至第五。"后因以"符竹"指郡守职权。唐刘禹锡《苏州谢上表》："优诏忽临，又委之符竹。"

④丽樵：同"丽谯"。华丽的高楼。《庄子·徐无鬼》："君亦必无盛鹤列于丽谯之间。"清郭庆藩集释："丽谯，高楼也。"轩槛：轩，门窗。槛，栏杆。《汉书·史丹传》："天子自临轩槛上，陨铜丸以擿鼓。"汉王粲《登楼赋》："凭轩槛以遥望兮，向北风而开襟。"

⑤远水：指汉水。嶓冢：山名。在今陕西省宁强县北，为汉水之发源地。《书·禹贡》："嶓冢导漾，东流为汉。"具区：古泽薮名，即太湖。又名震泽、笠泽。《周礼·夏官·职方氏》："东南曰扬州，其山镇曰会稽，其泽薮曰具区。"《尔雅·释地》："吴越之间有具区。"

⑥江燕贺：凌本作"江鹢贺"。燕贺，谓燕雀因大厦落成有栖身之所而互相庆贺。后用作贺人新屋落成之语。《淮南子·说林训》："汤沐具而虮虱相吊，大厦成而燕雀相贺，忧乐别也。"北周庾信《登州中新阁》："徒然思燕贺，无以预鹍翔。"府寮：即府僚。王府或州府的僚属官吏。

⑦丘园：本指家园，借指隐居之处。竖儒：儒者之鄙称。《史记·郦生列传》："沛公骂曰：竖儒！夫天下同苦秦久矣，故诸侯相率而攻秦。"唐司马贞索隐："案，竖者，僮仆之称。沛公轻之，以比奴竖，故曰'竖儒'也。"这里谦称自己。

夜泊宣城界[①]

西塞沿江岛，南陵问驿楼[②]。
平湖津济阔，风止客帆收[③]。
去去怀前事，茫茫泛夕流[④]。
石逢罗刹碍，山泊敬亭幽[⑤]。
火识梅根治，烟迷杨叶洲[⑥]。
离家复水宿，相伴赖沙鸥。

【题解】

此诗叙述自己乘航船离鄂赴皖，风停帆落，晚上止息宣城的经过，抒发了远离家园，漂泊在外的孤独与寂寞之情。

【校注】

①诗题：英华本作“旅行欲泊宣州界”。宣城：在今安徽省宣城市。《元和郡县图志·宣州》：“宣城县，本汉宛陵县，属丹阳郡，后汉顺帝置。至晋属宣城郡。隋自宛陵移于今理。”

②西塞：山名，在今湖北省大冶市东。南朝宋刘诞《襄阳乐》：“江陵三千三，西塞陌中央。”南陵：今安徽省南陵县。南朝宋鲍照《上浔阳还都道中》：“昨夜宿南陵，今旦入芦洲。”

③津济：渡口。南朝宋颜延之《北使洛》：“伊谷绝津济，台馆无尺椽。”南朝梁萧纲《大法颂序》：“如凭津济，咸赖归依。”

④去去：谓远去。汉苏武《古诗》：“参辰皆已没，去去从此辞。”唐孟郊《感怀》：“去去勿复道，苦饥形貌伤。”

⑤罗刹：佛经中恶鬼的通称，这里指罗刹石，在今安徽省池州市贵池区西六十里长江之中。《太平寰宇记·池州·贵池县》：“又有大孤石，生于江中，俗谓罗刹洲，舟船上下为之险艰。”敬亭：山名，在今安徽省宣城市宣州

区北。山高数百丈，为近郭名胜。山上有敬亭，相传为南朝齐谢朓吟咏处。《元和郡县图志·宣州·宣城县》："敬亭山，州北十二里。即谢朓赋诗之所。"

⑥梅根冶：又称梅根监，在今安徽省池州市贵池区东。自六朝以后，历代皆于此地设冶鼓铸。《元和郡县图志·江南道·宣州》："梅根监，在县西一百三十五里。梅根监并宛陵监，每岁共铸钱五万贯。"杨叶洲：《太平寰宇记·池州·贵池县》："杨叶洲在县西北二十里大江中，长五里，阔三里，状如杨叶。"

【辑评】

刘辰翁《孟浩然诗集》评点："不必某处、某人，景外语，语外意，平生往往失之。"

奉先张明府休沐还乡海亭宴集探得阶字①

自君理畿甸，余亦经江淮②。
万里音书断，数年云雨乖③。
归来休浣日，始得赏心谐④。
朱绂恩虽重，沧海趣每怀⑤。
树低新舞阁，山对旧书斋。
何以发秋兴，阴虫鸣夜阶⑥。

【题解】

此诗先写自己与张子容阔别数年，信断音稀；次写张氏休假而归，彼此欢聚；再写张氏虽爵禄在身，不忘隐逸；最后写海亭周围的自然环境，引人入胜。

【校注】

①奉先张明府：即奉先县张县令，襄阳人张子容。奉先，今陕西省蒲城

县。海亭：张子容在襄阳居家之园。探得阶字：即分韵赋诗以阶字为韵。“阶”字属“佳”韵，故诗中“淮”“乖”“谐”“怀”“斋”诸字均属“佳”韵。

②畿甸：指京城地区，此指奉先县。《周书·萧詧传》：“昔方千而畿甸，今七里而盘萦。”唐韩愈《潮州刺史谢上表》：“天子神圣，威武慈仁，子养亿兆人庶，无有亲疏远迩，虽在万里之外，岭海之陬，待之一如畿甸之间，辇毂之下。”江淮：长江、淮河。亦用以指长江与淮河之间的地区。开元十七年(729年)孟浩然由汴水赴越中，曾经过江苏、安徽一带地区。

③云雨：汉王粲《赠蔡子笃诗》：“风流云散，一别如雨。”因用“云雨”比喻分离，永别。南朝宋鲍照《登云阳九里埭》：“既成云雨人，悲绪终不一。”唐李群玉《广州重别方处士之封川》：“七年一云雨，常恨辉容隔。”乖：分离。

④休浣：指官吏按例休假。南朝宋鲍照《玩月城西门廨中》：“休浣自公日，宴慰及私辰。”唐包何《和程员外春日东郊即事》：“郎宫休浣怜迟日，野老欢娱为有年。”赏心：心意欢乐。南朝宋谢灵运《晚出西射堂》：“含情尚劳爱，如何离赏心？”南朝宋谢灵运《酬从弟惠连》：“永绝赏心望，长怀莫与同。”

⑤朱绂：古代礼服上的红色蔽膝。后多借指官服。《易·困》：“困于酒食，朱绂方来。利用享祀，征凶无咎。”宋程颐传：“朱绂，王者之服，蔽膝也。”唐杜牧《书怀寄中朝往还》：“朱绂久惭官借与，白头还叹老将来。”这里指做官。唐陈子昂《晖上人房饯齐少府使入京府序》：“青霞路绝，朱绂途遥。”沧洲趣：指隐居的意趣。

⑥阴虫：指蟋蟀。南朝宋颜延之《夏夜呈从兄散骑车长沙》：“夜蝉当夏急，阴虫先秋闻。”唐张铣注：“阴虫，蛩也。”

同张明府碧溪答①

别业闻新制，同声应者多②。
还看碧溪答，不羡绿珠歌③。

自有阳台女，朝朝拾翠过[④]。
绮筵铺锦绣，妆牖闭藤萝[⑤]。
秩满休闲日，春余景气和[⑥]。
仙凫能作伴，罗袜共凌波[⑦]。
曲岛寻花药，回潭折芰荷[⑧]。
更怜斜日照，红粉艳青娥[⑨]。

【题解】

此诗盛赞张子容别业新成，张氏休沐归来自有休闲之乐，声色之美，登临之娱。

【校注】

①张明府：即张子容。碧溪：张子容在襄阳所置别业中的楼前小溪。答：刘本、活字本、凌本、嘉靖本、丛刊本作“赠答”。

②新制：新样式。晋陶渊明《桃花源记并诗》：“俎豆犹古法，衣裳无新制。”

③碧溪答：指张子容在自己的别业碧溪所作的诗章。绿珠：晋石崇的歌妓。《晋书·石崇传》：“崇有妓曰绿珠，美而艳，善吹笛。孙秀使人求之。……绿珠泣曰：‘当效死于官前。’因自投于楼下而死。”此处泛指歌妓。

④阳台女：传说中的巫山神女。此处泛指美女。拾翠：拾取翠鸟羽毛以为首饰。后多指妇女游春。语出三国魏曹植《洛神赋》：“或采明珠，或拾翠羽。”南朝梁纪少瑜《游建兴苑》：“踟蹰怜拾翠，顾步惜遗簪。”唐吴融《闲居有作》：“踏青堤上烟多绿，拾翠江边月更明。”

⑤绮筵：活字本作“舞筵”。凌本、嘉靖本、丛刊本作“舞庭”。华丽丰盛的筵席。唐陈子昂《春夜别友人》：“银烛吐青烟，金樽对绮筵。”藤萝：紫藤的通称。亦泛指有匍匐茎和攀援茎的植物。唐杨炯《群官寻杨隐居诗序》：“寒山四绝，烟雾苍苍；古树千年，藤萝漠漠。”

⑥秩满：宋本原作“秋满”，据刘本改。古代官吏任职有一定的期限，到此期限时称为秩满。《南史·虞寄传》：“前后所居官，未尝至秩满，裁期月，

便自求解退。”《陈书·袁枢传》:“其年秩满,解尹,加散骑常侍,将军、尚书并如故。”

⑦仙凫:东汉王乔曾任叶县令,传说他每乘仙凫入都。张子容时亦任县令,故用王乔故事。凌波:比喻美人步履轻盈,如乘碧波而行。三国魏曹植《洛神赋》:“凌波微步,罗袜生尘。”唐吕向注:“步于水波之上,如尘生也。”唐羊士谔《彭州萧使君出妓夜宴见送》:“玉颜红烛忽惊春,微步凌波暗拂尘。”

⑧曲岛:刘本、活字本、凌本、嘉靖本、丛刊本作“别岛”。曲折幽深的小岛。芰荷:菱叶与荷叶。战国屈原《离骚》:“制芰荷以为衣兮,集芙蓉以为裳。”汉王逸注:“芰,菱也,秦人曰薢茩。荷,芙蕖也。”

⑨更怜:更爱。红粉:古代妇女化妆所用的胭脂和铅粉。《古诗十九首·青青河畔草》:“娥娥红粉妆,纤纤出素手。”青娥:指美丽的少女。南朝梁沈约《水上神女赋》:“青娥羞艳,素女惭光。”唐王建《白纻歌》:“城头乌栖休击鼓,青娥弹瑟白纻舞。”

【辑评】

刘辰翁《孟浩然诗集》评点:“泛语甚奇。”(谓五、六两句)

赠萧少府[①]

上德如流水,安仁道若山[②]。
闻君秉高节,为得奉清颜[③]。
鸿渐升台羽,牛刀列下班[④]。
处腴能不润,居剧体常闲[⑤]。
去诈人无谄,除邪吏息奸[⑥]。
欲知清与洁,明月在澄湾[⑦]。

【题解】

此诗先盛赞萧少府高尚的道德节操,作者慕名得见;次写如此有德之人，官职不得升迁而屈居下位；再写萧少府清正廉洁，除邪息奸，刚直不阿；最后以景结情，赞叹其高洁的品格。

【校注】

①萧少府：名迹未详。少府，县尉。

②上德：至德。《老子》："上德不德，是以有德。"又："上善若水，水利万物而不争，处众人之所恶，故几于道。"安仁：安心于施行仁道。《论语·里仁》："仁者安仁，智者利仁。"宋邢昺疏："谓天性仁者，自然安而行之也。"若山：《论语·雍也》："智者乐水，仁者乐山。"宋邢昺疏："仁者乐如山之安固，自然不动而万物生焉。"

③秉：保持。高节：高尚的节操。《庄子·让王》："高节戾行，独乐其志，不事于世。"清颜：敬称人容颜。多用于男性友朋。南朝齐谢朓《答王世子》："有酒招亲朋，思与清颜会。"《南史·孔休源传》："不期忽觏清颜，顿祛鄙吝。"

④上句说萧少府美德善行可为人表率，其仕宦理应得以升迁。台羽：《全唐诗》作"仪羽"。"台""仪"音同可通。仪羽，比喻美德善行可为人表率。语本《易·渐》："鸿渐于陆，其羽可用为仪。"唐孔颖达疏："其羽可用为物之仪表，可贵可法也。"下句说萧少府高才屈于卑位。牛刀：宰牛的刀。语出《论语·阳货》："子之武城，闻弦歌之声。夫子莞尔而笑曰：'割鸡焉用牛刀？'"后常以喻大材器。南朝宋谢灵运《与诸道人辨宗论》："譬割鸡之政，亦有牛刀。"下班：下位，下等。

⑤上句说萧少府能清廉自守。《后汉书·孔奋传》："奋……守姑臧长……姑臧称为富邑，通货羌胡，市日四合，每居县者，不盈数月辄致丰积。奋在职四年，财产无所增。……时天下未定，士多不修节操，而奋力行清洁，为众人所笑，或以为身处脂膏，不能以自润，徒益苦辛耳。"下句说萧少府任职于政务繁剧的郡县，常能举重若轻。剧：剧邑。指政务繁剧的郡县。《晋书·王猛传》："陛下不以臣不才，任臣以剧邑，谨为明君翦除凶猾。"前蜀杜光庭《程德柔醮水府修堰词》："当县地控上游，素名剧邑，赋舆重大，耕稼兹繁。"

⑥去诈：去除诈伪。无谄：没有佞说。《论语·学而》："子贡曰：贫而无

谄，富而无骄，何如？”宋邢昺疏：“佞说为谄。”吏息奸：官吏不敢为非作歹。

⑦这两句说萧少府清正廉洁，如明月映照于清澈的水湾。澄湾：平静清澈的水湾。

【辑评】

施闰章《蠖斋诗话·诗用而字》：“‘结庐在人境，而无车马喧’，陶公偶然入妙；次之‘孰是都不营，而以求自安’，便下一格。……浩然‘闻君重高节，而得奉清欢’，稍觉索然。”

同王九题就师山房①

晚憩支公室，故人逢右军②。
轩空避炎暑，翰墨动斯文③。
竹闭窗里日，雨随阶下云。
周旋清阴遍，吟卧夕阳曛④。
江静棹歌歇，溪深樵语闻。
归途未忍去，携手恋清芬⑤。

【题解】

此诗先写与王九同在山房小憩，避暑作诗；次写山房周围的环境，清静幽雅，吟玩不已；最后写对就法师的尊崇与依恋。

【校注】

①王九：王迥，行九，号白云先生。就师：就法师。“就”，僧人名号；“师”，对僧人的尊称。名迹未详。山房：僧房。

②支公：东晋高僧支遁。此处借指就法师。右军：东晋大书法家王羲之，曾官右军将军，世称王右军。此处借指王九。

③翰墨：笔墨。汉张衡《归田赋》：“挥翰墨以奋藻，陈三皇之轨模。”此处借指文章书画。三国魏曹丕《典论·论文》：“是以古之作者，寄身于翰

墨，见意于篇籍。”唐颜真卿《干禄字书·序》：“既考文辞，兼详翰墨。”

④周旋：盘桓。活字本、凌本、嘉靖本、丛刊本作“同游”。清阴：清凉的树阴。曛：夕阳的余晖。南朝宋谢灵运《晚出西射堂》：“晓霜枫叶丹，夕曛岚气阴。”

⑤清芬：喻高洁的德行。晋陆机《文赋》：“咏世德之骏烈，诵先人之清芬。”唐李善注：“先民，谓先世之人，有清美芬芳之德而颂勉。”唐黄滔《书怀寄友人》：“常思扬子云，五藏曾离身。寂寞一生中，千载空清芬。”

上张吏部①

公门世绪昌，才子冠裴王②。
自出平津邸，还为吏部郎③。
神仙余气色，列宿炳辉光④。
夜入南宫静，朝游北禁长⑤。
时人窥水镜，明主赐衣裳⑥。
翰苑飞鹦鹉，天池待凤凰⑦。
承欢俦日顾，未纪后时伤⑧。
去去图南远，微才幸不忘⑨。

【题解】

此诗主要颂赞张吏部家世、名望、地位与才德等，表达了自己希望得到张吏部的赏识和援引的愿望。

【校注】

①据佟培基先生考证，此诗最早见于殷璠《河岳英灵集》，署为卢象作，但宋蜀刻本（现存最早的孟集刻本）羼入孟浩然集之中。《文苑英华》、宋计有功《唐诗纪事》皆以此诗为卢象作。宋蜀刻本无后四句，今据上述诸书予以补入。张吏部：指张均。唐玄宗朝尚书左丞相张说之子，时任吏部员

外郎。

②上句说张吏部家有功于朝廷，世代为官。公门：官署。世绪：世统、世系。南朝梁陶弘景《寻山志》："传氏百王，流芳世绪。"裴王：指晋代望族子弟裴楷、王戎。《世说新语·赏誉》："王濬冲、裴叔则二人总角诣钟士季，须臾去。后客问钟曰：'向二童何如？'钟曰：'裴楷清通，王戎简要。后二十年，此二贤当为吏部尚书。'"

③平津邸：汉代公孙弘为丞相，封为平津侯，后因以平津邸代指相府。此指张说府邸。

④神仙：指尚书省。唐代称尚书省诸曹郎官曰仙郎，吏部郎为尚书省属官，故云。列宿：天空众星宿。特指二十八宿。汉刘向《九叹·远逝》："指列宿以白情兮，诉五帝以置词。"汉王逸注："言已愿后指语二十八宿，以列己清白之情。"《淮南子·天文训》："荧惑常以十月入太微，受制而出行列宿。"古人迷信认为郎官之职上应天上列宿。

⑤南宫：尚书省的别称。古人以为尚书省象列宿之南宫，故云。南朝梁丘仲孚著《南宫故事》百卷，亦以南宫称尚书省。唐及以后，尚书省六部统称南宫。唐韦应物《和张舍人夜直中书寄吏部刘员外》诗："西垣草诏罢，南宫忆上才。"北禁：古代称皇帝所居为禁中，因其位于尚书省之北，故云。

⑥这两句说张均善于察人荐人。水镜：本指清水和明镜。两者能清楚地反映物体。《三国志·蜀书·李严传》："策后人不能，故以激愤也。"南朝宋裴松之注引晋习凿齿曰："水至平而邪者取法，镜至明而丑者无怒，水镜之所以能穷物而无怨者，以其无私也。"此喻指张均为明鉴明察之人。《三国志·蜀书·庞统传》："称统当为南州士之冠冕。"南朝宋裴松之注引晋习凿齿《襄阳记》："诸葛孔明为卧龙，庞士元为凤雏，司马德操为水镜，皆庞德公语也。"赐衣裳：此处用曹魏吏部郎许允的典故，说张均善于举荐人才。

⑦翰苑：文苑，文翰荟萃之处。唐王勃《上武侍极启》："攀翰苑而思齐，傃文风而立志。"这里为翰林院的别称。《宋史·萧服传》："文辞劲丽，宜居翰苑。"鹦鹉：比喻有才之士。唐纪唐夫《送温庭筠尉方城》："凤皇诏下虽沾命，鹦鹉才高却累身！"天池：魏晋南北朝时期，于禁苑中设中书省，以掌机要，称为凤凰池。凤凰：也作凤皇。比喻地位高贵或德才高尚的人。汉刘

桢《赠从弟》："凤凰集南岳，徘徊孤竹根。"《南史·范云传》："昔与将军俱为黄鹄，今将军化为凤皇。"

⑧这两句说自己汲汲于功名多年，但时运不济，感慨良多。承欢：迎合人意，承其欢颜。俦：筹划。纪：日月相会。《礼记·月令》："（季冬之月）是月也，日穷于次，月穷于纪。"汉郑玄注："纪，会也。"《吕氏春秋·季冬》："月穷于纪。"汉高诱注："月遇日相合为纪。月终纪，光尽而复生曰朔，故曰月穷于纪……一说……纪，道也。月穷于故宿，故曰穷于纪。"这里指自己没有得到机遇，即没能遇见像张吏部这样的人。

⑨这两句说自己有才能且志向远大，希望得到张吏部的援引。图南：《庄子·逍遥游》："北冥有鱼，其名为鲲……化而为鸟，其名为鹏……鹏之徙于南冥也，水击三千里，抟扶摇而上者九万里……背负青天而莫之夭阏者，而后乃今将图南。"后以"图南"比喻人的志向远大。唐杜甫《泊岳阳城下》："图南未可料，变化有鹍鹏。"微才：微小的才智。多用作谦词。三国魏曹植《求自试表》："如微才弗试，没世无闻……禽息鸟视，终于白首，此徒圈牢之养物，非臣之所志也。"此指诗人自己。

【辑评】

刘辰翁《孟浩然诗集》评点："其形容人物语如此，不觉其俗，弥见其高。"

和张判官登万山亭因赠洪府都曹韩[1]

韩公美襄土，日赏城西岑[2]。
结构意不浅，岩潭趣转深[3]。
皇华一动咏，荆国几遥吟[4]。
旧径兰勿翦，新堤柳欲阴[5]。
砌傍余怪石，沙上有闲禽[6]。
自牧豫章郡，空瞻枫树林[7]。

因声寄流水，善听在知音[8]。
耆旧眇不接，崔徐无处寻[9]。
物情多贵远，贤俊岂无今[10]。
迟尔长江暮，澄清一洗心[11]。

【题解】

此诗先追忆韩朝宗为荆州刺史时建亭、宴宾之事以及此后留下的遗迹；次写韩朝宗左迁洪州刺史，诗人睹物伤怀，赠诗寄意，有知己之叹；再写人情之冷暖，贱近贵远，身边无友如崔徐者；最后表达自己无奈的心情，那就是愿借湛湛江水洗涤心中的不快。

【校注】

①张判官："张"，活字本作"赵"，凌本、嘉靖本、丛刊本作"于"。名迹未详。判官，唐代节度、观察诸使之属官，掌管文书之事务。洪府都曹韩："都曹韩"，凌本、嘉靖本、丛刊本作"都督韩公"。都曹，当为"都督"，指洪州刺史韩朝宗。

②城西岑：指万山。万山在襄阳城西，故云。岑，小而高的山。三国魏阮籍《咏怀》诗之六："松柏翳冈岑，飞鸟鸣相过。"

③"结构"句：说构成此亭寄意非浅。结构：指万山亭。汉王延寿《鲁灵光殿赋》："详察其栋宇，观其结构。"唐李善注："高诱《吕氏春秋注》曰：结，交也；构，架也。"南朝齐谢朓《郡内高斋闲坐答吕法曹》："结构何迢递，旷望极高深。"唐李善注："结构，谓结连构架以成屋宇也。"

④皇华：对使者的美称。《诗·小雅》中的篇名。《序》谓："《皇皇者华》，君遣使臣也。送之以礼乐，言远而有光华也。"《国语·鲁语下》："《皇皇者华》，君教使臣曰：每怀靡及，诹、谋、度、询，必咨于周。"后因以"皇华"为赞颂奉命出使或出使者的典故。南朝齐王融《永明十一年策秀才文》："歌《皇华》而遣使，赋膏雨而怀宾。"此指韩朝宗。

⑤兰勿翦：《诗·召南·甘棠》："蔽芾甘棠，勿翦勿伐，召伯所茇。"《序》云："甘棠，美召伯也。召伯之教，明于南国。"此处颂美韩朝宗之德政。

⑥砌：台阶。南朝齐谢朓《直中书省》诗："红药当阶翻，苍苔依砌上。"唐陆龟蒙《白鸥》诗序："有白鸥翩然，驯于砌下，因请浮而玩之。"

⑦"自牧"二句：表达对韩朝宗的思念。牧：治理。豫章郡：即洪州。治今江西省南昌市。空瞻枫树林：代用战国宋玉《招魂》："湛湛江水兮上有枫，目极千里兮伤春心。"

⑧"因声"二句：用伯牙、钟子期故事。知音，指韩朝宗。

⑨耆旧：德高望重的老人。眇不接：久远不能相接。战国屈原《九章·哀郢》："心婵媛而伤怀兮，眇不知其所跖。"汉王逸注："眇，犹远也。"崔徐：崔州平、徐庶。与诸葛亮友善，曾隐居襄阳。此代指好友。《水经注·沔水》："溪（檀溪）之阳有徐元直、崔州平故宅，悉人居。故习凿齿与谢安书云：每省家舅，纵目檀溪，念崔、徐之交，未尝不抚膺踌躇，惆怅终日矣。"

⑩物情：物理人情，世情。三国魏嵇康《释私论》："情不系于所欲，故能审贵贱而通物情。"贤俊：才德出众之人。

⑪迟：等待。《荀子·修身》："故学曰迟，彼止而待我，我行而就之。"唐杨倞注："迟，待也。"晋谢安《与支遁书》："终日戚戚，触事惆怅，唯迟君来，以晤言消之。"洗心：洗涤心胸。比喻除去恶念或杂念。《易·系辞上》："圣人以此洗心。"《艺文类聚》卷三十引汉董仲舒《士不遇赋》："退洗心而内讼，固亦未知其所从。"唐徐浩《宝林寺作》："洗心听经论，礼足蠲凶灾。"

下赣石[①]

赣石三百里，沿洄千嶂间[②]。
沸声常浩浩，洊势亦潺潺[③]。
跳沫鱼龙沸，垂藤猿狖攀[④]。
榜人苦奔峭，而我忘险艰[⑤]。
放溜情深惬，登舻目自闲。
暝帆何处宿，遥指落星湾[⑥]。

【题解】

此诗写作者下赣石的经历。先写二十四滩水路之艰险，再写自己乘舟顺流的安闲神情，最后写日暮之时将停舟之处。

【校注】

①赣石：即今江西省赣江之十八滩。《陈书·高祖本纪》："六月，高祖发自南康，南康赣石旧有二十四滩，滩多巨石，行旅者以为难。高祖之发也，水暴起数丈，三百里间巨石皆没。"

②沿洄：顺流而下或逆流而上。唐韦应物《初发扬子寄元校书》："世事波上舟，沿洄安得住。"

③沸声：水流奔涌之声。浩浩：声势宏大。洊势：水流之势。洊，一次又一次；再次。南朝宋谢灵运《撰征赋》："溯江流之汤汤，洊赤圻以经复。"唐徐彦伯《石淙》："碧淀红涔嵚嶂间，淙嵌洑岨洊成湾。"潺潺：水流貌。三国魏曹丕《丹霞蔽日行》："谷水潺潺，木落翩翩。"三国魏曹叡《步出夏门行》："弱水潺潺，落叶翩翩。"

④跳沫：飞腾的浪花。汉司马相如《上林赋》："驰波跳沫，汩濦漂疾。"鱼龙：水族生物。北周庾信《哀江南赋》："草木之遇阳春，鱼龙之逢风雨。"沸：翻腾。猿狖：泛指猿猴。战国屈原《九章·涉江》："深林杳以冥冥兮，乃猿狖之所居。"

⑤榜人：船夫。汉司马相如《子虚赋》："榜人歌，声流喝。"晋郭璞注："《月令》曰：命榜人。榜人，船长也。"奔峭：指崩坍的崖岸。南朝宋谢灵运《七里濑》："孤客伤逝湍，徒旅苦奔峭。"唐李善注："《淮南子》曰：'岸峭者必陀。'许慎曰：'陀，落也。'然奔亦落也。"这句说船夫以峭岸崩落为苦。

⑥落星湾：在彭蠡湖中。《水经注·庐江水》："（彭蠡）湖中有落星石，周回百余步，高五丈，上生竹木。《传》曰：'有星坠此，因以名焉。'"《图经》："昔有星坠水，化为石，当彭蠡湾中，俗呼为落星湾。"《舆地纪胜》："（落星湾）夏秋之交，湖水方涨，则星石泛于波澜之上。至隆冬水涸，则可以步涉。"

【辑评】

王士禛《渔洋诗话》："孟浩然《下赣石》诗：'暝帆何处泊？遥指落星

湾。'落星湾在南康府，去赣亦千余里。顺流乘风，即非一日可达。古人诗，只取兴会超妙，不似后人章句，但作记里鼓也。"

赵执信《谈龙录》："阮翁后著《池北偶谈》，内一条云：'诗家惟论兴会，道里远近，不必尽合。'如孟诗'暝帆何处泊，遥指落星湾'，落星湾在南康云云，盖潜解前语也。噫！受言实难，夫遥指云者，不必此夕果泊也，岂可为浔阳解乎？"

行出竹东山望汉川①

异县非吾土，连山尽绿篁②。
平田出郭少，盘坂入云长③。
万壑归于汉，千峰划彼苍④。
猿声乱楚峡，人语带巴乡⑤。
石上攒椒树，藤间缀密房⑥。
雪余春未暖，岚解昼初阳⑦。
征马疲登顿，归帆爱渺茫⑧。
坐欣沿溜下，信宿见维桑⑨。

【题解】

此诗写作者出峡，经过竹东山所见到的景物，以及离家渐近时的轻松愉快之情。

【校注】

①诗题：活字本、凌本、嘉靖本、丛刊本、英华本作"行至汉川作"。竹东山：竹山县东之山。汉川：指汉水。

②异县：异地他乡。乐府《饮马长城窟行》："他乡各异县，辗转不可见。"非吾土：非自己之故乡。汉王粲《登楼赋》："虽信美而非吾土兮，曾何足以少留。"篁：竹丛；竹林。南朝宋谢庄《月赋》："若乃凉夜自凄，风篁成

韵。”唐李善注：“篁，竹丛生也。”

③盘坂：曲折的斜坡。坂，斜坡；山坡。汉王褒《九怀·株昭》：“骥垂两耳兮，中坂蹉跎；蹇驴服驾兮，无用日多。”唐戴叔伦《去妇怨》：“下坂车辚辚，畏逢乡里亲。”

④归于汉：归流于汉水。彼苍：《诗·秦风·黄鸟》：“彼苍者天，歼我良人。”唐孔颖达疏：“彼苍苍者，是在上之天。”后因以代称天。汉蔡琰《悲愤诗》：“彼苍者何辜，乃遭此厄祸。”

⑤人语带巴乡：当地人语言带有巴蜀口音。

⑥攒椒树：攒，簇聚，聚集。椒树，木名，即花椒。《诗·唐风·椒聊》：“椒聊之实，蕃衍盈升。”三国吴陆玑疏：“椒树似茱萸，有针刺，茎叶坚而滑泽。”密房：即蜜房，蜜蜂之巢。

⑦岚解：山林中的雾气消散。岚，山林中的雾气。南朝齐谢朓《临楚江赋》：“滔滔积水，袅袅霜岚。”唐王维《送方尊师归嵩山》：“瀑布杉松常带雨，夕阳彩翠忽成岚。”

⑧登顿：上下；行止。南朝宋谢灵运《过始宁墅》：“山行穷登顿，水涉尽洄沿。”唐李周翰注：“登顿，谓上下也。”归帆：归舟。南朝梁何逊《南还道中送赠刘咨议别诗》：“遽逐春流返，归帆得望家。”渺茫：辽阔貌。唐殷尧藩《送客游吴》：“吴国水中央，波涛白渺茫。”

⑨沿溜：顺流而下。信宿：连宿两夜。《诗·豳风·九罭》：“公归不复，于女信宿。”毛传：“再宿曰信……宿，犹处也。”此指两三日。《后汉书·蔡邕传论》：“董卓一旦入朝，辟书先下，分明枉结，信宿三迁。”唐李贤注：“谓三日之间，位历三台也。”晋陶渊明《晋故征西大将军长史孟府君传》：“及归，遂止信宿，雅相知得，有若旧交。”维桑：活字本作“扶桑”。英华本作“浮桑”。《诗·小雅·小弁》：“维桑与梓，必恭敬止。”毛传：“父之所树，己尚不敢不恭敬。”后以“维桑”指代故乡。唐骆宾王《秋夜送阎五还润州·序》：“阎五官言返维桑，修途指金陵之地；李六郎交深投漆，开筵浮白玉之樽。”

【辑评】

刘辰翁《孟浩然诗集》评点：“有朴有工，工处不失其朴。”

胡震亨《唐音癸签》:“孟浩然‘万壑归于汉,千峰划彼苍’,杜子美‘余力浮于海,端忧问彼苍’,对法正同。”

久滞越中贻谢甫池会稽贺少府[1]

陈平无产业,尼父倦东西[2]。
负郭共云翳,问津今亦迷[3]。
未能忘魏阙,空此滞秦稽[4]。
两见夏云起,再闻春鸟啼[5]。
怀仙梅福市,访旧若耶溪[6]。
圣主贤为宝,君何隐遁栖[7]。

【题解】

此诗写诗人贫居不甘,求仕无门,身在越中,心念魏阙的失落感;也写了圣主重贤,何必隐居,劝人积极进取的富贵观。

【校注】

①谢甫池:名迹未详,也是个山野隐居之人。会稽贺少府:会稽县尉贺朝。

②陈平无产业:晋左思《咏史八首》:“陈平无产业,归来翳负郭。”《汉书·陈平传》:“(陈平)少时家贫,好读书……家乃负郭穷巷,以席为门,然门外多长者车辙。”尼父:对孔子的尊称,孔子卒,鲁哀公诔孔子曰尼父。孔子周游列国,不见用,故云。《左传·哀公十六年》:“孔丘卒。哀公诔之曰:旻天不吊,不憖遗一老,俾屏余一人以在位,茕茕余在疚。呜呼,哀哉,尼父,无自律。”

③上句说身处穷闾隘巷,未尝干求。负郭:背靠城墙。翳:遮蔽。古代城墙之下,多为偏僻穷巷。《史记·苏秦列传》:“使我有洛阳负郭田二顷,吾岂能佩六国相印乎!”唐司马贞索隐:“负者,背也,枕也。近城之地……

故曰负郭。”下句说求仕不遂，今已迷路。

④秦稽：指会稽。境内有秦望、会稽两山，故名。

⑤这两句说滞留越中已一年有余。夏云：南朝梁任昉《答刘孝绰》：“兼称夏云尽，复陈秋树索。”春鸟：乐府古辞《伤歌行》：“春鸟翻南飞，翩翩独翱翔。”

⑥梅福市：即指会稽。《清一统志·浙江·绍兴府》：“梅市，在山阴县西三十里，相传以梅福得名。”

⑦圣主：圣明之君主。隐遁：隐居不仕。

送韩使君除洪州都曹韩公父尝为襄州使①

述职抚荆衡，分符袭宠荣②。
往来看拥传，前后赖专城③。
勿剪棠犹在，波澄水更清④。
重颁江汉治，旋改豫章行⑤。
召父多遗爱，羊公有令名⑥。
衣冠列祖道，耆旧拥前程⑦。
岘首晨风接，江陵夜火迎⑧。
无才惭孺子，千里愧同声⑨。

【题解】

此诗盛赞韩朝宗任职荆襄之惠政、令名，以及离别荆襄赴洪州的盛大场面，最后写自己受到韩朝宗的优遇而自愧无才报答之情。

【校注】

①韩使君：韩朝宗，开元二十四年（736年）任洪州刺史。使君，对州郡长官的尊称。除：拜官授职。洪州：凌本、嘉靖本作“洪府”。都曹：活字本、凌本、嘉靖本、丛刊本、英华本作“都督”。韩公父尝为襄州使：韩朝宗的父

亲韩思复，曾为襄州刺史。

②述职：《孟子·梁惠王下》："诸侯朝于天子曰述职。述职者，述所职也。"后用以指地方官向中央政府报告其职责内的工作。抚：治理。荆衡：《尚书·禹贡》："荆及衡阳，惟荆州。"这里泛指荆州、襄州等地区。因韩朝宗曾任襄州刺史兼山南东道采访使等职事。分符：犹剖符。谓帝王封官授爵，分与符节的一半作为信物。南朝宋鲍照《拟古八首》其三："留我一白羽，将以分符竹。"袭宠荣：承袭先人的荣耀。指韩朝宗继承其父，又荣任襄州刺史。

③拥传：谓出使。因使用驿站的车马，故云。唐杜审言《和李大夫嗣真奉使存抚河东》："拥传咸翘首，称觞竞比肩。"唐张众甫《送李司直使吴》："使臣方拥传，王事远辞家。"专城：指主宰一城的州牧、刺史之官。古乐府《日出东南隅》："三十侍中郎，四十专城居。"

④勿剪棠犹在：以召公拟韩朝宗，韩去官后留有政德，遗惠襄土。典出《诗·召南·甘棠》："蔽芾甘棠，勿翦勿伐，召伯所茇。"《史记·燕召公世家》："周武王之灭纣，封召公于北燕……召公巡行乡邑，有棠树，决狱政事其下，自侯伯至庶人各得其所，无失职者。召公卒，而民人思召公之政，怀棠树不敢伐，哥咏之，作《甘棠》之诗。"后遂以"甘棠"称颂循吏的美政和遗爱。《隶释·汉赵相雍劝阙碑》："至赵国府君，在官五载，莅政清平，有甘棠之化。"波澄水更清：水波清澄。喻政通人和，四海安宁。

⑤江汉治：指韩朝宗治理江汉一带之政绩。豫章：指洪州。

⑥召父：指西汉时南阳太守召信臣。《汉书·召信臣传》："为人勤力有方略，好为民兴利，务在富之。……吏民亲爱信臣，号之曰召父。"羊公：指晋代羊祜。《晋书·羊祜传》："羊祜字叔子，泰山南城人也。……必造岘山……湛曰：'公德冠四海，道嗣前哲，令闻令望，必与此山俱传。'"令名：美名，美好的声誉。《左传·襄公二十四年》："侨闻君子长国家者，非无贿之患，而无令名之难。"南朝宋鲍照《行京口至竹里》："君子树令名，细人效命力。不见长河水，清浊俱不息。"

⑦衣冠：指士大夫。祖道：古代为出行者祭祀路神，并饮宴送行。《史记·滑稽列传》："故所以同官待诏者，等比祖道于都门外。"《汉书·刘屈氂

传》："贰师将军李广利将兵出击匈奴，丞相为祖道，送至渭桥。"唐颜师古注："祖者，送行之祭，因设宴饮焉。"

⑧岘首：指襄阳岘山。江陵：今湖北省江陵县。夜火：夜晚的灯火。

⑨孺子：东汉徐稺字孺子。同声：声音相同。比喻志趣相同者。汉贾谊《新书・胎教》："故同声则处异而相应，意合则未见而相亲。"晋陆机《驾言出北阙行》："良会罄美服，对酒宴同声。"

卢明府九日宴袁使君张郎中崔员外①

宇宙谁开辟，江山此郁盘②。
登临今古用，风俗岁时观③。
地理荆州分，天涯楚塞宽④。
百城今刺史，华省旧郎官⑤。
共美重阳节，俱怀落帽欢⑥。
酒邀彭泽载，琴辍武城弹⑦。
献寿先浮菊，寻幽或藉兰⑧。
烟虹铺藻丽，松竹挂衣冠。
叔子神如在，山公兴欲阑⑨。
传闻骑马醉，还向习池看⑩。

【题解】

此诗为重阳节登岘山宴赏之作，抒发了宴会宾主的逸兴豪情。

【校注】

①卢明府：襄阳令卢僎。九日：九月九日重阳节。袁使君：名迹未详。张郎中：指张子容，曾官户部郎中。崔员外：名迹未详。

②郁盘：南朝梁徐悱《古意酬到长史溉登琅邪城》："此江称豁险，兹山

复郁盘。”唐吕延济注：“郁盘，重厚貌。”

③风俗：风尚习俗。此指重阳节登高，饮菊花酒风俗。汉班固《东都赋》：“东都主人喟然而叹曰：痛乎风俗之移人也。”岁时：每年一定的季节或时间。《周礼·地官·州长》：“若以岁时祭祀州社，则属其民而读法。”清孙诒让正义：“此云岁时，唯谓岁之二时春、秋耳。”唐元稹《告赠皇祖祖妣文》：“叔仲伯季、姊妹、诸姑洎友婿、弥孙，岁时与会集者，百有余人。”此指九月九日重阳节。

④地理荆州分：襄阳在东汉、西晋时为荆州治所，西魏时改置襄州。岘山在襄阳县南，位处荆川之中，约可半分荆州之地。天涯楚塞宽：登岘山远眺，极目天涯，可知楚塞腹地之宽广。楚塞，湖北宜昌东南长江两岸有虎牙、荆门两山夹江对峙，自古称之为楚之西塞。

⑤百城：指各个城邑。三国魏曹植《又赠丁仪王粲》：“壮哉帝王居，佳丽殊百城。”借指各地的地方官。汉潘勖《册魏公九锡文》：“刘表背诞，不供贡职，王师首路，威风先逝，百城八郡，交臂屈膝。”此指州郡长官。刺史：州郡行政长官。此指卢明府、袁使君。华省：指清贵者的官署。郎官：指侍郎、郎中、员外郎等官职。此指张郎中、崔员外。

⑥落帽：《晋书·孟嘉传》：“（嘉）后为征西桓温参军，温甚重之。九月九日，温燕龙山，寮佐毕集。时佐吏并着戎服，有风至，吹嘉帽堕落，嘉不之觉。温使左右勿言，欲观其举止。嘉良久如厕，温令取还之，命孙盛作文嘲嘉，着嘉坐处。嘉还见，即答之，其文甚美，四坐嗟叹。”后因以“落帽”作为重九登高的典故。唐钱起《九日闲居寄登高数子》：“今朝落帽客，几处管弦留。”

⑦酒邀彭泽载：即“彭泽邀载酒”。《续晋阳秋》：“陶潜九月九日无酒，于宅边菊丛中坐，望见白衣人，乃王弘送酒也。即便就酌，醉而后归。”琴辍武城弹：即“武城辍弹琴”。《论语·阳货》：“子之武城，闻弦歌之声，夫子莞尔而笑。”宋朱熹注：“时子游为武城宰，以礼乐为教，故邑人皆弦歌也。”此处指卢明府暂辍公务而登高游宴。

⑧献寿：献酒祝寿。南朝宋颜延之《七释》：“昵宾献寿，中人奉膳。”浮菊：饮菊花酒。汉刘歆《西京杂记》：“九月九日佩茱萸，食蓬饵，饮菊花酒，令人长寿。菊花舒时，并采茎叶，杂黍米酿之，至来年九月九日始熟，就饮

焉，故谓之菊花酒。”浮，犹泛，谓饮。藉兰：宋本作“坐兰”。活字本作“籍兰”。凌本、嘉靖本、丛刊本作“藉兰”，据改。南朝梁江淹《从冠军建平王登庐山香炉峰》：“藉兰素多意，临风默含情。”唐李善注：“《啸赋》曰：藉皋兰之倚靡。”言以兰草为席，坐卧其上。

⑨叔子：晋代羊祜字叔子。山公：晋代山简。阑：将尽；将完。《史记·高祖本纪》：“酒阑，吕公因目固留高祖。”三国魏嵇康《琴赋》：“于是曲引向阑，众音将歇。”

⑩习池：襄阳习家池。

宴崔明府宅夜观妓①

画堂观妙妓，长夜正留宾②。
烛吐莲花艳，妆成桃李春③。
髻鬟低舞席，衫袖掩歌唇④。
汗湿偏宜粉，罗轻讵着身。
调移筝柱促，欢会酒杯频⑤。
倘使曹王见，应嫌洛浦神⑥。

【题解】

此诗盛赞歌舞妓之美。画堂之华美，灯烛之辉煌，歌妓之艳妆，琴技之高妙，宾主之酒兴，一切都写得流光溢彩，给人以身临其境之感。

【校注】

①宋本无此首，据刘本、活字本、凌本、嘉靖本、丛刊本补。诗题：刘本、凌本无“夜”字。崔明府：名迹未详。明府，县令。观妓：观赏妓人歌舞。

②画堂：泛指华丽之厅堂。妙妓：美妓。三国魏曹植《七启》：“亦将有才人妙妓，遗世越俗。”长夜：即夜长。战国宋玉《九辩》：“去白日之昭昭兮，袭长夜之悠悠。”

③上句说烛台作荷花状，燃烛则艳丽如花开。与南朝梁萧纲《对烛赋》"铜芝抱带复缠柯，金藕相萦共吐荷"句相似。下句说群妓浓妆，娇艳如当春桃李。桃李：喻人的青春年少。三国魏曹植《杂诗七首》其四："南国有佳人，容华若桃李。"明徐渭《又启严公》："誓将收桑榆之效，以毋贻桃李之羞，一雪此言，庶酬雅志。"

④髻鬟：古时妇女发式，将头发环曲束于顶。北周庾信《春赋》："髻鬟高而畏风，眉将柳而争绿。"舞席：舞蹈时用以铺地的席子。南朝陈徐陵《走笔戏书应令》："舞席秋来卷，歌筵无数尘。"唐王勃《九成宫颂》："风闺夕敞，携少女于歌筵；月幌宵胧，下姮娥于舞席。"

⑤调移：曲调改换。筝柱促：筝上弹奏之声音急迫。筝柱，筝上的弦柱。每弦一柱，可移动以调定声音。唐钱起《送崔十三东游》："千里有同心，十年一会面。当杯缓筝柱，倏忽催离宴。"唐李商隐《独居有怀》："浦冷鸳鸯去，园空蛱蝶寻。蜡花长递泪，筝柱镇移心。"

⑥曹王：指三国时魏陈王曹植。洛浦：指洛神。唐梁锽《名姝咏》："临津双洛浦，对月两嫦娥。"洛神，传说中的洛水女神，即宓妃。曹植著有《洛神赋》，描写洛水女神宓妃之神态极美。此处夸赞歌妓容态歌舞之美。

【辑评】

刘辰翁《孟浩然诗集》评点："语不深入而佳。"

韩大使东斋会岳上人诸学士①

郡守虚陈榻，林闲召楚材②。
山川祈雨毕，品物喜晴开③。
抗礼尊缝掖，临流揖渡杯④。
徒攀朱仲李，更荐和羹梅⑤。
翰墨缘情制，高深以意裁⑥。
沧洲趣不远，何必问蓬莱。

【题解】

此诗记韩大使在东斋官邸宴请僧儒之事,显示出韩大使博大的胸襟,大家平等以礼相待,缘情作诗,随意评骘,挥洒淋漓。作者觉得兴会异常,快意十足。

【校注】

①韩大使:指韩朝宗,时任襄州刺史兼山南东道采访使,故称。岳上人:名迹未详。

②郡守:州郡长官,主宰一郡之政事,唐改称刺史。此处用典说明韩大使对自己的礼遇。陈榻:"陈蕃榻"之省。东汉陈蕃为太守,在郡不接宾客,唯徐穉来特设一榻,去则悬之。后因以"陈蕃榻"为礼贤下士之典。唐张九龄《候使登石头驿楼作》诗:"自守陈蕃榻,尝登王粲楼。"唐李白《寄崔侍御》诗:"高人屡解陈蕃榻,过客难登谢朓楼。"

③祈雨:久旱而求神降雨。品物:犹万物。《易・乾》:"云行雨施,品物流形。"汉蔡邕《太尉汝南李公碑》:"惟清惟敏,品物以熙。"唐刘肃《大唐新语・厘革》:"宜革前弊,庶上下交泰,品物咸通。"

④抗礼:以平等的礼节相待。《史记・货殖列传》:"子贡结驷连骑,束帛之币以聘享诸侯,所至,国君无不分庭与之抗礼。"缝掖:亦作"逢掖""缝腋"。大袖单衣,古儒者所服。亦指儒者。《后汉书・王符传》:"徒见二千石,不如一缝掖。"唐李贤注:"《礼记・儒行》:'孔子曰:"丘少居鲁,衣逢掖之衣。"'郑玄注曰:'逢犹大也。大掖之衣,大袂单衣也。'"《旧唐书・李邕传》:"陛下若以臣之贱不足以赎邕,雁门缝掖有效矣。"渡杯:释杯渡(亦作杯度),东晋、南朝宋时僧人,不知姓名。相传其常乘一木杯渡河,因号曰杯渡。见南朝梁慧皎《高僧传・神异・杯渡》。后以"渡杯"泛指僧人云游所携之物。唐苏味道《和武三思于天中寺寻复礼上人之作》:"企躅瞻飞盖,攀游想渡杯。"唐刘长卿《自道林寺西入石路至麓山寺过法崇禅师故居》:"惆怅湘江水,何人更渡杯。"此指岳上人。

⑤朱仲李:朱仲栽培的李树。晋潘岳《闲居赋》:"周文弱枝之枣,房陵朱仲之李。"唐李周翰注:"房陵有朱仲者,家有缥李,代所希有。"和羹:配以

不同调味品而制成的羹汤。《书·说命下》："若作和羹，尔惟盐梅。"孔传："盐，咸；梅，醋。羹须咸醋以和之。"南朝宋宗炳《答何衡阳书》："贝锦以繁采发华；和羹以盐梅致旨。"后用以比喻大臣辅助君主综理国政。唐钱起《陪郭常侍令公东亭宴集》："不愁欢乐尽，积庆在和羹。"

⑥翰墨：此指诗篇。缘情：借指作诗。晋陆机《文赋》："诗缘情而绮靡，赋体物而浏亮。"唐李善注："诗以言志，故曰缘情；赋以陈事，故曰体物。"唐王勃《平台秘略论·文艺》："故文章，经国之大业，不朽之能事，而君子所役心劳神，宜于大者、远者，非缘情体物，雕虫小技而已。"

初年乐城馆中卧疾怀归作①

异县天隅僻，孤帆海畔过②。
往来乡信断，留滞客情多③。
腊月闻雷震，东风感岁和④。
蛰虫惊户穴，巢鹊眄庭柯⑤。
徒对芳樽酒，其如伏枕何⑥。
归来理舟楫，江海正无波。

【题解】

此诗为作者滞留浙江温州卧病思归之作。先写远滞天涯，思归之情频频触动；次写沿海春早，物候已显丰年之象；再写抱病思归。

【校注】

①初年：年初。乐城：今浙江省乐清市。怀归：思归故乡。

②天隅：天边。晋张华《鹪鹩赋》："鹪螟巢于蚊睫，大鹏弥乎天隅。"

③客情：客旅的情怀。南朝宋鲍照《代东门行》："伤禽恶弦惊，倦客恶离声。离声断客情，宾御皆涕零。"唐姚揆《颍州客舍》："乡梦有时生枕上，客情终日在眉头。"

④腊月：农历十二月。岁和：年和，一年风调雨顺。

⑤蛰虫：冬眠之虫。《礼记·月令》："孟春之月……东风解冻，蛰虫始振。"唐孔颖达疏："言蛰虫始振者，谓正月中气之时，蛰虫得阳气，初始振动。"户穴：洞穴。南朝宋谢灵运《登石门最高顶》诗："长林罗户穴，积石拥基阶。"巢鹊：营巢之鹊。《诗·召南·鹊巢》："维鹊有巢。"宋朱熹集传："鹊善为巢，其巢最为完固。"《礼记·月令》："季冬之月……雁北乡，鹊始巢。"眄：斜视。庭柯：庭树。晋陶渊明《归去来兮辞》："引壶觞以自酌，眄庭柯以怡颜。"这句说营巢之鹊斜着眼看庭园中的树木。

⑥芳樽：精致的酒器。亦借指美酒。《晋书·阮籍等传论》："嵇阮竹林之会，刘毕芳樽之友。"唐李颀《夏宴张兵曹东堂》："云峰峨峨自冰雪，坐对芳樽不知热。"唐杜甫《赠虞十五司马》："过逢连客位，日夜倒芳樽。"伏枕：伏卧在枕上。《诗·陈风·泽陂》："寤寐无为，辗转伏枕。"此指卧病在床的人。唐杜甫《秋兴八首》其二："画省香炉违伏枕，山楼粉堞隐悲笳。"

上巳日涧南园期王山人陈七诸公不至①

摇艇候明发，花源弄晚春②。
在山怀绮季，临汉忆荀陈③。
上巳期三日，浮杯兴十旬④。
坐歌空有待，行乐恨无邻⑤。
日晚兰亭北，烟开曲水滨⑥。
浴蚕逢姹女，采艾值幽人⑦。
石壁堪题序，沙场妙解神⑧。
群公望不至，虚掷此芳辰⑨。

【题解】

此诗写作者自朝至暮皆在等候友人并希望与之共度上巳节日的情景。

【校注】

①上巳：旧时节日名。汉以前以农历三月上旬巳日为“上巳”；魏晋以后，定为三月三日，不必取巳日。《后汉书·礼仪志上》：“是月上巳，官民皆洁于东流水上，曰洗濯祓除去宿垢疢为大洁。”唐席元明《三月三日宴王明府山亭》：“日惟上巳，时亨有巢。”宋吴自牧《梦粱录·三月》：“三月三日上巳之辰，曲水流觞故事，起于晋时。唐朝赐宴曲江，倾都禊饮踏青，亦是此意。”王山人：指王迥。陈七：名迹未详。

②明发：黎明；平明。《诗·小雅·小宛》：“明发不寐，有怀二人。”宋朱熹集传：“明发，谓将旦而光明开发也。”唐王维《春夜竹亭赠钱少府归蓝田》诗：“羡君明发去，采蕨轻轩冕。”

③绮季：绮里季的简称。汉初隐士，“商山四皓”之一。据《史记·留侯世家》记载：四皓隐居商山，汉高祖征召，不应。后高祖欲废太子，吕后用留侯计，厚礼卑辞，迎请四皓，使辅太子。一日高祖置酒，太子侍，四皓从太子。高祖曰：羽翼成矣。遂辍废太子之事。三国魏嵇康《琴赋》：“于是遁世之士，荣期、绮季之俦，乃相与登飞梁，越幽壑，援琼枝，陟峻崿，以游乎其下。”唐李商隐《商于》：“割地张仪诈，谋身绮季长。”此指王山人。临汉：临近汉水。荀陈：《世说新语·品藻》：“正始中，人士比论，以五荀方五陈：荀淑方陈寔，荀靖方陈谌，荀爽方陈纪，荀彧方陈群，荀觊方陈泰。”皆为东汉名士。此以荀、陈比陈七诸公。

④浮杯：古人每逢三月上旬的巳日集会水渠旁，在上流放置酒杯，任其飘浮，停在谁的面前，谁即取饮，叫作“浮杯”。晋潘岳《闲居赋》：“浮杯乐饮，丝竹骈罗。”唐吕向注：“浮杯，流杯也。”《荆楚岁时记》：“三月三日，士民并出江渚池沼间，为流杯曲水之饮。”十旬：酒名。亦代指酒。汉张衡《南都赋》：“酒则九酝甘醴，十旬兼清。”唐李善注：“十旬，盖清酒百日而成也。”唐刘良注：“九酝、十旬皆酒名。”唐刘禹锡《和乐天以镜换酒》：“把取菱花百炼镜，换他竹叶十旬杯。”

⑤坐歌：聊歌。有待：等待。无邻：没有伴侣。汉陆贾《新语·慎微》：“寂寞而无邻，寥廓而独寐。”

⑥兰亭：在今浙江省绍兴市西南。晋王羲之《兰亭集序》：“永和九年，

岁在癸丑，暮春之初，会于会稽山阴之兰亭，修禊事也。”曲水：古代风俗，于农历三月上巳日就水滨宴饮，认为可祓除不祥，后人因引水环曲成渠，流觞取饮，相与为乐，称为曲水。晋王羲之《兰亭集序》：“又有清流激湍，映带左右，引以为流觞曲水，列坐其次。”唐元稹《代曲江老人》：“曲水流觞日，倡优醉度旬。”

⑦浴蚕：浸洗蚕子，育选良种。姹女：少女；美女。《后汉书・五行志一》：“河间姹女工数钱，以钱为室金为堂。”唐罗邺《自遣》：“春巷摘桑喧姹女，江船吹笛舞蛮奴。”采艾：采摘艾草。值：遇到。幽人：指隐居者。

⑧题序：题写诗序。作者有为序之意。沙场：沙滩。解神：犹酬神，祈神还愿。《南史・王敬则传》：“劫帅既出，敬则于庙中设酒会，于坐收缚曰：‘吾启神，若负誓，还神十牛。今不得违誓。’即杀十牛解神，并斩诸劫，百姓悦之。”

⑨虚掷：白白地丢弃、扔掉。唐韩愈《李花赠张十一署》：“只今四十已如此，后日更老谁论哉？力携一樽独就醉，不忍虚掷委黄埃。”芳辰：即良辰。《初学记》引梁元帝《纂要》：“辰曰良辰、嘉辰、芳辰。”

送莫氏外生兼诸昆季从马入西军①

念尔习诗礼，未尝违户庭②。
平生早偏露，万里更飘零③。
坐弃三牲养，行观八阵形④。
饰装辞故里，谋策赴边庭⑤。
壮志吞鸿鹄，遥心伴鹡鸰。
所从文与武，不战自应宁⑥。

【题解】

此诗先写外甥早孤苦读，未尝离家，今则投笔从戎，远赴边庭；次写外甥有鸿鹄之志和友爱之心；最后写军中长官具有文韬武略，能不战而屈人之兵，边地必能安宁。

【校注】

①诗题：活字本、丛刊本作“送莫氏外甥兼诸昆弟从韩司马入西军”。莫氏外生：即姓莫的外甥，名迹未详。昆季：兄弟。长为昆，幼为季。从马：当为“从韩司马”。韩司马，名迹未详。唐代司马为州郡佐官。西军：当指戍守西陲之军队。

②户庭：家门。南朝宋鲍照《还都道中作》：“未尝违户庭，安能千里游。”

③偏露：谓父死，失去荫庇保护。飘零：漂泊流离。北周庾信《哀江南赋》：“将军一去，大树飘零。”

④三牲：牛、羊、豕。俗谓大三牲。《孝经·纪孝行》：“虽日用三牲之养，犹不为孝也。”宋邢昺疏：“三牲，牛、羊、豕也。”晋葛洪《抱朴子·道意》：“太牢三牲，曷能济焉！”八阵形：古代作战的阵法。八阵名目不一，常见有：其一，《文选·班固〈封燕然山铭〉》：“勒以八阵。”唐李善注引《杂兵书》：“八阵者，一曰方阵，二曰圆阵，三曰牝阵，四曰牡阵，五曰冲阵，六曰轮阵，七曰浮沮阵，八曰雁行阵。”其二，唐李筌《神机制敌太白阴经·阵图》：“天阵居乾为天门，地阵居坤为地门，风阵居巽为风门，云阵居坎为云门，飞龙居震为飞龙门，虎翼居兑为虎翼门，鸟翔居离为鸟翔门，蛇盘居艮为蛇盘门；天、地、风、云为四正门，龙、虎、鸟、蛇为四奇门，乾、坤、艮、巽为阖门，坎、离、震、兑为开门。”其三，宋王应麟《小学绀珠·制度·八阵》：“八阵：洞当、中黄、龙腾、鸟飞、折冲、虎翼、握机、衡。”传为三国蜀诸葛亮所作。

⑤饰装：整装。谋策：出谋划策。边庭：边地，边疆。南朝梁吴均《入关》：“羽檄起边庭，烽火乱如萤。”

⑥不战：不须战争。《孙子·谋攻》：“是故百战百胜，非善之善者也。不战而屈人之兵，善之善者也。”

岘山送萧员外之荆州①

岘山江岸曲，郢水郭门前②。
自古登临处，非今独黯然③。
亭楼明落照，井邑秀通川④。
涧竹生幽兴，林风入管弦。
再飞鹏激水，一举鹤冲天⑤。
伫立三荆使，看君驷马旋⑥。

【题解】

此诗为送别诗。先写送别之地，次写饯别之场面与周围之景色，最后表达对萧员外出使荆州成功之祝愿。

【校注】

①宋本无此首，据刘本、活字本、凌本、嘉靖本、丛刊本补。萧员外：指萧诚。曾任司勋员外郎。

②郢水：指汉水。

③黯然：感伤沮丧貌。南朝梁江淹《别赋》："黯然销魂者，唯别而已矣。"唐李善注："言黯然，魂将离散者，唯别而然也。"唐柳宗元《别舍弟宗一》："零落残魂倍黯然，双垂别泪越江边。"

④井邑：城镇；乡村。《周礼·地官·小司徒》："九夫为井，四井为邑。"晋陆云《答张士然》："修路无穷迹，井邑自相循。"唐杜甫《题忠州龙兴寺所居院壁》："忠州三峡内，井邑聚云根。"通川：交通便利。此指濒临汉水，水陆兼通。

⑤鹏激水：喻前程远大。《庄子·逍遥游》："鹏之徙于南冥也，水击三千里，抟扶摇而上者九万里。"一举：《汉书·张良传》："鸿鹄高飞，一举千里。羽翼以就，横绝四海。"鹤冲天：喻一鸣惊人，青云直上。《史记·滑稽列传》："王曰：'此鸟不飞则已，一飞冲天；不鸣则已，一鸣惊人。'"

⑥三荆：后魏置荆州于穰县（今河南邓州），置南荆州于安昌（今河南确山），置东荆州于泚阳（今河南泌阳），谓之三荆。此泛指荆州。三荆使，指出使荆州之萧员外。驷马：本指驾一车之四马。《老子》：“虽有拱璧，以先驷马，不如坐进此道。”《史记·管晏列传》：“其夫为相御，拥大盖，策驷马，意气扬扬，甚自得也。”此指显贵者所乘的驾四匹马的高车。表示地位显赫。唐许浑《将赴京师留题孙处士山居》：“应学相如志，终须驷马回。”

【辑评】

刘辰翁《孟浩然诗集》评点：“写入中对，自旷，自痴。”（谓“自古”二句）

送昌龄王君之岭南①

洞庭去远近，枫叶早经秋②。
岘首羊公爱，长沙贾谊愁。
土毛无缟纻，乡味有查头③。
已抱沉痼疾，更贻魑魅忧④。
数年同笔砚，兹夕异衾裯⑤。
意气今何在，相思望斗牛⑥。

【题解】

此诗为送别诗。先写送别之时令、客行之方向、饯别之处与将要到达之地；次写临别之际没有土产相赠，只能飨以查头鳊鱼；再写诗人抱病别友，愈益增忧；最后写别后相思，望斗牛而兴叹。

【校注】

①岭南：亦称岭外、岭表。唐贞观时置岭南道，因在五岭以南，故名。即今之广东、广西一带。《初学记》：“岭南道者，禹贡扬州之南境，其地皆粤之分。自岭而南至海，尽其地。”

②洞庭：即洞庭湖，为襄阳去岭南的必经之地。战国屈原《九歌·湘夫

人》:“袅袅兮秋风,洞庭波兮木叶下。”

③土毛:本指土地上生长的五谷、桑麻、菜蔬等植物,后亦泛指土产。《左传·昭公七年》:“天子经略,诸侯正封,古之制也。封略之内,何非君土?食土之毛,谁非君臣?”晋杜预注:“毛,草也。”《后汉书·马融传》:“其土毛则推牧荐草,芳茹甘荼。”《北史·高丽传》:“高丽系诚天极,累叶纯诚,地产土毛,无愆王贡。”缟纻:本指白色生绢及细麻。《左传·襄公二十九年》:“(吴季札)聘于郑,见子产,如旧相识。与之缟带,子产献纻衣焉。”后因以“缟纻”喻深厚的友谊。亦指朋友间的互相馈赠。北周宇文逌《庾信集·序》:“余与子山,夙期款密,情均缟纻,契比金兰。”唐韩愈《祭郴州李使君文》:“授缟纻以托心,示兹诚之不谬。”

④痼疾:积久难治的病。《东观汉记·光武帝纪》:“是时醴泉出于京师,郡国饮醴泉者,痼疾皆愈,独眇蹇者不瘥。”晋葛洪《抱朴子·微旨》:“抱痼疾而言精和鹊之技,屡奔北而称究孙吴之算,人不信者,以无效也。”贻:给予。魑魅:古谓能害人的山泽之神怪。亦泛指鬼怪。《汉书·王莽传中》:“敢有非井田圣制,无法惑众者,投诸四裔,以御魑魅。”唐颜师古注:“魑,山神也。魅,老物精也。”汉张衡《东京赋》:“捎魑魅,斫獝狂。”三国吴薛综注:“魑魅,山泽之神。”唐卢纶《割飞二刀子歌》:“刀乎刀乎何烨烨,魑魅须藏怪须慑。”

⑤异衾裯:指别离。衾裯,指被褥床帐等卧具。语出《诗·召南·小星》:“肃肃宵征,抱衾与裯,实命不犹。”《宋史·赵君锡传》:“母亡,事父良规,不违左右,夜则寝于傍。凡衾裯薄厚、衣服寒温……《内则》所载者,无不亲之。”

⑥意气:情谊,恩义。汉司马迁《报任少卿书》:“曩者辱赐书,教以慎于接物,推贤进士为务,意气勤勤恳恳。”唐骆宾王《帝京篇》:“故人有湮沦,新知无意气。”斗牛:二十八宿中的斗宿和牛宿。北周庾信《哀江南赋》:“路已分于湘汉,星犹看于斗牛。”唐贾岛《逢博陵故人彭兵曹》:“踏雪携琴相就宿,夜深开户斗牛斜。”泛指吴越地区。因其当斗、牛二宿之分野,故称。此指王昌龄所去的岭南。

【辑评】

李梦阳《孟浩然诗集》评点:“王孟略相亚,不愧同学。”

卷三

五言律诗

与诸子登岘山[①]

人事有代谢，往来成古今[②]。
江山留胜迹，我辈复登临[③]。
水落鱼梁浅，天寒梦泽深。
羊公碑字在，读罢泪沾襟[④]。

【题解】

此诗为吊古伤今之作。东晋羊祜镇守荆襄时，常到岘山置酒言咏，亦抒发过江山依旧，人生短暂的感慨。孟浩然在这首诗中再度发挥这个亘古的主题。

【校注】

①诸子：诸君。岘山：又称岘首山，在湖北省襄阳市南。

②代谢：指新旧更迭，交替。

③前四句暗用羊祜故事。胜迹：指羊祜的堕泪碑等遗迹。据《晋书·羊祜传》记载，有一次，羊祜对同游者喟然叹曰："自有宇宙，便有此山，由来贤达胜士，登此远望如我与卿者多矣，皆湮灭无闻，使人悲伤！"羊祜生前有政绩，死后，襄阳百姓于岘山建碑立庙，"岁时飨祭焉。望其碑者，莫不流涕"。晋杜预因名为"堕泪碑"。

④羊公碑：即"堕泪碑"。此处"泪沾襟"一则照应"堕泪碑"之典故；又则，抒发了作者有宦达仕进的愿望，却以隐居沦落终了，自伤弗如羊公，遗爱人间，与江山不朽，感伤落泪。

【辑评】

刘辰翁《孟浩然诗集》评点："不必苦思，自然好。苦思复不能及。"又："起得高古，略无粉色，而情境具称。悲慨甚于形容，真岘山诗也。复有能言，亦在下风。"

李沂《唐诗援》："结语妙在不翻案。后人好议论，殊觉多事，乃知诗中著议论定非佳境。"又："孟诗一味简淡，意足便止，不必求深，自可空前绝后。子美云：'吾爱襄阳孟浩然，新诗句句尽堪传。'太白云：'吾爱孟夫子，风流天下闻。'二公推服如此，岂虚语哉！"

李维桢《唐诗隽》："悲愁感慨，情景俱胜。"

唐汝询《唐诗解》："此登览而发吊古之思也。"

周珽《唐诗选脉会通评林》："只次联二句，多少今昔之感。"

邢昉《唐风定》："风神兴象，空灵淡远，一味神化，中、晚涉意，去之千里矣。"

徐增《而庵说唐诗》："'我辈'二字，浩然何等自负，却在登临上说，尤妙。"

刘邦彦《唐诗归折衷》："死后有知，魂魄犹应登此。昔人所为兴慨也。读罢沾襟，能自已乎？"

沈德潜《唐诗别裁》："清远之作，不烦改苦著力。"

吴昌祺《删订唐诗解》："非有深思，而意趣清迥。"

黄叔灿《唐诗笺注》："起二句即是岘山吊古意。"

张文荪《唐贤清雅集》："具此襟怀，方可作诗。漫言吊古者未许梦见，妙处只是情深。"

顾安《唐律消夏录》："结语妙在前半首说得如此旷达，而究竟不免于堕泪也，悲夫！"

陈仅《竹林答问》："……即如登岘山者，胸中谁不有羊公数语，而孟浩然'人事有代谢'四句，更有人再能着笔否？此可隅反。"

岳阳楼①

八月湖水平，含虚混太清②。
气蒸云梦泽，波动岳阳城③。
欲济无舟楫，端居耻圣明④。
坐观垂钓者，空有羡鱼情⑤。

【题解】

此诗是一首干谒诗。唐玄宗开元二十一年（733年），孟浩然曾西游长安，写了这首诗赠当时在相位的张九龄，表达了从政的热情，目的是想得到张的赏识和录用。只是为了身份，才写得委婉，极力泯灭那干谒的痕迹。

【校注】

①诗题：活字本、凌本、嘉靖本、丛刊本作"临洞庭"。英华本作"望洞庭湖上张丞相"。

②这两句极言洞庭湖的烟波浩渺。八月秋水上涨，与岸齐平。天空反照如涵泳其中，以致天水上下混而为一。含虚：谓虚若无物。形容透明。唐高适《同朱五题卢使君义井》："体清能鉴物，色洞每含虚。"太清：天空。《鹖冠子·度万》："唯圣人能正其音，调其声，故其德上及太清，下及太宁，中及万灵。"宋陆佃注："太清，天也。"汉刘向《九叹·远游》："譬若王侨之乘云兮，载赤霄而凌太清。"汉王逸注："上凌太清，游天庭也。"唐高适《登积石军多福七级浮图》："七级凌太清，千崖列苍翠。"

③这两句实写洞庭湖。云梦泽水气蒸腾，岳阳城受到波涛震撼。古代"云""梦"本是二泽，在湖北省大江南北，江南为梦，江北为云，并称云梦泽。宋范致明《岳阳风土记》："孟浩然洞庭诗有'波撼岳阳城'，盖城据湖东北，湖面百里，常多西南风，夏秋水涨，涛声喧如万鼓，昼夜不息。"

④上句自叹欲渡洞庭湖而无舟楫，暗喻要出来做官却没有人接引；下

句直言身处太平盛世，闲居无事，有负“圣明”之世。端居：平常居处。圣明：英明圣哲，称颂帝王之辞。此指因皇帝圣明而出现清平盛世。

⑤这两句借用典故进一步抒发出仕的思想，苦于无人举荐，徒有从政愿望而已。坐观：旁观。羡鱼：喻空存想望。《淮南子·说林训》：“临河而羡鱼，不如归家织网。”

【辑评】

曾季狸《艇斋诗话》：“老杜有《岳阳楼》诗，孟浩然亦有。浩然虽不及老杜，然‘气蒸云梦泽，波撼岳阳城’，亦自雄壮。”

刘辰翁《孟浩然诗集》评点：“起得浑浑称题，而气概横绝，朴不可易。‘端居’感兴深厚。”

方回《瀛奎律髓》：“予登岳阳楼，此诗大书左序球门壁间，右书杜诗，后人自不敢复题也。刘长卿有句云：‘叠浪浮元气，中流没太阳。’世不甚传，他可知也。”

杨慎《升庵诗话》：“孟浩然：‘八月湖水平，涵虚混太清。’虽律也，而含古意，皆起句之妙，可以为法，何必效晚唐哉？”

蒋一葵《唐诗选笺释》：“‘八月’补题不足。‘涵虚混太清’五字，分明秋水澄潭。后四句寓己意。”

许学夷《诗源辩体》：“浩然‘八月湖水平’一篇，前四句甚雄壮，后稍不称，且‘舟楫’‘圣明’以赋对比，亦不工。或以此为孟诗压卷，故表明之。”

胡震亨《唐音癸签》引皎然云：“诗惟情格并高，可称上品。其虽有事非用事者，若论其功合入上格，至有三字物名之句，仗语而成，用功殊少。如孟浩然云：‘气蒸云梦泽，波撼岳阳城。’自天地二气初分，即有此六字，假孟生之才，加其四字，何功可伐，即欲索入上流耶？彼情格极高，则不可屈；若稍下，吾请降之于高等之外，以惩彼滥。”

唐汝询《唐诗解》：“此临湖而兴求仕之思，复量其才而不欲进也。”

邢昉《唐风定》：“孟诗本自清淡，独此联气胜，与少陵敌，胸中几不可测。”

王夫之《唐诗评选》：“襄阳律其可取者在一致，而气局拘迫，十九沦于酸馅，又往往于情景分界处为格法所束，安排无生趣，于盛唐诸子，品居中下，犹齐梁之有沈约，取合于浅人，非风雅之遗音也。此作力自振拔，乃貌为高，而格亦未免卑下。宋人之鼻祖，开、天之下驷，有心目中当共知之。”

黄生《唐诗摘钞》：“前叙望洞庭，后半赠张，名前后两截格。”

王士禛《带经堂诗话》：“山谷云：‘气蒸云梦泽，波撼岳阳城’不如‘云中下蔡邑，林际春申君’。‘疏影横斜水清浅，暗香浮动月黄昏’不如‘雪后园林才半树，水边篱落忽横枝’。此论最有神解。”

史流芳《固说》：“上四句写‘洞庭’，下四句写‘临’字。解者谓‘舟楫’句与‘圣明’句得之。假使‘端居’句亦作比体，不尤浑雅乎？”

屈复《唐诗成法》：“前半何等气势，后半何其卑弱！”

沈德潜《唐诗别裁》：“起法高浑，三、四雄阔，足与题称。”又：“读此诗知襄阳非甘于隐遁者。语云：‘临渊羡鱼，不如退而结网。’意外望张公之接引也。”

黄子云《野鸿诗的》：“襄阳得天真之趣，器识惜局于狭隘，可小知而不可大受。《洞庭》一诗是其别调。”

纪昀《瀛奎律髓刊误》：“此襄阳求荐之作。原题下有‘献张相公’四字，后四句方有着落，去之非是。作‘岳阳楼’，更非是。前半望洞庭湖，后半赠张相公，只以望洞庭托意，不露干乞之痕。”

晚　春

二月湖水清，家家春鸟鸣。
林花扫更落，遥草蹈还生[①]。
酒伴来相命，开樽共解酲[②]。
当杯已入手，歌妓莫停声[③]。

【题解】

此诗写春来人间，生机盎然；饮酒听歌，及时行乐。

【校注】

①林花：林园中的花木。南朝陈顾野王《虎丘山序》："林花翻洒，乍飘扬于兰皋；山禽转响，时弄声于乔木。"南朝梁吴均《赠鲍春陵别》："海鸿来倏去，林花合复分。"

②解酲：宋本原作"解醒"，据刘本、活字本、凌本、嘉靖本、丛刊本改。醒酒，消除酒病。南朝宋刘义庆《世说新语·任诞》："天生刘伶，以酒为名；一饮一斛，五斗解酲。"

③歌妓：以歌唱为业的妓女。南朝宋鲍照《拟行路难》："歌妓舞女今谁在？高坟累累满山隅。"唐杜甫《宴戎州杨使君东楼》："座从歌妓密，乐任主人为。"

【辑评】

刘辰翁《孟浩然诗集》评点："亦自豪宕，结语情属不浅。"

谢榛《四溟诗话》："刘孝绰妹诗：'落花扫更合，丛兰摘复生。'孟浩然：'林花扫更合（当作"落"），径草踏还生。'此联岂出自刘欤？二作清丽，各有优劣。"

王世贞《艺苑卮言》："孟襄阳'欲寻芳草去，惜与故人违''林花扫更落，径草踏还生'，韦左司'身多疾病思田里，邑有流亡愧俸钱'，虽格调非正，而语意亦佳。于鳞乃深恶之，未敢从也。"

唐汝询《唐诗解》："水清鸟啭，草长花飞，仲春之景丽矣。酒有伴，妓善歌，饮中之胜事也。颔联有生气，尾联见豪举。曰'解酲'，便有一醉累月意。读此篇，孟之风韵可想。"

王夫之《唐诗评选》："轻艳如出女郎手，布势较宽，不似孟他作之褊。"

屈复《唐诗成法》："水清、鸟啭，紧接草长花飞，写'晚'字得神。后四宴赏之胜事，恰在个中，欢乐难工，此诗有焉。"

余成教《石园诗话》："……孟之《晚春》云：'二月湖水清，家家春鸟鸣。'同一起去，而前（指'八月湖水平'）较高浑。"

岁晚归南山①

北阙休上书，南山归弊庐②。
不才明主弃，多病故人疏③。
白发催年老，青阳逼岁除④。
永怀愁不寐，松月夜堂虚⑤。

【题解】

开元十六年(728年)，四十岁的孟浩然来长安应进士举而落第，心情苦闷而懊丧。他欲上书皇帝，又很犹豫。此诗是在作者心绪极端复杂的情况下写出来的。他牢骚满腹而又不好发作，因而以自怨自艾的形式抒发仕途失意的幽思，以及己才不为世所用之怨情。

【校注】

①南山：作者家乡山名，在襄阳岘山之南。

②北阙：古代向皇帝上书之处。《汉书·高帝纪》："萧何治未央宫，立东阙、北阙、前殿、武库、大仓。"唐颜师古注："未央殿虽南向，而上书奏事谒见之徒皆诣北阙，公车司马亦在此焉。"上书：《汉书·枚皋传》："皋亡至长安。会赦，上书北阙。"弊庐：破旧房屋。

③不才：无才能，不成材。《左传·文公七年》："此子也才，吾受子之赐；不才，吾唯子之怨。"唐李山甫《山中依韵答刘书记见赠》："至道非内外，讵言才不才。"故人：旧交老友。疏：疏远。

④白发：《汉书·五行志》："白发，衰年之象，体尊性弱，难理易乱。"青阳：指春天。《尔雅·释天》："春为青阳。"宋邢昺疏："言春之气和，则青而温阳也。"岁除：年终。旧俗于腊岁(冬至后三戌之后)前一日击鼓驱疫，谓之逐除，故谓。

⑤永怀：长久思念。《诗·周南·卷耳》："我姑酌彼金罍，维以不

永怀。”

【辑评】

胡仔《苕溪渔隐丛话前集》:“《漫叟诗话》:孟浩然诗:不才明主弃,多病故人疏。唐玄宗闻之曰:卿自弃朕,朕何尝弃卿!孟贯诗:不伐有巢树,多移无主花。周世宗闻之曰:朕伐叛吊民,何谓有巢无主!二子正坐诗穷,所谓转喉触讳。”

刘辰翁《孟浩然诗集》评点:“他人有此起,无此结,每见短气,其亦最得意之诗。最失意之日,故为明主诵之。”

方回《瀛奎律髓》:“王维私邀浩然伴直禁林,以此诗忤明皇。八句皆超绝尘表。”

胡震亨《唐音癸签》:“孟襄阳伴直,从床底出见明皇,有诸乎?果尔,不逮坦率宋五远矣!令人主一见意顿尽,何待诵诗始决也!”

程元初《盛唐风绪笺》引徐充云:“孟浩然此时有厌世绝俗之心,有叹老嗟卑之意,然格调高远可取。”

周珽《唐诗选脉会通评林》:“三、四二语不朽,识力名言,真投之天地。劫火中,亦可历劫不变。”

唐汝询《唐诗解》:“此不偶于时,甘栖逸也。……然窗间松月,终有出尘之意在。”

周容《春酒堂诗话》:“襄阳《归南山》诗,全章浅率,不待吟讽,不特诵之帝前,见野人唐突,只就诗论诗,殊违雅致,无足录也。后人翻缘匆遇之故,不忍遗弃,亦襄阳不幸中之幸矣。”

顾嗣立《寒厅诗话》:“已苍先生尝诵孟浩然诗‘不才明主弃,多病故人疏’,云:一生失意之诗,千古得意之句。”

吴昌祺《删订唐诗解》:“此种最为清雅,不求工而自合。”

黄叔灿《唐诗笺注》:“身世多违,致归乡国,非甘心栖隐者,故落句有‘永怀不寐’语。”

朱之荆《增订唐诗摘钞》:“结句是言寂寥之甚,然只写景,不说寂寥,含蓄有味。”

顾安《唐律消夏录》:“句句皆是应归之故,至结句说到此时之松月夜窗已虚负了也，遂决作归计，故题曰‘岁暮归南山’。”

纪昀《瀛奎律髓刊误》：“三、四亦尽和平，不幸而遇明皇尔。或以为怨怒太甚，不及老杜‘官应老病休’句之温厚，则是以成败论人也。结句亦前人所称，意境殊为深妙。然‘永怀愁不寐’句尤见缠绵笃挚，得诗人风旨。”

李庆甲《瀛奎律髓汇评》引冯舒云：“一生失意之诗，千古得意之作。”

梅道士水亭①

傲吏非凡吏，名流即道流②。
隐居不可见，高论莫能酬③。
水接仙源近，山藏鬼谷幽④。
再来迷处所，花下问渔舟⑤。

【题解】

此诗先赞梅道士是隐士名流，富有高论；再写其居处神秘幽邃，如世外桃源，俗人罕至。

【校注】

①梅道士：名迹未详。孟浩然家乡附近好友。

②傲吏：不为礼法所屈的官吏。晋郭璞《游仙》：“漆园有傲吏，莱氏有逸妻。”唐郎士元《送元诜还丹阳别业》：“已知成傲吏，复见解朝衣。”凡吏：平庸的官吏。名流：知名人士；名士之辈。晋袁宏《后汉纪·顺帝纪》：“（伯骞）希慕名流，交结豪杰。”南朝宋刘义庆《世说新语·品藻》：“孙兴公、许玄度皆一时名流。”唐陈子昂《昭夷子赵氏碑》：“天下名流，翕然宗仰。”道流：道士之辈。

③高论：见解高明的议论。晋葛洪《抱朴子·嘉遁》：“圣化之盛，诚如高论。”唐李白《大鹏赋》：“吐峥嵘之高论，开浩荡之奇言。”

④仙源：道教称神仙所居之处。《云笈七签》卷二七：“福地第四曰东仙

源，福地第五曰西仙源，均在台州黄岩县属地。”鬼谷：传说众鬼所聚之地。汉刘向《九叹·远游》：“凌惊雷以轶骇电兮，缀鬼谷于北辰。”也指战国楚人鬼谷子。因隐于鬼谷，故自号鬼谷子。长于养性持身和纵横捭阖之术，世传《鬼谷子》一书。此以鬼谷喻梅道士居处之幽静。

⑤这两句用陶渊明《桃花源记》事。意谓其所居处所神秘幽邃，非一般俗人可至。

【辑评】

刘辰翁《孟浩然诗集》评点：“事料不凡，得语亦异，故好。”

钟惺、谭元春《唐诗归》：“与右丞‘欲投人处宿，隔水问樵夫’，各自成渔樵画图。”

闲园怀苏子①

林园虽少事，幽独自多违②。
向夕开帘坐，庭阴落影微③。
鸟过烟树宿，萤傍水轩飞④。
感念同怀子，京华去不归⑤。

【题解】

此诗写作者乡居孤独，望园中美景，怀念久赴京都的苏子。

【校注】

①闲园：荒园，空置之园。南朝梁江洪《和新浦侯〈咏鹤〉》：“闲园有孤鹤，摧藏信可怜。”苏子：名迹未详。

②幽独：幽栖独处。汉张衡《思玄赋》：“幽独守此仄陋兮，敢怠遑而舍勤。”南朝宋谢灵运《晚出西射堂》：“安排徒空言，幽独赖鸣琴。”多违：不顺意。汉繁钦《愁思赋》：“听鸣鹤之哀音，知我行之多违。”

③向夕：临夕，犹傍晚。晋陶渊明《岁暮和张常侍》：“向夕长风起，寒云

没西山。”南朝梁丘迟《赠何郎》：“向夕秋风起，野马杂尘埃。”开帘：南朝宋鲍照《在江陵叹年伤老》：“开帘窥景夕，备属云物好。”南朝梁刘令娴《答外诗二首》其一：“落日更新妆，开帘对春树。”庭阴：庭前花木之阴。宋刘瑗《在县中庭看月》：“移榻坐庭阴，初弦时复临。”落影：落照。

④烟树：为暮霭所笼罩之树木。水轩：临水之长廊、栅栏。

⑤感念：思念，想念。晋陆云《答张士然》：“感念桑梓域，仿佛眼中人。”同怀子：犹同心之人，有相同意趣之人。指苏子。晋陆机《为顾彦先赠妇二首》其一：“修身悼忧苦，感念同怀子。”京华：南朝宋谢灵运《斋中读书》：“昔余游京华，未尝废丘壑。”唐吕向注：“京华，帝都也。”

【辑评】

刘辰翁《孟浩然诗集》评点：“一种情绪。”

张谦宜《絸斋诗谈》：“一、二是‘怀’字意，三、四正是怀人时节，五、六又是怀人景物，一气赶下，末乃点出‘怀’字，句法最妙。”

顾安《唐律消夏录》：“‘幽独’句先露出一怀人影子，以下却不就说怀人，再将庭阴落景、鸟宿云飞写得悄然、冷然，然后接出‘感’字，虽欲不怀，不可得也。”

留别王侍御①

寂寂竟何待，朝朝空自归②。
欲寻芳草去，惜与故人违③。
当路谁相假，知音世所稀④。
只应守索寞，还掩故园扉⑤。

【题解】

据《旧唐书·文苑传》载，孟浩然“年四十来游京师，应进士不第，还襄阳”。此诗便是临行前留给王维的，怨怼辛酸之情，真挚动人。

【校注】

①诗题：活字本作“留别王侍郎维”。凌本、嘉靖本、丛刊本作“留别王维”。王侍御：即王维，字摩诘，太原祁县（今属山西）人。开元九年（721年）进士，为太乐丞。张九龄为相，擢为右拾遗，转监察御史。安史乱后，官给事中，终于尚书右丞，世称王右丞。维多才艺，能诗，善绘画，妙解音律。与孟浩然为“忘形交”。

②这两句写落第后的景象。落第士子，门前冷落，形单影只，情绪低落。此情此境，长安虽好，无可留恋；返回故乡，方是上策。寂寂：冷落貌。汉秦嘉《赠妇诗》：“寂寂独居，寥寥空室。”《敦煌变文集·秋胡变文》：“阻隔娘娘，孤茕寂寂，徒步含啼。”

③这两句写惜别之情。“芳草”代表作者归隐的理想。“欲寻芳草去”，表明他又考虑归隐了。“惜与故人违”，表明了他同王维友情的深厚。

④这两句说明归去的原因，即知音难遇。语气沉痛，充满了怨怼之情，辛酸之泪。作者一针见血地指出世态炎凉的社会现实，欣赏自己的，只有王维。当路：执政者。相假：相助。《韩诗外传》：“夫鸟兽鱼犹知相假，而况万乘之主乎？而独不知假此天下英雄俊士与之为伍，则岂不病哉？”

⑤这两句表明归隐的决心。在作者看来归隐是唯一应该走的道路，赴都应举是一个错误。索寞：活字本、凌本、嘉靖本、丛刊本作“寂寞”。冷落淡漠貌。亦作“索漠”“索莫”。南朝宋鲍照《拟行路难》：“今朝见我颜色衰，意中索寞与先异。”唐刘禹锡《百舌吟》：“南方朱鸟一朝见，索漠无言蒿下飞。”

【辑评】

刘辰翁《孟浩然诗集》评点：“个中人，个中语，看着便不同。”又：“末意更悲。”

钟惺、谭元春《唐诗归》：“‘欲寻芳草去，惜与故人违。’读此二语，可见浩然朋友之念重于君臣矣。”

唐汝询《唐诗解》：“襄阳为维所知，他人则未之识，今将归故园而别以诗，意谓客居寥寂，有所待则不来，有所适则空返，如此者非一日矣。欲寻芳草而去，则惜与故人相违，指右丞也。”

贺裳《载酒园诗话》:“此诗固微答其意,见非无知音,亦非当路之罪,却含藏不露,唯加劝慰。”

武陵泛舟①

武陵川路狭,前棹入花林②。
莫测幽源里,仙家信几深③。
水回青嶂合,云渡绿溪阴④。
坐听闲猿啸,弥清尘外心⑤。

【题解】

此诗写作者泛舟武陵溪的情景,抒发了对桃花源胜境的向往之情,以及弃世超尘之想。

【校注】

①宋本无此首,据刘本、活字本、凌本、嘉靖本、丛刊本补。武陵:在今湖南省常德市。

②川路:水路。南朝宋谢庄《月赋》:“临风叹兮将焉歇,川路长兮不可越。”前棹:划船向前。花林:指桃花林。晋陶渊明《桃花源记》:“晋太元中,武陵人捕鱼为业。缘溪行,忘路之远近。忽逢桃花林,夹岸数百步,中无杂树,芳草鲜美,落英缤纷。”

③幽源:犹仙源。特指晋陶渊明所描绘的理想境地桃花源。唐王维《桃源行》:“春来遍是桃花水,不辨仙源何处寻。”仙家:仙人所住之处。《海内十洲记·元洲》:“元洲在北海中,地方三千里,去南岸十万里,上有五芝玄涧……亦多仙家。”唐牟融《天台》:“洞里无尘通客境,人间有路入仙家。”信:果真,确实。唐柳宗元《游石角过小岭至长乌村》诗:“为农信可乐,居宠真虚荣。”几深:精微。《隋书·礼仪志一》:“辨幽赜而洞几深,通百神而节万事。”

④青嶂：如屏障的青山。南朝梁沈约《游钟山诗应西阳王教》："郁律构丹巘，崚嶒起青嶂。"唐吕向注："山横曰嶂。"唐杜甫《月》："若无青嶂月，愁杀白头人。"

⑤坐听：安坐静听。猿啸：北周庾信《奉和浚池初成清晨临泛》："猿啸风还急，鸡鸣潮即来。"弥：更加。尘外：犹言世外。汉张衡《思玄赋》："游尘外而瞥天兮，据冥翳而哀鸣。"晋殷仲文《南州桓公九井作》："哲匠感萧晨，肃此尘外轸。"唐李善注："《庄子》曰：'孔子彷徨尘垢之外，逍遥无为之业。'郭象曰：'所谓尘垢之外，非伏于山林而已。'"

【辑评】

桂天祥《批点唐诗正声》："'回'字、'度'字俱眼。凡眼，有虚字眼，有实字眼，有半虚半实眼。'回''度'字，半虚实也。全首写得浓至，无一字不佳。"

周珽《唐诗选脉会通评林》："律法清老，意境孤秀。'棹入花林'，便得趣。次言已知仙境矣，却又不可穷测。'水回''云度'二语，正顶'幽''深'来。结谓到此尘念已息，更闻猿啸，此心弥清。总美武陵溪源妙异也。大抵孟诗遇景入韵，浓淡自如，景物满眼，兴致却别。"

同曹三御史泛湖归越①

秋入诗人意，巴歌和者稀②。
泛湖同逸旅，吟会是思归③。
白简徒推荐，沧洲已拂衣④。
杳冥云海去，谁不羡鸿飞⑤。

【题解】

此诗先写自己秋来诗兴大发；次写曹三御史思念家乡；最后写自己拒绝推荐，远走高飞。

【校注】

①曹三御史：名迹未详。御史，指侍御史或监察御史等。掌管弹劾纠

察之事。湖：此当指洞庭湖。越：指今浙江一带，古时为越地。

②巴歌：指《下里》《巴人》。战国宋玉《对楚王问》："客有歌于郢中者，其始曰《下里》《巴人》，国中属而和者数千人；其为《阳阿》《薤露》，国中属而和者数百人；其为《阳春》《白雪》，国中属而和者不过数十人；引商刻羽，杂以流徵，国中属而和者不过数人而已。是其曲弥高，其和弥寡。"唐李周翰注："《下里》《巴人》，下曲名也。"诗人所居襄阳古为楚地，以"巴歌"谦称自己的诗作。

③逸旅：闲适之旅人。吟会：聚会吟咏。思归：想望回故乡。汉张衡《思玄赋》："悲离居之劳心兮，情悁悁而思归。"

④白简：古时弹劾官员的奏章。《晋书·傅玄传》："玄天性峻急，不能有所容；每有奏劾，或值日暮，捧白简，整簪带，竦踊不寐，坐而待旦。"御史司弹劾之职，故以白简称之。此代指曹三御史。沧洲：指隐居处。拂衣：振衣而去。指归隐。南朝宋谢灵运《述祖德诗二首》其二："高揖七州外，拂衣五湖里。"

⑤杳冥：指天空，高远之处。战国宋玉《对楚王问》："凤凰上击九千里，绝云霓，负苍天，翱翔乎杳冥之上。"唐魏朴《和皮日休悼鹤》："直欲裁诗问杳冥，岂教灵化亦浮生。"云海：指高远空阔的境界。唐沈佺期《答魑魅代书寄家人》："何堪万里外，云海已溟茫。"鸿飞：鸿雁高飞。喻指超脱尘世。《后汉书·逸民列传序》："扬雄曰：'鸿飞冥冥，弋者何篡焉。'言其违患之远也。"

【辑评】

施闰章《蠖斋诗话》："今人言弹劾，则曰白简从事。……然用作推荐语，便以为误。孟诗《同曹三御史泛湖》，有'白简徒推荐，沧洲已拂衣'。"

游景空寺兰若①

龙象经行处，山腰度石关②。
屡迷青嶂合，时爱绿萝闲。

宴息花林下，高谈竹屿间[③]。
寥寥隔尘事，疑是入鸡山[④]。

【题解】

此诗写佛寺景象，与尘世显别。诗人徜徉寺中，迷恋寺中的青嶂、绿萝、花林、竹屿，仿佛置身于佛教圣地鸡足山，荡涤心胸，远离尘世。

【校注】

①宋本无此首，据刘本、活字本、凌本、嘉靖本、丛刊本补。景空寺：一名白马寺。在今湖北省襄阳市南之白马山。晋安王为释法聪造，初名禅居寺，隋时改为景空寺。兰若：佛寺。

②龙象：龙与象。水行中龙力大，陆行中象力大，故佛氏用以喻诸阿罗汉中修行勇猛有最大能力者。《大般涅盘经》卷二："世尊，我今已与诸大龙象菩萨磨诃萨断诸结漏。"此指高僧。唐王勃《四分律宗记序》："二边云彻，方知实相之尊；十刹风行，乃识真如之贵。将使龙象缁服，维明克允。"经行：佛教语，谓旋绕往返或径直来回于一定之地。佛教徒作此行动，为防坐禅而欲睡眠，或为养身疗病，或表示敬意。晋法显《佛国记》："佛在世时，有翦发爪作塔，及过去三佛并释迦文佛坐处、经行处及作诸佛形像处，尽有塔。"唐李白《崇明寺佛顶尊胜陀罗尼幢颂序》："以天下所立兹幢，多临诸旗亭，喧嚣湫隘，本非经行网绕之所。"清王琦注："经行，谓僧众周幢循行，所以致其敬礼之心。"

③宴息：休息。《易·随》："君子以向晦入宴息。"唐孔颖达疏："郑玄云：晦，宴也。犹人君既夕之后，入于宴寝而止息。"花林：南朝梁刘孝绰《咏百舌》："山人惜春暮，旭旦坐花林。"北周庾信《咏画屏风诗二十五首》其九："徘徊出桂苑，徙倚就花林。"

④寥寥：空虚貌。《吕氏春秋·情欲》："俗主亏情，故每动为亡败，耳不可赡，目不可厌，口不可满，身尽府种，筋骨沈滞，血脉壅塞，九窍寥寥，曲失其宜。"汉高诱注："极三关之欲以病其身，故九窍皆寥寥然虚。"南朝梁江淹《谢仆射游览》："凄凄节序高，寥寥心悟永。"唐李善注："《庄子》曰：'寥已吾

志。'郭象曰:'寥然空虚也。'"尘事:人间尘俗之事。晋陶渊明《辛丑岁七月赴假还江陵夜行涂口》:"闲居三十载,遂与尘事冥。"鸡山:印度佛教圣地鸡足山之略称。为迦叶尊者入寂之处。唐释玄奘《大唐西域记·摩揭陀国下》:"莫诃河东,入大林野,行百余里,至屈屈吒播陀山(唐言鸡足山)。亦谓窭卢播陀山(唐言尊足山)。高峦峭绝,壑洞无涯,山麓溪涧,乔林罗谷,岗岑岭嶂,繁草被岩,峻起三峰,傍挺绝崿,气将天接,形与云同。其后尊者大迦叶波居中寂灭。"

【辑评】

刘辰翁《孟浩然诗集》评点:"'屡'字又好。'水回青嶂合',有非水回者。山行路尽,乃知此语有趣。"

陪张丞相登嵩阳楼[①]

独步人何在,嵩阳有故楼[②]。
岁寒问耆旧,行县拥诸侯[③]。
林莽北弥望,沮漳东会流[④]。
客中遇知己,无复越乡忧[⑤]。

【题解】

此诗先写人去楼存;次写张丞相莅临视察;再写登楼远眺之景;最后写客遇知己张丞相,可解离乡之忧愁。

【校注】

①张丞相:指张九龄,时任荆州大都督府长史。嵩阳:本在河南,但据诗意,系用汉王粲《登楼赋》事,唐李善注《登楼赋》引南朝宋盛弘之《荆州记》:"当阳县城楼,王仲宣登之而作赋。"则此楼当为当阳县城楼。

②独步:指王粲。三国魏曹植《与杨德祖书》:"昔仲宣独步于汉南,孔璋鹰扬于河朔。"唐李善注:"仲宣在荆州,故曰汉南。"王粲,字仲宣,汉末山

阳高平(今山东微山西北)人,文学家。"建安七子"之一。博学多识,问无不对。初辟司徒府,除黄门郎,不就。至荆州依刘表。曹操得荆州,辟为丞相掾,封关内侯,迁军谋祭酒,进侍中。建安二十二年(217年)卒。嵩阳:当为当阳。故楼:即王粲所登之楼。

③岁寒:岁至寒冬。问:慰问。耆旧:指荆州故老。行县:行政长官巡察属县。拥:聚集。诸侯:指州郡长官。

④林莽:活字本、凌本、嘉靖本、丛刊本作"泱莽"。指丛生的草木,草木丛聚之处。战国宋玉《风赋》:"蹷石伐木,梢杀林莽。"汉扬雄《长杨赋》:"罗千乘于林莽,列万骑于山隅。"弥望:极目远望。沮漳:沮、漳,二水名。沮水,源出湖北保康西南,东南流经当阳,至两河口合漳水,为沮漳河。漳水,源出湖北南漳西南,东南流至当阳两河口合沮水。汉王粲《登楼赋》:"挟清漳之通浦兮,倚曲沮之长洲。"

⑤越乡忧:离乡之忧愁。南朝宋鲍照《上浔阳还都道中》:"谁令乏古节,贻此越乡忧。"唐李善注:"《左氏传》:宋人曰:怀璧不可以越乡。"

【辑评】

刘辰翁《孟浩然诗集》评点:"句意浑厚,非小丈夫嘴爪比。"

与颜钱塘登樟楼望潮作①

百里闻雷震,鸣弦暂辍弹②。
府中连骑出,江上待潮观③。
照日秋空迥,浮云渤澥宽④。
惊涛来似雪,一坐凛生寒⑤。

【题解】

此诗先写钱塘江大潮来临,颜氏率领僚属临江观览;再写天海无边,潮至寒生之情景。

【校注】

①颜钱塘：颜姓钱塘县令。钱塘，县名，秦置，治今浙江杭州西灵隐山麓，隋迁治今杭州市区。樟楼：即樟亭驿楼，在钱塘县旧治南，为唐代浙江望潮胜地。

②上句说江潮巨响，声似疾雷，闻于百里。下句说颜钱塘暂停政务，前往观潮。

③连骑：形容骑从人员之众。待潮观：在钱塘江边等候观潮。《元和郡县图志·钱塘县》："江源自歙州界东北流经界石山，又东北经州理北，又东北流入于海。江涛每日昼夜再上，常以月十日、二十五日最小，月三日，十八日极大；小则水渐涨不过数尺，大则涛涌高至数丈。每年八月十八日，数百里士女共观舟人渔子溯涛触浪，谓之弄潮。"

④迥：高远。渤澥：即渤海。汉司马相如《子虚赋》："浮渤澥，游孟诸。"唐李善注引汉应劭曰："渤澥，海别支也。"唐徐坚《初学记》："东海之别有渤澥，故东海共称渤海，又通谓之沧海。"此指钱塘江。

⑤鹭涛：活字本、凌本、嘉靖本、丛刊本作"惊涛"。汉枚乘《七发》："衍溢漂疾，波涌而涛起，其始起也，洪淋淋焉，若白鹭之下翔。"后因以"鹭涛"指波涛。唐骆宾王《夏日游德州赠高四》："鹭涛开碧海，凤彩缀词林。"凛：寒冷。《素问·五运行大论》："其性为凛，其德为寒。"唐王冰注："凛，寒也。"南朝梁萧统《文选序》："增冰为积水所成，积水曾微增冰之凛。"

【辑评】

卢麰、王溥《闻鹤轩初盛唐近体读本》引陈德公："三、四现成秀句。"又："迤逦而入，章法井然。五、六得登望远景，故'浮天'句不觉为楞。结更警拔，足令全体俱灵。"

题大禹义公房①

义公习禅处，结构依空林②。
户外一峰秀，阶前群壑深。
夕阳照雨足，空翠落庭阴③。
看取莲花净，应知不染心④。

【题解】

此诗是一首题赞诗，也是一首山水诗。义公是位高僧，禅房是其坐禅修行的屋宇。通过描写义公禅房的山水环境，衬托出义公的清德高风，古雅情调，以及潇洒物外的境界。

【校注】

①诗题：活字本作“大禹寺义公禅房”。嘉靖本、丛刊本作“大禹寺义公禅”。凌本作“题义公禅房”。大禹：寺名，在浙江会稽山。义公：大禹寺僧人，未详其人。

②结构：连结构架，以成屋舍。晋葛洪《抱朴子·勖学》：“文梓干云而不可名台榭者，未加班输之结构也。”唐刘禹锡《白侍郎大尹自河南寄示池北新葺水斋即事招宾十四韵兼命同作》：“结构疏林下，夤缘曲岸隈。”空林：渺无人迹的树林。晋张协《杂诗》之六：“咆虎响穷山，鸣鹤聒空林。”

③空翠：指绿叶。清陈维崧《齐天乐·暮春风雨》：“小楼昨夜东风到，吹落满园空翠。”这两句说雨霁天晴，夕阳即见，绿叶飘落在禅房庭院上。

④看取：看。取，作助词，无义。宋张孝祥《水调歌头·为方务德侍郎寿》：“看取连宵雪，借与万家春。”清纳兰性德《剪湘云·送友》：“密约重逢知甚日，看取青衫和泪。”莲花：指青莲。青莲花清净香洁，不染纤尘，佛家用它比喻佛眼。这两句是说，义公选取了这样美妙的山水环境来修筑禅房，可见他具有佛眼般清净的眼界，怀有青莲花一样纤尘不染的胸襟。

【辑评】

唐汝询《唐诗解》："此美义公之安禅也。养静非幽居不可，结宇空林而岩壑特胜，见其能禅寂也。夕阳带雨，空翠满庭，时景亦是清绝。若不染之心，则于'莲花'见之。"

王夫之《唐诗评选》："五、六为襄阳绝唱，必如此乃耐吟咏。一结入套，依然山人本色。"

张谦宜《絸斋诗谈》："《题大禹寺义公禅房》，'夕阳连雨足，空翠落庭阴'，惟其连雨足，是以空翠欲落，形对待而意侧注。"

史流芳《固说》："首句破'义公'，次句破山房。中四句承'结宇'来。'户外'，山房之户外也，'阶前'，山房之阶前也，'庭阴'，山房之庭阴也。'雨足'是纵笔，'庭阴'是擒笔。有擒纵，方不执板。'莲花'亦是眼中偶触，着莲台而言及之耳。非是意中枯索之者，末二句结首句习禅意。"

朱之荆《增订唐诗摘钞》："一点'义公'，二点'禅房'，三、四、五、六接写禅房，七、八从'雨'字生下，缴转首句。"

黄叔灿《唐诗笺注》："'夕阳连雨足'，写得妙矣。而'空翠落庭阴'尤妙。如画家染笔，在若有若无中，'莲花净'，比其结宇，'不染心'，应上习禅寂意。"

寻白鹤岩张子容颜处士[①]

白鹤青岩半，幽人有隐居。
阶庭空水石，井壑罢樵渔[②]。
岁月青松老，风霜苦竹疏[③]。
睹兹怀旧业，回策返吾庐[④]。

【题解】

此诗写诗人探寻友人昔日隐居之所，但见人去宅空，景物荒寒，顿生对自己旧居的怀念之情。

【校注】

①诗题：活字本、嘉靖本、丛刊本作“寻白鹤岩张子容隐居”。凌本作“寻张子容隐居”。英华本作“寻白鹤岩张子膺隐处士”。白鹤岩：在今湖北省襄阳市南白马山（一名白鹤山）中。张子容：初与孟浩然同隐鹿门山，为生死之交，诗篇唱答颇多。颜处士：名迹未详。

②这两句说友人张子容外出，石阶庭院空空如也，乏人赏玩，林中山谷亦无人前往打柴、垂钓。井壑：活字本、凌本、嘉靖本、丛刊本、英华本作“林壑”，当从。即山林与溪谷。南朝宋谢灵运《石壁精舍还湖中作》：“林壑敛暝色，云霞收夕霏。”樵渔：打柴，捕鱼。南朝陈孔鱼《和六府》：“水乡访松石，兰泽侣樵渔。”

③这两句说岁月流逝，青松日趋衰老；风霜侵蚀，苦竹渐渐稀疏。风霜：喻变迁的岁月。汉枚乘《柳赋》：“弱丝清管，与风霜而共雕。”唐沈佺期《游少林寺》：“雁塔风霜古，龙池岁月深。”苦竹：竹的一种。又名伞柄竹。禾本科。秆圆筒形，高达四米。箨鞘为细长三角形，箨叶为披针形。笋有苦味，不能食用。茎可作造纸原料和制伞柄、笔管等。晋戴凯之《竹谱》：“杞发苦竹，促节薄齿。束物体柔，殆同麻枲。”唐李白《劳劳亭》：“苦竹寒声动秋月，独宿空帘归梦长。”

④旧业：指自己昔日隐居之处。回策：持杖返回。策，指手杖。吾庐：晋陶渊明《读山海经》：“众鸟欣有托，吾亦爱吾庐。”

九日得新字①

初九未成旬，重阳即此辰②。
登高闻古事，载酒访幽人③。
落帽恣欢饮，授衣同试新④。
茱萸正可佩，折取寄情亲⑤。

【题解】

此诗写重阳节登高饮酒之事。诗人将重阳节的习俗一一列出，表达了对友人的思念之情。

【校注】

①诗题：刘本、活字本、凌本、嘉靖本、丛刊本作“九日”。九日：指农历九月九日重阳节。《艺文类聚》卷四引南朝梁吴均《续齐谐记》：“今世人每至九日，登山饮菊酒。”唐李白《九日龙山饮》：“九日龙山饮，黄花笑逐臣。”

②旬：十日为一旬。《书·尧典》：“期，三百有六旬有六日，以闰月定四时成岁。”唐陆德明《经典释文》：“十日为旬。”

③登高：指农历九月九日登高的风俗。南朝梁吴均《续齐谐记·九日登高》：“汝南桓景随费长房游学累年。长房谓曰：‘九月九日汝家中当有灾，宜急去，令家人各作绛囊盛茱萸以系臂，登高饮菊花酒，此祸可除。’景如言，齐家登山。夕还，见鸡犬牛羊一时暴死。长房闻之曰：‘此可代也。’今世人九日登高饮酒，妇人带茱萸囊，盖始于此。”唐王维《九月九日忆山东兄弟》：“遥知兄弟登高处，遍插茱萸少一人。”

④落帽：事见《晋书·孟嘉传》，后用作重九登高之典故。授衣：谓制备寒衣。古代以九月为授衣之时。《诗·豳风·七月》：“七月流火，九月授衣。”毛传：“九月霜始降，妇功成，可以授冬衣矣。”清马瑞辰通释：“凡言授者，皆授使为之也。此诗‘授衣’，亦授冬衣使为之。盖九月妇功成，丝麻之事已毕，始可为衣。非谓九月冬衣已成，遂以授人也。”一说谓官家分发冬衣。唐孔颖达疏：“可以授冬衣者，谓衣成而授之。”这里用作农历九月的别称。《初学记》卷三引南朝梁元帝《纂要》：“九月季秋亦曰暮秋……亦曰授衣。”

⑤茱萸：植物名。香气辛烈，可入药。古俗农历九月九日重阳节，佩茱萸能祛邪辟恶。三国魏曹植《浮萍篇》：“茱萸自有芳，不若桂与兰。”《西京杂记》卷三：“九月九日，佩茱萸，食蓬饵，饮菊华酒，令人长寿。”情亲：亲人，亲属。此指感情亲近之友人。

【辑评】

李梦阳《孟浩然诗集》评点：“亦浅。”

除夜乐城逢张少府作①

云海访瓯闽，风潮泊岛滨②。
何知岁除夜，得见故乡亲。
予是乘桴客，君为失路人③。
平生复能几，一别十余春。

【题解】

此诗先写作者与张子容出游闽浙，泊船乐清湾；次写除夕之夜与好友相会；再写自己漂泊无依，友人仕途坎坷；最后写长久分别，诚为遗憾之事。

【校注】

①诗题：活字本、凌本、嘉靖本、丛刊本作“除夜乐城张少府宅”。英华本作“岁除夜来张少府宅”。除夜：即除夕。唐杜审言《守岁侍宴应制》：“季冬除夜接新年，帝子王孙捧御筵。”乐城：今浙江省乐清市。张少府：张子容。少府为县尉，时张子容任乐城县尉。

②瓯闽：指浙江温州、福建一带。唐独孤及《庚子岁避地至玉山酬韩司马所赠》：“挥手谢秣陵，举帆指瓯闽。”风潮：大风怒潮。南朝宋谢灵运《入彭蠡湖口作》：“客游倦水宿，风潮难具论。”

③乘桴：活字本、凌本、嘉靖本、丛刊本作“乘槎”。乘坐竹木小筏。《论语·公冶长》：“道不行，乘桴浮于海。”《三国志·魏书·管宁传》：“遂避时难，乘桴越海，羁旅辽东三十余年。”后用以指避世。唐王维《济上四贤咏》：“已闻能狎鸟，余欲共乘桴。”此指漂泊无依者。失路：喻不得志。汉扬雄《解嘲》：“当涂者升青云，失路者委沟渠。”唐钱起《送邬三落第还乡》：“十年失路谁知己，千里思亲独远归。”

【辑评】

刘辰翁《孟浩然诗集》评点："无不成诗。"

王昌会《诗话类编》："唐诗'平生复能几，一别十余春'，又一别二十春。人堪几回别，岁月弥远而意想并同。"

舟中晚望[1]

挂席东南望，青山水国遥[2]。
舳舻争利涉，来往接风潮[3]。
问我今何适，天台访石桥[4]。
坐看烟霞晚，疑是赤城标[5]。

【题解】

此诗记作者约在开元十五年(727年)自越州水程往游天台山的旅况。诗中写了沿途所见之景物，也抒发了对天台山急切向往之情。

【校注】

①诗题："晚"字，凌本作"晓"。

②挂席：扬帆，张帆行船。水国：水乡。南朝宋颜延之《始安郡还都与张湘州登巴陵城楼作》："水国周地险，河山信重复。"

③舳舻：船头和船尾。《汉书·武帝纪》："舳舻千里，薄枞阳而出。"唐颜师古注："李斐曰：舳，船后持柂处也；舻，船前头刺櫂处也。言其船多，前后相衔，千里不绝也。"利涉：顺利渡江。《易·需》："利涉大川，往有功也。"风潮：大风怒潮。

④石桥：指天台山著名景观石梁飞瀑。

⑤这两句说晚霞映红天际，那大约就是赤城山的山巅所在吧！因赤城山中石色皆赤，状如云霞，故诗人有此想象。赤城：山名，在浙江省天台县北六里，为东南名山。

【辑评】

严羽《沧浪诗话·诗体》:"有律诗彻首尾不对者。盛唐诸公有此体,如孟浩然诗:'挂席东南望'……又:'水国无边际'之篇……皆文从字顺,音韵铿锵,八句皆无对偶者。"

程元初《盛唐风绪笺》:"诗有交股对者,又名蹉对。如此三、四句'风潮'对'舳舻','来往'对'利涉',却如此参差。"

许学夷《诗源辩体》:"浩然五言律,如'少小学书剑''挂席东南望'等篇,首尾不对,然皆神会兴到,一扫而成,非有意创别也。"

黄叔灿《唐诗笺注》:"通首意致飘然。挂席东南,将往台州,故有访'石桥'之句。落句跟'访石桥'说。因晓望霞色,遂思赤城也。"

黄培芳《唐贤三昧集》评点:"一气旋折,后来屈翁山喜学此格。"

卢麰、王溥《闻鹤轩初盛唐近体读本》:"后半一笔下,即拈'天台'作趣语结,雅足成章。"

高步瀛《唐宋诗举要》引吴北江:"一片神行,此王、孟之绝诣也。"

游精思观回王白云在后[①]

出谷未停午,至家日已曛[②]。
回瞻下山路,但见牛羊群[③]。
樵子暗相失,草虫寒不闻[④]。
衡门犹未掩,伫立望夫君[⑤]。

【题解】

此诗写暮秋上午出游,黄昏还家的情景,也表达了盼望友人归来的深厚感情。

【校注】

①精思观:襄阳附近道观。王白云:王迥,行九,号白云先生。亦曾隐

居鹿门山，与作者为友。

②日已曛：日色已昏暗。曛，昏暗。南朝梁庾肩吾《和刘明府观湘东王书》："峰楼霞早发，林殿日先曛。"

③牛羊群：《诗·王风·君子于役》："日之夕矣，牛羊下来。"

④樵子：即樵夫。暗相失：因光线昏暗而看不见。草虫：泛指草木间的昆虫。三国魏曹丕《杂诗》："草虫鸣何悲，孤雁独南翔。"南朝宋鲍照《采桑》："乳燕逐草虫，巢蜂拾花萼。"

⑤衡门：横木为门。指简陋的房屋。《诗·陈风·衡门》："衡门之下，可以栖迟。"宋朱熹集传："衡门，横木为门也。门之深者，有阿塾堂宇，此惟横木为之。"《汉书·韦玄成传》："圣王贵以礼让为国，宜优养玄成，勿枉其志，使得自安衡门之下。"唐颜师古注："衡门，谓横一木于门上，贫者之所居也。"此处专指隐者所居屋舍之门。唐刘沧《赠隐者》："何时止此幽栖处，独掩衡门长绿苔。"夫君：称友人。此指王迥。

【辑评】

刘辰翁《孟浩然诗集》评点："并与草虫无之，则其境可悲。幽凄寂历之境，数言俱足。"

钟惺、谭元春《唐诗归》："从樵子、草虫看出在后，妙甚。'草虫'句尤微。"又："一首陶诗，却入律中，妙妙。"

王士禛《带经堂诗话·微喻类》："……浩然'樵子暗相失，草虫寒不闻'，刘昚虚'时有落花至，远随流水香'，妙谛微言，与世尊拈花、迦叶微笑，等无差别。通其解者，可语上乘。"

王尧衢《古唐诗合解》："此诗以古行律，有晋人风味。"

吴煊、胡棠《唐贤三昧集笺注》："未足以为妙。"

与杭州薛司户登樟亭楼作①

水楼一登眺，半出青林高②。
弈幕英寮敞，芳筵下客叨③。

山藏伯禹穴，城压伍胥涛[④]。
今日观溟涨，垂纶学钓鳌[⑤]。

【题解】

此诗写作者与薛司户登樟亭楼宴饮、观涛之事。也借以表达自己广阔的胸襟，远大的抱负。

【校注】

①诗题：活字本作“与薛司户登樟亭驿楼”，凌本、嘉靖本、丛刊本同，但末无“楼”字。薛司户：名未详。时为杭州司户参军。樟亭楼：“樟亭”，宋本原作“梓亭”，据活字本、凌本、嘉靖本、丛刊本改。即樟亭驿。

②青林：苍翠的树林。南朝梁陶弘景《答谢中书书》：“青林翠竹，四时俱备。”

③上句说州衙无事，属吏散去，为所愿为。弈幕：帐幕。弈，帐。《逸周书・王会》：“成周之会，墠上张赤弈阴羽。”晋孔晁注：“弈，帐也。”此指州郡衙门。英寮：亦作“英僚”。贤能的僚友。唐王昌龄《送郑判官》：“英僚携出新丰酒，半道遥看骢马归。”唐李咸《田获三狐赋》：“风威初厉，鹰隼斯击；英寮讼闲，农人务隙。”此指薛司户及其同僚。芳筵：香美的酒宴。下客：下等客人。作者自谦之词。叨：叨陪，自谦之词。

④伯禹：即夏禹。《书・舜典》：“伯禹作司空。”唐孔颖达疏引汉贾逵曰：“伯，爵也。禹代鲧为崇伯，入为天子司空，以其伯爵，故称伯禹。”晋郭璞《江赋》：“骇黄龙之负舟，识伯禹之仰嗟。”伍胥涛：指怒涛。《吴越春秋》：“吴王乃取子胥之尸，盛以鸱夷之器，投之江海。子胥因随流扬波成涛激岸，随潮来往。”《论衡・书虚篇》：“吴王夫差杀伍子胥，煮之于镬，乃以鸱夷橐投之于江。子胥恚恨，驱水为涛，以溺杀人。今时会稽、丹徒、大江、钱塘、浙江，皆立子胥之庙，盖欲慰其恨心，止其猛涛也。”伍胥，伍员字子胥，春秋楚人。楚平王杀其父兄，乃奔吴忍辱复仇。佐吴王阖闾伐楚，五战入郢，掘楚平王墓，鞭尸三百。后吴王夫差立，子胥遭伯嚭谗毁，自杀。

⑤溟涨：溟海与涨海。南朝宋谢灵运《游赤石进帆海》：“溟涨无端倪，

虚舟有超越。"唐李周翰注:"溟涨,皆海也。"这里泛指大海。唐司空图《注愍征赋后述》:"亦犹虎之饵毒,蛟之饮镞,其作也,虽震邱林,鼓溟涨,不能快其咆怒之气。"垂纶:垂钓。三国魏嵇康《兄秀才公穆入军赠诗》:"流磻平皋,垂纶长川。"《南史·王彧传》:"文帝尝与群臣临天泉池,帝垂纶良久不获。"钓鳌:《列子·汤问》:"(勃海之东有五山,)而五山之根,无所连著,常随潮波上下往还,不得暂峙焉。仙圣毒之,诉之于帝。帝恐流于西极,失群圣之居,乃命禺强使巨鳌十五举首而戴之,迭为三番,六万岁一交焉,五山始峙。而龙伯之国有大人,举足不盈数步而暨五山之所,一钓而连六鳌,合负而趣归其国,灼其骨以数焉。于是岱舆、员峤二山流于北极,沈于大海。"后因以"钓鳌"喻抱负远大或举止豪迈。唐李白《悲清秋赋》:"临穷溟以有羡,思钓鳌于沧洲。"

【辑评】

刘辰翁《孟浩然诗集》评点:"与《洞庭》诗称壮,实过之。"

寻天台山①

吾友太一子,餐霞卧赤城②。
欲寻华顶去,不惮恶溪名③。
歇马凭君宿,扬帆截海行④。
高高翠微里,遥见石桥横⑤。

【题解】

此诗写作者往天台山寻访道友,寻幽探胜。其友餐食日霞,高卧赤城,故需历经险阻方可到达,表现出作者寻仙求道的追求。

【校注】

①天台山:在今浙江省天台县北。晋孙绰《游天台山赋序》:"天台山者,盖山岳之神秀者也。涉海则有方丈、蓬莱,登陆则有四明、天台。皆玄

圣之所游化，灵仙之所窟宅。夫其峻极之状，嘉祥之美，穷山海之环富，尽人神之壮丽矣。”

②太一子：天台山道士之名号。餐霞：餐食日霞。指修仙学道。语出《汉书·司马相如传下》：“呼吸沆瀣兮餐朝霞。”唐颜师古注引汉应劭曰：“《列仙传》陵阳子言春食朝霞，朝霞者，日始欲出赤黄气也。夏食沆瀣，沆瀣，北方夜半气也。并天地玄黄之气为六气。”三国魏曹植《驱车篇》：“封者七十帝，轩皇元独灵。餐霞漱沆瀣，毛羽被身形。”黄节注：“《楚辞》曰：‘飡六气而饮沆瀣兮，漱正阳而含朝霞。’”赤城：指赤城山。

③华顶：天台山主峰之一。恶溪：《元和郡县图志·处州》：“丽水本名恶溪，以其湍流阻险，九十里间五十六濑，名为大恶。隋开皇中改为丽水，皇朝因之。”恶溪在天台县西南，孟浩然游天台，因寻幽探胜之心切，故仍远道来访，不畏恶溪之名。

④截海：横海。横行海上。晋木华《海赋》：“鱼则横海之鲸，突扤孤游。”宋朱敦儒《水龙吟》：“玉凤凌霄，素虬横海。”

⑤石桥：即天台山著名景观石梁飞瀑。

【辑评】

李梦阳《孟浩然诗集》评点：“此首胜樟亭楼诗，刘却不许，不可晓。‘华顶’‘恶溪’极有照应，‘扬帆截海行’，更雄。”

周珽《唐诗选脉会通评林》：“浩然志趣，好寻游方外，故见诸篇章，多脱出风尘语。如寻天台山，游景光寺、精思观与题惠上人、义、立、融山房诸诗，寄情赋景，俱有造微入妙处。”

吴煊、胡棠《唐贤三昧集笺注》：“孟诗亦有此炼字健句，奈何以清微淡远概之。（‘扬帆’句下）”

宿立公房①

支遁初求道，深公笑买山②。
如何石岩趣，自入户庭间。

苔涧春泉满，萝轩夜月闲[3]。
能令许玄度，吟卧不知还[4]。

【题解】

此诗赞叹立公居室之静美，称即使许询在世，亦必流连忘返。

【校注】

①宋本无此首，据刘本、活字本、凌本、嘉靖本、丛刊本补。立公：僧人，名迹未详。

②支遁：即支道林。《世说新语·排调》："支道林因人就深公买印山。深公答曰：'未闻巢由买山而隐。'"南朝梁刘孝标注："《逸士传》曰：'巢父者，尧时隐人，山居不营世利，年老以树为巢而寝其上，故号巢父。'《高逸沙门传》曰：'遁得深公之言，惭恧而已。'"深公：指晋僧人竺法深。

③苔涧：苔藓丛生的溪涧。唐宋之问《游法华寺》："苔涧深不测，竹房闲且清。"萝轩：藤萝掩映的窗子。

④许玄度：许询，字玄度，晋高阳人。幼有神童之名，长则才情高迈，志趣超远。与王羲之、孙绰、支遁等皆以文义冠世，终身不仕。好游山水，常与谢安等人游宴、吟咏，曾参与兰亭雅会。他善析玄理，是当时清谈家的领袖之一，隐居深山，而"每致四方诸侯之遗"。

【辑评】

刘辰翁《孟浩然诗集》评点："起处用事也好，固宜不经人道。三、四句亦自在有味。诣入淡境，觉一切求工造险者形秽之甚。"

卢薿、王溥《闻鹤轩初盛唐近体读本》："五、六著'苔''萝'二字增致。结承第六来，有致足登。"又："亦是浅淡中作小致者，无此则败蜡矣。"

寻陈逸人故居[1]

人事一朝尽，荒芜三径休[2]。
始闻漳浦卧，奄作岱宗游[3]。

池水犹含墨，风云已落秋④。
今宵泉壑里，何处觅藏舟⑤。

【题解】

此诗先写陈逸人故居人去室空，荒凉冷落；次写陈逸人卧病逝世；再写秋光萧瑟，遗迹如昨；最后表达昔游之处，不复见斯人的感伤。

【校注】

①陈逸人：名迹未详。逸人，指隐逸之人。

②三径：晋赵岐《三辅决录·逃名》："蒋诩归乡里，荆棘塞门，舍中有三径，不出，唯求仲、羊仲从之游。"后因以"三径"指归隐者的家园。晋陶渊明《归去来兮辞》："三径就荒，松竹犹存。"唐蒋防《题杜宾客新丰里幽居》："退迹依三径，辞荣继二疏。"

③上句说陈逸人卧病。漳浦：漳水之滨。汉王粲《羽猎赋》："济漳浦而横阵，倚紫陌而并征。"唐郑愔《铜雀妓》："日斜漳浦望，风起邺台寒。"下句说陈逸人忽然逝世。奄：忽然。岱宗：古代谓人死后灵魂归泰山。故以岱宗指死亡。汉刘桢《赠五官中郎将》："常恐游岱宗，不复见故人。"唐李善注引《援神契》："太山，天帝孙也，主召人魂。"南朝宋鲍照《松柏篇》："龟龄安可获，岱宗限已迫。"

④上句说陈逸人生前系善书者。池水含墨之典故见《法书要录》："弘农张芝高尚不仕，善草书，精劲绝伦。家之衣帛，必先书而后练。临池学书，池水尽墨。"下句说山云为之含悲而变色。

⑤藏舟：《庄子·大宗师》："夫藏舟于壑，藏山于泽，谓之固矣，然而夜半有力者负之而走，昧者不知也。"王先谦集解："舟可负，山可移。宣云：'造化默运，而藏者犹谓在其故处。'"后用以比喻事物不断变化，不可固守。唐骆宾王《乐大夫挽词》："居然同物化，何处欲藏舟。"唐岑参《韩员外夫人清河县君崔氏挽歌》："遽闻伤别剑，忽复叹藏舟。"

【辑评】

刘辰翁《孟浩然诗集》评点："其人已死，索语偏复。"

姚开府山池[①]

主人新邸第，相国旧池台[②]。
馆是招贤辟，楼因教舞开[③]。
轩车人已散，箫管风初来[④]。
今日龙门下，谁知文举才[⑤]。

【题解】

此诗先写山池之历史变迁；次写山池易主，功能转变；最后感叹自己生不逢时，怀才不遇。

【校注】

①宋本无此首，据刘本、活字本、凌本、嘉靖本、丛刊本补。姚开府：指姚崇。开府，谓成立府署，自选僚佐。汉代三公、大将军、将军可开府。魏晋置有开府仪同三司，意谓与太尉、司徒、司空体制待遇同。唐代以开府仪同三司为文职从一品散阶。盛唐时姚氏担任此职务的唯有姚崇。山池：贵族宅第中的山林池沼。南朝梁简文帝《南郊颂》："山池壮丽，阶合彤丹。"

②主人：指金仙公主。姚崇山池在洛阳，其卒后，山池为唐睿宗十一女金仙公主所居住。邸第：也作"邸弟"。达官贵族的府第。《史记·荆燕世家》："臣观诸侯王邸弟百余，皆高祖一切功臣。"相国：丞相，指姚崇。姚曾三居相位。《史记·萧相国世家》："上已闻淮阴侯诛，使使拜丞相何为相国。"

③招贤：《西京杂记》："平津侯自以布衣为宰相，乃开东阁，营客馆，以招天下之士。其一曰钦贤馆，以待大贤；次曰翘材馆，以待大才；次曰接士馆，以待国士……而躬自菲薄，所得俸禄，以奉待之。"教舞：南朝陈徐陵《咏舞诗》："主家能教舞，城中巧旦妆。"

④轩车：有屏障的车。古代大夫以上所乘。《庄子·让王》："子贡乘大

马，中绀而表素，轩车不容巷，往见原宪。”唐沈佺期《岭表逢寒食》：“花柳争朝发，轩车满路迎。”凤初来：汉刘向《列仙传·萧史》：“萧史者，秦穆公时人也。善吹箫，能致孔雀、白鹤于庭。穆公有女，字弄玉，好之，公遂以女妻焉，日教弄玉作凤鸣。居数年，吹似凤声，凤凰来止其屋，公为作凤台，夫妇止其上，不下数年，一旦皆随凤凰飞去。”

⑤文举才：《后汉书·孔融传》：“孔融字文举，鲁国人，孔子二十世孙也。……融幼有异才。年十岁，随父诣京师。时河南尹李膺以简重自居，不妄接士宾客，敕外自非当世名人及与通家，皆不得白。融欲观其人，故造膺门。语门者曰：‘我是李君通家子弟。’门者言之。膺请融，问曰：‘高明祖父尝与仆有恩旧乎？’融曰：‘然。先君孔子与君先人李老君同德比义，而相师友，则融与君累世通家。’众坐莫不叹息。太中大夫陈炜后至，坐中以告炜。炜曰：‘夫人小而聪了，大未必奇。’融应声曰：‘观君所言，将不早惠乎？’膺大笑曰：‘高明必为伟器。’”

【辑评】

刘辰翁《孟浩然诗集》评点：“好气象时节。”

夏日浮舟过张逸人别业①

水高凉气多，闲棹晚来过。
涧影见松竹，潭香闻芰荷②。
野童扶醉舞，山鸟笑酣歌。
幽赏未云遍，烟光奈夕何③。

【题解】

此诗写作者夏日傍晚过访友人别业时所见到的江乡风景。

【校注】

①浮舟：行船。三国魏曹冏《六代论》：“浮舟江海，捐弃楫棹。”南朝宋

谢灵运《还旧园作见颜范二中书》:“浮舟千仞壑,揔辔万寻巅。”张逸人:名迹未详。别业:别墅。

②涧影:涧水中倒影。隋薛道衡《展敬上凤林寺》:“檐阴翻细柳,涧影落长松。”芰荷:指菱叶与荷叶。《楚辞·离骚》:“制芰荷以为衣兮,集芙蓉以为裳。”唐罗隐《宿荆州江陵驿》:“风动芰荷香四散,月明楼阁影相侵。”

③幽赏:深加玩赏。烟光:云霭雾气。唐元稹《饮致用神曲酒三十韵》:“雪映烟光薄,霜涵霁色冷。”

夏日辨玉法师茅斋①

夏日茅斋里,无风坐亦凉。
竹林新笋概,藤架引梢长②。
燕觅巢窠处,蜂来造蜜房。
物华皆可玩,花蕊四时芳③。

【题解】

此诗写辨玉法师草堂之清静与自然景物之优美。

【校注】

①宋本无此首,据刘本、活字本、凌本、嘉靖本、丛刊本补。辨玉法师:名迹未详。法师,精谙释法,堪为人师者之称。后作为对僧人之尊称。又,道士亦称法师。《唐六典》:“道士修行有三号,其一曰法师。”茅斋:犹言草堂。

②概:稠密。《史记·齐悼惠王世家》:“深耕概种,立苗欲疏;非其种者,锄而去之。”唐杜甫《秋行官张望督促东渚耗稻向毕》:“丰苗亦已概,云水照方塘。”藤架:唐李峤《酬杜五弟晴朝独坐见赠》:“影低藤架密,香动药阑开。”

③物华：自然景物。南朝宋谢灵运《撰征赋》："怨物华之推择，慨舟壑之递迁。"南朝梁柳恽《赠吴均》："离念已郁陶，物华复如此。"花蕊：南朝梁何思澄《奉和湘东王教班婕妤》："虚殿帘帷静，闲阶花蕊香。"

【辑评】

刘辰翁《孟浩然诗集》评点："其诗似不经思，只是吐出。"

与张折冲游耆阇寺①

释子弥天秀，将军武库才②。
横行塞北尽，独步汉南来③。
贝叶传金口，山楼作赋开④。
因君振嘉藻，江楚气雄哉⑤。

【题解】

此诗称赞张折冲才兼文武，游寺赋诗，气概雄伟，独步汉南。

【校注】

①张折冲：名迹未详。折冲，武官名。北魏有折冲将军。见《宋书·柳元景传》。隋禁卫军有折冲、果毅、武勇、雄武等郎将官。唐有折冲都尉，全国各州有折冲府。见《通典·职官十一》。耆阇寺：佛寺名，在今湖北省松滋市。

②释子：僧徒的通称，释迦牟尼的弟子。弥天：满天。极言其大。《周礼·春官·占梦》："七曰弥。"汉郑玄注："弥者，白虹弥天也。"三国魏应璩《报东海相梁季然书》："顿弥天之网，收万仞之鱼。"武库：称誉人的学识渊博，干练多能。《晋书·杜预传》："预在内七年，损益万机，不可胜数，朝野称美，号曰'杜武库'，言其无所不有也。"

③独步：谓独一无二，无与伦比。《慎子·外篇》："（蔺相如）谓慎子曰：'人谓秦王如虎，不可触也，仆已摩其顶，拍其肩矣。'慎子曰：'善哉，先生天

下之独步也。'"《后汉书·逸民传·戴良》:"我若仲尼长东鲁,大禹出西羌,独步天下,谁与为偶!"

④贝叶:贝多罗树叶,即菩提树叶,其叶可书写经文。亦代指佛经。金口:佛教语。谓佛之口舌如金刚坚固不坏。隋炀帝《宝台经藏愿文》:"前佛后佛,谅同金口。即教当教,宁殊玉牒。"

⑤嘉藻:对他人诗文的美称。三国魏曹植《冬至献袜颂表》:"伏见旧仪:国家冬至献履贡袜,所以迎福践长,先臣或为之颂。臣既玩其嘉藻,愿述朝庆。"江楚:泛指楚地。南朝齐萧道成《塞客吟》:"德晦河晋,力宣江楚。"气雄:气魄雄健。唐刘肃《大唐新语·忌戒》:"陛下必欲灭四夷,威海内,莫若武臣,武臣莫若蕃将,夫蕃将生而气雄,少养马上,长于阵敌,此天性然也。"唐杜淹《寒食斗鸡应秦王教》:"顾敌知心勇,先鸣觉气雄。"

【辑评】

刘辰翁《孟浩然诗集》评点:"自负有理。"

与白明府游江①

故人来自远,邑宰复初临②。
执手恨为别,同舟无异心。
沿洄洲渚趣,衍漾弦歌音③。
谁识躬耕者,年年梁甫吟④。

【题解】

此诗写与白明府泛舟汉江,听弦歌,观洲渚的情景,同时也自叹怀才不遇。

【校注】

①白明府:名迹未详。明府,县令。江:指汉江。

②邑宰:县令。《通典·职官》:"县邑之长曰宰。"南朝宋谢灵运《与孔

曲阿别》:“涂届云阳邑,邑宰有昔游。”

③洲渚:水中小块陆地。战国屈原《九章·悲回风》:“望大河之洲渚兮,悲申徒之抗迹。”唐杜甫《暮春》:“暮春鸳鹭立洲渚,挟子翻飞还一丛。”衍漾:漂游荡漾。南朝宋颜延之《车驾幸京口三月三日侍游曲阿后湖》:“藐盼觏青崖,衍漾观绿畴。”唐李善注:“衍漾,游衍漂漾也。”唐李峤《清明日龙门游泛》:“衍漾乘和风,清明送芬月。”弦歌:依琴瑟而咏歌。《周礼·春官·小师》:“小师掌教鼓鼗、柷、敔、埙、箫、管、弦、歌。”汉郑玄注:“弦,谓琴瑟也。歌,依咏诗也。”《史记·孔子世家》:“三百五篇,孔子皆弦歌之。”又,《论语·阳货》记孔子学生子游任武城宰,以弦歌为教民之具。后因以“弦歌”指礼乐教化,亦用为出任邑令之典。《晋书·陶潜传》:“谓亲朋曰:‘聊欲弦歌,以为三径之资,可乎?’执事者闻之,以为彭泽令。”这句说白明府来襄阳任县令,推行礼乐教化。

④梁甫吟:又名梁父吟,乐府楚曲调名。《三国志·蜀书·诸葛亮传》:“亮躬耕陇亩,好为《梁甫吟》。”梁甫,一作“梁父”。山名。泰山下的一座小山,在今山东省新泰市西。古代皇帝常在此山辟基祭奠山川。《史记·秦始皇本纪》:“(二十八年)禅梁父。”南朝宋裴骃集解引臣瓒曰:“古者圣王封泰山,禅亭亭或梁父,皆泰山下小山。”汉扬雄《长杨赋》:“方将俟元符,以禅梁甫之基,增泰山之高。”此处作者以诸葛亮自喻。

游精思题观主山房①

误入花源里,初怜竹径深。
方知仙子宅,未有世人寻②。
舞鹤过闲砌,飞猿啸密林③。
渐通玄妙理,深得坐忘心④。

【题解】

此诗写作者游览山房,恍如置身仙境,令人顿生出世之思。

【校注】

①宋本无此首，据刘本、活字本、凌本、嘉靖本、丛刊本补。精思：道观名。观主：指王迥。山房：指山中的房舍。

②仙子：仙人。常用以借称道士。唐皎然《买药歌送杨山人》："扬州喧喧卖药市，浮俗无由识仙子。"

③舞鹤：飞舞之鹤。南朝梁简文帝《拟落日窗中坐》："游鱼动池叶，舞鹤散阶尘。"南朝梁王筠《奉酬从兄临川桐树》："栖鸾既不重，舞鹤复何施。"砌：台阶。飞猿：飞跳之猿。三国魏应玚《西狩赋》："俯掣奔猴，仰捷飞猿。"

④玄妙：幽深微妙。《淮南子·览冥训》："物类之相应玄妙深微，知不能论，辩不能解。"三国魏曹植《辅臣论》："志存太虚，安心玄妙。"坐忘：凌本、嘉靖本作"坐误"。道家谓物我两忘、与道合一的精神境界。《庄子·大宗师》："堕肢体，黜聪明，离形去知，同于大通，此谓坐忘。"晋郭象注："夫坐忘者，奚所不忘哉！既忘其迹，又忘其所以迹者，内不觉其一身，外不识有天地，然后旷然与变化为体而无不通也。"

寻梅道士张逸人①

彭泽先生柳，山阴道士鹅②。
我来从所好，停策汉阴多③。
重以观鱼乐，因之鼓枻歌④。
崔徐迹未朽，千载揖清波⑤。

【题解】

此诗先写梅道士住宅的特点；次写其游览之况，或观鱼、或泛舟、或吟唱；最后写探访古迹，景仰贤人的品格。

【校注】

①诗题："张逸人"，活字本、英华本作"张山人"，凌本、嘉靖本、丛刊本

无此三字。梅道士、张逸人：名迹皆未详。

②“彭泽”句：《晋书·陶潜传》：“潜少怀高尚，博学善属文，颖脱不羁，任真自得，为乡邻之所贵。尝著《五柳先生传》以自况曰：‘先生不知何许人，不详姓字，宅边有五柳树，因以为号焉。……’其自序如此，时人谓之实录。以亲老家贫，起为州祭酒，不堪吏职，少日自解归。州召主簿，不就，躬耕自资，遂抱羸疾。复为镇军、建威参军，谓亲朋曰：‘聊欲弦歌，以为三径之资可乎？’执事者闻之，以为彭泽令。……郡遣督邮至县，吏白应束带见之，潜叹曰：‘吾不能为五斗米折腰，拳拳事乡里小人邪！’义熙二年，解印去县。”此喻指张逸人。“山阴”句：《晋书·王羲之传》：“性爱鹅，会稽有孤居姥养一鹅，善鸣，求市未能得，遂携亲友命驾就观。姥闻羲之将至，烹以待之，羲之叹惜弥日。又山阴有一道士，养好鹅，羲之往观焉，意甚悦，固求市之。道士云：‘为写《道德经》，当举群相赠耳。’羲之欣然写毕，笼鹅而归，甚以为乐。”此喻指梅道士。

③停策：犹止步，驻足。策，杖。汉阴：襄阳西有汉阴台。

④观鱼乐：《庄子·秋水》：“庄子与惠子游于濠梁之上。庄子曰：‘鲦鱼出游从容，是鱼之乐也。’惠子曰：‘子非鱼，安知鱼之乐？’庄子曰：‘子非我，安知我不知鱼之乐？’”鼓枻歌：叩船而歌。《楚辞·渔父》：“渔父莞尔而笑，鼓枻而去。歌曰：沧浪之水清兮，可以濯吾缨；沧浪之水浊兮，可以濯吾足。遂去，不复与言。”汉王逸注：“叩船舷也。”鼓枻，谓泛舟。晋潘岳《西征赋》：“鼓枻回轮，洒钓投网，垂饵出入。”

⑤崔徐：指汉末高士崔州平、徐元直。揖：作揖。表敬仰。清波：清澈之水流，喻崔徐高洁之人品。《抱朴子·外篇·嘉遁》：“承兰风以倾柯，濯清波以遣秽。”晋夏侯湛《芙蓉赋》：“潜灵藕于元泉，擢修茎乎清波。”

【辑评】

杨慎《升庵诗话》：“孟浩然云：‘重以观鱼乐，因之鼓枻歌。’虽用助语辞，而无头巾气。”

陪姚使君题惠上人房[①]

带雪梅初暖，含烟柳尚青。
平窥童子偈，得听法王经[②]。
会理知无我，观空厌有形[③]。
迷心应觉悟，客思未皇宁[④]。

【题解】

此诗作者先写初春时节至惠上人禅房，得以听到“童子偈”“法王经”；次写悟出空无之理，厌有形之身；末写本应悟道参佛，但客愁牵心。

【校注】

①姚使君：名迹未详。使君，对州郡长官的尊称。惠上人：名迹未详。

②童子：梵语“究摩罗”，称八岁以上未冠者。又，佛经中亦称菩萨为童子。此处当指后者。偈：梵语“偈佗”的简称，即佛经中的唱颂词。通常以四句为一偈。《晋书·艺术传·鸠摩罗什》：“罗什从师受经，日诵千偈，偈有三十二字，凡三万二千言。”法王经：指佛经。法王，佛教对释迦牟尼的尊称。

③会理：领会佛法义理。无我：佛教语。谓世界上不存在实体的自我，以诸法无我为根本义。唐王维《能禅师碑》：“禅师默然受教，曾不起予。退省其私，迥超无我。”唐鲍溶《赠僧戒休》：“风行露宿不知贫，明月为心又是身。欲问月中无我法，无人无我问何人？”观空：佛家谓观照诸法之空相。有形：佛家谓物质为有形，心识为无形，情欲亦为有形。

④迷心：佛家所谓颠倒事理之妄心。觉悟：佛家谓领悟真理。客思：客中之思。南朝齐谢朓《离夜》：“翻潮尚知恨，客思眇难裁。”未皇：未遑。《汉书·杜钦传》：“陛下初即位，谦让未皇。”

【辑评】

方回《瀛奎律髓》：“浩然于佛法，亦深有所得。此篇五、六语明白无碍。”

钟惺、谭元春《唐诗归》："可见世上聪明人多，宁静人少。"

李庆甲《瀛奎律髓汇评》引纪昀评："清妥之篇，别无蕴味，非孟公之极笔。"

春晚题永上人南亭①

给园支遁隐，虚寂养身和②。
春晚群木秀，关关黄鸟歌③。
林栖良士竹，池养右军鹅④。
炎月北窗下，清风期再过⑤。

【题解】

此诗写永上人南亭景物之优美宜人。此亭群木秀、黄鸟歌、林栖竹、池养鹅，确为虚寂祥和的隐居乐园。

【校注】

①诗题：活字本、凌本、嘉靖本、丛刊本作"晚春远上人南亭"。英华本作"晚春题咏上人南亭"。永上人：名迹未详。

②支遁：字道林，东晋高僧。与谢安、王羲之等交游，好谈玄理。虚寂：犹清静，虚无寂静。《淮南子·俶真训》："若夫神无所掩，心无所载，通洞条达，恬漠无事，无所凝滞，虚寂以待，势利不能诱也……勇者不能恐也，此真人之道也。"南朝宋范晔《乐游应诏诗》："崇盛归朝阙，虚寂在川岑。"

③关关：鸟和鸣声。《诗·周南·关雎》："关关雎鸠，在河之洲。"毛传："关关，和声也。"黄鸟：鸟名。《诗·周南·葛覃》："黄鸟于飞，集于灌木，其鸣喈喈。"

④良士竹：《世说新语·任诞》："王子猷尝暂寄人空宅住，便令种竹。或问：'暂住何烦尔！'王啸咏良久，直指竹曰：'何可一日无此君？'"良士，指贤士。右军鹅：右军指东晋王羲之，曾官右军将军、会稽内史。性爱鹅。详

见《寻梅道士张逸人》诗注。

⑤炎月：嘉靖本、丛刊本作“花月”。暑月。唐太宗《停封禅诏》：“朕往岁躬勤拯溺，至于炎月，沿比不安。”

人日登南阳驿门亭子怀汉川诸友①

朝来登陟处，不似艳阳时②。
异县殊风物，羁怀多所思③。
剪花惊岁早，看柳讶春迟④。
未有南飞雁，裁书欲寄谁⑤。

【题解】

此诗为作者人日登高怀友之作。料峭春寒时节，柳树未芽，南雁不见，眼前的异县风物触发作者的乡关之思、感伤之怀。

【校注】

①宋本无此首，据刘本、活字本、凌本、嘉靖本、丛刊本补。人日：旧俗以农历正月初七为人日。《太平御览》卷九七六引南朝梁宗懔《荆楚岁时记》：“正月七日为人日。以七种菜为羹，剪彩为人或镂金箔为人，以贴屏风，亦戴之头鬓。又造华胜以相遗，登高赋诗。”宋高承《事物纪原·天生地植·人日》：“东方朔《占书》曰：岁正月一日占鸡，二日占狗，三日占羊，四日占猪，五日占牛，六日占马，七日占人，八日占谷。皆晴明温和，为蕃息安泰之候，阴寒惨烈，为疾病衰耗。”南阳：今河南省南阳市。驿门：古代驿站的大门。亭子：驿站供行旅止息的亭子。汉川：指汉水。

②登陟：登高。陟，升。人日有登高的风俗。艳阳：艳丽明媚，指春天。南朝宋鲍照《学刘公干体》：“兹辰自为美，当避艳阳年。艳阳桃李节，皎洁不成妍。”

③异县：他乡。羁怀：羁客愁怀。唐司空曙《残莺百啭歌》：“谢朓羁怀

方一听，何郎闲咏本多情。”

④讶：惊诧；疑怪。南朝梁简文帝《采桑》：“寄语采桑伴，讶今春日短。”北周庾信《小园赋》：“龟言此地之寒，鹤讶今年之雪。”

⑤“未有”二句：古人以为雁可传书，故云。南朝梁范云《赠张徐州稷》：“寄书云间雁，为我西北飞。”唐李善注：“《汉书》曰：帝思苏武，使谓单于：‘天子射上林中，得雁，足有系帛书。’”南阳位于汉川北，故南飞之雁可以传书。此言“未有”，因时已初春，而雁南飞多在秋季。裁书：裁笺作书，写信。三国魏曹丕《与吴质书》：“顷何以自娱？颇复有所造述不？东望于邑，裁书叙心。”

【辑评】

刘辰翁《孟浩然诗集》评点：“其（指‘剪花’二句）嫩腻如此。”

李梦阳《孟浩然诗集》评点：“‘剪花’二句，终伤气。”

游凤林寺西岭①

共喜年华好，来游水石间②。
烟容开远树，春色满幽山③。
壶酒朋情洽，琴歌野兴闲④。
莫愁归路暝，招月伴人还⑤。

【题解】

此诗写与友人春日野游，壶酒琴歌，戴月方归，表达了作者闲适喜悦的心情以及纵情山水、豁达乐观的情怀。

【校注】

①宋本无此首，据刘本、活字本、凌本、嘉靖本、丛刊本补。凤林寺：在今湖北省襄阳市东南。《名胜志》：“凤皇山旧有梁武帝寺，宋之问使过襄阳，登凤林山阁，有诗，即此处也。”

②年华：谓春光。唐张嗣初《春色满皇州》："何处年华好，皇州淑气匀。韶阳潜应律，草木暗迎春。"唐唐彦谦《曲江春望》："杏艳桃娇夺晚霞，乐游无庙有年华。"

③烟容：云雾弥漫的景色。唐张祜《题陆敦礼山居伏牛潭》："日彩沈青壁，烟容静碧潭。"幽山：深山。南朝宋鲍照《蒿里》："结我幽山驾，去此满堂亲。"

④朋情：朋友之情。南朝齐谢朓《直中书省》："朋情以郁陶，春物方骀荡。"洽：和谐，融洽。琴歌：弹琴唱歌。南朝齐孔稚珪《北山移文》："琴歌既断，酒赋无续。"野兴：对郊游的兴致或对自然景物的情趣。北魏杨衒之《洛阳伽蓝记·正始寺》："是以山情野兴之士，游以忘归。"唐杜审言《和韦承庆过义阳公主山池》："野兴城中发，朝英物外求。"

⑤招月：邀月。

【辑评】

施闰章《蠖斋诗话·月诗》："浩然'沿月棹歌还''招月伴人还''沿月下湘流''江清月近人'并妙于言月。"

陪独孤使君同与萧员外登万山亭①

万山青嶂曲，千骑使君游。
神女鸣环佩，仙郎接献酬②。
遍观云梦野，自爱江城楼③。
何必东南守，空传沈隐侯④。

【题解】

此诗先写独孤使君率众游万山；次写登高远眺；最后写独孤使君镇守襄州，风流儒雅。

【校注】

①宋本无此首，据刘本、活字本、嘉靖本、丛刊本补。诗题：此据活字

本，刘本、嘉靖本、丛刊本“员外”下多“证”字。独孤使君：指襄州刺史独孤册。使君，对州郡长官的尊称。萧员外：指萧诚。

②环佩：古人所系的佩玉。后多指女子所佩的玉饰。《礼记·经解》：“行步则有环佩之声，升车则有鸾和之音。”汉郑玄注：“环佩，佩环、佩玉也。”唐韩愈《华山女》：“抽钗脱钏解环佩，堆金叠玉光青荧。”仙郎：唐人对尚书省各部郎中、员外郎的惯称。献酬：谓饮酒时主客互相敬酒。《诗·小雅·楚茨》：“献酬交错，礼仪卒度，笑语卒获。”汉郑玄笺：“始主人酌宾为献，宾既酌主人，主人又自饮酌宾曰酬。”《史记·孔子世家》：“献酬之礼毕，齐有司趋而进曰：‘请奏四方之乐。’”

③云梦野：即云梦泽。江城楼：即襄阳城楼。

④沈隐侯：指南朝梁沈约。据《梁书·沈约传》《南史·沈约传》记载：沈约，字休文，吴兴武康人。善诗文。少为蔡兴宗所知，引为安西外兵参军，兼记室。南朝齐时转历多职，颇受信任。萧衍受禅，为尚书仆射，封建昌县侯。卒谥隐。

赠道士参廖[①]

蜀琴久不弄，玉匣细尘生[②]。
丝脆弦将断，金徽色尚荣[③]。
知音徒自惜，聋俗本相轻[④]。
不遇钟期听，谁知鸾凤声[⑤]。

【题解】

此诗写良琴久置不用，玉匣生尘，丝弦将断，抒发了知音难觅，怀才不遇之情。

【校注】

①宋本无此首，据刘本、活字本、凌本、嘉靖本、丛刊本补。参廖：名迹

未详。唐李白有《赠参寥子》，其诗云："白鹤飞天书，南荆访高士。五云在岘山，果得参寥子。"

②蜀琴：汉蜀郡司马相如所用的琴。相传相如工琴，故名。亦泛指蜀中所制的琴。唐李白《长相思》："赵瑟初停凤凰柱，蜀琴欲奏鸳鸯弦。"前蜀韦庄《和薛先辈见寄初秋寓怀即事之作二十韵》："露白凝湘簟，风篁韵蜀琴。"弄：弹奏。玉匣：玉饰的匣子。亦指精美的匣子。南朝宋鲍照《拟行路难》："奉君金卮之美酒，玳瑁玉匣之雕琴。"唐李白《酬张卿夜宿南陵见赠》："宝刀隐玉匣，锈涩空莓苔。"

③金徽：本指琴上系弦之绳。南朝梁元帝《秋夜》："金徽调玉轸，兹夕抚离鸿。"此指用金属镶制的琴面音位标识。唐李肇《唐国史补》卷下："蜀中雷氏斫琴，常自品第，第一者以玉徽，次者以瑟瑟徽，又次者以金徽，又次者螺蚌之徽。"

④自惜：自爱，自珍。聋俗：愚昧无知的世俗。晋赵至《与嵇茂齐书》："今将植橘柚于玄朔，蒂华藕于修陵，表龙章于裸壤，奏《韶舞》于聋俗，固难以取贵矣。"

⑤钟期：即钟子期。鸾凤声：三国魏嵇康《琴赋》："远而听之，若鸾凤和鸣戏云中；迫而察之，若众葩敷荣曜春风。"

京还赠张淮①

拂衣去何处，高枕南山南②。
欲徇五斗禄，其如七不堪③。
早朝非晚起，束带异抽簪④。
因向智者说，游鱼思旧潭⑤。

【题解】

此诗写作者在京都求仕失利，返回故乡时的复杂心情：拂衣而去的决绝，归隐南山的期许，入朝的束缚，弃官的逍遥，终归还是落脚于回归园田之乐。

【校注】

①京还：自京都长安返回故乡。张淮：生平不详。

②拂衣：振衣而去。谓归隐。晋殷仲文《解尚书表》："进不能见危授命，忘身殉国；退不能辞粟首阳，拂衣高谢。"南朝宋谢灵运《述祖德》："高揖七州外，拂衣五湖里。"高枕：犹高卧，谓弃官退隐家居。南山：作者家乡山名，在襄阳岘山之南。

③徇：谋求，追求。五斗禄：五斗米的俸禄，即薄俸。用陶渊明辞彭泽县令归隐事。详见《寻梅道士张逸人》诗注。其如：怎奈；无奈。唐刘长卿《硖石遇雨宴前主簿从兄子英宅》："虽欲少留此，其如归限催。"七不堪：七种不可忍受之事。三国魏嵇康《与山巨源绝交书》："人伦有礼，朝廷有法，自惟至熟，有必不堪者七，甚不可者二：卧喜晚起，而当关呼之不置，一不堪也。抱琴行吟，弋钓草野，而吏卒守之，不得妄动，二不堪也。危坐一时，痺不得摇，性复多虱，把搔无已，而当裹以章服，揖拜上官，三不堪也。素不便书，又不喜作书，而人间多事，堆案盈机，不相酬答，则犯教伤义，欲自勉强，则不能久，四不堪也。不喜吊丧，而人道以此为重，已为未见恕者所怨，至欲见中伤者，虽瞿然自责，然性不可化，欲降心顺俗，则诡故不情，亦终不能获无咎无誉如此，五不堪也。不喜俗人，而当与之共事，或宾客盈坐，鸣声聒耳，嚣尘臭处，千变百伎，在人目前，六不堪也。心不耐烦，而官事鞅掌，机务缠其心，世故繁其虑，七不堪也。"后来诗文中把"七不堪"用作疏懒或才能不称的典故。

④早朝：早上朝会或朝参。唐白居易《长恨歌》："春宵苦短日高起，从此君王不早朝。"束带：整饰衣冠，表示端庄。汉秦嘉《留郡赠妇诗三首》其三："清晨当引迈，束带待鸡鸣。"抽簪：指披头散发，喻弃官隐退。因古时作官的人须束发整冠，用簪连冠于发，故称。晋张协《咏史》："抽簪解朝衣，散发归海隅。"

⑤智者：有识见之人。此指张淮。"游鱼"句：晋陶渊明《归园田居》："羁鸟恋旧林，池鱼思故渊。"

【辑评】

钟惺、谭元春《唐诗归》:“所说惟此,妙妙。”

唐汝询《汇编唐诗十集》:“落句猎陶诗。”

题李十四庄兼赠綦毋校书①

闻君息阴地,东郭柳林间②。
左右瀍涧水,门庭缑氏山③。
抱琴来取醉,垂钓坐乘闲④。
归客莫相待,寻源殊未还⑤。

【题解】

此诗写李十四庄园景色绝佳,令人流连忘返。

【校注】

①李十四:名迹未详。其庄当在河南省洛阳市东郊。綦毋校书:綦毋潜,盛唐诗人。《唐才子传》:“潜字孝通,荆南人。开元十四年严迪榜进士及第。授宜寿尉,迁右拾遗,入集贤院待制,复授校书,终著作郎。与李端同时。诗调屹崒峭蒨,足佳句,善写方外之情,历代未有。……后见兵乱,官况日恶,挂冠归隐江东别业。”校书,校书郎。掌校雠书籍。唐代弘文馆、崇文馆、集贤殿书院等处均有校书郎。

②息阴:即息影。指归隐闲居。南朝宋谢灵运《道路忆山中》:“濯流激浮湍,息阴倚密竿。”南朝宋谢灵运《还旧园作见颜范二中书》:“卫生自有经,息阴谢所牵。”唐李善注:“息阴,即息影也。”

③瀍涧水:古水名。瀍水和涧水。瀍水源出河南省洛阳市西北,东南流经洛阳旧县城东入洛水。涧水源出河南省渑池县东北,南流合谷水,东流经新安县,至洛阳入洛水。缑氏山:在今河南省洛阳市偃师区东南。

④抱琴:携琴。三国魏嵇康《与山巨源绝交书》:“抱琴行吟,弋钓草野。”

取醉：饮酒致醉。三国魏嵇康《家诫》："就不得远，取醉为佳。"坐：聊，且。

⑤寻源：活字本、凌本、嘉靖本、丛刊本作"缘源"。英华本作"绿源"。沿着水源而行。

【辑评】

钟惺、谭元春《唐诗归》："'殊未'二字，令先归者自惭。"

寄是正字①

正字芸香阁，经过宛如昨②。
幽人竹素园，归卧寂无喧③。
高鸟能择木，羝羊漫触藩④。
物情今已见，从此欲无言⑤。

【题解】

此诗作者先写自己与是正字处境迥异；次写自己今已归隐；再写是正字择主而事，自己进退维谷；最后感叹世情如此，自己唯有沉默无言。

【校注】

①是正字：盛唐诗人是光乂。正字，唐代秘书省官员，掌校雠典籍，刊正文章。《旧唐书·职官志》："秘书省……秘书郎四员，从六品上。校书郎八人，正九品上。正字四人，正九品下。"

②芸香阁：秘书省的别称。因秘书省司典图籍，故亦以指省中藏书、校书处。唐卢照邻《双槿树赋》："蓬莱山上，即对神仙；芸香阁前，仍观秘宝。"亦省作"芸阁"。唐刘知幾《史通·忤时》："芸阁之中，英奇接武。"

③竹素园：形容典籍丰富。晋张协《杂诗》："游思竹素园，寄辞翰墨林。"唐张铣注："竹素皆乃古人所用书之者，言游思典籍也，言园谓广也。"竹素，犹竹帛。多指史册、书籍。《三国志·吴书·陆凯传》："明王圣主取

士以贤，不拘卑贱，故其功德洋溢，名流竹素。”唐柳宗元《读书》：“竟夕谁与言？但与竹素俱。”

④“高鸟”句：高贵之鸟，择木而栖。喻能择主而事。此指是正字。《左传·哀公十一年》：“鸟能择木，木岂能择鸟。”晋袁宏《三国名臣序赞》：“潜鱼择渊，高鸟候柯。”“羝羊”句：喻进退两难，仕途不顺。此自喻。《易·大壮》：“羝羊触藩，羸其角……羝羊触藩，不能退，不能遂。无攸利。”

⑤物情：物理人情，世情。三国魏嵇康《释私论》：“情不系于所欲，故能审贵贱而通物情。”

秋登张明府海亭①

海亭秋日望，委曲见江山②。
染翰卧题壁，倾壶一破颜③。
歌逢彭泽令，归赏故园间④。
余亦将琴史，栖迟共取闲⑤。

【题解】

此诗先写秋日登亭，远眺山水，饮酒欢笑，题诗留壁；再写老友返乡，喜出望外，彼此共享闲适乐趣。

【校注】

①张明府：指襄阳人张子容。

②委曲：弯曲；曲折延伸。《淮南子·精神训》：“休息于无委曲之隅，而游敖于无形埒之野。”汉应劭《风俗通·山泽·阜》：“今曲阜在鲁城中，委曲长七八里。”

③染翰：以笔蘸墨。翰，笔。晋潘岳《秋兴赋序》：“于是染翰操纸，慨然而赋。”借指作诗文等。南朝宋谢惠连《秋怀》：“宾至可命觞，朋来当染翰。”

唐杜甫《哭王彭州抡》:"赠诗焉敢坠,染翰欲无聊。"题壁:题写诗文于墙面。倾壶:斟酒。此指饮酒。晋陶渊明《咏贫士》:"倾壶绝余沥,窥灶不见烟。"北周庾信《咏画屏风诗二十五首》其十六:"度桥犹徙倚,坐石未倾壶。"破颜:露出笑容;笑。唐宋之问《发端州初入西江》:"破颜看鹊喜,拭泪听猿啼。"

④彭泽令:东晋陶渊明曾为彭泽县令。此指代张明府。

⑤琴史:琴和史书,即琴书。多为文人雅士清高生涯常伴之物。汉刘歆《遂初赋》:"玩琴书以条畅兮,考性命之变态。"栖迟:游息。《诗·陈风·衡门》:"衡门之下,可以栖迟。"宋朱熹集传:"栖迟,游息也。"晋袁宏《后汉纪·光武帝纪七》:"夫以邓生之才,参拟王佐之略,损翮弭鳞,栖迟刀笔之间,岂以为谦,势诚然也。"

题融公兰若①

精舍买金开,流泉绕砌回②。
芰荷熏讲席,松柏映香台③。
法雨晴霏去,天花昼下来④。
谈玄殊未已,归骑夕阳催⑤。

【题解】

此诗先写寺庙建造之精,环境之美;再写融公精通佛理,谈锋高妙,令人闻之忘倦,不知夕阳将颓。

【校注】

①诗题:英华本作"题容山主兰若"。融公:襄阳景空寺僧人。兰若:佛寺。

②精舍:道士、僧人修炼居住之所。《魏书·外戚传上·冯熙》:"熙为政不能仁厚,而信佛法,自出家财,在诸州镇建佛图精舍,合七十二处。"唐白居易《香山寺新修经藏堂记》:"寺有佛像,有僧徒,而无经典。寂寥精舍,

不闻法音，三宝阙一，我愿未满。”砌：台阶。南朝齐谢朓《直中书省》：“红药当阶翻，苍苔依砌上。”唐陆龟蒙《白鸥》诗序：“有白鸥翩然，驯于砌下，因请浮而玩之。”

③熏：香，发出香气。南朝梁江淹《别赋》：“闺中风暖，陌上草熏。”唐李善注：“熏，香气也。”唐许浑《岁暮自广江至新兴往复中题峡山寺》：“未腊梅先实，终冬草自熏。”讲席：高僧讲经的席位。南朝梁沈约《为齐竟陵王发讲疏》：“置讲席于上邸，集名僧于帝畿。”香台：烧香之台。佛殿的别称。唐卢照邻《游昌化山精舍》：“宝地乘峰出，香台接汉高。”

④法雨：佛教语。喻佛法。佛法普度众生，如雨之润泽万物，故称。《法华经·化城喻品》：“普雨大法雨，度无量众生。”唐黄滔《大唐福州报恩定光多宝塔碑记》：“法雨垂空，必致菩萨化身、罗汉混俗以降也。”天花：亦作“天华”。佛教语。天界仙花。《维摩经·观众生品》：“时维摩诘室有一天女……见诸大人闻所说法，便现其身，即以天华散诸菩萨大弟子上。”南朝陈徐陵《麈尾铭》：“既落天花，亦通神路。”

⑤谈玄：谈论玄理。南朝宋刘义庆《世说新语·容止》：“王夷甫容貌整丽，妙于谈玄。”此指谈论佛法义理。唐道宣《续高僧传·义解十一·灵润》：“加以性爱林泉，捐诸名利，弊衣粗食，谈玄为本。”

【辑评】

周珽《唐诗选脉会通评林》：“孟诗每似不经思，轻口吐出，古意淡韵，人自罕及。此篇极美兰若建置幽胜，兼赞融公道法灵通，语调稍艳，而丰骨超逸。即‘法雨晴飞去’句更奇越，也如选载脍炙人处，高华清峭，出人意表，不胜殚迷。刘会孟评其如访梅问柳，偏入古寺，与韦苏州意趣虽相似，然入处不同。善哉，千古知己！”

卢䪻、王溥《闻鹤轩初盛唐近体读本》：“婉隽正声，王、岑何隔！乃知风气所齐，定复无能自外也。”

李庆甲《瀛奎律髓汇评》引纪昀评：“语虽平近，尚有初唐意味。”

李庆甲《瀛奎律髓汇评》引冯班评：“但见其妙，无可形容矣。”

九日于龙沙作寄刘①

龙沙豫章北，九日挂帆过②。
风俗因时见，湖山发兴多③。
客中谁送酒，棹里自成歌④。
歌竟乘流去，滔滔任夕波⑤。

【题解】

此诗写作者重阳节舟行至龙沙时的情景。湖光山色，激人意兴；饮酒作歌，兴尽而返，顺水行舟，余晖载船。

【校注】

①诗题：活字本、英华本作“九日龙沙作寄刘大”，嘉靖本、丛刊本同，但无“作”字。凌本作“九日龙沙寄刘大昚虚”。九日：九月九日重阳节。龙沙：在今江西省南昌市新建区北。刘：刘昚虚，行大，字全乙，新吴（今江西奉新）人。开元中举博学宏词科，累官崇文馆校书郎。与王昌龄、孟浩然友善。其诗多为五言，善写山水景物，词幽兴远，思雅语奇。

②豫章：即唐时洪州，治今江西南昌。又有豫章县，亦治南昌。挂帆：扬帆。

③风俗：指重阳节登高之风俗。发兴：激发意兴。南朝宋鲍照《园中秋散》：“临歌不知调，发兴谁与欢。”唐杜甫《春日江村》：“客身逢故旧，发兴自林泉。”

④送酒：南朝宋檀道鸾《续晋阳秋》：“陶潜九月九日无酒，于宅边菊丛中摘盈把，坐其侧，久望见白衣人，乃王弘送酒，即便就酌而后归。”后因以为典。唐李嘉佑《答泉州薛播使君重阳日赠酒》：“共知不是浔阳郡，那得王弘送酒来。”

⑤竟：终了；完毕。《诗·大雅·瞻卬》：“鞫人忮忒，谮始竟背。”汉郑玄

笺:“竟,犹终也。”滔滔:大水奔流貌。《诗·齐风·载驱》:“汶水滔滔,行人儦儦。”毛传:“滔滔,流貌。”汉王粲《赠文叔良》:“瞻彼黑水,滔滔其流。”夕波:夕阳下的流波。南朝梁简文帝《经琵琶峡》:“夕波照孤月,山枝敛夜烟。”

【辑评】

刘辰翁《孟浩然诗集》评点:“自要写得似,不似,即与别人写得何异!”

李梦阳《孟浩然诗集》评点:“歌字相接是转调法。”

洞庭湖寄阎九①

洞庭秋正阔,余欲泛归船②。
莫辨荆吴地,唯余水共天③。
渺弥江树没,合沓海湖连④。
迟尔为舟楫,相将济巨川⑤。

【题解】

此诗先写秋日洞庭湖的水势,以及自己行将泛湖北归;最后表达自己的愿望,即希冀得到阎九的帮助或与之同舟共济。

【校注】

①宋本无此首,据刘本、活字本、凌本、嘉靖本、丛刊本补。阎九:即阎防。

②秋正阔:秋天水涨,湖面辽阔。

③莫辨:无法辨别。荆吴:春秋时的楚国与吴国,后泛指长江中下游地区。汉司马相如《上林赋》:“荆吴郑卫之声,《韶》《濩》《武》《象》之乐。”晋陆机《辩亡论上》:“(孙权)谋无遗谞,举不失策,故遂割据山川,跨制荆吴,而与天下争衡矣。”水共天:唐王勃《秋日登洪府滕王阁饯别序》:“落霞与孤鹜

齐飞，秋水共长天一色。”

④渺弥：凌本作“渺茫”。水流旷远貌。晋木华《海赋》：“沖瀜沆瀁，渺弥泼漫。”唐李善注：“渺弥泼漫，旷远之貌。”唐李咸用《江南曲》：“晚云接水共渺弥，远沙叠草空萋萋。”合沓：重叠；攒聚。汉贾谊《旱云赋》：“遂积聚而合沓兮，相纷薄而慷慨。”南朝宋谢灵运《登庐山绝顶望诸峤》：“峦陇有合沓，往来无踪辙。”

⑤“迟尔”二句：《书·说命上》：“若济巨川，用汝作舟楫。”汉孔安国传：“渡大水，待舟楫。”迟：等待。相将：相共。济：渡。巨川：大河。唐韩愈《陪杜侍御游湘西两寺独宿有题》：“大厦栋方隆，巨川楫行剡。”

秋日陪李侍御渡松滋江①

南纪西江阔，皇华御史雄②。
截流宁假楫，挂席自生风③。
寮寀争攀鹢，鱼龙亦避骢④。
坐听白雪唱，翻入棹歌中⑤。

【题解】

此诗先写李侍御地位显要，为人所羡慕敬畏；再写其与民同乐，共咏渡江之诗。

【校注】

①李侍御：名迹未详。侍御，指侍御史。松滋江：指长江流经湖北省松滋市一段。

②南纪：泛指南方荆楚一带。《诗·小雅·四月》：“滔滔江汉，南国之纪。”汉郑玄笺：“江也，汉也，南国之大水，纪理众川，使不雍滞。喻吴楚之君能长理旁侧小国，使得其所。”南朝梁江淹《王侍中为南蛮校尉诏》：“赞政南纪，播惠西夏。”皇华：《诗·小雅》中的篇名。《序》谓：“《皇皇者华》，君遣

使臣也。送之以礼乐，言远而有光华也。”《国语·鲁语下》：“《皇皇者华》，君教使臣曰：每怀靡及，诹、谋、度、询，必咨于周。”后因以“皇华”为赞颂奉命出使或出使者的典故。南朝齐王融《永明十一年策秀才文》：“歌《皇华》而遣使，赋膏雨而怀宾。”

③截流：横渡。《太平广记》卷一九二引唐胡璩《谭宾录·白孝德》：“孝德挟二矛，策马截流而渡。宁：岂。假：借助，依靠。

④寮寀：官舍。引申为官的代称。晋张华《答何劭》：“自昔同寮寀，于今比园庐。”唐吕向注：“同寮寀，同官也。”此指僚属或同僚。北齐颜之推《颜氏家训·勉学》：“孝元初出会稽，精选寮寀。”唐杨炯《同詹事府官寮祭郝少保文》：“府庭飒而变色，寮寀惨而相惊。”鹢：鹢舟。船头画有鹢鸟图像的船，亦泛指船。《晋书·张协传》：“乘鹢舟兮为水嬉，临芳洲兮拔灵芝。”唐李商隐《南潭上宴集以疾后至因而抒情》：“鹢舟萦远岸，鱼钥启重关。”鱼龙：泛指水族。避骢：避骢马，指回避侍御史。典见《后汉书·桓典传》。此指李侍御。

⑤白雪：谓高雅超俗之歌曲，此指李侍御之诗作。

【辑评】

刘辰翁《孟浩然诗集》评点：“颂德语。”

王寿昌《小清华园诗谈》：“然亦有虽似无害而实不可援以为例者，如……孟山人‘鱼龙亦避骢’，岑嘉州‘为官好欲慵’，韦苏州‘浦树远含滋’之韵脚……如此之类，不可枚举，要皆不可为训者尔！”

秦中感秋寄远上人①

一丘常欲卧，三径苦无资②。
北土非吾愿，东林怀我师③。
黄金燃桂尽，壮志逐年衰④。
日夕凉风至，闻蝉但益悲⑤。

【题解】

此诗是一首坦率的抒情诗。当为孟浩然在长安落第之后所作。先写本欲隐居，然迫于贫困而经营入仕；次写来秦中原非我愿，在此常念及远上人；再写久客秦中，囊中空空，壮志渐灭；最后写秋来感物，愈加悲伤。全诗充满了失意、悲哀与追求归隐的情绪。

【校注】

①秦中：指长安。远上人：庐山东林寺僧人。

②这两句写作者“所欲”，即为隐逸，但“所欲”遭遇现实的阻碍。一丘：一座小山。《汉书·叙传上》：“栖迟于一丘，则天下不易其乐。”唐李白《金门答苏秀才》：“未果三山期，遥欣一丘乐。”三径：晋赵岐《三辅决录·逃名》：“蒋诩归乡里，荆棘塞门，舍中有三径，不出，唯求仲、羊仲从之游。”后因以“三径”指归隐者的家园。晋陶潜《归去来兮辞》：“三径就荒，松竹犹存。”唐蒋防《题杜宾客新丰里幽居》：“退迹依三径，辞荣继二疏。”无资：资财匮乏。“一丘”“三径”之典，一具山野形象，一有园林风光，用以表明隐逸思想，但“苦无资”三字透露出作者穷困潦倒的景况。

③北土：此指秦中，亦即京城长安，长安乃士子追求功名之地，代指做官，此句表明了不愿做官的思想。诗人身在长安，油然而生怀念庐山东林寺的高僧，暗示追求隐逸的思想。

④这两句写诗人滞留帝京的景况和遭遇。上句表现了旅况的穷困。《战国策·楚策三》：“楚国之食贵于玉，薪贵于桂。”下句表现了心意的灰懒。

⑤末尾两句，上句写“凉风”，下句写“蝉鸣”。凉风瑟瑟，蝉鸣嘶嘶，易使人产生哀伤的情绪。再加以身居北土，旅况艰难，官场失意，呼吁无门，故此“益悲”。《礼记·月令》：“(孟秋之月)凉风至，白露降，寒蝉鸣。”

【辑评】

刘辰翁《孟浩然诗集》评点：“吾评孟浩然诗，非不经思，只是吐出。”

李梦阳《孟浩然诗集》评点：“‘黄金燃桂尽’，终伤气。结句好。”

爱州李少府见赠①

养疾衡檐下，由来浩气真②。
五行将禁火，十步任寻春③。
致敬唯桑梓，邀欢即主人④。
回看后凋色，青翠有松筠⑤。

【题解】

此诗先述自己养病在家，但心中浩气犹存；次写寒食临近，想游春近处；再写李少府既为同乡，又志同道合，不啻乎老友；最后以松竹长青喻友情之坚贞不渝。

【校注】

①爱州：《元和郡县图志·岭南道》："安南，交趾。上都护府。"管理十三州，下辖有爱州。李少府：名迹未详。少府，县尉。

②"养疾"句：化自晋陶渊明《辛丑岁七月赴假还江陵夜行涂口》："养真衡茅下，庶以善自名。"养疾：养病。衡檐：即衡门。简陋的居室。借指隐者所居。浩气：正大刚直之气。《孟子·公孙丑上》："我知言，我善养吾浩然之气。敢问何为浩然之气，曰，难言也，其为气也，至大至刚，以直养而无害，则塞于天地之间。"

③五行：水、火、木、金、土。我国古代称构成各种物质的五种元素，古人常以此说明宇宙万物的起源和变化。《书·甘誓》："有扈氏威侮五行，怠弃三正。"唐孔颖达疏："五行，水、火、金、木、土也。"《孔子家语·五帝》："天有五行，水、火、金、木、土，分时化育，以成万物。"禁火：旧俗寒食停炊称"禁火"。南朝梁宗懔《荆楚岁时记》："去冬节一百五日即有疾风甚雨，谓之寒食，禁火三日。"唐郭郧《寒食寄李补阙》："万井闾阎皆禁火，九原松柏自生烟。""十步"句：这句说想在近处探赏春景。十步：《潜夫论·实贡》："十步

之间，必有茂草。”寻春：游赏春景。唐陈子昂《晦日宴高氏林亭》：“寻春游上路，追宴入山家。”

④致敬：表示恭敬；表达敬意。《左传·成公十三年》：“勤礼莫如致敬，尽力莫如敦笃。”《三国志·魏书·崔林传》：“（吴质）仗节统事，州郡莫不奉笺致敬。”桑梓：《诗·小雅·小弁》：“维桑与梓，必恭敬止。”宋朱熹集传：“桑、梓，二木。古者五亩之宅，树之墙下，以遗子孙给蚕食、具器用者也……桑梓父母所植。”东汉以来一直以“桑梓”借指故乡或乡亲父老。汉张衡《南都赋》：“永世克孝，怀桑梓焉；真人南巡，睹旧里焉。”唐柳宗元《闻黄鹂》：“乡禽何事亦来此，令我生心忆桑梓。”“邀欢”句：这句说乘兴同乐者就是主人。

⑤后凋：指青松岁寒而不凋谢。《论语·子罕》：“子曰：岁寒，然后知松柏之后凋也。”此指李少府。松筠：松竹。南朝齐王融《和南海王殿下咏秋胡妻》：“日月共为照，松筠俱以贞。”南朝梁任昉《求为刘瓛立馆启》：“贱珪璧于光阴，竟松筠于岁晚。”

【辑评】

刘辰翁《孟浩然诗集》评点：“似方外语。”

宿永嘉江寄山阴崔少府国辅①

我行穷水国，君使入京华②。
相去日千里，孤帆天一涯③。
卧闻海潮至，起视江月斜。
借问同舟客，何时到永嘉④。

【题解】

此诗先写友人崔国辅入京拜职，自己则漫游吴越，后写旅途之情趣及对永嘉之向往，表现了作者旷达的胸怀。

【校注】

①诗题:“崔少府国辅”,活字本、凌本、嘉靖本、丛刊本作“崔国辅少府”。永嘉江:即今浙江省瓯江。源出浙、闽边境洞宫山西北,东北流至丽水,经温州市,东入于海。山阴:唐时属于越州,今浙江绍兴。崔少府国辅:崔国辅,生卒年未详。宋计有功《唐诗纪事》:“国辅明皇时应县令举,授许昌令,集贤直学士,礼部员外郎。坐王鉷近亲,贬晋(竟)陵郡司马。殷璠云:国辅诗婉娈清楚,深宜讽味。乐府数章,虽绝句,然古人不能过也。”元辛文房《唐才子传》:“国辅,山阴人。开元十四年严迪榜进士,与储光羲、綦毋潜同时。”曾任山阴县尉。

②水国:犹水乡。南朝宋颜延之《始安郡还都与张湘州登巴陵城楼作》诗:“水国周地险,河山信重复。”京华:即京师。南朝陈徐陵《刘生》:“刘生殊倜傥,任侠遍京华。”

③“相去”句:《古诗十九首》其一:“相去万余里,各在天一涯。”

④永嘉:唐时永嘉县,在今浙江省温州市。

【辑评】

刘辰翁《孟浩然诗集》评点:“不必思索,皆有。”

唐汝询《汇编唐诗十集》:“对偶不失,语若贯珠,才是至境。”

范大士《历代诗发》:“一片神理,思路都绝。”

上巳日洛中寄黄九[①]

卜洛成周地,浮杯上巳筵[②]。
斗鸡寒食下,走马射堂前[③]。
垂柳金堤合,平沙翠幕连[④]。
不知王逸少,何处会群贤[⑤]。

【题解】

此诗先写洛阳上巳日各种活动的盛况,后询问友人在何处度过节日,以示关爱之情。

【校注】

①诗题："黄九"，活字本作"王九迥"，凌本、嘉靖本、丛刊本作"王迥十九"。上巳：农历三月上旬巳日。洛中：唐东都洛阳。黄九：名迹未详。

②卜洛：《书·洛诰》："我乃卜涧水东、瀍水西，惟洛食。"周公卜择洛邑得吉兆而建为东都，后因称经营新都为卜洛。南朝梁谢瞻《张子房》："卜洛易隆替，兴乱罔不亡。"成周：指洛阳。浮杯：上巳日在曲水边流杯饮酒。唐徐坚《初学记》引《续齐谐记》："昔周公卜成洛邑，因流水以泛酒，故《逸诗》云：'羽觞随波流。'"

③"斗鸡"句：古人有寒食斗鸡为戏之俗。唐徐坚《初学记》："《荆楚岁时记》曰：去冬节一百五日，即有疾风甚雨，谓之寒食，禁火三日……《玉烛宝典》曰：此节（指寒食）城市尤多斗鸡卵之戏，《左传》有季郈斗鸡，其来远矣。"斗鸡：以鸡相斗的博戏。《淮南子·人间训》："鲁季氏与郈氏斗鸡，郈氏介其鸡，而季氏为之金距。"《战国策·齐策》："临淄甚富而实，其民无不吹竽鼓瑟，击筑弹琴，斗鸡走犬。"寒食：节日名。在清明节前一日或两日。走马：跑马，赛马。《汉书·宣帝纪》："高材好学，然亦喜游侠，斗鸡走马。"三国魏曹植《名都篇》："斗鸡东郊道，走马长楸间。"射堂：古时习射的场所。《晋书·成帝纪》："帝常欲于后园作射堂，计用四十金，以劳费乃止。"唐韩翃《寄徐州郑使君》："射堂草遍收残雨，官路人稀对夕天。"

④金堤：坚固的堤堰，后作为堤堰的美称。平沙：指广阔的沙原。南朝梁何逊《慈姥矶》："野雁平沙合，连山远雾浮。"唐张仲素《塞下曲》："朔雪飘飘开雁门，平沙历乱转蓬根。"翠幕：翠色的帷帐。晋潘岳《藉田赋》："青坛蔚其岳立兮，翠幕黕以云布。"晋张协《洛禊赋》："朱幔虹舒，翠幕霓连。"

⑤王逸少：东晋王羲之，字逸少。群贤：晋王羲之《兰亭集序》："永和九年，岁在癸丑，暮春之初，会于会稽山阴之兰亭，修禊事也。群贤毕至，少长咸集。"

【辑评】

方回《瀛奎律髓》："浩然作此诗时，其体未甚刻画，但细看亦自用工。第二句下'浮杯'字便着题。'平沙翠幕连'一句，看似未见工，久之乃见，祓禊而游者甚盛也。尾句用逸少事，所寄之人，适又姓王，切矣。”

李梦阳《孟浩然诗集》评点：“盛唐人皆如此作。”

闻裴侍御朏自襄州司户除豫州以投寄①

故人荆府掾，尚有柏台威②。
移职自樊沔，芳声闻帝畿③。
昔予卧林巷，载酒过柴扉④。
松菊无时赏，乡园欲懒归。

【题解】

此诗先写裴朏职官变迁情况；然后追忆裴朏曾携酒来田园探访自己；最后写自己以裴朏为知己，无裴朏共赏松菊，则归家毫无意义。

【校注】

①诗题：刘本、活字本、凌本、嘉靖本、丛刊本“豫州”下多“司户因”三字，刘本无“侍御”二字。裴侍御朏：即裴朏，唐王士源《孟浩然集序》称尚书侍郎河东裴朏与浩然为忘形之交。襄州：今湖北省襄阳市。司户：唐代州府司户参军。除：任命。豫州：唐代为蔡州，治今河南省汝南县。投寄：付寄。

②荆府掾：襄州僚属。荆府，指襄州。掾，对属官之通称。柏台：御史台的别称。汉御史府中列植柏树，常有野鸟数千栖其上。事见《汉书·朱博传》。后因以柏台称御史台。唐宋之问《和姚给事寓直之作》：“柏台迁鸟茂，兰署得人芳。”裴朏曾为侍御史，隶属御史台，掌纠举百僚，推鞫狱讼，故言其尚有柏台之威。

③樊沔：宋本作“樊衍”，据活字本、凌本、嘉靖本、丛刊本改。指樊城、沔水，代指襄州。芳声：美誉。汉祢衡《鹦鹉赋》：“羡芳声之远畅，伟灵表之可嘉。”三国魏曹丕《答繁钦书》：“芳声清激，逸足横集。”帝畿：犹京畿。指京都或京都及其附近地区。汉班固《西都赋》：“是故横被六合，三成帝畿；

周以龙兴，秦以虎视。”唐杜审言《赠苏味道》：“舆驾还京邑，朋游满帝畿。”

④林巷：山林陋巷。柴扉：柴门。亦指贫寒的家园。

江上寄山阴崔少府国辅[①]

春堤杨柳发，忆与故人期[②]。
草木本无性，荣枯自有时[③]。
山阴定远近，江上日相思。
不及兰亭会，空吟祓禊诗[④]。

【题解】

此诗写对友人崔国辅的殷殷思念之情。

【校注】

①诗题：宋本作“闻裴朏司户除豫州司户因以投赠”，与内容不合，当为错简。据刘本、活字本、凌本、嘉靖本、丛刊本改。江上：指永嘉江。山阴：在今浙江省绍兴市。

②期：约会。《国语·周语中》：“火之初见，期于司里。”三国吴韦昭注：“期，会也。”汉马融《长笛赋》：“薄凑会而凌节兮，驰趣期而赴蹶。”唐李善注：“期，会也。”

③无性：活字本、凌本、嘉靖本、丛刊本作“无意”。无性情。荣枯：草木繁茂与枯萎。

④兰亭会：王羲之与群贤在山阴兰亭的盛大聚会。祓禊：犹祓除，古祭名。源于古代“除恶之祭”。或濯于水滨（汉薛汉《韩诗章句》），或秉火求福（汉杜笃《祓禊赋》）。三国魏以前多在三月上巳，魏以后但在三月三日。然亦有延至秋季者（汉刘桢《鲁都赋》）。《后汉书·礼仪志上》：“是月上巳，官民皆絜于东流水上。”南朝梁刘昭注：“蔡邕曰：《论语》：‘暮春者，春服既成，冠者五六人，童子六七人，浴乎沂，风乎舞雩，咏而归。’自上及下，古有此

礼。今三月上巳，祓禊于水滨，盖出于此。”唐张志和《上巳日忆江南禊事》诗：“黄河西绕郡城流，上巳应无祓禊游。”

寄弟声①

献策金门去，承欢彩服违②。
以吾一日长，念尔聚星稀③。
昏定须温席，寒多未授衣④。
桂枝如可擢，早逐雁南飞⑤。

【题解】

此诗为作者送弟弟应举之作。先言弟弟别亲赴举，无有良伴；后言家事需要照理，望弟弟登科后迅速南归。

【校注】

①诗题：刘本、活字本、凌本、嘉靖本、丛刊本作“送洗然弟进士举”。宋本目录作“寄弟馨”。

②献策：唐代进士科考试须考试策问。《新唐书·选举志》：“凡进士，试时务策五道，帖一大经。经策全通为甲第；策通四，帖过四以上为乙第。”金门：金马门之省。汉代宫门名，为学士待诏之处。《史记·滑稽列传》：“金马门者，宦（者）署门也。门傍有铜马，故谓之曰‘金马门’。”汉扬雄《解嘲》：“与群贤同行，历金门上玉堂有日矣。”此指唐代进士省试。“承欢”句：《艺文类聚》引《列女传》：“老莱子孝养二亲，行年七十，婴儿自娱，著五色采衣。尝取浆上堂，跌仆，因卧地为小儿啼。或弄乌鸟于亲侧。”承欢：亲承父母之欢颜。违：离开。

③“以吾”句：《论语·先进》：“子路、曾皙、冉有、公西华侍坐。子曰：以吾一日长乎尔，毋吾以也。”宋邢昺疏：“言女等待吾，以吾年长于女，谦而少言，故云一日。”聚星：犹星聚。谓行星聚于某宿。也指友朋兄弟会聚。唐徐

坚《初学记》引南朝宋檀道鸾《续晋阳秋》："陈仲弓从诸子侄造荀季和父子，于时德星聚。大史奏，五百里内有贤人聚。"聚星稀，此指同道贤友不多。

④昏定：古代子女侍奉父母的日常礼节之一，指黄昏时，子女为父母安定床衽，服侍就寝。《礼记·曲礼上》："凡为人子者礼，冬温而夏凊，昏定而晨省。"温席：冬日严寒时，以身温暖床上席被，以待父母就寝。为古代事亲之孝行。晋干宝《搜神记》："事母性至孝，母年七十，天大寒，常以身自温席而后授其处。"《晋书·孝友传·王延》："延事亲色养，夏则扇枕席，冬则以身温被。"授衣：备制寒衣。

⑤"桂枝"句：指进士登第。桂枝："桂林一枝"的省言。《晋书·郄诜传》："（诜）累迁雍州刺史。武帝于东堂会送，问诜曰：'卿自以为何如？'诜对曰：'臣举贤良对策，为天下第一，犹桂林之一枝，昆山之片玉。'"原为自谦之词，谓自己只是群才之一。后用以喻登科及第，或喻科举考试中出类拔萃的人。唐司空曙《下第日书情寄上叔父》诗："欲归江海寻山去，愿报何人得桂枝。"宋梅尧臣《送门人欧阳秀才游江西》诗："无忘桂枝荣，举酒一以送。"擢：拔取；抽出。《庄子·骈拇》："枝于仁者，擢德塞（搴）性以收名声。"唐陆德明《经典释文》引晋司马彪曰："擢，拔也。"汉枚乘《上书谏吴王》："夫十围之木，始生而蘖，足可以搔而绝，手可擢而抓。"

【辑评】

胡仔《苕溪渔隐丛话前集》："《王直方诗话》：山谷尝谓余云：'作诗使史、汉间全语为有气骨。'后因读浩然诗，见'以吾一日长''异方之乐令人悲'及'吾亦从此逝'，方悟山谷之言。"

夜泊庐江闻故人在东林寺以诗寄之①

江路经庐阜，松门入虎溪②。
闻君寻寂乐，清夜宿招提③。
石镜山精怯，禅枝怖鸽栖④。
一灯如悟道，为照客心迷⑤。

【题解】

此诗先写作者舟经庐山停泊，方知故人已在东林寺；次写庐山具有驱邪扶弱的佛性；最后写孤灯明照，引人向佛。

【校注】

①庐江：《水经注·庐江水》："庐江水出三天子都，北过彭泽县西，北入于江。"

②庐阜：即庐山。南朝梁刘孝绰《酬陆长史倕》："命驾独寻幽，淹留宿庐阜。"松门：溪涧名。南朝宋谢灵运《入彭蠡口》："攀崖照石镜，牵叶入松门。"虎溪：溪名。见《疾愈过龙泉精舍呈易业二公》诗注。

③寂乐：寂静之乐，佛家修行的五乐之一。招提：梵语。音译为"拓斗提奢"，省作"拓提"，后误为"招提"。其义为"四方"。四方之僧称招提僧，四方僧之住处称为招提僧坊。北魏太武帝造伽蓝，创招提之名，后遂为寺院的别称。南朝宋谢灵运《答范光禄书》："即时经始招提，在所住山南。"《旧唐书·武宗纪》："寺宇招提，莫知纪极，皆云构藻饰，僭拟宫居。"

④石镜：山名。《水经注·庐江水》："山(庐山)东有石镜，照水之所出，有一圆石，悬崖明净，照见人形。晨光初散，则延曜入石，豪细必察，故名石镜焉。"山精：传说中的山间怪兽。《淮南子·氾论训》："山出枭阳。"汉高诱注："枭阳，山精也。人形，长大，面黑色，身有毛，足反踵，见人而笑。"南朝宋刘敬叔《异苑》："山精如人，一足，长三四尺，食山蟹，夜出昼藏。"唐中宗《石淙》："水炫珠光遇泉客，岩悬石镜厌山精。"禅枝：禅林，即寺院。怖鸽：佛教传说：一鸽为鹰所逐，飞向佛旁，佛以身影蔽鸽，鸽乃不怖。见《涅槃经》卷二八、《大智度论》卷十一。后诗文中常以"怖鸽"为穷无所归的典故。《艺文类聚》引南朝梁简文帝《谢赐钱启》："谨长充放生，用济含识；发弘誓愿，等供无边。效彼薄拘，均兹流水，方使怖鸽获安，穷鱼永乐。"

⑤一灯：佛家以灯喻法，称佛法如灯，能明迷暗。悟道：参悟佛理。心迷：心性迷惑。

【辑评】

刘辰翁《孟浩然诗集》评点："玄之又玄。"

贺贻孙《诗筏》:“看盛唐人诗,当从其气格浑老、神韵生动处赏之。字句之奇,特其余耳。如……孟浩然‘石镜山精怯,禅枝怖鸽栖’……此等语皆晚唐人所极意刻画者。”

宿庐江寄广陵旧游①

山暝闻猿愁,苍江急夜流②。
风鸣两岸叶,月照一孤舟③。
建德非吾土,维扬忆旧游④。
还将两行泪,遥寄海西头⑤。

【题解】

此诗写作者乘舟停宿桐庐江之时,因怀念扬州(即广陵)友人而作。诗境清寂,情绪上有较重的孤独感。

【校注】

①诗题:“庐江”,活字本、凌本、嘉靖本、丛刊本作“桐庐江”,当从。桐庐江,亦称桐江,为钱塘江流经桐庐县一带的别称。

②上句写日暮、山深、猿啼。诗人不禁情绪黯淡,愁情顿生。山暝:日色将暮山色昏暗。下句写江水急流,激起诗人不平静的感情。苍江:泛称桐庐江水。

③这两句写风吹叶鸣,月照孤舟,此情此境颇具孤寂感。

④这两句承上,交代作者孤寂感之由。建德:县名,为桐庐邻县。维扬:扬州的别称。《书·禹贡》:“淮海惟扬州。”“惟”,通“维”。后因截取二字以为名。北周庾信《哀江南赋》:“淮海维扬,三千余里。”诗人一方面觉得此地不是故乡,“虽信美而非吾土”,有独客异乡的惆怅;另一方面怀念扬州的老朋友。

⑤这两句写作者想凭着苍江夜流,把自己的两行热泪带给大海西头的

扬州旧友。海西头：扬州位于东海之西，故称海西头。隋炀帝《泛龙舟》："借问扬州在何处？淮南江北海西头。"

【辑评】

刘辰翁《孟浩然诗集》评点："'一孤舟'似病，天趣自得。"

李维桢《唐诗隽》："善写情景，萧索莫堪。"

陆时雍《唐诗镜》："三、四意象逼削，'一孤舟'毕竟多一字。"

周珽《唐诗选脉会通评林》："前半写宿庐江之景，后半叙寄旧游之意。"

沈德潜《唐诗别裁》："孟公诗高于起调，故清而不寒。"

李锳《诗法易简录》："前四句写宿桐庐江，已含'非吾土'意，后三句写寄广陵旧游，即以'非吾土'三字引起，盖以第五句承上起下作中轴也。"

黄叔灿《唐诗笺注》："上四句写夜境幽淡，读之亦觉孤寂，所以起下联'非吾土''忆旧游'也。"

黄培芳《唐贤三昧集》评点："一气，无气故不足以学王孟。"

高步瀛《唐宋诗举要》："健举，工于发端（首联下）。旅况寥落，情景如绘（'月照'句下）。情深语挚（末句下）。"

南还舟中寄袁太祝①

沿溯非便习，风波厌苦辛②。
忽闻迁谷鸟，来报五陵春③。
岭北回征棹，巴东问故人④。
花源何处是，游子正迷津⑤。

【题解】

此诗作者先写行舟之艰难；次写袁太祝高就之喜；最后写途经巴东，询问仙乡，为己指点迷津。

【校注】

①袁太祝：袁姓任太祝令者，名迹未详。太祝，为唐代太常寺属官。掌

祝辞祈祷之事。

②沿溯：顺流下行或逆流上行，引申为泛舟。便习：熟悉，习惯。《后汉书·孔奋传》："郡多氐人，便习山谷。"《后汉书·陈龟传》："家世边将，便习弓马。"此句说不惯于水行。

③迁谷鸟：《诗·小雅·伐木》："伐木丁丁，鸟鸣嘤嘤，出自幽谷，迁于乔木。"指袁氏从家乡至京师，担任太常寺太祝，任职于皇都，是为高迁。五陵：西汉五位皇帝的陵园。汉班固《西都赋》："南望杜霸，北眺五陵。"唐李善注："《汉书》曰：宣帝葬杜陵，文帝葬霸陵；高帝葬长陵，惠帝葬安陵，景帝葬阳陵，武帝葬茂陵，昭帝葬平陵。"五陵近京都，此代称长安。

④岭北：指五岭以北。此诗当为孟浩然去岭南探视袁太祝，恰逢袁已去武陵，报信给孟浩然，于是孟氏于岭北水路回棹，故有此寄。巴东：此当指武陵。武陵地处湖南省北部，当四川省东，故云。闻：凌本、嘉靖本、丛刊本作"问"。

⑤花源：指桃花源。此用陶渊明《桃花源记》中武陵渔人入桃花源事。迷津：犹迷路。宋梅尧臣《寄题苏子美沧浪亭》诗："曩子初去国，我勉勿迷津。"

【辑评】

杨慎《升庵诗话》："孟浩然诗'岭北回征帆，巴东问故人'。近苏州刻孟诗，改'征帆'为'征棹'，盖浅学妄改，非初刻误也。"

东陂遇雨率尔贻谢甫池①

田家春事起，丁壮就东陂②。
隐隐雷声作，森森雨足垂③。
海虹晴始见，河柳湿初稀④。
予意在耕凿，问君田事宜⑤。

【题解】

此诗写田家春耕之事，表现出诗人对于农务的关注之情。

【校注】

①东陂：东边山野。汉刘熙《释名·释山》："山旁曰陂，言陂陀也。"率尔：轻易貌，匆遽貌。晋陆机《文赋》："或操觚以率尔，或含毫而邈然。"谢甫池：生平未详。

②春事：春耕之事。《管子·幼官》："十二，地气发，戒春事。"唐李白《寄东鲁二稚子》："春事已不及，江行复茫然。"宋王初寮《象州上元》："幽怀不自闲，欲逐春事起。安得五亩园，种蔬引江水。"丁壮：少壮男子。汉刘熙《释名·释长幼》："三十曰壮，言丁壮也。"

③隐隐：活字本、凌本、嘉靖本、丛刊本作"殷殷"。象声词。《后汉书·天文志上》："须臾有声，隐隐如雷。"晋傅玄《杂言》："雷隐隐，感妾心，倾耳清听非车音。"森森：大雨紧密。晋张协《杂诗十首》之四："翳翳结繁云，森森散雨足。"唐李善注："蔡雍《霖赋》曰：瞻玄云之晻晻，悬长雨之森森。"唐刘良注："森森，雨散貌。"雨足：犹雨脚。

④湿初稀：活字本、凌本、嘉靖本、丛刊本作"润初移"。

⑤耕凿：凌本、嘉靖本、丛刊本作"耕稼"。耕田凿井。语出古诗《击壤歌》："日出而作，日入而息，凿井而饮，耕田而食，帝力于我何有哉？"后常用"耕凿"形容人民辛勤劳动，生活安定。唐太宗《临层台赋》："肆黎元于耕凿，一文轨于车书。"这里泛指耕种，务农。南朝梁萧统《锦带书十二月启·太簇正月》："某执鞭贱品，耕凿庸流，沈形南亩之间，滞迹东皋之上。"

【辑评】

刘辰翁《孟浩然诗集》评点："似目前而非目前。"

李梦阳《孟浩然诗集》评点："'河柳润初移'，似晚唐句。"

李庆甲《瀛奎律髓汇评》引纪昀评："通体自然，不但起句、末句。"又："五句天象，参以'河柳'，似偏枯，然主意在一'润'字，正承雨正说下耳。"

行至汝坟寄卢征君[1]

行乏憩余驾，依然见汝坟[2]。
洛川方罢雪，嵩嶂有残云[3]。
曳曳半空里，明明五色分[4]。
聊题一时兴，因寄卢征君。

【题解】

此诗写作者冬季出行，临近嵩山卢征君隐居处，题诗寄之，以表达景慕之情。

【校注】

①汝坟：指古汝水堤岸。《诗·周南·汝坟》："遵彼汝坟，伐其条枚。"毛传："汝，水名也。坟，大防也。"卢征君：卢鸿一。《唐才子传》："鸿字浩然，隐居嵩山。博学，善八分书，工诗，兼画山水树石。开元初，玄宗备礼征再三，不至。"征君，古代不接受朝廷征召的高士。

②余驾：即我的马。

③洛川：指洛水流域的平原。嵩嶂：即嵩山。

④曳曳：飘动貌。宋梅尧臣《同韩玉汝谒裴如晦》诗："逡巡冠带出，青绶何曳曳！"明明：明亮。三国魏曹操《短歌行》："明明如月，何时可掇！"唐刘商《胡笳十八拍·第四拍》："漫漫胡天叫不闻，明明汉月应相识。"五色：泛指各种颜色。《老子》："五色令人目盲，五音令人耳聋，五味令人口爽。"三国魏曹丕《芙蓉池》："上天垂光采，五色一何鲜。"唐韩愈《谢自然诗》："檐楹暂明灭，五色光属联。"

寄天台道士①

海上求仙客，三山望几时②。
焚香宿华顶，裛露采灵芝③。
屡蹑莓苔滑，将寻汗漫期④。
倘因松子去，长与世人辞⑤。

【题解】

此诗先写道士盼望海上三神山仙客来临，次写道士修道之生活状况，最后设想道士成仙飞升的情景。

【校注】

①天台：天台山。道士：指炼丹服药、修道求仙之士，或指道教徒。

②“海上”二句：《史记・秦始皇本纪》：“齐人徐市等上书，言海中有三神山，名曰蓬莱、方丈、瀛洲，仙人居之。请得斋戒，与童男女求之。于是遣徐市发童男女数千人，入海求仙人。”此指天台道士。

③焚香：烧香。北周庾信《三月三日华林园马射赋》：“属车釃酒，复道焚香。”华顶：天台山峰名。裛露：濡露，沾露。裛，通“浥”。沾湿。晋陶渊明《饮酒》：“秋菊有佳色，裛露掇其英。”唐王维《送元二使安西》：“渭城朝雨浥轻尘，客舍青青柳色新。”灵芝：传说中的瑞草、仙草。汉张衡《西京赋》：“浸石菌于重涯，濯灵芝以朱柯。”三国吴薛综注：“石菌、灵芝，皆海中神山所有神草名，仙之所食者。”《云笈七签》：“口衔灵芝，降于形中，是谓真仙之术。”

④莓苔：青苔。汗漫期：不可知之期。指长生不死，得道成仙。汗漫，渺茫不可知。《淮南子・道应训》：“吾与汗漫期于九垓之外。”汉高诱注：“汗漫，不可知之也。”后附会为仙人的名字。晋张协《七命》：“过汗漫之所不游，蹑章亥之所未迹。”唐李白《庐山谣寄卢侍御虚舟》：“先期汗漫九垓

上，愿接卢敖游太清。”

⑤倘：倘若。因：依从。松子：赤松子。传说中的古仙人名。

和张明府登鹿门山[①]

忽示登高作，能宽旅寓情[②]。
弦歌既多暇，山水思微清[③]。
草得风光动，虹因雨气成。
谬承巴俚和，非敢应同声[④]。

【题解】

此诗先写读张子容登高之作，能宽慰羁旅情思；次写张氏能推行礼乐教化，闲暇出游观赏风景；再写自己所作粗鄙，虽为应和张诗，但不能与同道之高唱相匹。

【校注】

①张明府：指襄阳人张子容。

②旅寓：旅居。唐王勃《春思赋序》：“春秋二十有二，旅寓巴蜀。”唐元稹《莺莺传》：“旅寓惶骇，不知所托。”唐司空图《书屏记》：“今旅寓华下，于进士姚颢所居获览《书品》及徐公评论。”

③弦歌：指治理政事。此指张子容。多暇：《晋书·夏侯湛传》：“政清务闲，优游多暇。”南朝梁萧琛《和元帝》：“案牍时多暇，优游阅典坟。”

④谬：自谦之词。承：奉。巴俚：同“巴里”。巴人下里之省称，与高雅的阳春白雪对称。楚国民间野人之歌谣曰俚。此为自谦之词。同声：志趣相同。

【辑评】

方回《瀛奎律髓》：“‘草得风光动，虹因雨气成。’亦佳。”

李梦阳《孟浩然诗集》评点：“‘草得风光动’二句，虽细不伤。”

和张二自穰县还途中遇雪[①]

风吹沙海雪，渐作柳园春[②]。
宛转随香骑，轻盈伴玉人[③]。
歌疑郢中客，态比洛川神[④]。
今日南归楚，双飞似入秦[⑤]。

【题解】

此诗先写张二归途遇雪；再盛赞张二才学之高，妻子之美以及成双作对归楚之欢快情景。

【校注】

①诗题："张二"，活字本、凌本、嘉靖本、丛刊本作"张三"。张二：名迹未详。穰县：今河南省邓州市。

②沙海：古地名。在今河南省开封市境内。《战国策·东周策》："夫梁之君臣欲得九鼎，谋之晖台之下、少海之上。"元吴师道补注："'少'当作'沙'。《九域图》，开封有沙海，引此。"

③宛转：婉曲随顺。香骑：美女的坐骑。唐沈佺期《幸梨园亭观打球应制》："宛转萦香骑，飘飖拂画球。"玉人：此喻指女子容貌如玉之美。南朝陈陈暄《洛阳道》："路傍避骢马，车中看玉人。"

④郢中客：言才子之曲高。此用战国宋玉《对楚王问》事，见《同曹三御史泛湖归越》"巴歌"注。洛川神：言佳人之貌美。三国魏曹植《洛神赋》描写洛川神女之美："睹一丽人于岩之畔……其形也，翩若惊鸿，婉若游龙。荣曜秋菊，华茂春松。仿佛兮若轻云之蔽月，飘飖兮若流风之回雪。远而望之，皎若太阳升朝霞；迫而察之，灼若芙蕖出渌波。"

⑤双飞：成对飞翔，多喻夫妇。此指张二携玉人归楚。《古诗十九首》其十二："思为双飞燕，衔泥巢君屋。"三国魏曹丕《清河作》："愿为晨风鸟，

双飞翔北林。”入秦：进入秦地。秦，指长安。

【辑评】

刘辰翁《孟浩然诗集》评点：“便是浩然诗流丽，非尽枯涩，更极恋看。”

黄培芳《唐贤三昧集》评点：“襄阳乃有此艳笔，得之咏雪，尤奇！”

岁除夜会乐城张少府宅①

畴昔通家好，相知无间然②。
续明催画烛，守岁接长筵③。
旧曲梅花唱，新正柏酒传④。
客行随处乐，不见度年年。

【题解】

此诗写在好友张子容家听歌饮酒，欢度除夕之夜的情景。

【校注】

①宋本无此首，据刘本、活字本、凌本、嘉靖本、丛刊本补。岁除夜：即除夕。乐城：今浙江省乐清市。张少府：张子容。

②通家：犹世交。《后汉书·孔融传》：“语门者曰：‘我是李君通家子弟。’”唐卢照邻《哭明堂裴主簿》：“缔欢三十载，通家数百年。”无间然：关系密切，没有隔阂。然，助词。

③续明：继续供给光亮。画烛：有画饰之烛。唐李峤《烛》：“兔月清光隐，龙盘画烛新。”守岁：阴历除夕终夜不睡，以迎候新年的到来，谓之守岁。晋周处《风土记》：“蜀之风俗，晚岁相与馈问，谓之馈岁；酒食相邀为别岁；至除夕达旦不眠，谓之守岁。”

④梅花：《梅花落》的省称。唐李白《观胡人吹笛》：“十月吴山晓，《梅花》落敬亭。”《梅花落》，汉乐府横吹曲名。《乐府诗集·横吹曲辞四·梅花落》郭茂倩题解：“《梅花落》本笛中曲也。按唐大角曲，亦有《大单于》《小单

于》《大梅花》《小梅花》等曲，今其声犹有存者。"隋江总《梅花落》："长安少年多轻薄，两两常唱《梅花落》。"新正：农历正月初一，元旦。唐薛逢《元日田家》："相逢但祝新正寿，对举那愁暮景催。"柏酒：即柏叶酒，以柏叶浸制。古代习俗，谓春节饮之，可以辟邪。南朝梁宗懔《荆楚岁时记》："正月一日……于是长幼悉正衣冠，以次拜贺，进椒、柏酒，饮桃汤。"唐杜审言《守岁侍宴应制》："弹弦奏节梅风入，对局探钩柏酒传。"

【辑评】

刘辰翁《孟浩然诗集》评点："正言似反。"（谓末二句）

自洛之越[1]

遑遑三十载，书剑两无成[2]。
山水寻吴越，风尘厌洛京[3]。
扁舟泛湖海，长揖谢公卿[4]。
且乐杯中物，谁论世上名[5]。

【题解】

此诗写自己而立之年功名无成，决意放弃仕途，优游山水。

【校注】

①洛：今河南省洛阳市。越：指今浙江一带，古时为越地。

②遑遑：惊恐匆忙，心神不定。《列子·杨朱》："遑遑尔竞一时之虚誉，规死后之余荣；偊偊尔慎耳目之观听，惜身意之是非。"晋陶渊明《归去来兮辞》："寓形宇内复几时，曷不委心任去留，胡为乎遑遑欲何之？""书剑"句：《史记·项羽本纪》："项籍少时，学书不成，去；学剑，又不成。"此处犹言一事无成。书剑，谓学文学武。

③吴：指今江苏一带，古时为吴地。风尘：宦途，官场。晋葛洪《抱朴子·交际》："驰骋风尘者，不懋建德业，务本求己。"洛京：洛阳是著名古都，

唐时又为东都，故称洛京。南朝陈陈叔宝《洛阳道五首》之一："喧哗照邑里，遨游出洛京。"

④长揖：拱手高举，自上而下行礼。泛指行礼致意。晋郭璞《游仙诗》："高蹈风尘外，长揖谢夷齐。"又："长揖当涂人，去来山林客。"谢：辞别。公卿：三公九卿的简称，泛指朝廷高官。

⑤杯中物：指酒。晋陶渊明《责子》："天运苟如此，且进杯中物。""谁论"句：《晋书・张翰传》："或谓之曰：'卿乃可纵适一时，独不为身后名耶？'答曰：'使我有身后名，不如即时一杯酒。'"

【辑评】

李梦阳《孟浩然诗集》评点："何等气魄。"

归至郢中①

远游经海峤，返棹归山阿②。
日夕见乔木，乡关在伐柯③。
愁随江路尽，意入郢门多④。
左右看桑土，依然即匪他⑤。

【题解】

此诗为孟浩然漫游吴越返乡途中之作，写出了久客吴越之地，得返襄阳故乡的喜悦之情。

【校注】

①郢中：指唐代郢州，在今湖北钟祥、京山一带。

②海峤：海边山岭。此泛指浙江沿海一带。唐张九龄《送使广州》："家在湘源住，君今海峤行。"山阿：山的曲折处。战国屈原《九歌・山鬼》："若有人兮山之阿，被薜荔兮带女萝。"汉王逸注："阿，曲隅也。"后借指山野隐居。

③日夕：朝夕。乔木：指故乡。乡关：故乡。伐柯：《诗·豳风·伐柯》："伐柯伐柯，其则不远。"汉郑玄笺："则，法也。伐柯者必用柯，其大小长短，近取法于柯，所谓不远求也。"这句说距离家乡已经不远。

④郢门：本指郢都之门。唐骆宾王《宿山庄》："露积吴台草，风入郢门楸。"此指郢州城门。

⑤桑土：宜于植桑的土地。《书·禹贡》："桑土既蚕，是降丘宅土。"唐孔颖达疏："宜桑之土既得桑养蚕矣。"《史记·夏本纪》："九河既道，雷夏既泽，雍沮会同，桑土既蚕，于是民得下丘居土。"此指乡土。匪他：兄弟的代称。《诗·小雅·頍弁》："岂伊异人，兄弟匪他。"汉郑玄笺："皆兄弟，与王无他。"这句说乡土情深，远非他乡可比。

【辑评】

刘辰翁《孟浩然诗集》评点："虽无好处，亦是实见。比'爱渺茫'更切。"

钟惺、谭元春《唐诗归》："'伐柯'字用得板重而灵幻。"

唐汝询《汇编唐诗十集》："此乃潘岳句，非孟创。"（谓"乡关在伐柯"）

途中遇晴①

已失巴陵雨，犹逢蜀坂泥②。
天开斜景遍，山出晚云低③。
余湿犹沾草，残流尚入溪。
今宵有明月，乡思远凄凄④。

【题解】

此诗写入蜀途中晚雨放晴之景，以及思乡之情。

【校注】

①宋本无此首，据刘本、活字本、凌本、嘉靖本、丛刊本补。

②巴陵：今湖南省岳阳市。蜀坂：蜀地山坡。

③天开：指雨后天晴，云彩散去，天空开朗。晋郭璞《江赋》："鼷如地

裂，豁若天开。”斜景：日夕之光。唐王勃《仲氏宅宴序》：“顾斜景而危心，瞻火云而变色。”

④凄凄：悲伤貌。古乐府《皑如山上雪》：“凄凄复凄凄，嫁娶不须啼。”南朝宋谢惠连《西陵遇风献康乐》：“凄凄留子言，眷眷浮客心。”

【辑评】

刘辰翁《孟浩然诗集》评点：“起四句不似着意，好语！好语！清婉萧闲，略逗钱、刘音调。”

方回《瀛奎律髓》：“三、四壮浪，五、六细润，形容雨晴，妙甚。”

李梦阳《孟浩然诗集》评点：“通透。”

钟惺、谭元春《唐诗归》：“十字说题确甚。”又：“遍字真。”又：“不说晴说雨，妙。”

沈德潜《唐诗别裁》：“状晚霁如画。”

卢麰、王溥《闻鹤轩初盛唐近体读本》：“苍幽合作，无一恒笔。”又：“起二是前一层，三、四方说向晴，五、六写初晴景最确，结作预拟之辞，余波更乃不竭。吴曰：画不能及（‘天开’句下）。”

夕次蔡阳馆①

日暮马行疾，城荒人住稀。
听歌知近楚，投馆忽如归②。
鲁堰田畴广，章陵气色微③。
明朝拜嘉庆，须著老莱衣④。

【题解】

此诗写作者归途日晚，投宿蔡阳馆的情景，表达了作者急于还家省亲的心境。

【校注】

①诗题：活字本、凌本、嘉靖本、丛刊本无“夕次”。次：止宿。蔡阳馆：

蔡阳县之客馆。蔡阳，旧县名，在今湖北省枣阳市。

②听歌：战国屈原《大招》："魂乎归徕，听歌撰只。"汉王逸注："撰，具也。言观听众乐，无不具也。"

③鲁堰：在今枣阳市境内。田畴：田地。《礼记·月令》："季夏之月……可以粪田畴，可以美土疆。"章陵：在今枣阳市东。气色：景色；景象。南朝宋谢惠连《西陵遇风献康乐》："萧条洲渚际，气色少谐和。"《新唐书·李光弼传》："其代子仪朔方也，营垒、士卒、麾帜无所更，而光弼一号令之，气色乃益精明云。"

④拜嘉庆：一般作"拜家庆"。久别归家省亲。南朝宋颜延之《秋胡诗》："上堂拜嘉庆，入室问何之。"唐吕向注："见母，故云拜嘉庆。"宋葛立方《韵语阳秋》："唐人与亲别而复归，谓之拜家庆。"老莱衣：《艺文类聚》引《列女传》："老莱子孝养二亲，行年七十，婴儿自娱，著五色采衣，尝取浆上堂，跌仆，因卧地为小儿啼。"后因用"老莱衣"为孝养父母的典故。

他乡七夕①

他乡逢七夕，旅馆益羁愁②。
不见穿针妇，空怀故国楼③。
绪风初减热，新月始临秋④。
谁忍窥河汉，迢迢望斗牛⑤。

【题解】

此诗先写作者羁旅他乡，七夕之夜，思念妻子家园；再写窥望天上星月，思及牛女之事，加重自己怀归之苦。

【校注】

①七夕：农历七月七日晚。唐徐坚《初学记》："《荆楚岁时记》曰：'七夕，妇人结彩缕，穿七孔针，或以金银鍮石为针。陈瓜果于庭中以乞巧。'"

相传牵牛、织女二星于是夕相会。

②羁愁：旅人的愁思。南朝齐江孝嗣《北戍琅琊城》："薄暮苦羁愁，终朝伤旅食。"唐陈子良《入蜀秋夜宿江渚》："故乡千里外，何以慰羁愁。"

③穿针：旧时风俗，七夕时妇女穿七孔针向织女星乞求智巧。故国：故乡；家乡。唐曹松《送郑谷归宜春》诗："无成归故国，上马亦高歌。"宋叶适《故知枢密院事资政殿大学士施公墓志铭》："祈归故国，草木华润；世韪其退，有考其进。"

④绪风：余风。战国屈原《九章·涉江》："乘鄂渚而反顾兮，欸秋冬之绪风。"汉王逸注："绪，余也……向秋冬北风，愁而长叹。"新月：农历每月初出的弯形的月亮。南朝陈阴铿《五洲夜发》："夜江雾里阔，新月迥中明。"清俞樾《茶香室续钞·七夕用六日》："宋张耒《柯山集》有《七月六日》二首，其第二首云'黄昏楼角看新月，还是去年牛女时'。"

⑤河汉：即天河。唐徐坚《初学记》："天河谓之天汉。亦曰云汉、星汉、河汉、清汉、银汉。"迢迢：遥远貌。《古诗十九首》其十："迢迢牵牛星，皎皎河汉女。"斗牛：二十八星宿中的斗宿与牛宿。

夜泊牛渚趁钱八不及①

星罗牛渚夕，风退鹢舟迟。
浦溆常同宿，烟波忽间之②。
榜歌空里失，船火望中疑③。
明发泛潮海，茫茫何处期④。

【题解】

此诗写作者舟行至牛渚山，天色已晚。本来欲与钱八同宿海滨，但为烟水阻隔，不能相会。明天各奔前程，湖海茫茫，不知何时何处重逢。

【校注】

①牛渚：指牛渚矶，在今安徽省马鞍山市西南长江边，为牛渚山北部突

出于长江中的部分,又名采石矶,是沟通大江南北的重要渡口。趁:追逐,追赶。钱八:名迹未详。

②浦溆:水边。唐杨炯《青苔赋》:“桂舟横兮兰枻触,浦溆邅回兮心断续。”唐杜甫《戏题王宰画山水图歌》:“舟人渔子入浦溆,山木尽亚洪涛风。”烟波:水面上苍茫的雾霭。

③榜歌:船夫所唱的歌。南朝梁虞骞《寻沈剡夕至嵊亭》:“榜歌唱将夕,商子处方昏。”唐刘长卿《七里滩重送》:“秋江渺渺水空波,越客孤舟欲榜歌。”船火:船上的灯火。

④明发:早晨起程。潮海:海潮。

晚入南山[①]

瘴气晓氛氲,南山复水云[②]。
鲲飞今始见,鸟堕旧来闻[③]。
地接长沙近,江从泊渚分[④]。
贾生曾吊屈,子亦痛斯文[⑤]。

【题解】

此诗写晚入南山之见闻。南山地处长沙,气候湿热,瘴气氛氲。贾谊曾贬谪于此,作文哀悼屈原,抒发自己怀才不遇之苦况。作者来此,亦有萧条异代之悲。

【校注】

①诗题:“晚”,刘本、活字本、凌本、嘉靖本、丛刊本作“晓”。南山:此指湖南省长沙市的岳麓山。《元和郡县图志·潭州·长沙县》:“岳麓山在县西南,隔湘水六里,盖衡山之足也,故以麓为名。”

②瘴气:南方山林间因湿热蒸郁而成的有毒之气,人触之易生病。氛氲:盛貌。

③鲲飞:《庄子·逍遥游》:“北冥有鱼,其名为鲲。鲲之大,不知其几千里也。化而为鸟,其名为鹏。鹏之背,不知其几千里也;怒而飞,其翼若垂天之云。”鸟堕:《后汉书·马援传》:“当吾在浪泊、西里间,虏未灭之时,下潦上雾,毒气熏蒸,仰视飞鸢跕跕堕水中。”

④“江从”句说湘江随橘洲而暂分流。江:指湘江。泊渚:指橘洲。

⑤贾生:指贾谊。《史记·屈原贾生列传》:“(汉文帝)不用其议,乃以贾生为长沙王太傅。贾生既辞往行,闻长沙卑湿,自以寿不得长,又以适去,意不自得。及渡湘水,为赋以吊屈原。”斯文:儒士;文人。《后汉书·应劭传》:“夫睹之者掩口卢胡而笑,斯文之族,无乃类旃。”唐杜甫《壮游》:“斯文崔魏徒,以我似班扬。”

夜渡湘水①

客舟贪利涉,暗里渡湘川②。
露气闻芳杜,歌声识采莲③。
榜人投岸火,渔子宿潭烟④。
行侣时相问,浔阳何处边⑤。

【题解】

此诗写夜渡湘江之观感,表现出作者淡雅、闲适的情怀。

【校注】

①湘水:即湘江。源出广西壮族自治区,东北流贯湖南省东部,经长沙市入洞庭湖。为湖南省最大河流。

②湘川:即湘江。晋陆机《前缓声歌》:“北征瑶台女,南要湘川娥。”晋庾阐《三月三日》:“心结湘川渚,目散冲霄外。”

③芳杜:杜若的香气。杜若,香草名。多年生草本,高一二尺。叶广披针形,味辛香。夏日开白花。果实蓝黑色。战国屈原《九歌·湘君》:

"采芳洲兮杜若，将以遗兮下女。"唐骆宾王《同辛簿简仰酬思玄上人林泉四首》之四："芳杜湘君曲，幽兰楚客词。"采莲：即《采莲曲》。南朝梁何逊《寄江州褚谘议》："因君奏《采莲》，为余吟《别鹤》。"《采莲曲》，乐府清商曲名。本于"江南可采莲，莲叶何田田"的《江南曲》。南朝梁武帝《江南弄》七曲，《采莲曲》为其一。又南朝梁羊侃有爱姬张静婉，美丽善舞。侃尝自制《采莲曲》，乐府称《张静婉采莲曲》。

④榜人：船夫，舟子。汉司马相如《子虚赋》："榜人歌，声流喝，水虫骇，波鸿沸。"晋郭璞注引三国魏张揖曰："榜，船也。"唐吴筠《舟中夜行》："榜人识江路，挂席从宵征。"

⑤行侣：出行的旅伴。浔阳：英华本作"涔阳"，当从。浔阳在江西，与湘水无涉。清赵执信《谈龙录》引清阎若璩语云："孟襄阳诗：'行侣时相问，涔阳何处边。''涔'讹'浔'，涔阳近湘水，浔阳则辽绝矣！"战国屈原《九歌·湘君》："望涔阳兮极浦，横大江兮扬灵。"宋洪兴祖补注："今澧州有涔阳浦。"

【辑评】

刘辰翁《孟浩然诗集》评点："清润自喜。"

焦袁熹《此木轩论诗汇编》："句句是'暗里'（'露气'二句下）。"又："不言不笑。"

沈德潜《唐诗别裁》："行旅，自谓；问者，问榜人渔子也。"

宋宗元《网师园唐诗笺》："写夜景极清新（'露气'二句下）。"

卢麰、王溥《闻鹤轩初盛唐近体读本》："语语夜渡，声调松脆。二句着'暗里'字，向后承此申写，方不鹘突，古人作诗细密乃尔。结意正缴足'贪利涉'句耳。汪曰：'岸火''潭烟'，琢对工巧。'时相问'三字趣。"

王寿昌《小清华园诗谈》："佳句自来难得有偶……孟襄阳之'渔子宿潭烟'……皆系兴会所至，偶然而得。强欲偶之，虽费尽苦思，终不能敌，是盖有不可以力争者。"

赴京途中遇雪[1]

迢递秦京道，苍茫岁暮天[2]。
穷阴连晦朔，积雪满山川[3]。
落雁迷沙渚，饥鹰集野田[4]。
客愁空伫立，不见有人烟[5]。

【题解】

此诗作于开元十五年(727 年)冬，写作者赴京应进士试，途中遇雪所见到的凄寒景象。置身此境，作者联想自己功名无成，前途难测，内心惆怅空虚正如眼前杳无人烟的荒凉之景。

【校注】

①赴京：奔赴京师长安。

②迢递：遥远貌。三国魏嵇康《琴赋》："指苍梧之迢递，临回江之威夷。"唐吕向注："迢递、威夷，长貌。"晋左思《吴都赋》："旷瞻迢递，迥眺冥蒙。"晋刘渊林注："迢递，远貌。"秦京：指唐都长安，旧为秦地。晋陆机《齐讴行》："孟诸吞楚梦，百二侔秦京。"苍茫：广阔无边而模糊不清的样子。晋潘岳《哀永逝文》："视天日兮苍茫，面邑里兮萧散。"南朝梁沈约《夕行闻夜鹤》："海上多云雾，苍茫失洲屿。"岁暮：岁末。

③穷阴：天气极其阴沉。南朝宋鲍照《舞鹤赋》："于是穷阴杀节，急景凋年。"晦朔：晦，阴历每月末一日。朔，阴历每月初一日。晋郭璞《游仙诗十四首》之七："晦朔如循环，月盈已复魄。"

④上句说积雪覆盖沙渚，大雁找不到栖息之处。沙渚：沙洲。南朝宋谢惠连《泛湖归出楼中玩月》："哀鸿鸣沙渚，悲猿响山椒。"

⑤客愁：行旅怀乡的愁思。人烟：指人家。三国魏曹植《送应氏诗二首》其一："中野何萧条，千里无人烟。"南朝陈周弘让《留赠山中隐士》："忽

见茅茨屋，暖暖有人烟。”

【辑评】

刘辰翁《孟浩然诗集》评点：“决不为小儿语求工者，大方语绝无峻处。”

方回《瀛奎律髓》：“规模好。”

李梦阳《孟浩然诗集》评点：“不得‘落雁’一联，终伤于旷。”

朱之荆《增订唐诗摘钞》：“点‘雪’只第四一句，前具雪意，后借雪中人物衬托，真能写雪之神者。”

卢𬀪、王溥《闻鹤轩初盛唐近体读本》：“三、四高苍，结亦有致。李白山曰：只第三写遇雪，前是未雪时景，后是雪霁时景。凡作诗，须实少，虚处多，方有余地。浅夫喋喋，徒辞费耳。”

李庆甲《瀛奎律髓汇评》：“纪昀：此所谓唐人矩度，古格存焉，不可废也。然效之则易入空腔，虚谷评此三字最斟酌。”

宿武阳川①

川暗夕阳尽，孤舟泊岸初②。
岭猿相叫啸，潭嶂似空虚③。
就枕灭明月，扣船闻夜渔④。
鸡鸣问何处，人物是秦余⑤。

【题解】

此诗写宿武陵之见闻，在细腻的写景中渲染武陵的神奇色彩和超然物外的氛围，表达作者对桃花源的无限向往之情，也流露出作者宁静淡泊的心境。

【校注】

①诗题：活字本、凌本、嘉靖本、丛刊本作“宿武陵即事”，当从。武阳川：武阳唐属融州，今广西融水苗族自治县。考孟浩然一生，似乎未曾到过

此地，故此武阳，当为武陵较恰。武陵，治今湖南常德。

②泊岸：停舟靠岸。北周王褒《玄圃浚池临泛奉和》："对楼还泊岸，迎波暂守风。"

③潭嶂：倒映入水的山峰。

④减明月：活字本、凌本、嘉靖本、丛刊本作"灭明烛"。扣船：叩击船舷。夜渔：夜间捕鱼。南朝齐谢朓《夏始和刘潺陵》："良宰朂夜渔，出入事朝汲。"

⑤人物是秦余：人物是秦人的后代。用晋陶渊明《桃花源记》所载秦人避乱，率妻子邑人入桃源绝境，劳作生息，不复出之故事。这句有赞赏当地民风淳朴之意。

【辑评】

刘辰翁《孟浩然诗集》评点："随意唱出，自无俗气。"又："以孟高情逸调，客中静夜，无怪乎屡见佳什也。"

屈复《唐诗成法》："自夕阳初泊时写到鸡鸣，皆是景中见情，无一呆笔。盖烛灭闻渔，则一夜不寐可知，方可紧接'鸡鸣'字。"

顾安《唐律消夏录》："将一宿情景逐字叙出，即事诗必如此方妙。"

卢辬、王溥《闻鹤轩初盛唐近体读本》："步步所致。三、四放笔，不为律缚；五、六峭，本色之刻意者。此公神足，到家后，便复指作自如如此。"又："古人作诗，入手便经喝破，或就正说，或从反起，法虽不一，要令阅者展卷了然，即或抹去题面，皆可默会。"

同卢明府饯张郎中除义王府司马就张海园作①

上国星河列，贤王甲第开②。
故人分职去，潘令宠行来③。
冠盖趋梁苑，江山失楚材④。
预愁轩骑动，宾客散池台⑤。

【题解】

此诗为赠别诗。写故人张子容应聘将行，作者与卢僎共同为之饯别，表达了作者为好友行将离去而依依不舍的悲愁心情。

【校注】

①诗题："张海园"，宋本作"张瓜海"，据刘本改。凌本、嘉靖本、丛刊本作"海园"，无"张"字。活字本题作"同卢明府饯王郎中愿除义王府司马海园作"。卢明府：卢僎。张郎中：张子容。义王：指唐玄宗李隆基第二十四子李玭。司马：王府官属。海园：张子容园亭。

②上句说唐玄宗分封众王子为诸王。上国：指京师。南朝梁江淹《四时赋》："忆上国之绮树，想金陵之蕙枝。"下句说义王李玭开府置官属事。贤王：指义王李玭。甲第：豪门贵族的宅第。《史记·孝武本纪》："赐列侯甲第，僮千人。"南朝宋裴骃集解引《汉书音义》："有甲乙第次，故曰第。"汉张衡《西京赋》："北阙甲第，当道直启。"三国吴薛综注："第，馆也；甲，言第一也。"

③上句说张子容即将上任。分职：分掌职事。《书·周官》："六卿分职。"《周礼·天官》："设官分职，以为民极。"下句说卢僎来任襄阳令。潘令：指西晋潘岳。潘岳曾任河阳令、怀令、长安令。此借指卢僎。宠行：赠诗文送别，以壮行色。

④冠盖：本指官吏之冠服、车乘。此指仕宦，贵官。汉班固《西都赋》："绂冕所兴，冠盖如云。"梁苑：汉梁孝王游赏之东苑(也叫兔园)。在今河南开封东南。此指义王李玭之苑。楚材：楚地之人才，此指张子容。

⑤预愁：指在忧愁之中。轩骑：车马。池台：池苑楼台。

【辑评】

刘辰翁《孟浩然诗集》评点："上句壮。"又："极典刑，末意更浓。"

途　次[1]

客行愁落日，乡思重相催。
况在他山外，天寒夕鸟来[2]。

雪深迷郢路，云暗失阳台[3]。
可叹栖惶子，高歌谁为媒[4]。

【题解】

此诗写作者客居他乡，日夕怀土，同时也抒发了其遑遑不遇，无人援引的悲伤之情。

【校注】

①诗题：活字本、凌本、嘉靖本、丛刊本作“落日望乡”。

②他山：指异乡。《诗·小雅·鹤鸣》：“他山之石，可以为错。”汉郑玄笺：“他山，喻异国。”夕鸟：南朝梁沈约《直学省愁卧》：“网虫垂户织，夕鸟依檐飞。”南朝梁鲍泉《秋日》：“夕鸟飞向日，余蚊聚逐光。”

③郢路：战国屈原《九章·哀郢》：“惟郢路之辽远兮，江与夏之不可涉。”此指故乡。阳台：战国宋玉《高唐赋序》：“昔者先王尝游高唐，怠而昼寝，梦见一妇人，曰：‘妾巫山之女也，为高唐之客，闻君游高唐，愿荐枕席。’王因幸之。去而辞曰：‘妾在巫山之阳，高丘之岨，旦为朝云，暮为行雨，朝朝暮暮，阳台之下。’”此泛指荆襄楚地。

④栖惶子：作者自指。栖惶，悲伤不安。媒：中介。此处为引荐之意。

永嘉上浦馆送张子容[1]

逆旅相逢处，江村日暮时[2]。
众山遥对酒，孤屿共题诗[3]。
廨宇邻鲛室，人烟接岛夷[4]。
乡关万余里，失路一相悲[5]。

【题解】

此诗先写与好友张子容相逢之时间、地点；次写与其诗酒游憩；再言及子容贬所之荒僻，悲叹同有天涯沦落之遭际。

【校注】

①诗题："上浦"，活字本作"浦上"。"送张子容"，活字本、凌本、嘉靖本、丛刊本作"逢张八子容"，英华本作"逢张客卿"。永嘉：治今浙江温州。上浦馆：《清一统志·温州府》："上浦馆在府（温州府）城东七十里。《明一统志》：唐孟浩然逢张子容赋诗（处）。"

②逆旅：旅馆。《左传·僖公二年》："今虢为不道，保于逆旅。"晋杜预注："逆旅，客舍也。"《庄子·山木》："阳子之宋，宿于逆旅。"《列子·仲尼》："处吾之家，如逆旅之舍。"

③孤屿：永嘉江中孤岛。南朝宋谢灵运《登江中孤屿》："乱流趋正绝，孤屿媚中川。"

④廨宇：英华本作"廨院"。官舍。《南史·蔡凝传》："及将之郡，更令左右修中书廨宇。"鲛室：谓鲛人水中居室。唐杜甫《秋日夔府咏怀奉寄郑监李宾客一百韵》："俗异邻鲛室，朋来坐马鞯。"人烟：指人家。岛夷：古指我国东部近海一带及海岛上的居民。《书·禹贡》："大陆既作，岛夷皮服。"唐皇甫曾《送徐大夫赴南海》："海内求民瘼，城隅见岛夷。"

⑤乡关：犹故乡。《陈书·徐陵传》："萧轩靡御，王舫谁持？瞻望乡关，何心天地？"《周书·庾信传》："信虽位望通显，常有乡关之思。乃作《哀江南赋》以致其意云。"唐崔颢《黄鹤楼》："日暮乡关何处是，烟波江上使人愁。"万余里：《古诗十九首》其一："相去万余里，各在天一涯。"失路：迷失路途。喻不得志。汉扬雄《解嘲》："当涂者升青云，失路者委沟渠。"此时浩然不遇，子容贬官。

【辑评】

殷璠《河岳英灵集序》："浩然诗文彩芊茸，经纬绵密，半遵雅调，全削凡体。至如'众山遥对酒，孤屿共题诗'，无论兴象，兼复故实。"

刘辰翁《孟浩然诗集》评点："'众山''孤屿'，且不犯时景，句句淘洗欲尽。"

方回《瀛奎律髓》："永嘉得孤屿中川之名，自谢康乐始。此诗五、六俊美。"

顾璘《批点唐音》:“用字皆自《文选》中来,气势深稳,浅学自不类。”

李维桢《唐诗隽》:“陶洗欲尽,秋月寒潭。”又云:“不甚艳冶而一段清爽,足佳。”

陆时雍《唐诗镜》:“襄阳律诗……闲雅则有‘众山遥对酒,孤屿共题诗’。”

周珽《唐诗选脉会通评林》:“孟公胸襟远旷,出语另有一种深长意趣,如此诗便自高华。”

唐汝询《唐诗解》:“此因逢友而叹风土之异也。”又云:“三、四上句胜下句,五、六经地之恶,起下失路意。”

查慎行《初白庵诗评》:“三、四自然有远致,五、六有远景。然质实,少意致。”

吴昌祺《删订唐诗解》:“五、六转换,乃以景为情也。”

黄叔灿《唐诗笺注》:“言同在逆旅,相逢款洽。众山对酒,孤屿题诗,似亦可乐,然廨舍居民,俱非故乡光景,故曰‘失路一相悲’也。”

纪昀《瀛奎律髓刊误》:“雍容闲雅,清而不薄,此是盛唐人身分。虚谷但赏五、六,是仍以摘句之法求古人。”又:“永嘉、襄阳,不至‘万余里’。”

吴煊、胡棠《唐贤三昧集笺注》:“气魄自大,此孟之似杜者。”

卢辫、王溥《闻鹤轩初盛唐近体读本》:“后四转警。孟公有此,故非纤才。”

送张子容进士举[1]

夕曛山照灭,送客出柴门[2]。
惆怅野中别,殷勤歧路言[3]。
茂林余偃息,乔木尔飞翻[4]。
无使谷风诮,须令友道存[5]。

【题解】

此诗写作者送好友张子容应举,预祝功名顺利,并嘱咐子容重视彼此间的友情，勿因地位悬殊而友情断绝。

【校注】

①诗题："进士举"，活字本、凌本、嘉靖本、丛刊本作"赴举"，英华本作"进士赴举"。

②夕曛：落日的余晖。南朝宋谢灵运《晚出西射堂》："晓霜枫叶丹，夕曛岚气阴。"唐戴叔伦《晚望》："山气碧氤氲，深林带夕曛。"山照：山间夕照。南朝齐王融《栖玄寺听讲毕游邸园七韵应司徒教》："日汩山照红，松映水华碧。畅哉人外赏，迟迟眷西夕。"唐王勃《泥溪》："水烟笼翠渚，山照落丹崖。"

③惆怅：因失意或失望而伤感、懊恼。《楚辞·九辩》："廓落兮，羁旅而无友生；惆怅兮，而私自怜。"晋陶渊明《归去来兮辞》："既自以心为形役，奚惆怅而独悲。"殷勤：情意深厚。《孝经援神契》："母之于子也，鞠养殷勤，推燥居湿，绝少分甘。"《礼记·曲礼下》："国君去其国，止之曰：'奈何去社稷也？'大夫曰：'奈何去宗庙也？'士曰：'奈何去坟墓也？'"汉郑玄注："皆民臣殷勤之言。"

④上句说自己隐居无闻。偃息：敛藏退息。晋潘岳《秋兴赋》："仆野人也，偃息不过茅屋茂林之下。"下句说预祝好友科举成功。乔木：高大的树木。《诗·小雅·伐木》："出自幽谷，迁于乔木。"汉郑玄笺："谓乡时之鸟，出从深谷，今移处高木。"毛传："君子虽迁于高位，不可以忘其朋友。"飞翻：飞翔翻腾。汉王粲《赠蔡子笃》："苟非鸿雕，孰能飞翻！"

⑤谷风：《诗经》篇名。刺风俗轻薄而朋友道绝，不相往来。《诗·小雅·谷风》序曰："《谷风》，刺幽王也。天下俗薄，朋友道绝焉。"唐孔颖达疏："幽王之时，风俗浇薄，穷达相弃，无复恩情，使朋友之道绝焉。"诮：责备。《书·金縢》："王亦未敢诮公。"清孙星衍疏："诮者，《方言》云：'让也。'"唐柳宗元《佩韦赋》："蔺疏颜以诮秦兮，入降廉犹臣仆。"

【辑评】

刘辰翁《孟浩然诗集》评点："写得浓尽。"

李梦阳《孟浩然诗集》评点："惟朴乃古，又是一种。"

送张参明经举兼向泾川觐省①

十五彩衣年，承欢慈母前②。
孝廉因岁贡，怀橘向秦川③。
四座推文举，中郎许仲宣④。
泛舟江上别，谁不仰神仙⑤。

【题解】

此诗为送别张参而作，赞誉其为人之子纯孝，而且自幼才高，令人羡慕。

【校注】

①张参：开元、天宝间举明经，曾任国子司业，著有《五经文字》三卷。后为李勉幕府判官，大历中有儒学高名。明经举：参加明经科考试。唐代举士科目有秀才、明经、进士、明法、明字、明算等科，尤以明经、进士两科为世所重。据《新唐书·选举志》："而明经之别，有五经，有三经，有二经，有学究一经，有三礼，有三传，有史科。"泾川：即泾州，在今甘肃省泾川县北。觐省：探望父母。

②彩衣：《艺文类聚》引《列女传》："老莱子孝养二亲，行年七十，婴儿自娱，著五色采衣，尝取浆上堂，跌仆，因卧地为小儿啼。"后因以"彩衣"指孝养父母。彩衣年，指幼年。

③孝廉：孝，孝悌者；廉，清廉之士。分别为统治阶级选拔人才的科目，始于汉代，在东汉尤为求仕者必由之途，后往往合为一科。亦指被推选的士人。《汉书·武帝纪》："元光元年冬十一月，初令郡国举孝廉各一人。"唐颜师古注："孝谓善事父母者，廉谓清洁有廉隅者。"《旧唐书·杨绾传》："望请依古制，县令察孝廉，审知其乡闾有孝友信义廉耻之行，加以经业，才堪策试者，以孝廉为名，荐之于州。"此指唐代科举。岁贡：古代诸侯郡国定期

向朝廷推荐人才的制度。《汉书·食货志上》:“诸侯岁贡少学之异者于天子,学于大学,命曰造士。”《后汉书·蔡邕传》:“臣闻古者取士,必使诸侯岁贡。”唐李贤注引《尚书大传》:“古者诸侯之于天子,三年一贡士。”怀橘:《三国志·吴书·陆绩传》:“绩年六岁,于九江见袁术。术出橘,绩怀三枚,去,拜辞堕地,术谓曰:‘陆郎作宾客而怀橘乎?’绩跪答曰:‘欲归遗母。’术大奇之。”后以“怀橘”为思亲、孝亲的典故。唐骆宾王《畴昔篇》:“茹荼空有叹,怀橘独伤心。”秦川:古代称今陕西、甘肃的秦岭以北平原地带为秦川,唐代都城在陕西西安,故言向秦川。此指泾川。

④“四座”句:用孔融见李膺事。文举:指孔融。见《姚开府山池》诗注。“中郎”句:《三国志·魏书·王粲传》:“王粲字仲宣,山阳高平人也。……献帝西迁,粲徙长安,左中郎将蔡邕见而奇之。时邕才学显著,贵重朝廷,常车骑填巷,宾客盈坐。闻粲在门,倒屣迎之。粲至,年既幼弱,容状短小,一坐尽惊。邕曰:‘此王公孙也,有异才,吾不如也。吾家书籍文章,尽当与之。’”中郎:宋本作“张郎”,据活字本、凌本、嘉靖本、丛刊本改。仲宣:指王粲。

⑤“泛舟”二句:《后汉书·郭太传》:“郭太字林宗,太原界休人也。……博通坟籍,善谈论,美音制。乃游于洛阳。始见河南尹李膺,膺大奇之,遂相友善,于是名震京师。后归乡里,衣冠诸儒送至河上,车数千两。林宗唯与李膺同舟而济,众宾望之,以为神仙焉。”

溯江至武昌[①]

家本洞湖上,岁时归思催[②]。
客心徒欲速,江路苦邅回[③]。
残冻因风解,新正度腊开[④]。
行看武昌柳,仿佛映阳台[⑤]。

【题解】

此诗写作者年尾返乡，溯江而上，抵达武昌时所见到的春景。

【校注】

①溯江：逆江流而上行。武昌：今湖北省鄂州市。

②洞湖：湖名。在孟浩然家乡附近。岁时：岁月；时间。唐杜甫《遭田父泥饮美严中丞》："名在飞骑籍，长番岁时久。"唐韩愈《赠族侄》："岁时易迁次，身命多厄穷。"归思：怀归之思绪。

③客心：客子之心思。南朝齐谢朓《暂使下都夜发新林至京邑赠西府同僚》："大江流日夜，客心悲未央。"南朝梁沈约《春咏》："春草黄复绿，客心伤此时。"邅回：难行不进貌。《淮南子·原道训》："邅回川谷之间，而滔腾大荒之野。"唐高诱注："邅回，犹委曲也。"唐张说《同赵侍御乾湖作》："一湾一浦怅邅回，千曲千溠怳迷哉。"唐刘禹锡《武林书怀五十韵》："邅回过荆楚，流落感凉温。"

④残冻：未融化的冰雪。"新正"句：即度腊新正开，度过腊月，开启新年。新正，农历正月初一。唐薛逢《元日田家》："相逢但祝新正寿，对举那愁暮景催。"宋陆游《壬子除夕》："老逢新正幸强健，却视徂岁何峥嵘。"

⑤行看：复看，又看。唐贾岛《送去华法师》："默听鸿声尽，行看叶影飞。"武昌柳：《晋书·陶侃传》："（侃）尝课诸营种柳，都尉夏施盗官柳植之于己门。侃后见，驻车问曰：'此是武昌西门前柳，何因盗来此种？'施惶怖谢罪。"后泛称杨柳为"武昌柳"。唐李商隐《病中闻河东公乐营置酒口占寄上》："缘忧武昌柳，遂忆洛阳花。"仿佛：依稀，隐约。《楚辞·远游》："时仿佛以遥见兮，精皎皎以往来。"晋潘岳《哀永逝文》："想孤魂兮眷旧宇，视倏忽兮若仿佛。"

【辑评】

刘辰翁《孟浩然诗集》评点："虽属入情，语未简至。"

钟惺、谭元春《唐诗归》："说尽行路意味（'客心'句下）。"又："二语消人躁念（'江路'句下）。"

唐城馆中早发寄杨使君[1]

犯霜驱晓驾，数里见唐城[2]。
旅馆归心逼，荒村客思盈。
访人留后信，策蹇赴前程[3]。
欲识离魂断，长空听雁声。

【题解】

此诗先写作者归心似箭，早起赶路；次写访友不遇，匆匆归去，留书告知；最后以景结情，再次抒发离别思家之情。

【校注】

①宋本无此首，据刘本、活字本、凌本、嘉靖本、丛刊本补。唐城：旧县名，故城在今湖北省随州市西北。杨使君：名迹未详。使君，汉代称州刺史为使君。后用以尊称州郡长官。

②犯霜：踏霜，冒霜。驱晓驾：犹晓驱驾，拂晓驾车。

③后信：日后会见的书信。策蹇："策蹇驴"的省称。乘跛足驴。喻工具不利，行动迟慢。晋葛洪《抱朴子·金丹》："何异策蹇驴而追迅风，棹蓝舟而济大川乎？"东魏温子昇《为西河王谢太尉表》："策蹇载驰，功微送日。"

陪柏台友共访聪上人禅居[1]

欣逢柏台友，共谒聪公禅。
石室无人到，绳床见虎眠[2]。
阴风常抱雪，松涧为生泉。
出处虽云异，同欢在法筵[3]。

【题解】

此诗先写与友人同游佛寺；次写寺院之幽僻环境；最后写儒道合流，即出仕与归隐，二者相得甚欢，并不迥异。

【校注】

①诗题：活字本作“陪李侍御谒聪上人”，凌本、嘉靖本、丛刊本同活字本，但“聪”字下多“禅”字。柏台：指御史府。聪上人：指南朝襄阳景空寺僧法聪。

②石室：指法聪禅室旧址。“绳床”句：典出《续高僧传》：“初，梁晋安王来部襄雍，承风来问，将至禅室，马骑将从，无故却退，王惭而返。……王乃洁斋，躬尽虔敬，方得进见。……堂内所坐绳床两边各有一虎，王不敢进。聪乃以手按头著地，闭其两目，召王令前，方得展礼。”意谓聪上人佛法无边。绳床：一种可以折叠的轻便坐具。以板为之，并用绳穿织而成。又称“胡床”“交床”。《晋书·艺术传·佛图澄》：“乃与弟子法首等数人至故泉源上，坐绳床，烧安息香，咒愿数百言。”唐玄奘《大唐西域记·印度总述》：“至于坐止，咸用绳床。”

③出处：谓出仕和隐退。汉蔡邕《荐皇甫规表》：“修身力行，忠亮阐著，出处抱义，皦然不污。”唐韩愈《与崔群书》：“无入而不自得，乐天知命者，固前修之所以御外物者也。况足下度越此等百千辈，岂以出处近远累其灵台邪！”法筵：佛教讲经说法之席。

【辑评】

刘辰翁《孟浩然诗集》评点：“首首不俗。绳床眠虎，本无此理，苦语欲真。松涧生泉，以雪消故也。”

和张丞相春朝对雪①

迎气当春至，承恩喜雪来②。
润从河汉下，花逼艳阳开③。

不睹丰年瑞，焉知燮理才[④]。
散盐如可拟，便糁和羹梅[⑤]。

【题解】

此诗为作者应和张丞相之作。通过咏雪以赞誉张丞相之政治才能。

【校注】

①张丞相：指张九龄。春朝：春天的早晨。亦泛指春天。汉贾谊《新书·保傅》："三代之礼：天子春朝朝日，秋暮夕月，所以明有敬也。"唐元稹《酬乐天三月三日见寄》："独倚破帘闲怅望，可怜虚度好春朝。"

②迎气：上古于立春日祭青帝，立夏日祭赤帝，立秋日祭白帝，立冬日祭黑帝；东汉除祭四帝外，又于立秋前十八日祭黄帝。用以迎接四季，祈求丰年，谓之"迎气"。《后汉书·明帝纪》："（永平二年）始迎气于五郊。"《隋书·礼仪志二》："后齐五郊迎气，为坛各于四郊，又为黄坛于未地。"《旧唐书·王方庆传》："四时迎气，四入也。"当春至："春至"，活字本、凌本、嘉靖本、丛刊本作"春立"。正值立春之日。承恩：承受恩泽。

③润：雨水；水。《后汉书·锺离意传》："而比日密云，遂无大润。"唐羊士谔《城隍庙赛雨》："积润通千里，推诚奠一卮。"河汉：天河。花：指雪花。唐徐坚《初学记》引《韩诗外传》："凡草木花多五出，雪花独六出。"艳阳：艳丽明媚。多指春天。南朝宋鲍照《学刘公干体五首》之三："艳阳桃李节，皎洁不成妍。"

④丰年瑞：古人以应时的雪为丰年之瑞兆。南朝宋谢惠连《雪赋》："盈尺则呈瑞于丰年，袤丈则表沴于阴德。"唐释慧净《冬日普光寺卧疾值雪简诸旧游》："徒赏丰年瑞，沉忧终自怜。"燮理：协调治理。《书·周官》："立太师、太傅、太保，兹惟三公，论道经邦，燮理阴阳。"孔传："此惟三公之任，佐王论道，以经纬国事，和理阴阳。"此指宰相的政务。张九龄于开元二十一年(733年)任中书侍郎同中书门下平章事，位列宰相，故诗人以佐治有方、春雪呈瑞推崇之。

⑤"散盐"句：《世说新语·言语》："谢太傅寒雪日内集，与儿女讲论文

义。俄而雪骤。公欣然曰：'白雪纷纷何所似？'兄子胡儿曰：'散（一作"撒"）盐空中差可拟。'兄女曰：'未若柳絮因风起。'公大笑乐。"后多以散盐喻飞雪。糁：以米和羹。《礼记·内则》："和糁不蓼。"元陈澔集说："宜以五味调和米屑为糁，不须加蓼，故云和糁不蓼也。"晋葛洪《抱朴子·名实》："虽并日无藜藿之糁，不以易不义之太牢也。"和羹：配以不同调味品而制成的羹汤。《书·说命下》："若作和羹，尔惟盐梅。"孔传："盐，咸；梅，醋。羹须咸醋以和之。"南朝宋宗炳《答何衡阳书》："贝锦以繁采发华，和羹以盐梅致旨。"后用以比喻宰相辅助君主综理国政。

【辑评】

刘辰翁《孟浩然诗集》评点："立谓立春日，起得奇怪。"

方回《瀛奎律髓》："此必张九龄也。善用事者，化死事为活事。'撒盐'本非俊语，却引为宰相'和羹糁梅'之事，则新矣。"

屈复《唐诗成法》："前半春朝对雪，后半和丞相，法亦犹人。惟结自用典切甚，又化俗为雅。'盐''梅'既切丞相，切雪，梅又切春朝。切雪、切丞相易，并切春难矣。"

李庆甲《瀛奎律髓汇评》引纪昀评："襄阳诗格清逸，而合观全集，俗浅处实不能免。"又云："五、六二句太浅俗。"

卷四

五言律诗

送王宣从军①

才有幕中士，宁无塞上勋②。
隆兵初灭虏，王粲始从军③。
旌旆边庭去，山川地脉分④。
平生一匕首，感激赠夫君⑤。

【题解】

此诗写送王宣从军，并赠以匕首，激励王宣驰骋边塞，建立功勋。

【校注】

①王宣："王"，活字本、凌本、嘉靖本、丛刊本作"吴"。生平未详。从军："军"，凌本、嘉靖本、丛刊本作"事"。参军，投身军旅。

②幕中士：幕府中所置僚佐，主要工作是参赞军务，掌管文书。幕，幕府。塞上勋：在边塞杀敌建立功勋。

③隆兵：盛兵，军容严整的部队。"王粲"句：王粲曾于建安二十一年(216年)从征东吴。有《从军诗》以美其事。此指王宣。

④旌旆：旗帜。晋陆机《饮马长城窟行》："戎车无停轨，旌旆屡徂迁。"唐高适《燕歌行》："摐金伐鼓下榆关，旌旆逶迤碣石间。"边庭：泛指边疆。地脉：指地的脉络，地势。《史记·蒙恬列传》："起临洮属之辽东，城堑万余里，此其中不能无绝地脉哉？此乃恬之罪也。"

⑤匕首：短剑。《战国策·燕策三》："发图，图穷而匕首见。"《史记·刺客列传》："桓公与庄公既盟于坛上，曹沫执匕首劫齐桓公。"唐司马贞索隐："刘氏云：'短剑也。'《盐铁论》以为长尺八寸，其头类匕，故云'匕首'也。"夫

君:称友人。

【辑评】

施闰章《蠖斋诗话》:“诗用而字……甚且用作五律起句,如送苏六从军‘才有幕中士,宁无塞上勋’,更使不得。”

送张祥之房陵[①]

我家南渡头,惯习野人舟[②]。
日夕弄清浅,林湍逆上流[③]。
上流据形胜,天地生豪酋[④]。
君意在利往,知音期自投[⑤]。

【题解】

此为赠别诗。作者借行舟送人之举来表达对友人的期许,希望友人顺利前行,无往而不胜。

【校注】

①张祥:生平未详。房陵:今湖北省房县。

②南渡头:孟浩然家居襄阳涧南园,处于涧之南岸,故云。惯习:因熟练而习惯。《抱朴子·外篇·勖学》:“夫斫削刻画之薄伎,射御骑乘之易事,犹须惯习,然后能善。”野人:泛指村野之人,农夫。三国魏嵇康《与山巨源绝交书》:“野人有快炙背而美芹子者,欲献之至尊,虽有区区之意,亦已疏矣。”《百喻经·比种田喻》:“昔有野人,来至田里,见好麦苗,生长郁茂。”

③林湍:山林溪涧。唐李白《题嵩山逸人元丹丘山居》:“自矜林湍好,不羡朝市乐。”

④豪酋:酋长;首领。唐王勃《梓州慧义寺碑铭》:“避地岷濮,代为豪酋。”

⑤利往:顺利前行。知音:知己。三国魏曹丕《与吴质书》:“徐、陈、应、

刘，一时俱逝，痛可言邪……伯牙绝弦于钟期，仲尼覆醢于子路，痛知音之难遇，伤门人之莫逮。”唐杜甫《哭李常侍峄》：“斯人不重见，将老失知音。”

送桓子之郢城礼①

闻君驰彩骑，躞蹀指荆衡②。
为结潘杨好，言过鄢郢城③。
摽梅诗有赠，羔雁礼将行④。
今夜神仙女，往来梦感情。

【题解】

此诗写送桓子向女家下聘礼之事，表达了对桓子幸福美满婚姻的期许。

【校注】

①桓子：名迹未详。郢城：犹郢都。春秋战国时楚国国都。唐代有郢州，辖今湖北钟祥、京山二市。礼：指结亲下聘礼。

②彩骑：也作“采骑”。用彩帛装饰之车马。晋张协《洛禊赋》：“采骑齐镳，华轮方毂。”躞蹀：小步行走。唐权德舆《从叔将军宅蔷薇花开太府韦卿有题壁长句因以和作》：“环列从容蹀躞归，光风骀荡发红薇。”荆衡：泛指荆襄以南。

③潘杨：晋潘岳《杨仲武诔》：“既藉三叶世亲之恩，而子之姑，余之伉俪焉……潘杨之穆，有自来矣，矧乃今日慎终如始。”唐吕延济注：“谓岳父与仲武祖旧相知好，况今日我与仲武顺祖父之好如始也。”后因以为典，代指姻亲交好关系。南朝梁沈约《奏弹王源》：“潘杨之睦，有异于此。”唐卢照邻《哭明堂裴主簿》：“缔欢三十载，通家数百年。潘杨称代穆，秦晋忝姻连。”鄢郢：春秋楚文王定都于郢，惠王之初曾迁都于鄢，仍号郢。因以“鄢郢”指楚都。“鄢”之故址在今湖北宜城西南。

④摽梅:《诗·召南·摽有梅》:“摽有梅,其实七兮;求我庶士,迨其吉兮。”有,助词。摽梅,谓梅子成熟而落下。后以“摽梅”比喻女子已到结婚年龄。《南齐书·海陵王纪》:“督劝婚嫁,宜严更申明,必使禽币以时,摽梅息怨。”唐郑世翼《看新婚》:“初笄梦桃李,新妆应摽梅。”羔雁:小羊和雁。古代用为卿、大夫的贽礼。《周礼·春官·大宗伯》:“卿执羔,大夫执雁。”汉郑玄注:“羔,小羊,取其群而不失其类。雁,取其候时而行。”后用作征召、婚聘、晋谒的礼物。晋傅玄《艳歌行有女篇》:“媒氏陈素帛,羔雁鸣前堂。”此指男女订婚之礼物。

早春润州送从弟还乡①

兄弟游吴国,庭闱恋楚关②。
已多新岁感,更饯白眉还③。
归泛西江水,离筵北固山④。
乡园欲有赠,梅柳看先攀⑤。

【题解】

此诗先写兄弟游吴,思亲恋土,送弟还乡之际,感慨良多;次写从弟归途所经之地,并希望重逢时赠我以家乡的梅柳,以慰藉我对家乡的怀恋。

【校注】

①润州:今江苏省镇江市。从弟:当指孟邕。作者另有《送从弟邕下第后寻会稽》诗。

②吴国:古吴国为今江浙一带。润州即属古吴国地。庭闱:内舍。多指父母居住处。晋束皙《补亡诗·南陔》:“眷恋庭闱,心不遑安。”唐李善注:“庭闱,亲之所居。”唐张九龄《酬宋使君见诒》:“庭闱际海曲,轺传荷天慈。”因用以称父母。唐杜甫《送韩十四江东省觐》:“我已无家寻弟妹,君今何处访庭闱?”楚关:泛指楚地,此指孟浩然故乡襄阳。襄阳,旧属楚地。

③新岁：新年，新春。白眉：《三国志·蜀书·马良传》："马良，字季常，襄阳宜城人也。兄弟五人，并有才名，乡里为之谚曰：'马氏五常，白眉最良。'良眉中有白毛，故以称之。"后因以喻兄弟或侪辈中的杰出者。唐陈子昂《合州津口别舍弟至东阳峡步趁不及眷然有忆作以示之》："思积芳庭树，心断白眉人。"

④西江：指西来之长江。离筵：送别之宴席。南朝梁庾肩吾《侍宴饯湘东王应令》："念此离筵促，方愁别路赊。"北固山：在今江苏省镇江市东北。有南、中、北三峰。北峰三面临江，形势险要，故称"北固"。南朝梁武帝曾登此山，谓可为京口壮观，改曰"北顾"。

⑤梅柳：梅与柳。梅花开放，柳枝吐芽，均是春天降临的信息，故常以并称。晋陶渊明《蜡日》："梅柳夹门植，一条有佳花。"唐杜审言《和晋陵丞早春游望》："云霞出海曙，梅柳度江春。"

送告八从军①

男儿一片气，何必五车书②。
好勇方过我，才多便起余③。
运筹将入幕，养拙就闲居④。
正待功名遂，从君继两疏⑤。

【题解】

此诗先夸赞告八的志气、勇力和文才；次写告八将入幕，运筹帷幄；最后表达对知足知止，功成身退的向往。

【校注】

①宋本无此首，据刘本、活字本、凌本、嘉靖本、丛刊本补。告八：生平未详。

②气：特指勇气；豪气。《左传·庄公十年》："夫战，勇气也。一鼓作

气，再而衰，三而竭。”唐韩愈《送张道士序》：“臣有胆与气，不忍死茅茨。”五车书：《庄子·天下》：“惠施多方，其书五车。”后用以形容读书多，学问渊博。亦省作“五车”。南朝宋鲍照《拟古八首》之二：“两说穷舌端，五车摧笔锋。”

③“好勇”二句：《论语·公冶长》：“子曰：由也，好勇过我，无所取材。”《论语·八佾》：“起予者，商也。始可与言《诗》已矣。”起，启发。这里有超过之意。

④运筹：制定策略；筹划。汉王褒《圣主得贤臣颂》：“及其遇明君遭圣主也，运筹合上意，谏诤则见听。”入幕：指入为幕僚。唐贾岛《送陈判官赴绥德》：“将军邀入幕，束带便离家。”养拙：谓才能低下而闲居度日。常用为退隐不仕的自谦之辞。晋潘岳《闲居赋》：“仰众妙而绝思，终优游以养拙。”唐钱起《春宵寓直》：“养拙惯云卧，为郎如鸟栖。”

⑤两疏：指汉代疏广、疏受。《汉书·疏广传》：“疏广字仲翁，东海兰陵人也。少好学，明《春秋》，家居教授，学者自远方至。征为博士太中大夫。地节三年，立皇太子，选……广为少傅，数月……徙为太傅。广兄子受，亦以贤良举为太子家令。……顷之，拜受为少傅。……太子每朝，因进见，太傅在前，少傅在后，父子并为师傅，朝廷以为荣。在位五岁，皇太子年十二，通《论语》《孝经》。广谓受曰：‘吾闻“知足不辱，知止不殆”，“功遂身退，天之道”也。今仕宦至二千石，宦成名立，如此不去，惧有后悔，岂如父子相随出关，归老故乡，以寿命终，不亦善乎？’受叩头曰：‘从大人议。’……广遂称笃，上疏乞骸骨。上以其年笃老，皆许之，加赐黄金二十斤，皇太子赠以五十斤。公卿大夫故人邑子设祖道，供张东都门外，送者车数百辆，辞决而去。及道路观者皆曰：‘贤哉二大夫！’或叹息为之下泣。”

【辑评】

刘辰翁《孟浩然诗集》评点：“起又雄浑。”

送元公之鄂渚寻观主①

桃花春水涨，之子忽乘流②。
岘下离蛟浦，江中闻鹤楼③。
赠君青竹杖，送尔白蘋羞④。
应是神仙子，相逢作漫游。

【题解】

此诗先写元公乘舟南游；次写离别襄阳，将到访黄鹤楼；再写赠物送别；最后写元公与观主将作神仙之游。

【校注】

①诗题：宋本作“送先公之鄂渚寻观生”，据刘本改。活字本、凌本、嘉靖本、丛刊本作“送元公之鄂渚寻观主张骖鸾”。元公：名迹未详。鄂渚：在今湖北武汉黄鹄山（即蛇山）上游长江中。隋置鄂州，即因渚得名。世称鄂州为鄂渚。《楚辞·九章·涉江》：“乘鄂渚而反顾兮，款秋冬之绪风。”汉王逸注：“鄂渚，地名。”宋洪兴祖补注：“楚子熊渠，封中子红于鄂。鄂州，武昌县地是也。隋以鄂渚为名。”唐杜甫《过南岳入洞庭湖》：“鄂渚分云树，衡山引舳舻。”观主：道观之主。

②“桃花”句：即春汛，或桃花汛。《汉书·沟洫志》：“来春桃华（同‘花’）水盛，必羡溢。”唐颜师古注：“《月令》：‘仲春之月，始雨水，桃始华。’盖桃方华时，既有雨水，川谷冰泮，众流猥集，波澜盛长，故谓之桃华水耳。而《韩诗传》云：‘三月桃华水。’”之子：这个人。《诗·周南·汉广》：“之子于归，言秣其马。”汉郑玄笺：“于是子之嫁，我愿秣其马。”晋潘岳《悼亡诗》：“之子归穷泉，重壤永幽隔。”

③岘下：岘山之下。鹤楼：指黄鹤楼。

④白蘋：水中浮草。南朝宋鲍照《送别王宣城》：“既逢青春献，复值白蘋生。”唐杜甫《丽人行》：“杨花雪落覆白蘋，青鸟飞去衔红巾。”

岘亭饯房琯崔宗之①

贵贱生年隔，轩车是日来②。
清阳一觏止，云路豁然开③。
祖道衣冠列，分亭驿骑催④。
方期九日聚，还待二星回⑤。

【题解】

此诗写作者春日在岘山亭为房琯、崔宗之二人饯行，并期待重阳节重逢相聚。

【校注】

①岘亭：即岘山亭。房琯：生平未详。崔宗之：滑州灵昌（治今河南滑县西南）人。开元中为起居郎，历任礼部员外郎、右司郎中等职。

②贵贱：地位的高贵与卑贱。生年：出生；出生以来。《后汉书·吕布传》："术生年以来，不闻天下有刘备。"唐李白《行行且游猎篇》："边城儿，生年不读一字书，但将游猎夸轻趫。"轩车：有屏障的车，古代大夫以上所乘。亦泛指车。

③清阳：指眉目之间。清，指目；阳，同"扬"，指眉。汉傅毅《舞赋》："动朱唇，纡清阳。"晋曹摅《思友人》："褰裳不足难，清阳未可俟。"唐李善注引汉毛苌曰："清阳，眉目之间也。"觏止：相遇。语出《诗·召南·草虫》："亦既觏止，我心则降。"毛传："止，辞也。觏，遇。"唐沈佺期《哭苏眉州崔司业二公诗序》："佺期承恩北归，中途觏止，访及故旧。"云路：比喻仕途，高位。活字本、凌本、嘉靖本、丛刊本作"云雾"。《晋书·皇甫谧传》："子其鉴先哲之洪范，副圣朝之虚心，冲灵翼于云路，浴天池以濯鳞。"南朝宋鲍照《侍郎满辞阁》："臣所居职限满，今便收迹，金闺云路，从兹自远。"

④祖道：饯行于道。古代为出行者祭祀路神，并饮宴送行。《汉书·刘

屈氂传》："贰师将军李广利将兵出击匈奴，丞相为祖道，送至渭桥。"唐颜师古注："祖者，送行之祭，因设宴饮焉。"唐陈子昂《金门饯东平序》："群公以眷深王粲，思邀祖道之欢。"分亭：岘山上有亭，为分别之处。驿骑：驿马。《汉书·高帝纪》："横（田横）惧，乘传诣雒阳。"唐颜师古注："传者，若今之驿，古者以车，谓之传车，其后又单置马，谓之驿骑。"

⑤九日：指重阳节，古人往往于此日聚友朋登高饮酒。二星：即二使星。指朝廷派遣巡视的使者。唐孔德绍《送蔡君知入蜀》："灵关九折险，蜀道二星遥。"唐张说《送王尚一严嶷二侍御赴司马都督军》："明年春酒熟，留酌二星归。"此指房琯、崔宗之。

送王吾昆季省觐①

公子恋庭闱，劳歌涉海沂②。
水乘舟楫去，亲望老莱归③。
斜日催飞鸟，清江照彩衣④。
平生急难意，遥仰鹡鸰飞。

【题解】

此诗为送王吾省亲之作。王吾思念家中父母，乘船从遥远的地方起程，虽旅途劳累，却是对父母的莫大安慰。

【校注】

①王吾：刘本、活字本、凌本、嘉靖本、丛刊本作"王五"。未详其人。昆季：兄弟。长为昆，幼为季。省觐：宋本无"省"字，据刘本、活字本、嘉靖本、丛刊本补。探望父母。

②庭闱：此处指父母。详见《早春润州送从弟还乡》诗注。劳歌：忧伤、惜别之歌。唐骆宾王《送吴七游蜀》："劳歌徒欲奏，赠别竟无言。"唐许浑《谢亭送别》："劳歌一曲解行舟，红叶青山水急流。"海沂：海滨。晋潘岳《金

谷集作诗》:“王生和鼎实,石子镇海沂。”

③老莱:老莱子的省称。晋葛洪《抱朴子・逸民》:“老莱灌园以远之,从其所好,莫与易也。”唐孟郊《春日同韦郎中使君送邹儒立少府扶侍赴云阳》:“服彩老莱并,侍车江革同。”

④彩衣:《艺文类聚》引《列女传》:“老莱子孝养二亲,行年七十,婴儿自娱,著五色采衣,尝取浆上堂,跌仆,因卧地为小儿啼。”后因以“彩衣”指孝养父母。宋王禹偁《谢宣旨令次男西京侍疾表》:“此盖陛下义敦天性,恩厚孝思,念黄发之衰羸,俾彩衣而侍养。”

送崔遏[①]

别馆当虚敞,离情任吐申[②]。
因声两京旧,谁念卧漳滨[③]。
片玉来夸楚,治中作主人[④]。
江山增润色,词赋动阳春[⑤]。

【题解】

此诗先写客馆空阔闲敞,与会人员可以畅言离情;次写作者希望传语京都故旧,望彼念及乡里卧病之人;最后写州郡僚佐招待崔遏,崔遏此来,颇多赞誉之词,为此地生色。

【校注】

①崔遏:活字本、凌本、嘉靖本、丛刊本作“崔易”。生平未详。

②别馆:客馆,客舍。或指别墅。汉司马相如《上林赋》:“离宫别馆,弥山跨谷。”南朝梁何逊《送韦司马别》:“归衢并驾奔,别馆空筵卷。”虚敞:犹空阔闲敞。离情:离别之情绪。南朝梁任昉《出郡传舍哭范仆射》:“将乖不忍别,欲以遣离情。”

③因声:传语,带话。两京:指东都洛阳、西都长安。南朝宋谢灵运《会

吟行》:“两京愧佳丽,三都岂能似!”唐李善注:“两京,东、西二京也。”旧:旧谊,旧交。漳滨:漳水边。汉刘桢《赠五官中郎将》:“余婴沈痼疾,窜身清漳滨。”后因用为卧病的典实。唐刘禹锡《许给事见示〈哭工部刘尚书诗〉因命同作》:“乞身来阙下,赐告卧漳滨。”唐李商隐《梓州罢吟寄同舍》:“楚雨含情皆有托,漳滨多病竟无憀。”

④片玉:比喻群贤之一。《晋书·郤诜传》:“(武帝)问诜曰:‘卿自以为何如?’诜对曰:‘臣举贤良对策,为天下第一,犹桂林之一枝,昆山之片玉。’”唐元稹《送崔侍御之岭南二十韵》:“联游亏片玉,洞照失明鉴。”此指崔邈。治中:官名。治中从事之省称。汉代为州刺史的助理。秩百石,主选署及文书案卷。三国、晋、南朝亦置。隋初于诸郡置,开皇时改司马。唐代沿置。

⑤润色:使增加光彩。晋左思《吴都赋》:“其奏乐也,则木石润色;其吐哀也,则凄风暴兴。”词赋:诗词文赋,此泛指文事。阳春:指阳春白雪。战国时楚国的高雅歌曲名。战国宋玉《对楚王问》:“其为《阳阿》《薤露》,国中属而和者数百人;其为《阳春》《白雪》,国中属而和者不过数十人而已。”唐李周翰注:“《阳春》《白雪》,高曲名也。”后因用以泛指高雅的曲子。唐薛用弱《集异记·王之涣》:“之涣自以得名已久,因谓诸人曰:‘此辈皆潦倒乐官,所唱皆《巴人》《下里》之词耳,岂《阳春》《白雪》之曲,俗物敢近哉?’”

送卢少府使入秦①

楚关望秦国,相去千里余②。
州县勤王事,山河转使车③。
祖筵江上列,离恨别前书④。
愿及芳年赏,娇莺二月初⑤。

【题解】

此诗先写卢少府出使京都长安实为州县公务所需,次写饯别赠诗之事，最后祝愿卢少府此行顺利。

【校注】

①卢少府：当指卢僎。卢与孟浩然为忘形之交。少府，指县尉。使入秦：奉使入京。唐都长安，旧为秦地。

②楚关：泛称楚地。秦国：此指长安。相去：相隔，相距。《古诗十九首》其一："相去万余里，各在天一涯。"

③勤王事：尽力于国家之事。王事，皇命差遣的公事。《诗·小雅·北山》："四牡彭彭，王事傍傍。"晋王赞《杂诗》："王事离我志，殊隔过商参。"使车：使者所乘之车。

④祖筵：送行的酒席。唐孟郊《送黄构擢第后归江南》："却忆江南道，祖筵花里开。春风不能别，别罢空徘徊。"《旧唐书·李墉传》："征拜门下侍郎、同平章事。墉出入显重，素不以公辅自许，年侵势过，颇安外镇，登祖筵，闻乐而泣下。"

⑤愿及：心愿所及。南朝梁庾肩吾《春宵》："愿及归飞雁，因书向高柳。"芳年：盛年。南朝宋鲍照《代白纻曲二首》其二："齐讴秦吹卢女弦，千金雇笑买芳年。"南朝梁萧纲《三月三日率尔成诗》："芳年多美色，丽景复妍遥。"

送谢录事之越①

清旦江天迥，凉风西北吹②。
白云向吴会，征帆亦相随③。
想到耶溪日，应探禹穴奇④。
仙书傥相示，予在北山陲⑤。

【题解】

此诗先写谢录事清晨向越地出发，次写谢录事在越地游览风景名胜，最后写作者在家乡等待谢录事的书信。

【校注】

①谢录事：名迹未详。录事，官名。唐代州县官员设置录事参军，从九品上。掌管档案文书诸务。越：指今浙江一带，古时为越地。

②清旦：清晨。《列子·说符》："昔齐人有欲金者，清旦衣冠而之市，适鬻金者之所。"南朝宋谢灵运《石室山》："清旦索幽异，放舟越坰郊。"

③征帆：指远行的船。南朝梁何逊《赠诸旧游》："无由下征帆，独与暮潮归。"

④禹穴：相传为夏禹的葬地。在今浙江省绍兴市之会稽山。《史记·太史公自序》："二十而南游江、淮，上会稽，探禹穴。"南朝宋裴骃集解引三国魏张晏曰："禹巡狩至会稽而崩，因葬焉。上有孔穴，民间云禹入此穴。"唐李白《越中秋怀》："何必探禹穴，逝将归蓬丘。"

⑤仙书：指禹穴所留存的奇字篆书。此处敬称对方书信。北山：隐居之山。

【辑评】

李梦阳《孟浩然诗集》评点："'白云向吴会'二句，诗亦如之。"

洛下送奚三还扬州①

水国无边际，舟行共使风。
羡君从此去，朝夕见乡中。
余亦离家久，南归恨不同。
音书若有问，江上会相逢②。

【题解】

此诗为作者洛中送客之作。作者滞留洛阳，羡慕友人南返扬州，惋惜自己不能与之随行南归襄阳，最后表达与友人再会江上的愿望。

【校注】

①洛下：刘本作“洛中”。指洛阳。奚三：名迹未详。

②音书：音讯，书信。北周庾信《拟咏怀二十七首》之十：“李陵从此去，荆卿不复还。故人形影灭，音书两俱绝。”唐宋之问《渡汉江》：“岭外音书断，经冬复历春。”

【辑评】

严羽《沧浪诗话》：“文从字顺，音韵铿锵，八句皆无对偶。”

刘辰翁《孟浩然诗集》评点：“‘水国无边际’与‘木落雁南渡’较‘八月湖水’尤胜，学孟当于此着眼。”

李梦阳《孟浩然诗集》评点：“只似说话，却妙。”

钟惺、谭元春《唐诗归》：“此与上篇，一篇只如一句，然易于弱，太白有此法。”

唐汝询《汇编唐诗十集》：“诗多如此，对偶便可废，何以称律？所谓不可无不工。”

张谦宜《絸斋诗谈》：“《洛中送奚三还扬州》，一气如话，此之谓老。”

送袁十三南寻舍弟①

早闻牛渚咏，今日鹡鸰心②。
羽翼嗟零落，悲鸣别故林③。
苍梧白云远，空水洞庭深④。
万里独飞去，南风迟尔音⑤。

【题解】

此诗为送人远行之作。先写袁十三文章出众，人品不凡；次写其决心南寻失散的弟弟；最后写作者静候佳音，祝愿袁氏此行成功。

【校注】

①诗题：活字本、嘉靖本、丛刊本作“送袁十岭南寻弟”。袁十三：名迹未详。

②牛渚咏：誉称他人的诗作。典出《晋书·文苑传·袁宏》：“宏有逸才，文章绝美，曾为咏史诗，是其风情所寄。……谢尚时镇牛渚，秋夜乘月，率尔与左右微服泛江。会宏在舫中讽咏，声既清会，辞又藻拔。遂驻听久之，遣问焉。答云：‘是袁临汝郎诵诗。’即其咏史之作。”此以袁宏喻袁十三。

③“羽翼”句：嗟叹兄弟之失散。羽翼：禽鸟的翅膀，喻左右亲近之人。此指兄弟。《管子·霸形》：“寡人之有仲父也，犹飞鸿之有羽翼也。”零落：凋谢。此指飘零，离散。《汉郊祀歌·玄冥》：“草木零落，抵冬降霜。”晋陆机《门有车马客行》：“亲友多零落，旧齿皆凋丧。”悲鸣：战国宋玉《九辩》：“雁廱廱而南游兮，鹍鸡啁哳而悲鸣。”故林：故乡。

④苍梧：地名。唐代苍梧县为梧州州治，治今广西梧州。

⑤“南风”句：临南风而待汝音信。迟：等待，等候。《荀子·修身》：“故学曰迟，彼止而待我。”唐杨倞注：“迟，待也。”

永嘉别张子容①

旧国余归楚，新年子北征②。
挂帆愁海路，分手恋朋情③。
日夕故园意，汀洲春草生④。
何时一杯酒，重与李膺倾。

【题解】

此诗写与挚友的惜别深情。作者归故里，友人将远行；海天茫茫，依依不舍；最后表达何时方能相聚畅饮之情。

【校注】

①诗题：宋本作“送李膺”。据刘本、活字本、嘉靖本、丛刊本改。永嘉：郡名。治今浙江省温州市。又为县名。

②旧国：故乡。北周庾信《周大将军崔说神道碑》：“幸值和邻，言归旧国。”楚：指襄阳。

③海路：水路。南朝梁吴均《赠杜容成》：“答言海路长，风多飞无力。”分手：别离。南朝宋谢瞻《王抚军庾西阳集别时王为豫章太守庾被征还东》：“分手东城闉，发棹西江隩。”南朝梁江淹《别赋》：“造分手而衔涕，感寂寞而伤神。”

④汀洲：水中小块陆地。战国屈原《九歌·湘夫人》：“搴汀洲兮杜若，将以遗兮远者。”南朝梁柳恽《江南曲》：“汀洲采白蘋，日落江南春。”

送袁太祝尉豫章①

何幸遇休明，观光来上京②。
相逢武陵客，独送豫章行③。
随牒牵黄绶，离群会墨卿④。
江南佳丽地，山水旧难名⑤。

【题解】

此诗为送别之作。先写昔日在京都得识袁太祝，今日送之赴豫章；次写袁太祝与众文士告别；最后作者指出江南风景绝佳，祝福袁太祝饱享山水之乐。

【校注】

①尉豫章：至豫章为尉。豫章，古县名。治今江西省南昌市。

②休明：指政治教化美善开明。南朝宋谢灵运《拟魏太子邺中集诗八首·徐幹》：“末涂幸休明，栖集建薄质。”观光：观览国政的昌明盛况。语出

《周易·观》:“六四:观国之光,利用宾于王。”上京:都城。三国魏曹植《与杨德祖书》:“德琏发迹于北魏,足下高视于上京。”唐李善注:“上京,谓帝都也。”

③武陵客:作者自指。此处之武陵指陶渊明《桃花源记》里的武陵源。后用以借指避世隐居的地方。

④随牒:据以授官之文书。《汉书·匡衡传》:“平原文学匡衡,材智有余,经学绝伦,但以无阶朝廷,故随牒在远方。”唐颜师古注:“随牒,谓随选补之恒牒,不被超擢者。”黄绶:古代官员系官印的黄色丝带。唐代指县尉。《汉书·百官公卿表》:“比二百石以上,皆铜印黄绶。”离群:离开亲友。《礼记·檀弓上》:“吾离群而索居,亦已久矣。”汉郑玄注:“群,谓同门朋友也。”三国魏应玚《报赵淑丽》:“离群犹宿,永思长吟。”墨卿:即墨客,文士。典出汉扬雄《长杨赋》:“雄从至射熊馆,还,上《长杨赋》,聊因笔墨之成文章,故藉翰林以为主人,子墨为客卿以风。”

⑤“江南”句:南朝齐谢朓《入朝曲》:“江南佳丽地,金陵帝王州。”难名:难以名状,极言其美。唐王翰《奉和圣制同二相已下群官乐游园宴》:“空惭尧舜日,至德杳难名。”

都中送辛大①

南国辛居士,言归旧竹林②。
未逢调鼎用,徒有济川心③。
余亦忘机者,田园在汉阴④。
因君故乡去,遥寄式微吟⑤。

【题解】

此诗为作者在京城送同乡人辛大返归故里之作。先言辛大来京求仕未果,空怀济世之才;再写自己淡泊忘机,因辛大返乡,亦动归家之念。

【校注】

①诗题：刘本、凌本、嘉靖本、丛刊本作“都下送辛大之鄂”。活字本作“都下送辛大之鄂归”。都中：都城。辛大：名迹未详。

②南国：泛指江、汉之间。《诗·小雅·四月》：“滔滔江汉，南国之纪。”辛居士：指辛大。居士，古代称有德才而隐居不仕或未仕的人。《礼记·玉藻》：“居士锦带。”汉郑玄注：“居士，道艺处士也。”《韩非子·外储说右上》：“齐东海上有居士曰狂矞、华士昆弟二人者立议曰：‘吾不臣天子，不友诸侯，耕作而食之，掘井而饮之，吾无求于人也。’”

③调鼎：本指烹调食物。南朝梁元帝《金楼子·立言上》：“余见宰人叹曰：‘伊尹与易牙同知调鼎，而有贤不肖之殊。’”此喻任宰相治理国家。语本《韩诗外传》卷七：“伊尹，故有莘氏僮也，负鼎操俎调五味，而立为相，其遇汤也。”济川：犹渡河。语出《尚书·说命上》：“爰立作相，王置诸其左右。命之曰：‘朝夕纳诲，以辅台德。若金，用汝作砺；若济巨川，用汝作舟楫。’”后多以“济川”比喻辅佐帝王。唐独孤及《庚子岁避地至玉山酬韩司马所赠》：“已无济川分，甘作乘桴人。”

④忘机：消除机巧之心。常用以指甘于淡泊，与世无争。唐王勃《江曲孤凫赋》：“尔乃忘机绝虑，怀声弄影。”唐陈子昂《酬晖上人秋夜山亭有赠》：“多谢忘机人，尘忧未能整。”汉阴：汉水之南，此指襄阳。

⑤式微：《诗·邶风》篇名。《诗序》说，黎侯流亡于卫，随行的臣子劝他归国。后以赋《式微》表示思归之意。《左传·襄公二十九年》：“荣城伯赋《式微》乃归。”唐王维《渭川田家》：“即此羡闲逸，怅然吟《式微》。”唐崔璞《蒙恩除替将还京洛偶叙所怀因成六韵呈军事院诸公郡中一二秀才》：“作牧惭为政，思乡念《式微》。”

【辑评】

张谦宜《絸斋诗谈》：“《都下送辛大之鄂》，无字不妥当，此最难到。”

送席大[①]

惜尔怀其宝，迷邦倦客游[②]。
江山历全楚，河洛越成周[③]。
道路疲千里，乡园老一丘[④]。
知君命不偶，同病亦同忧[⑤]。

【题解】

此诗为送友人之作。先写席大怀才不遇，游历全楚、东都，倦于求仕，决意归隐；最后作者表达了对席大的理解与同情，叹其命途多舛，自己与其同病相怜，惺惺相惜。

【校注】

①宋本无此首，据刘本、活字本、凌本、嘉靖本、丛刊本补。席大：名迹未详。当为襄阳人，系孟浩然之友。

②"惜尔"二句：《论语·阳货》："（阳货）谓孔子曰：'来！予与尔言，曰怀其宝而迷其邦，可谓仁乎？'"三国魏何晏集解："马（融）曰：言孔子不仕，是怀其宝也；知国不治而不为政，是迷邦也。"宋邢昺疏："宝，以喻道德，言孔子不仕，是怀藏其道德也。知国不治而不为政，是使迷乱其国也。"这两句说席大怀有才能但不得施展，只能客游各地。

③全楚：楚指春秋战国时楚国，其范围大致包括今湖北、湖南、河南、安徽、江苏、浙江、江西等地区。河洛：黄河、洛水。汉班昭《东征赋》："望河洛之交流兮，看成皋之旋门。"成周：今河南省洛阳市。

④一丘：《汉书·叙传上》："渔钓于一壑，则万物不奸其志；栖迟于一丘，则天下不易其乐。"后因以"一丘"指退隐在野，寄情山水。唐王勃《上明员外启》："一丘一壑，同阮籍于西山；一啸一歌，列嵇康于北面。"

⑤不偶：不遇；不合。汉王充《论衡·命义》："行与主乖，退而远，不偶也。"南朝宋颜延之《五君咏·嵇中散》："中散不偶世，本自餐霞人。"引申为命运不好。

送贾昇主簿之荆府[①]

奉使推能者，勤王不暂闲[②]。
观风随按察，乘骑度荆关[③]。
送别登何处，开筵旧岘山[④]。
征轩明日远，空望郢门间[⑤]。

【题解】

此诗为送别之作。先写贾昇赴荆州公干，途中过访涧南园；次写作者设宴岘山，为贾昇赋诗送别，寄托怀念之情。

【校注】

①宋本无此首，据刘本、活字本、凌本、嘉靖本、丛刊本补。主簿：掌管郡县文书簿籍之官吏。荆府：荆州大都督府。

②奉使：奉命出使。能者：有道艺者。《周礼·地官·乡大夫》："三年则大比，考其德行道艺，而兴贤者、能者。"汉郑玄注："贤者，有德行者。能者，有道艺者。"勤王：尽力于王事。

③观风：观察民情风教之得失。后指官员出巡。南朝宋颜延之《应诏观北湖田收》："观风久有作，陈诗愧未妍。"按察：指按察使。唐初仿汉刺史制设立。景云二年(711年)，分置十道按察使，巡察各道，考核吏治。开元二年(714年)改称十道按察采访处置使。开元二十年(732年)，称采访处置使，分十五道。后又改称观察处置使。实为诸州刺史之监督官，权力仅逊于节度使。荆关：柴门，自谦住所之简陋。南朝宋谢庄《山夜忧》："回舲拓绳户，收棹掩荆关。"

④开筵：设宴。南朝梁萧统《同泰僧正讲》：“舒金起祇苑，开筵慕肃成。”北周庾信《三月三日华林园马射赋》：“帷宫宿设，帐殿开筵。”

⑤征轩：远行之车马。唐岑参《题永乐韦少府厅壁》：“故人是邑尉，过客驻征轩。”郢门：犹郢都。郢为春秋楚国国都，故城在今湖北省江陵县东北。

送王大校书①

导漾自嶓冢，东流为汉川②。
维桑君有意，解缆我开筵③。
云雨从兹别，林端意渺然④。
尺书能不吝，时望鲤鱼传⑤。

【题解】

此为送好友王昌龄而作。先写送别之地以及好友的去向；次写诗人惆怅的心情，希望能常得到友人书信的愿望。

【校注】

①宋本无此首，据刘本、活字本、凌本、嘉靖本、丛刊本补。王大校书：即王昌龄。王曾任秘书省校书郎。唐秘书省、弘文馆、集贤殿书院、著作局等均置校书郎，掌校雠典籍，为文士起家之良选。

②“导漾”二句：《书・禹贡》：“嶓冢导漾，东流为汉。”汉孔安国传：“泉始出为漾水，东南流为沔水，至汉中东流为汉水。”唐徐坚《初学记》：“汉水出陇坻道县嶓冢山。初名漾水，东流至武都沮县，始为汉水。”

③上句说王昌龄有思乡之念。维桑：《诗・小雅・小弁》：“维桑与梓，必恭敬止。”毛传：“父之所树，已尚不敢不恭敬。”后以“维桑”代称故乡。解缆：解开系船缆绳，指开船。南朝宋谢灵运《邻里相送方山》：“解缆及流潮，怀旧不能发。”

④云雨：指友朋离散。汉王粲《赠蔡子笃诗》："风流云散，一别如雨。"后因用"云雨"比喻分离；永别。南朝宋鲍照《登云阳九里埭》："既成云雨人，悲绪终不一。"唐李群玉《广州重别方处士之封川》："七年一云雨，常恨辉容隔。"林端：林际。

⑤尺书：指书信。汉赵晔《吴越春秋・勾践归国外传》："越王悦兮忘罪除，吴王欢兮飞尺书。"唐刘沧《留别崔澥秀才昆仲》："对酒不能伤此别，尺书凭雁往来通。"鲤鱼：汉蔡邕《饮马长城窟行》："客从远方来，遗我双鲤鱼。呼儿烹鲤鱼，中有尺素书。"后因以"鲤鱼"代称书信。唐元稹《贻蜀・张校书元夫》："劝君便是酬君爱，莫比寻常赠鲤鱼。"

游江西上留别富阳裴刘二少府①

西上游江西，临流愠解携②。
千山叠成嶂，万水泻为溪。
石浅流难注，藤长险亦跻③。
谁怜问苦劳，岁晏此中栖④。

【题解】

此诗为离开富阳的留别之作。先写溯江西上，临行惜别；次写路途千山万壑，实为仕途坎坷之写照；最后写求仕无路，年终岁尾，心情极为愁苦。

【校注】

①游江西上：作者由钱塘江西上至富春江一段。富阳：今浙江省杭州市富阳区。裴刘二少府：名迹皆未详。少府，指县尉。

②临流：面临江流。晋陶渊明《辛丑岁七月赴假还江陵夜行涂口》："叩枻新秋月，临流别友生。"唐李善注："《楚辞》曰：临流水而太息。"愠：郁结。《孔子家语・辩乐》："南风之熏兮，可以解吾民之愠兮。"解携：分手；离别。唐杜甫《水宿遣兴奉呈群公》："异县惊虚往，同人惜解携。"前蜀韦庄《赠云

阳裴明府》:“南北三年一解携,海为深谷岸为蹊。”

③“石浅”句:石近水面,船不易行。南朝宋谢灵远《七里濑》:“石浅水潺湲,日落山照曜。”注:流入;灌入。《诗·大雅·文王有声》:“丰水东注,维禹之绩。”北魏郦道元《水经注·济水一》:“须水又东北流,于荥阳城西南北注索。”跻:升登;达到。《易·震》:“跻于九陵。”唐孔颖达疏:“跻,升也。”三国魏曹植《应诏诗》:“西跻关谷,或降或升。”

④岁晏:一年将尽的时候。唐白居易《观刈麦》:“吏禄三百石,岁晏有余粮。”明刘基《秋日惨淡》:“岁晏玄冰兮,知将奈何?”

东京留别诸公①

吾道昧所适,驱车还向东②。
主人开旧馆,留客醉新丰③。
树绕温泉绿,尘遮晚日红④。
拂衣从此去,高步蹑华嵩⑤。

【题解】

此诗为留别之作。作者旅居长安,功名未遂,取道返归,友人为之饯别。先写失意京都;次写诸友于新丰客馆置酒;再写新丰景物;最后写决绝而去,寄情山水。

【校注】

①诗题:活字本作“京还别新丰诸官”。凌本、嘉靖本、丛刊本作“京还留别新丰诸友”。东京:唐代东都洛阳。

②“吾道”句:《论语·公冶长》:“子曰:道不行,乘桴浮于海。”吾道:指我的主张或学说。《吕氏春秋·离俗·高义》:“越王不听吾言,不用吾道,虽全越以与我,吾无所用之。”味所适:犹言“不行”。

③新丰:治今陕西省西安市临潼区东北。

④温泉：宫名。唐代在骊山置华清宫，又名温泉宫。在今陕西省西安市临潼区南。

⑤拂衣：振衣而去。谓归隐。晋殷仲文《解尚书表》："进不能见危授命，忘身殉国；退不能辞粟首阳，拂衣高谢。"南朝宋谢灵运《述祖德》："高揖七州外，拂衣五湖里。"唐王维《送张五归山》："几日同携手，一朝先拂衣。"高步：阔步，大步。晋左思《咏史》："被褐出阊阖，高步追许由。"蹑：蹈。犹登上。华嵩：华山、嵩山。南朝梁沈约《游沈道士馆》："一举陵倒影，无事适华嵩。"

广陵别薛八①

士有不得志，凄凄吴楚间②。
广陵相遇罢，彭蠡泛舟还③。
樯出江中树，波连海上山④。
风帆明日远，何处更追攀⑤。

【题解】

此诗为告别友人之作。先言京城失意，漫游南国；次言与薛八扬州相遇，转眼又各奔前程；再言水路之景；最后说明日彼此相隔遥远，同乐无期。

【校注】

①宋本无此首，据刘本、活字本、凌本、嘉靖本、丛刊本补。诗题：刘本、凌本作"送友东归"。广陵：地名。治所在今江苏省扬州市。薛八：名迹未详。

②不得志：失意。《史记·魏其武安侯列传》："魏其日默默不得志，而独厚遇灌将军。"凄凄：悲伤，凄惨。汉乐府《皑如山上雪》："凄凄复凄凄，嫁娶不须啼。"吴楚：春秋时吴国、楚国。泛指江南广大地区。

③彭蠡：湖名。即今鄱阳湖，在今江西省九江市南。

④樯：船上的桅杆。晋郭璞《江赋》："舳舻相属，万里连樯。"唐李善注："《埤苍》曰：樯，帆柱也。"

⑤追攀：追随牵挽。形容惜别。汉王粲《七哀诗三首》其一："亲戚对我悲，朋友相追攀。"

【辑评】

刘辰翁《孟浩然诗集》评点："起得雄浑。起慨然为叹，句句好，句句'别'。"

许学夷《诗源辩体》："格虽稍放而入小变，然皆神会兴到，随地化生，未可以智力求之。"

钟惺、谭元春《唐诗归》："此等作，正王元美所谓'篇法之妙，不见句法'。此岂有声色臭味哉？"

程元初《盛唐风绪笺》："亦多慨叹苦调。"

邢昉《唐风定》："一气浑浑，声色香味，几无弄处。"

唐汝询《唐诗解》："襄阳楚人，而客于吴，盖尝落魄矣。至是归楚，而薛送之，所谓同病相怜者也。故言江波浩汗，我乃挂帆而逝，君虽念我，安所追攀，一别长绝，所以悲耳。"

周珽《唐诗选脉会通评林》："一起悲语恸人。"

黄周星《唐诗快》："直似出口成章，四十字亦只如一句。"

吴昌祺《删订唐诗解》："'罢'字不佳。又云：此种亦少味。"

王闿运《王闿运手批唐诗选》："此一气呵成，要在不滑。"

临涣裴明府席遇张十一房六①

河县柳林边，河桥晚泊船②。
文叨才子会，官喜故人连③。
笑语同今夕，轻肥异往年④。
晨风理归棹，吴楚各依然⑤。

【题解】

此诗为在临涣裴明府席上得遇故人而作。先写晚宴开于河畔林边之船上;次写自己有幸参与才子之会,且与故人重逢;最后写友人已轻裘肥马,异于昔日,而自己仍将浪迹吴楚,客游如故,一无所成。

【校注】

①诗题:凌本作"裴明府席遇张房"。英华本作"临涣裴赞席遇张十六"。临涣:唐属亳州,故城在今安徽省宿州市。裴明府:名迹未详。明府,县令。张十一、房六:名迹皆未详。

②河县:指临涣县,因其位于涣水之畔,故云。

③叨:犹忝。表示承受之意。常用作谦词。三国蜀诸葛亮《街亭之败戮马谡上疏》:"臣以弱才,叨窃非据,亲秉旄钺以厉三军,不能训章明法,临事而惧,至有街亭违命之阙。"唐陈子昂《为副大总管苏将军谢罪表》:"臣妄以庸才,谬叨重任。"

④轻肥:轻裘肥马的略语。形容富贵豪华的生活。《论语·雍也》:"赤之适齐也,乘肥马,衣轻裘。"唐权德舆《侍从游后湖宴坐》:"轻肥何为者,浆藿自有余。"

⑤归棹:归舟。唐王勃《临江二首》其二:"去骖嘶别路,归棹隐寒洲。"

卢明府早秋宴张郎中海园即事得秋字①

邑有弦歌宰,翔鸾已狎鸥②。
眷言华省旧,暂拂海池游③。
郁岛藏深竹,前溪对舞楼。
更闻书即事,云物是新秋④。

【题解】

此诗为游宴咏人之诗。先写卢僎以礼乐治县,情致高雅;次写卢僎、张子容有华省之谊，故有今日海园之宴；再写海园之华美；最后点出游宴之时序。

【校注】

①诗题："早秋"，宋本无"秋"字，据刘本、活字本、凌本、嘉靖本、丛刊本、英华本补。卢明府：襄阳令卢僎。张郎中：张子容。得秋字：以秋字为韵。

②弦歌宰：此以弦歌而治武城的子游喻卢僎，言其以礼乐治民。弦歌，礼乐教化。翔鸾：飞翔之鸾凤。三国魏嵇康《琴赋》："玄云荫其上，翔鸾集其巅。"晋孙绰《游天台山赋》："觌翔鸾之裔裔，听鸣凤之嗈嗈。"此指仕宦者。狎鸥：指隐逸。

③眷言：活字本作"春言"。回顾。南朝梁沈约《新安江至清浅深见底贻京邑游好》："眷言访舟客，兹川信可珍。"华省：指清贵者的官署。晋潘岳《秋兴赋》："宵耿介而不寐兮，独展转于华省。"此指尚书省。因卢僎、张子容二人都做过尚书省属官，故称。拂：经过。《淮南子·天文训》："日出于旸谷，浴于咸池，拂于扶桑，是谓晨明。"汉高诱注："拂，犹过。"海池：唐代宫内太极殿北有海池。

④即事：面对眼前事物。也指以眼前事物为题材的诗。晋陶渊明《癸卯岁始春怀古田舍》："虽未量岁功，即事多所欣。"云物：景物，景色。南朝齐谢朓《高松赋》："尔乃青春受谢，云物含明，江皋绿草，暖然已平。"宋范成大《冬至日铜壶阁落成》："故园云物知何似，试上东楼直北看。"新秋：初秋。

同卢明府早秋宴张郎中海亭[①]

侧听弦歌宰，文书游夏徒[②]。
故园欣赏竹，为邑幸来苏[③]。
华省曾联事，仙舟复与俱[④]。
欲知临泛久，荷露渐成珠。

【题解】

此诗为和人之作。诗中赞美卢僎的政治才能和文学修养；称道卢僎、张子容昔日共事以及今日之情谊；最后写此次游赏宴乐之兴致。

【校注】

①宋本无此首，据刘本、活字本、凌本、嘉靖本、丛刊本补。诗题：嘉靖本、丛刊本"秋"字下多"夜"字。

②侧听：侧耳而听。南朝宋颜延之《夏夜呈从兄散骑车长沙》："侧听风薄木，遥睇月开云。"此犹"侧闻"，谦辞。文书：本指文字图籍。《史记·李斯列传》："明法度，定律令，皆以始皇起。同文书，治离宫别馆，周遍天下。"此泛指文学。游夏：孔子的弟子子游、子夏。两人均长于文学。《史记·仲尼弟子列传》："言偃，吴人，字子游，少孔子四十五岁。"又："卜商，字子夏，少孔子四十四岁。"又："言语：宰我、子贡。文学：子游、子夏。"

③故园：故乡。指张子容在襄阳的故居海园，园中有竹林。为邑：治理县邑。来苏：谓因其来而使处困苦中者获得苏息。语本《书·仲虺之诰》："攸徂之民，室室相庆曰：'徯予后，后来其苏！'"孔传："汤所往之民皆喜曰：'待我君来，其可苏息。'"晋潘岳《西征赋》："激秦人以归德，成刘后之来苏。"唐李白《为宋中丞请都金陵表》："横制八极，克复两京，俗畜来苏之欢，人多徯后之望。"

④华省：见《卢明府早秋宴张郎中海园即事得秋字》诗注。联事：联合处理事务。《周礼·天官·小宰》："以官府之六联，合邦治：一曰祭祀之联事，二曰宾客之联事，三曰丧荒之联事，四曰军旅之联事，五曰田役之联事，六曰敛弛之联事，凡小事皆有联。"唐贾公彦疏："谓官府之中有六事皆联事通职。"南朝宋颜延之《三月三日曲水诗序》："春官联事，苍灵奉涂。"此指同僚，同事。南朝梁萧统《与前司徒左史殷芸令》："昔经联事，理当酸怆也。"仙舟：舟船的美称。隋江总《洛阳道》："仙舟李膺棹，小马王戎镳。"唐李峤《送光禄刘主簿之洛》："仙舟窅将隔，芳罼暂云同。"

崔明府宅夜观妓[1]

白日既云暮，朱颜亦已酡[2]。
画堂初点烛，金幌半垂罗[3]。
长袖平阳曲，新声子夜歌[4]。
从来惯留客，兹夕为谁多。

【题解】

此诗写崔明府宅夜观赏妓女歌舞之事。日暮酒阑，厅堂华丽，美姬歌舞动人，主人惯常厚意，今夜殷勤有加。

【校注】

①宋本无此首，据刘本、活字本、凌本、嘉靖本、丛刊本补。崔明府：名迹未详。明府，县令。观妓：观赏妓女歌舞。

②“白日”句：战国屈原《九章·思美人》：“命则处幽，吾将罢兮，愿及白日之未暮。”“朱颜”句：战国屈原《招魂》：“美人既醉，朱颜酡些。”汉王逸注：“朱，赤也，酡，著也，言美女饮啖醉饱，则面著赤色而鲜好也。”洪兴祖补注：“酡，音驮，饮而赭色著面。”

③画堂：古代宫中有彩绘的殿堂。后泛指华丽的堂舍。金幌：华丽的帷幔。

④长袖：长的衣袖。多指舞衣。汉傅毅《舞赋》：“罗衣从风，长袖交横。”南朝梁顾野王《舞影赋》：“图长袖于粉壁，写纤腰于华堂。”此借指歌舞妓。南朝梁元帝《对烛赋》：“尔乃传芳醁，扬清曲，长袖留宾待华烛。”唐钱起《江陵晦日陪诸官泛舟》：“城南无夜月，长袖莫留宾。”平阳曲：汉武帝卫后子夫本为平阳公主家歌女，以艺容得幸入宫。后遂以歌舞之妙首推平阳。南朝陈徐陵《奉和咏舞》：“十五属平阳，因来入建章。主家能教舞，城中巧画妆。”新声：新作的乐曲；新颖美妙的乐音。《国语·晋语八》：“平公

说新声。”晋陶渊明《诸人共游周家墓柏下》:“清歌散新声,绿酒开芳颜。”唐孟郊《楚竹吟酬卢虔端公见和湘弦怨》:“握中有新声,楚竹人未闻。”子夜歌:乐府《吴声歌曲》名。《宋书·乐志》:“《子夜歌》者,有女子名子夜,造此声。晋孝武太元中,琅邪王轲之家有鬼歌《子夜》。殷允为豫章时,豫章侨人庾僧度家亦有鬼歌《子夜》。殷允为豫章亦是太元中,则子夜是此时以前人也。”宋郭茂倩《乐府诗集》卷四四《子夜歌》:“《乐府解题》曰:后人更为四时行乐之词,谓之《子夜四时歌》。又有《大子夜歌》《子夜警歌》《子夜变歌》,皆曲之变也。”

宴荣山人池亭①

甲第开金穴,荣期乐自多②。
枥嘶支遁马,池养右军鹅③。
竹引携琴入,花邀载酒过。
山翁来取醉,时唱接篱歌④。

【题解】

此诗记宴饮荣山人池亭之事。先写荣山人出于名门,但隐居不仕;次写荣山人豢养之物不俗,交结之客风雅;最后写诗人自比山简,放浪形骸。

【校注】

①宋本无此首,据刘本、活字本、凌本、嘉靖本、丛刊本、英华本补。荣山人:名迹未详。山人,山栖之人,隐居之士。

②甲第:上等宅第。金穴:藏金之窟。喻豪富之家。《后汉书·郭皇后纪上》:“况(郭况)迁大鸿胪,帝数幸其第,会公卿诸侯亲家饮燕,赏赐金钱缣帛,丰盛莫比。京师号况家为金穴。”唐张说《虚室赋》:“朱门金穴,恃满矜隆。”荣期:春秋隐士荣启期的省称。曾遇孔子于泰山,并向孔子陈述“三乐”之事。三国魏嵇康《琴赋》:“于是遁世之士,荣期、绮季之畴,乃相与登

飞梁,越幽壑。"北周庾信《荣启期三乐赞》:"荣期三乐,惟人与年。"唐吴筠《高士咏·荣启期》:"荣期信知止,带索无所求。"

③枥:马槽。支遁马:支遁之马,泛指良马。支遁,即晋代高僧支道林,喜养骏马。《世说新语·言语》:"支道林常养数匹马。或言道人畜马不韵。支曰:贫道重其神骏。"

④山翁:指晋代名士山简。为山涛之子。接篱歌:《世说新语·任诞》:"山季伦为荆州,时出酣畅。人为之歌曰:'山公时一醉,径造高阳池。日莫倒载归,茗艼无所知。复能乘骏马,倒著白接篱。举手问葛强,何如并州儿?'高阳池在襄阳,强是其爱将,并州人也。"接篱,头巾名。

【辑评】

赵翼《瓯北诗话》:"孟浩然《宴荣山人池亭》律诗,七句中用八人姓名。"

夏日与崔二十一同集卫明府席①

言避一时暑,池亭五月开②。
喜逢金马客,同饮玉人杯③。
舞鹤乘轩至,游鱼拥剑来④。
坐中殊未起,箫管莫相催⑤。

【题解】

此诗为宴饮之作。先写卫明府设宴池亭,次写贵客相逢,饮酒、玩鹤、观鱼,同时兼有箫管助兴,其乐融融。

【校注】

①诗题:"席",凌本作"宅"。活字本、嘉靖本、丛刊本题作"夏日宴卫明府宅"。崔二十一:指崔国辅。卫明府:名迹未详。

②言避:即避。言为动词词头,无实义。《诗·周南·葛覃》:"言告师氏,言告言归。"宋朱熹《集传》:"言,辞也。"

③金马客:指待诏于宫门者。此指崔国辅。金马,汉代宫门金马门。玉人:容貌美丽的人。南朝宋刘义庆《世说新语·容止》:“裴令公(裴楷)有俊容仪,脱冠冕,粗服乱头皆好,时人以为玉人。”《晋书·卫玠传》:“(玠)总角乘羊车入市,见者皆以为玉人,观之者倾都。”

④乘轩:乘坐大夫的车子。《左传·闵公二年》:“卫懿公好鹤,鹤有乘轩者。”晋杜预注:“轩,大夫车。”后用以指做官。汉刘向《说苑·善说》:“前虽有乘轩之赏,未为之动也。”南朝宋鲍照《拟古》:“不谓乘轩意,伏枥还至今。”拥剑:一种两螯大小不一的蟹。因其大螯利如剑,故称。晋崔豹《古今注·鱼虫》:“蟛蜞,小蟹,生海边泥中,食土,一名长卿。其一有螯偏大者名拥剑。”

⑤箫管:排箫和大管。泛指管乐器。

清明日宴梅道士房[①]

林卧愁春尽,开轩览物华[②]。
忽逢青鸟使,邀我赤松家[③]。
金灶初开火,仙桃正落花[④]。
童颜若可驻,何惜醉流霞[⑤]。

【题解】

此诗写清明节宴饮于梅道士处。先写梅道士招客饮酒;次写道观之中观物色;最后写青春常在,手不停杯。

【校注】

①清明:节气名。公历四月四、五或六日。我国有清明节踏青、扫墓的习俗。《逸周书·周月》:“春三月中气,惊蛰,春分,清明。”清朱右曾校释引唐孔颖达曰:“清明,谓物生清净明洁。”南朝宋谢灵运《入东道路诗》:“属值清明节,荣华感和韶。”梅道士:名迹未详。

②林卧：指隐居山林。物华：指自然景物。南朝梁柳恽《赠吴均二首》之一："离念已郁陶，物华复如此。"唐杜甫《曲江陪郑八丈南史饮》："自知白发非春事，且尽芳樽恋物华。"

③青鸟：神话传说中为西王母取食传信的神鸟。《山海经·西山经》："又西二百二十里，曰三危之山，三青鸟居之。"晋郭璞注："三青鸟主为西王母取食者，别自栖息于此山也。"《艺文类聚》卷九一引旧题汉班固《汉武故事》："七月七日，上（汉武帝）于承华殿斋，正中，忽有一青鸟从西方来，集殿前。上问东方朔，朔曰：'此西王母欲来也。'有顷，王母至，有二青鸟如乌，侠侍王母旁。"后遂以"青鸟"为信使的代称。南朝陈伏知道《为王宽与妇义安主书》："玉山青鸟，仙使难通。"唐李商隐《无题》："蓬山此去无多路，青鸟殷勤为探看。"赤松：赤松子。亦作"赤诵子"。相传为上古时神仙，各家所载，其事互有异同。《史记·留侯世家》："愿弃人闲事，欲从赤松子游耳。"唐司马贞索隐引《列仙传》："神农时雨师也，能入火自烧，昆仑山上随风雨上下也。"《淮南子·齐俗训》："今夫王乔、赤诵子吹呕呼吸，吐故纳新。"汉高诱注："赤诵子，上谷人也，病疠入山，导引轻举。"《汉书·古今人表》："赤松子，帝喾师。"

④金灶：道家炼丹的炉灶。仙桃：神话传说中供西王母等仙人食用的桃。《太平广记》卷三引《汉武帝内传》："又命侍女更索桃果，须臾，以玉盘盛仙桃七颗……母曰：'此桃三千年一生实。'"

⑤童颜：儿童的容颜。亦谓红润如儿童的容颜。南朝宋鲍照《萧史曲》："萧史爱长年，嬴女吝童颜。"流霞：传说中天上神仙的饮料。汉王充《论衡·道虚》："（项曼都）曰：'……有仙人数人，将我上天，离月数里而止……口饥欲食，仙人辄饮我以流霞一杯，每饮一杯，数月不饥。'"晋葛洪《抱朴子·逸民》："安得悬虚空，餐咀流霞，而使之不居乎地，不食乎谷哉？"此泛指美酒。北周庾信《卫王赠桑落酒奉答》："愁人坐狭邪，喜得送流霞。"

寒食张明府宅宴[1]

瑞雪初盈尺，闲宵始半更[2]。
列筵邀酒伴，刻烛限诗成[3]。
香炭金炉暖，娇弦玉指清[4]。
醉来方欲卧，不觉晓鸡鸣。

【题解】

此诗为宴饮之作。先写大雪寒夜，会友赋诗；再写取暖听琴，酒醉天晓。

【校注】

①寒食：节日名。在清明前一日或二日。相传春秋时晋文公负其功臣介之推，介愤而隐于绵山。文公悔悟，烧山逼令出仕，之推抱树焚死。人民同情介之推的遭遇，相约于其忌日禁火冷食，以为悼念。以后相沿成俗，谓之寒食。按，《周礼·秋官·司烜氏》："中春以木铎修火禁于国中。"则禁火为周的旧制，与介之推无关。南朝梁宗懔《荆楚岁时记》："去冬节一百五日，即有疾风甚雨，谓之寒食。禁火三日，造饧大麦粥。"唐韩翃《寒食》："春城无处不飞花，寒食东风御柳斜。"张明府：指襄阳人张子容。

②瑞雪：应时好雪。以能杀虫保温，多视为丰年的预兆，故称。南朝陈张正见《玄圃观春雪》："同云遥映岭，瑞雪近浮空。"唐韩愈《御史台上论天旱人饥状》："今瑞雪频降，来年必丰。"半更：初更之半。

③列筵：摆列筵席。南朝宋谢灵运《会吟行》："列筵皆静寂，咸共聆会吟。""刻烛"句：指寒夜宴饮吟诗。《南史·王僧孺传》："竟陵王子良尝夜集学士，刻烛为诗，四韵者则刻一寸，以此为率。文琰曰：'顿烧一寸烛，而成四韵诗，何难之有？'乃与令楷、江洪等共打铜钵立韵，响灭则诗成，皆可观览。"

④"香炭"句：南朝梁吴均《行路难》："玉阶行路生细草，金炉香炭变成灰。"

和贾主簿弁九日登岘山[①]

楚万重阳日，群公赏燕来[②]。
共乘休沐暇，同醉菊花杯[③]。
逸思高秋发，欢情落景催[④]。
国人咸寡和，遥愧洛阳才[⑤]。

【题解】

此诗为和人登高之作。先写重九之日，文士咸集，共登岘山，饮菊花酒；次写逸思欢情，日暮不减；最后夸奖贾诗之美，堪比贾生之才。

【校注】

①宋本无此首，据刘本、活字本、凌本、嘉靖本、丛刊本补。贾主簿弁：当即襄阳主簿贾昪。

②楚万：襄阳西南有望楚山，西北有万山。赏燕：光临赴宴。

③休沐：休假。菊花杯：指菊花酒。重阳登高有饮菊花酒的风俗。晋葛洪《西京杂记》："九月九日，佩茱萸，食蓬饵，饮菊华酒，令人长寿。菊华舒时，并采茎叶，杂黍米酿之，至来年九月九日始熟，就饮焉，故谓之菊华酒。"

④逸思：飘逸的才思。南朝陈徐陵《玉台新咏序》："天情开朗，逸思雕华。妙解文章，尤工诗赋。"欢情：欢娱之情。战国宋玉《神女赋》："欢情未接，将辞而去。"高秋：天高气爽的秋天。落景：指落日。

⑤寡和：指曲高和寡。此指贾昪登岘山之作。洛阳才：原指汉贾谊，因其是洛阳人，少年有才，故称。后泛称洛阳有文学才华的人。语出晋潘岳《西征赋》："终童山东之英妙，贾生洛阳之才子。"北周庾信《聘齐秋晚馆中饮酒》："欣兹河朔饮，对此洛阳才。"此以贾谊来推崇贾昪。

宴张别驾新斋[1]

世业传珪组，江城佐股肱[2]。
高斋征学问，虚薄滥先登[3]。
讲论陪诸子，文章得旧朋[4]。
士元多赏激，衰病恨无能[5]。

【题解】

此诗为宴饮之作。先写主人累世为官，今言学问，作者亦来参与；再写诸嘉宾谈论文章，交结同道，己作受到别驾赏识，遗憾自己疾患缠身，无所作为。

【校注】

①宋本无此首，据刘本、活字本、凌本、嘉靖本、丛刊本补。张别驾：名迹未详。别驾，官名。汉置别驾从事史，为州刺史之佐。魏、晋以后均承汉制，诸州置别驾，职权甚重。隋、唐改为长史，唐代中期以后诸州仍以别驾、长史并置，然职任已轻。因品高俸厚，常以安置贬谪大臣，时有罢废。

②世业：先人的事业、功绩。汉班固《幽通赋》："岂余身之足殉兮，违世业之可怀。靖潜处以永思兮，经日月而弥远。"唐李善注引曹大家曰："言己安静长思，不欲毁绝先人之功迹，日月不居，忽复远大。"唐元结《自释》："世业载国史，世系在家牒。"珪组：玉圭与印绶，指官爵。南朝梁任昉《王文宪集序》："既袭珪组，对扬王命。"唐刘良注："珪，诸侯所执也；组，绶，所以系印者也。"《晋书·张轨传论》："绾累叶之珪组，赋绝域之琛赉。"佐：辅助。股肱：大腿和胳膊。《书·说命下》："股肱惟人，良臣惟圣。"孔传："手足具乃成人，有良臣乃成圣。"比喻左右辅佐之臣。《书·益稷》："臣作朕股肱耳目。"《汉书·苏武传》："上思股肱之美，乃图画其人于麒麟阁，法其形貌，署其官爵姓名。"

③高斋：高雅的书斋。虚薄：学识空虚浅薄，作者自谦之词。晋潘岳《在怀县作》："虚薄乏时用，位微名日卑。"

④讲论：谈论，议论。《汉书·刘向传》："会初立穀梁春秋，征更生受穀梁，讲论五经于石渠。"诸子：犹诸君。

⑤士元：三国时庞统字士元。《三国志·蜀书·庞统传》："吴将鲁肃遗先主书曰：庞士元非百里之才也，使处治中、别驾之任，始当展其骥足耳。"此以庞统之才喻张别驾。赏激：极为赏识。唐刘禹锡《武昌老人说笛歌》："自言少小学吹笛，早事曹王曾赏激。"或赏赐激励。《金史·食货志一》："又甚而叛臣剧盗之效顺，无金帛以备赏激，动以王爵固结其心，重爵不蔑，则以国姓赐之。"

李氏园卧疾①

我爱陶家趣，园林无俗情②。
春雷百果坼，寒食四邻清③。
伏枕嗟公幹，归山羡子平④。
年年白社客，空滞洛阳城⑤。

【题解】

此诗为作者落第后滞留洛阳所作。先言李氏园环境清雅；次言时属寒食，草木萌动；再言患病思归；最后言及失意漂泊，久滞洛阳。

【校注】

①李氏园：未详本末，此园当在洛阳。

②陶家趣：指东晋陶渊明隐居田园之趣。晋陶渊明《归去来兮辞》："园日涉以成趣，门虽设而常关。""园林"句：晋陶渊明《辛丑岁七月赴假还江陵夜行涂中》："诗书敦宿好，林园无俗情。"园林：活字本、凌本、嘉靖本、丛刊本作"林园"。

③“春雷”句：《易·解·彖》：“天地解，而雷雨作；雷雨作，而百果草木皆甲坼。”唐孔颖达疏：“天地解缓，雷雨乃作；雷雨既作，百果草木皆孚甲开坼，莫不解散也。”坼：开裂。四邻：四周邻居。《尚书·蔡仲之命》：“懋乃攸绩，睦乃四邻。”

④伏枕：卧病。公幹：指三国魏刘桢。《三国志·魏书·王粲传》：“东平刘桢字公幹，并见友善。”南朝宋裴松之注：“《先贤行状》曰：幹清玄体道，六行修备，聪识洽闻，操翰成章，轻官忽禄，不耽世荣。建安中，太祖特加旌命，以疾休息。后除上艾长，又以疾不行。”羡子平：羡慕子平归田。子平，指东汉向长。《后汉书·逸民列传》：“向长字子平，河内朝歌人也。隐居不仕，性尚中和，好通《老》《易》。贫无资食，好事者更馈焉，受之取足而反其余。王莽大司空王邑辟之，连年乃至，欲荐之于莽，固辞乃止。潜隐于家。读《易》至《损》《益》卦，喟然叹曰：吾已知富不如贫，贵不如贱，但未知死何如生耳。……于是遂肆意，与同好北海禽庆俱游五岳名山，竟不知所终。”

⑤白社：地名。在河南省洛阳市东。后多借指隐士或隐士所居之处。晋葛洪《抱朴子·杂应》：“洛阳有道士董威辇常止白社中，了不食，陈子叙共守事之，从学道。”唐吴筠《高士咏·董威辇》：“董京依白社，散发咏玄风。”

【辑评】

刘辰翁《孟浩然诗集》评点：“寒食惨淡，更念四邻。”

吴煊、胡棠《唐贤三昧集笺注》：“一起甚妙，有陶家风致。”又：“后半多少感慨！”

王闿运《王闿运手批唐诗选》：“亦苦炼句（‘春雷’二句下）。”

过故人庄

故人具鸡黍，邀我至田家①。
绿树村边合，青山郭外斜②。

开筵面场圃，把酒话桑麻[③]。
待到重阳日，还来就菊花[④]。

【题解】

此诗以省净的语言，平平的叙述，再现了朴实的农家田庄饮酒事。也把恬静秀美的农村风光和淳朴诚挚的情谊融成一片，一切都显得自然天成。先写应邀到老友家就餐；次写农舍周围野景之优美；再写场圃设酒，畅谈五谷耕稼之事；最后决定，九月九日，诗人还来赏菊。

【校注】

①具：备办。鸡黍：泛指农家待客的饭菜。语本《论语·微子》："止子路宿，杀鸡为黍而食之。"田家：农家。汉杨恽《报孙会宗书》："田家作苦，岁时伏腊，烹羊炰羔，斗酒自劳。"

②上句说村庄隐蔽在树林当中，从村中望去，四周都是绿树，故曰"合"。

③这两句说对着打谷场和菜园子摆开酒菜，饮酒时所谈论的都是农作物生长的情况。场圃：农家种菜蔬和收打作物的地方。《诗·豳风·七月》："九月筑场圃，十月纳禾稼。"晋潘岳《闲居赋》："傲坟素之场圃，步先哲之高衢。"桑麻：桑树和麻。植桑饲蚕取茧和植麻取其纤维，同为古代农业解决衣着的最重要的经济活动。《管子·牧民》："藏于不竭之府者，养桑麻、育六畜也。"此指农作物或农事。晋陶渊明《归园田居》："相见无杂言，但道桑麻长。"

④这两句说又约定了下次重游。重阳日：即重阳节。重阳是赏菊的佳节，古人在这一天有饮菊花酒的风俗。

【辑评】

刘辰翁《孟浩然诗集》评点："每以自在相凌厉。"

方回《瀛奎律髓》："此诗句句自然，无刻画之迹。"

杨慎《升庵诗话》："《孟集》有'待到重阳日，还来就菊花'之句，刻本脱一'就'字。有拟补者，或作'醉'，或作'赏'，或作'泛'，或作'对'，皆不同。

后得善本，是‘就’字，乃知其妙。”

唐汝询《唐诗解》：“此饮于故人而赏其趣，因结重游之期也。孟之兴味，绝类渊明，独恨以律易古耳。然使靖节下为近体，亦不过此。‘就’字极佳，非有养不能道。”

周珽《唐诗选脉会通评林》：“因故人之款待，而赏其天然之趣，乐田家之真境，而复订重过之期，趁口道出，辄成佳趣佳语。”

黄生《唐诗摘钞》：“尾联进步。全首俱以信口道出，笔尖几不着点墨，浅之至而深，淡之至而浓，老之至而媚，火候至此，并烹炼之迹俱化矣。王、孟并称，意尝不满于孟，若此作，吾何间然。结句系孟对故人语，觉一片真率款曲之意溢于言外。”

朱之荆《增订唐诗摘钞》：“一明点‘故人’，二暗点‘过’字，三、四写庄上之景，五、六庄上之事，七进一步，八‘还来’字内藏有别意，与前‘至’字相关照。”

黄叔灿《唐诗笺注》：“田家景色，野趣翛然。‘具鸡黍’‘话桑麻’，更期就菊，故人情重，亦觉有致，似一幅田家行乐图。”

纪昀《瀛奎律髓刊误》：“如此诗之自然冲淡，初学遽躐等而效之，不为滑调不止也。”

途中九日怀襄阳[①]

去国似如昨，倏然经杪秋[②]。
岘山不可见，风景令人愁。
谁采篱下菊，应闲池上楼[③]。
宜城多美酒，归与葛强游[④]。

【题解】

此诗为旅途逢重九，思念家园之作。先写离家在外，时令已至秋末；次追忆岘山风景，令人愁苦；再写主人离开，家中菊花无人采摘，池上无人登楼；最后言归家后要畅游襄阳。

【校注】

①诗题：刘本无“途中”二字。英华本作“重九日怀襄阳”。

②去国：离开故乡。南朝宋颜延之《和谢监灵运》：“去国还故里，幽门树蓬藜。”南朝齐谢朓《冬绪羁怀示萧谘议虞田曹刘江二常侍》：“去国怀丘园，入远滞城阙。”倏然：迅疾貌。杪秋：末秋，农历九月。战国宋玉《九辩》：“靓杪秋之遥夜兮，心缭悷而有哀。”宋洪兴祖补注：“杪，末也。”唐徐坚《初学记》引南朝梁元帝《纂要》：“九月季秋，亦曰暮秋、末秋、暮商、季商、杪秋。”

③这两句说自己离乡在外，故园景物无人欣赏，以表对家乡的思念。“谁采”句：晋陶渊明《饮酒》：“采菊东篱下，悠然见南山。”南朝陈江总《于长安归还扬州九月九日行薇山亭赋韵》：“故乡篱下菊，今日几花开？”池上楼：南朝宋谢灵运有《登池上楼》诗。

④“宜城”句：古代宜城出产美酒。其城东有金沙泉，造酒极美，世谓宜城春，又名竹叶酒。葛强：人名。晋征南将军山简部将。见《宴荣山人池亭》“接篱歌”之注。

【辑评】

唐汝询《汇编唐诗十集》：“语不求整，风韵自超。后四句觉胜。”

张文荪《唐贤清雅集》：“襄阳诗神闲骨峻，用意最深稳，比右丞稍露；至其洗伐精洁，三唐一人而已。”又：“不对之对，自然合拍，神力完厚。”

初出关怀王大校书①

向夕槐烟起，葱茏池馆曛②。
客中无偶坐，关外惜离群③。
烛至萤光灭，荷枯雨滴闻。
永怀蓬阁友，寂寞滞扬云④。

【题解】

此诗为怀人之作。天色薄暮，室光昏暗，诗人感到孤独，燃烛听雨，思念老友王昌龄，同情其官卑不调。

【校注】

①诗题：刘本、活字本、凌本、嘉靖本、丛刊本“关”字下多“旅亭夜坐”四字。关：指潼关，在今陕西省潼关县东北。王大校书：指王昌龄。

②向夕：薄暮。槐烟：指枝叶茂密的槐树。南朝梁萧纲《玄圃园讲颂并序》：“液水穿流，蓬山写状。风生月殿，日照槐烟。”葱茏：草木青翠而茂盛。晋郭璞《江赋》：“涯灌芊萰，潜荟葱茏。”唐李善注：“芊萰、葱茏皆青盛貌。”池馆：池塘馆阁。南朝齐谢朓《游后园赋》：“惠气湛兮帷殿肃，清阴起兮池馆凉。”南朝梁江淹《恨赋》：“绮罗毕兮池馆尽，琴瑟灭兮丘垄平。”曛：夕阳的余晖。战国屈原《九章·思美人》：“指嶓冢之西隈兮，与曛黄以为期。”宋洪兴祖补注：“曛，日入余光。”

③偶坐：相对而坐；同坐。南朝宋颜延之《夏夜呈从兄散骑车长沙》：“独静阙偶坐，临堂对星分。”唐李善注引汉贾逵《国语注》：“偶，对也。”唐杜甫《题李尊师松树障子歌》：“松下丈人巾屦同，偶坐似是商山翁。”离群：离开众人。《易·乾》：“上下无常，非为邪也；进退无恒，非离群也。”唐孔颖达疏：“何氏云：所以进退无恒者，时使之然，非苟欲离群也。”唐皇甫曾《送元侍御充使湖南》：“离群复多病，岁晚忆沧州。”

④蓬阁：“蓬莱阁”的省称。指秘书省或秘书监。唐杜甫《秋日寄题郑监湖上亭》：“暂阻蓬莱阁，终为江海人。”唐杜甫《哭台州郑司户苏少监》：“移官蓬阁后，谷贵殁潜夫。”时王昌龄任秘书省校书郎，故称之为蓬阁友。“寂寞”句：《汉书·扬雄传》：“王莽时……时雄校书天禄阁上，治狱使者来，欲收雄，雄恐不能自免，乃从阁上自投下，几死。……京师为之语曰：‘惟寂寞，自投阁；爰清静，作符命。’”扬云：指扬雄，其字子云。此以扬雄之不得意喻比王昌龄之久滞不迁。

【辑评】

钟惺、谭元春《唐诗归》：谭云：“上句妙在‘至’字，下句妙在‘闻’字，微吟自知。”钟云：“唐人每妙于用‘闻’字(‘烛至’一联下)。”

唐汝询《汇编唐诗十集》：“孟诗之整饬者。”

刘邦彦《唐诗归折衷》：“中宵见闻，寂寂如此，已逗起怀人意矣。与‘微云’‘疏雨’二句同写秋夜景色，然彼为新秋，此为深秋，各极工妙(‘烛至’一联下)。”

吴煊、胡棠《唐贤三昧集笺注》：“颈联楚楚有致，已开宋人之境。”

李少府与杨九再来[①]

弱岁早登龙，今来喜再逢[②]。
何如春月柳，犹忆岁寒松[③]。
烟火临寒食，笙歌达曙钟[④]。
喧喧斗鸡道，行乐羡朋从[⑤]。

【题解】

此诗写两位友人来访。先写客人得志之际，犹能念及失意之人，作者为之欢欣；再言寒食在即，游春渐至佳境，自己虽无心欣赏，但也羡慕朋辈游乐。

【校注】

①李少府、杨九：名迹皆未详。

②弱岁：男子弱冠之年，女子及笄之年。亦泛指幼年，青少年。《晋书·姚泓载记论》：“景国弱岁英奇，见方孙策。”《北史·儒林传下·沈重》：“沈重字子厚，吴兴武康人也。性聪悟，弱岁而孤，居丧合礼。”登龙：登龙门之省称。封建时代称会试中式，致身荣显为“登龙门”。唐封演《封氏闻见记·贡举》：“故当代以进士登科为登龙门，解褐多拜清紧，十数年间，拟迹庙堂。”

③春月柳：春季之柳。用以形容柔美的仪态。《晋书·王恭传》：“恭美

姿仪，人多爱悦，或目之云：'濯濯如春月柳。'"岁寒松：冬季之松。用以形容禀性坚贞，志行清朗。语本《论语·子罕》："岁寒，然后知松柏之后凋也。"此处为作者自喻。

④笙歌：合笙之歌。亦谓吹笙唱歌。《礼记·檀弓上》："孔子既祥，五日弹琴而不成声，十日而成笙歌。"唐王维《奉和圣制十五夜燃灯继以酺宴应制》："上路笙歌满，春城漏刻长。"曙钟：拂晓的钟声。南朝梁庾肩吾《咏疏圃堂》："风长曙钟近，地远洛城遥。"

⑤喧喧：形容声音纷杂吵闹。南朝梁何逊《学古赠丘永嘉征还》："结客葱河返，喧喧动四邻。"南朝陈徐陵《长安道》："喧喧拥车骑，非但执金吾。"斗鸡：以鸡相斗的博戏。行乐：游乐，取乐，作乐。朋从：朋辈，志同道合的友人。晋张华《上巳篇》："朋从自远至，童冠八九人。"

寻张五回夜于园作①

闻说庞公隐，移居近洞湖②。
兴来林是竹，归卧谷名愚③。
挂席窗风便，开轩琴月孤④。
岁寒何用赏，霜露故园芜⑤。

【题解】

此诗为访友之作。先言张五移居所在；次言张寄傲于竹篁，藏拙于山谷；再言张泛舟往返，弹琴玩月；最后言及自身处境的寒凉。

【校注】

①诗题：刘本、活字本无"于"字。凌本、嘉靖本、丛刊本作"寻张五"，无"回夜于园作"五字。张五：其人有争议。有张子容、张文儃、张諲等多种说法。

②庞公：汉末隐士庞德公。洞湖：当在孟浩然家乡。

③“兴来”句:《世说新语·任诞》:“王子猷居山阴。夜大雪,眠觉,开室命酌酒。四望皎然,因起彷徨,咏左思《招隐》诗。忽忆戴安道。时戴在剡,即便夜乘小船就之。经宿方至,造门不前而返。人问其故,王曰:‘吾本乘兴而行,兴尽而返,何必见戴?’”又:“王子猷尝暂寄人空宅住,便令种竹。或问:‘暂住何烦尔!’王啸咏良久,直指竹曰:‘何可一日无此君?’”谷名愚:即愚公谷,常借指隐居之地。《说苑·政理》:“齐桓公出猎,逐鹿而走入山谷之中,见一老公而问之曰:‘是为何谷?’对曰:‘为愚公之谷。’桓公曰:‘何故?’对曰:‘以臣名之。’……‘……臣故畜牸牛,生子而大,卖之而买驹。少年曰:牛不能生马。遂持驹去。傍邻闻之以臣为愚,故名此谷为愚公之谷。’”

④挂席:扬帆。开轩:开窗。

⑤芜:田地荒废,野草丛生。

【辑评】

刘辰翁《孟浩然诗集》评点:“楚楚,一字不妄。”

张七及辛大见寻南亭醉作①

山公能饮酒,居士好弹筝②。
世外交初得,林中契已并③。
纳凉风飒至,逃暑已将倾④。
便就南亭里,余尊惜解酲⑤。

【题解】

此诗为记友人来访之作。先写客人为爱酒知音,诗人与之有山林之好;再写纳凉避暑,醉饮南亭。

【校注】

①宋本无此首,据刘本、活字本、凌本、嘉靖本、丛刊本补。诗题:此依

活字本，刘本、凌本、嘉靖本、丛刊本作“张七及辛大见访”。张七：名迹未详。辛大：大为排行，与孟浩然是同乡好友。

②山公：晋山简，善饮，饮酒辄醉。为山涛之子。此指张七。居士：指辛大。

③世外交：指隐士之交，超脱世俗之交。《晋书·王羲之传》：“许迈字叔玄，一名映，丹杨句容人也。……永和二年，移入临安西山。……羲之造之，未尝不弥日忘归，相与为世外之交。”林中契：即“林下契”。山林之中，隐逸之心，互相契合。

④纳凉：乘凉。南朝陈徐陵《内园逐凉》：“纳凉高树下，直坐落花中。”风飒至：战国宋玉《风赋》：“楚襄王游于兰台之宫，宋玉景差侍，有风飒然而至，王乃披襟而当之。”唐李周翰注：“飒然，风声也。”逃暑：避暑。唐李隆基《端午三殿宴群臣探得神字诗序》：“厨人尝散热之馔，酒正行逃暑之饮。”

⑤解醒：醒酒；消除酒病。南朝宋刘义庆《世说新语·任诞》：“天生刘伶，以酒为名；一饮一斛，五斗解酲。”南朝梁刘孝标注：“《毛公注》曰：‘酒病曰酲。’”唐元稹《放言五首》之一：“五斗解酲犹恨少，十分飞盏未嫌多。”

忆张野人①

与君园庐并，微尚颇亦同②。
耕钓方自逸，壶觞趣不空③。
门无俗士驾，人有上皇风④。
何必先贤传，唯称庞德公⑤。

【题解】

此诗写张野人田宅，推崇张野人生活情趣之古朴纯真。

【校注】

①诗题：活字本、凌本、嘉靖本、丛刊本作“题张野人园庐”。张野人：名

迹未详。野人，山野之人，借指隐逸者。

②园庐：犹田舍。田园和房屋。晋张华《答何劭》："自昔同寮案，于今比园庐。"并：指相邻。微尚：微小的志趣、意愿。常用作谦词。南朝宋谢灵运《初去郡》："伊余秉微尚，拙讷谢浮名。"唐白居易《闻崔十八宿予新昌弊宅》："平生有微尚，彼此多幽独。"

③耕钓：喻隐居不仕。自逸：身心安适。《诗·小雅·十月之交》："我不敢效，我友自逸。"汉蔡邕《陈太丘碑文》："乐天知命，澹然自逸。"壶觞：指酒壶、酒杯。晋陶渊明《归去来兮辞》："引壶觞以自酌，眄庭柯以怡颜。"

④俗士：指庸俗不高尚的人。《后汉书·刘梁传》："常疾世多利交，以邪曲相党，乃著《破群论》。时之览者，以为'仲尼作《春秋》，乱臣知惧；今此论之作，俗士岂不愧心。'"《南史·何远传》："其所会遇，未尝以颜色下人。是以多为俗士所疾恶。其清公实为天下第一。"或指见识浅陋的人。《三国志·蜀书·诸葛亮传》："诸葛孔明者，卧龙也，将军岂愿见之乎？"南朝宋裴松之注引晋习凿齿《襄阳记》："德操曰：'儒生俗士，岂识时务？识时务者在乎俊杰。此间自有伏龙、凤雏。'"上皇：太古的帝皇。汉郑玄《诗谱序》："诗之兴也，谅不于上皇之世。"唐孔颖达疏："上皇，谓伏牺，三皇之最先者。"唐钱起《衡门春夜》："不厌晴林下，微风度葛巾。宁唯北窗月，自谓上皇人。"

⑤"何必"二句：言在先贤传记中，何必只称颂庞德公？也就是说张野人堪比庞德公。先贤传：指记载古代贤人事迹一类的书籍。庞德公：东汉末襄阳人，躬耕于襄阳南岘山，曾拒绝刘表礼请，后隐于鹿门山，采药以终。

过景空寺故融公兰若①

池上青莲宇，林间白马泉②。
故人成异物，过憩独潸然③。
既礼新松塔，还寻旧石筵④。
平生竹如意，犹挂草堂前⑤。

【题解】

此诗为过访已故僧人融上人旧舍之作。作者睹物思人，抚今追昔，不禁潸然泪下。

【校注】

①诗题：活字本作“过潜上人旧房”。凌本、嘉靖本、丛刊本作“过故融公兰若”。英华本作“悼正弘禅师”。景空寺：一名白马寺，在今湖北省襄阳市南白马山上。融公：即景空寺融上人，名迹未详。兰若：梵语“阿兰若”的省称。指僧寺。

②青莲宇：即佛寺之异称。青莲，佛教以为莲花清净无染，故常用以指称和佛教有关的事物。唐刘长卿《戏赠干越尼子歌》：“亭亭独立青莲下，忍草禅枝绕精舍。”白马泉：在襄阳市南白马山上。

③异物：此指死人。汉贾谊《鹏鸟赋》：“化为异物兮，又何足患！”唐司马贞索隐：“谓死而形化为鬼，是为异物也。”潸然：流泪貌，亦谓流泪。《汉书·中山靖王刘胜传》：“纷惊逢罗，潸然出涕。”唐杜甫《送梓州李使君之任》：“君行射洪县，为我一潸然。”

④礼：致敬礼。塔：“佛塔”的简称。佛塔起源于印度，晋宋译经时造为“塔”字，见于晋葛洪《字苑》、南朝梁顾野王《玉篇》等书。本用以收藏舍利，后亦用于收藏经卷、佛像、法器，庄严佛寺等。南朝宋谢灵运《山居赋》：“谢丽塔于郊郭，殊世间于城傍。”《魏书·释老志》：“弟子收奉，置之宝瓶，竭香花，致敬慕，建宫宇，谓为‘塔’。塔亦胡言，犹宗庙也。”石筵：指石座。

⑤如意：器物名。梵语“阿那律”的意译。古之爪杖。用骨、角、竹、木、玉、石、铜、铁等制成，长三尺许，前端作手指形。脊背有痒，手所不到，用以搔抓，可如人意，因而得名。或作指划和防身用。又，和尚宣讲佛经时，也持如意，记经文于上，以备遗忘。南朝宋刘义庆《世说新语·汰侈》：“崇视讫，以铁如意击之，应手而碎。”《南史·韦叡传》：“虽临阵交锋，常缓服乘舆，执竹如意以麾进止。”

【辑评】

李梦阳《孟浩然诗集》评点：“无限悲痛，皆在言外。”

早寒江上有怀

木落雁南度，北风江上寒①。
我家襄水上，遥隔楚云端②。
乡泪客中尽，孤帆天际看③。
迷津欲有问，平海夕漫漫④。

【题解】

此诗大约是作者漫游吴越时所作。时值深秋，天气寒冷，睹物伤情，不免留下思乡之泪。再加以当时作者既为隐士，而又想求官，思想感情颇为复杂，奔波劳苦，怆然有怀。

【校注】

①这两句写景，点明季节，切合题目中的“早寒”二字。木叶渐脱，北雁南飞，北风呼啸，寒意盈怀。清王士禛《带经堂诗话》以为两句乃本南朝宋鲍照句“木落江渡寒，雁还风送秋”。木落：树叶凋零。晋左思《蜀都赋》：“木落南翔，冰泮北徂。”南朝齐王融《上疏请给虏书》：“春草水生，阻散马之适；秋风木落，绝驱禽之欢。”唐李峤《与雍州崔录事司马录事书》：“春还江北，时兴楚客之谣；木落淮南，乍动潘生之思。”

②这两句写面对眼前景物，油然而生思乡之情。襄水：襄河，为汉江流入襄阳市以下的别称。是孟浩然家乡的河流。遥隔：表明空间之远，亦透露出思乡之情。楚云端：作者家住襄阳，古属楚国，故称。

③孤帆：凌本、嘉靖本、丛刊本作“归帆”。

④这两句以景结情，吐露自己隐居与从政之想法集于一身的矛盾。以滔滔江水，与海相平，漫漫无边，天色阴暗来烘托心情的迷茫。迷津：迷失津渡。平海：江流平阔似海。

【辑评】

唐汝询《唐诗解》：“客中苦寒，思家切也。”

史流芳《固说》:“起二句写早寒,下六句写有怀。”

吴煊、胡棠《唐贤三昧集笺注》:“客怀凄然,何等起手!”

卢䴵、王溥《闻鹤轩初盛唐近体读本》:“逸笔故饶爽韵,前四纯以神胜,是此家绝唱,诣不必逊他人人工也。三、四正乃悠然神往,后半弥作生态,结语紧接五、六,亦复隐承三、四。”

南山与卜老圃种瓜①

樵牧南山近,林闾北郭赊②。
先人留旧业,老圃作邻家③。
不种千株橘,唯田五色瓜④。
邵平能就我,开径有蓬麻⑤。

【题解】

此诗写诗人准备与邻家老菜农一起种瓜的愿望。

【校注】

①诗题:刘本、凌本、嘉靖本、丛刊本作“南山下与老圃期种瓜”。南山:作者家乡山名,在襄阳岘山之南。老圃:老菜农。《论语·子路》:“樊迟请学稼,子曰:‘吾不如老农。’请学为圃。曰:‘吾不如老圃。’”注:“马曰:树五谷曰稼,树菜蔬曰圃。”

②樵牧:即打柴,放牧。林闾:乡野里门。南朝宋颜延之《赠王太常》:“林闾时晏开,亟回长者辙。”唐李善注:“《尔雅》曰:‘野外谓之林。’郑玄《周礼注》:‘闾,里门也。’”唐张九龄《南山下旧居闲放》:“块然屏尘事,幽独坐林闾。”北郭:北城。襄阳城在南山之北,故称。赊:远。唐王勃《滕王阁序》:“北海虽赊,扶摇可接。”

③先人:祖先。旧业:先人的家业田产。邻家:邻居,邻人。《慎子·威德》:“尧为匹夫,不能使其邻家。”

④千株橘:《三国志·吴书·三嗣主传》:“丹杨太守李衡,以往事之嫌,自拘有司。”南朝宋裴松之注:“《襄阳记》曰……衡每欲治家,妻辄不听,后密遣客十人于武陵龙阳汜洲上作宅,种甘橘千株。临死,敕儿曰:汝母恶我治家,故穷如是。然吾州里有千头木奴,不责汝衣食,岁上一匹绢,亦可足用耳。”五色瓜:又称东陵瓜。三国魏阮籍《咏怀诗》:“昔闻东陵瓜,近在青门外。连畛距阡陌,子母相钩带。五色曜朝日,嘉宾四面会。”唐李善注:“子母、五色,俱谓瓜也。《史记》曰:邵平者,故秦东陵侯,秦破为布衣,贫种瓜于长安城东,瓜美,故时俗谓之东陵瓜,从邵平始也。”

⑤开径:开辟路径。《宋书·谢灵运传》:“剪榛开径,寻石觅崖。”又:“尝自始宁南山伐木开径,直至临海,从者数百人。”蓬麻:蓬与麻。唐杜甫《新婚别》:“兔丝附蓬麻,引蔓故不长。”

【辑评】

刘辰翁《孟浩然诗集》评点:“其凄淡自先人语此。”

方回《瀛奎律髓》:“如郊野之作,‘钓竿垂北涧,樵唱入南轩’‘先人留旧业,老圃作邻家’,皆佳。”

裴司士员司户见寻①

府寮能枉驾,家酝复新开②。
落日池上酌,清风松下来。
厨人具鸡黍,稚子摘杨梅③。
谁道山公醉,犹能骑马回④。

【题解】

此诗写裴司士、员司户来访。客人来访,作者待客。饮自家酿造新酒,食用鸡黍、杨梅,直至客人带醉而归。

【校注】

①诗题:活字本、凌本、嘉靖本、丛刊本作“裴司士见访”。裴司士:裴姓

任司士参军者。员司户:员姓任司户参军者。名迹皆未详。

②府寮:州府中之属官。寮,同“僚”。枉驾:屈驾。称人亲访之敬辞。《三国志·蜀书·诸葛亮传》:“庶曰:此人可就见,不可屈致也,将军宜枉驾顾之。”酝:酒。隋孙万寿《远戍江南寄京邑亲友》:“宜城酝始熟,阳翟曲新调。”《新唐书·王绩传》:“故事,官给酒日三升,或问:‘待诏何乐邪?’答曰:‘良酝可恋耳!’”

③厨人:厨师。《战国策·燕策一》:“(赵襄子)与代王饮,而阴告厨人曰:‘即酒酣乐,进热歠,即因反斗击之。’”唐杜甫《移居公安山馆》:“山鬼吹灯灭,厨人语夜阑。”稚子:幼子;小孩。《史记·屈原贾生列传》:“怀王稚子子兰劝王行:‘奈何绝秦欢!’怀王卒行。”潘岳《思子诗》:“奈何念稚子,怀奇陨幼龄。”杨梅:常绿乔木,叶互生,长椭圆形,花褐色,雌雄异株。核果球形,表面有粒状突起,味酸甜,可食。汉司马相如《上林赋》:“楟枣杨梅,樱桃蒲陶……罗乎后宫。”

④山公醉:为醉酒之典。山公,即晋山简,性嗜酒。

【辑评】

刘辰翁《孟浩然诗集》评点:“大巧若拙。或谓‘杨梅’假对,谬论。”

徐用吾《精选唐诗分类评释绳尺》:“作诗亦当有野意,全集中无此,不足以破其巧冶之气,非粗也。”

俞弁《逸老堂诗话》:“《天厨禁脔》,洪觉范著,有琢句法中假借格,如‘残春红药在,终日子规啼’,以‘红’对‘子’。……朱子儋诗话谓其论诗近于穿凿。余谓孟浩然有‘庖人具鸡黍,稚子摘杨梅’,以‘鸡’对‘杨’。……皆是假借。以寓一时之兴。唐人多有此格,何以穿凿为哉?”

贺裳《载酒园诗话·又编》:“宋人巧猎名色,正对外,有就对,有蹉对,有扇对,惟所言假对,最穿凿可厌。如‘厨人具鸡黍,稚子摘杨梅’,谓以‘杨’借‘羊’……真支离鄙细,但可与写别字人解嘲。”

岁除夜有怀[①]

迢递三巴路，羁危万里身[②]。
乱山残雪夜，孤烛异乡人。
渐与骨肉远，转于奴仆亲[③]。
那堪正漂泊，来日岁华新[④]。

【题解】

此诗写作者客游巴蜀时独自度过除夕之夜的孤寂心情。

【校注】

①宋本无此首，据刘本、活字本、凌本、嘉靖本、丛刊本补。英华本题作"巴山道中除夜书怀"，作崔涂诗。诗题：此依刘本、活字本，凌本、嘉靖本、丛刊本作"除夜"。除夜：除夕。

②迢递：遥远貌。三巴：古地名，巴郡、巴东、巴西的合称。后多泛指四川。羁危：旅居困厄。

③骨肉：比喻至亲，指父母兄弟子女等亲人。《墨子·尚贤下》："当王公大人之于此也，虽有骨肉之亲，无故富贵，面目美好者，诚知其不能也，不使之也。"唐沈亚之《上寿州李大夫书》："亚之前应贡在京师，而长幼骨肉萍居于吴。"奴仆：凌本、嘉靖本、丛刊本作"僮仆"。旧时在主人家从事贱役者的通称。唐杜甫《赠毕四曜》："才大今诗伯，家贫苦宦卑。饥寒奴仆贱，颜状老翁为。"

④来日：明日。《礼记·曲礼上》："生与来日，死与往日。"晋陆机《短歌行》："来日苦短，去日苦长。"岁华：即时光，岁时。晋陆机《上留田行》："悲风徘徊入襟，岁华冉冉方除。"

【辑评】

刘辰翁《孟浩然诗集》评点："平生客中除夕诵此，不复更作。上十字尤坦，合下十字情痛，能言在众妙。集中为崔涂诗，未知孰是。”

施补华《岘佣说诗》：“《宿郑州》诗‘孤客亲僮仆’，语极沈至。后人‘渐与骨肉远，转于僮仆亲’，衍作两句，便觉味浅，归愚尚书尝言之。”

伤岘山云表观主①

少子学书剑，秦吴多岁年②。
归来一登眺，陵谷尚依然③。
岂意餐霞客，溘随朝露先④。
因之问闾里，把臂几人全⑤。

【题解】

此诗为悼念老友之作。写诗人离乡多年，回乡登临故山，景物依旧，人已永逝，不禁为乡间几人健在表示关心。

【校注】

①诗题：“岘山”，宋本无“山”字，据刘本、活字本、凌本、嘉靖本、丛刊本补。“观主”，凌本、嘉靖本、丛刊本作“上人”。伤：哀悼伤痛。云表观主：名迹未详。

②秦吴：指京师长安以及东南吴越之地。作者曾入秦求仕，赴吴漫游。岁年：年月时光。南朝梁江淹《陆平原·羁宦》：“契阔承华内，绸缪逾岁年。”

③陵谷：丘陵和山谷。唐韩愈《杂说》：“然龙乘是气，茫洋穷乎玄间，薄日月，伏光景，感震电，神变化，水下土，汩陵谷。”

④餐霞客：美称修道之士。《史记·司马相如列传》：“呼吸沆瀣兮餐朝霞。”汉应劭曰：“《列仙传》：陵阳子言，春食朝霞。朝霞者，日始欲出赤黄气也。”此指云表观主。溘：忽然。朝露：早上的露水，比喻存世的时间极其短暂。《汉书·苏武传》：“人生如朝露，何久自苦如此！”唐颜师古注：“朝露见

日则晞，人命短促亦如之。”

⑤闾里：邻居。《庄子·至乐》：“吾使司命复生子形，为子骨肉肌肤，反子父母、妻子、闾里、知识，子欲之乎？”把臂：宋本原作“把背”，据活字本、凌本、嘉靖本、丛刊本、英华本改。握持手臂。表示亲密。汉袁康《越绝书·记吴王占梦》：“伏地而书，既成篇，即相与把臂而决。”南朝梁沈约《七贤论》：“相与莫逆，把臂高林。”唐钱起《过沈氏山居》：“贫交喜相见，把臂欢不足。”

【辑评】

李梦阳《孟浩然诗集》评点：“好，凄中有健。”

赋得盈盈楼上女①

夫婿久别离，青楼空望归②。
妆成卷帘坐，愁思懒缝衣③。
燕子家家入，杨花处处飞。
空床难独守，谁为报金徽④。

【题解】

“盈盈楼上女”为《古诗十九首》其二中的句子，本篇即根据此诗内容进行抒写：夫妇长期分别，妻子在家日夜思念，盼望丈夫归来。

【校注】

①诗题：“楼”，宋本原作“怀”，据刘本、活字本、凌本、嘉靖本、丛刊本改。赋得：摘取古人成句为题之诗，题端常冠以“赋得”字样。盈盈楼上女：《古诗十九首》其二：“盈盈楼上女，皎皎当户牖。”

②夫婿：丈夫。古乐府《陌上桑》：“东方千余骑，夫婿居上头。”唐王昌龄《闺怨》：“忽见陌头杨柳色，悔教夫婿觅封侯。”唐杜甫《佳人》：“夫婿轻薄儿，新人美如玉。”青楼：青漆涂饰的豪华精致的楼房。三国魏曹植《美女

篇》:"借问女安居?乃在城南端。青楼临大路,高门结重关。"唐张籍《妾薄命》:"君爱龙城征战功,妾愿青楼欢乐同。"

③卷帘:卷起或掀起帘子。南朝梁萧纲《春闺情诗》:"正衣还向镜,迎春试卷帘。"愁思:忧虑。战国宋玉《高唐赋》:"愁思无已,叹息垂泪。登高远望,使人心瘁。"

④"空床"句:《古诗十九首》其二:"昔为倡家女,今为荡子妇。荡子行不归,空床难独守。"金徽:本指琴上系弦之绳。南朝梁元帝《秋夜》:"金徽调玉轸,兹夕抚离鸿。"此处借指琴。唐黄滔《塞上》:"金徽互呜咽,玉笛自凄清。"

【辑评】

刘辰翁《孟浩然诗集》评点:"至浓至微,甚合人意。"

春　意[①]

佳人能画眉,妆罢出帘帷[②]。
照水空自爱,折花将遗谁。
春情多艳逸,春意倍相思[③]。
愁心极杨柳,一动乱如丝[④]。

【题解】

此诗写闺中少妇当春之怨情,她顾影自怜,百无聊赖,愁心纷乱如丝。

【校注】

①诗题:活字本、凌本、嘉靖本、丛刊本作"春怨"。

②佳人:美女。战国屈原《九歌·湘夫人》:"闻佳人兮召予,将腾驾兮偕逝。"画眉:用黛色描饰眉毛。《汉书·张敞传》:"又为妇画眉,长安中传张京兆眉怃。"妆罢:妆饰完毕。南朝陈顾野王《艳歌行》:"窗开翠幔卷,妆罢金星出。"帘帷:帘幕。用于门窗处的帘子与帷幕。南朝梁何思澄《奉和

湘东王教班婕妤》："虚殿帘帷静，闲阶花蕊香。"

③艳逸：艳美飘逸。《晋书·贾充传》："其女光丽艳逸，端美绝伦。"春意：春日的气象。南朝梁萧绎《春日》："春意春已繁，春人春不见。"

④上句说愁心因杨柳而达于极点，犹"忽见陌头杨柳色，悔教夫婿觅封侯"之意。愁心：忧心。南朝宋颜延之《秋胡诗》："明发动愁心，闺中起长叹。"一动：思想感情突然受到触动。乱如丝：南朝梁沈约《春咏》："杨柳乱如丝，绮罗不自持。"

【辑评】

刘辰翁《孟浩然诗集》评点："矜丽婉约。"

贺裳《载酒园诗话·艳诗》："孟襄阳素心士也。其《庭橘》诗'并生怜共蒂，相示感同心'，一何婉昵！至若'照水空自爱，折花将遗谁'，真有生香真色之妙。觉老杜'香雾云鬟''清辉玉臂'，未免太宫样妆矣。"

张文荪《唐贤清雅集》："前半见品，后半言情，此真天仙化人。若王龙标'闺中少妇'，不免带脂粉气。作托兴诗须学此种。"

纪昀《删正二冯评阅〈才调集〉》："毕竟大雅。"

闺　情①

一别隔炎凉，君衣忘短长②。
裁缝无处等，以意忖情量③。
畏瘦疑伤窄，防寒更厚装④。
半啼封裹了，知欲寄谁将⑤。

【题解】

此诗为咏思妇为征人缝制寒衣之作。作者将思妇细腻的感情、缜密的思绪，通过生活细节娓娓道来，真实感人，动人心弦。

【校注】

①宋本无此首,据刘本、活字本、凌本、嘉靖本、丛刊本补。闺情:即闺中妇女惜别伤离之情思。

②炎凉:冷热,指气候之炎热与寒冷。犹言寒暑。北周王褒《与周弘让书》:“舒惨殊方,炎凉异节。”忘短长:南朝梁王筠《行路难》:“犹忆去时腰大小,不知今日身短长。”

③裁缝:裁剪缝制衣服。南朝宋鲍照《代陈思王白马篇》:“侨装多阙绝,旅服少裁缝。”等:比较。“以意”句:这句说根据自己估计进行裁剪。忖:揣度。《三国志·蜀书·诸葛亮传》:“皆忖己之长。”

④“畏瘦”句:因恐丈夫在外形体消瘦,衣服不宜宽大,但又恐怕缝制得太小。

⑤封裹:包扎。“知欲”句:不知托付给谁送去呢?

寒　夜①

闺夕绮窗闭,佳人罢缝衣②。
理琴开宝匣,就枕卧重帏③。
夜久灯花落,熏笼香气微④。
锦衾重自暖,遮莫晓霜飞⑤。

【题解】

此诗为咏佳人寒夜独宿之作。闺中少妇停止缝衣,早早关闭窗户。想弹琴又无心情,想休息却又夜不能寐,只能默默等待又一个黎明到来。

【校注】

①宋本无此首,据刘本、活字本、凌本、嘉靖本、丛刊本补。寒夜:寒冷之夜。南朝梁萧绎《折杨柳》:“寒夜猿声彻,游子泪沾衣。”

②绮窗:雕饰华美的窗子。《古诗十九首》其五:“交疏结绮窗,阿阁三

重阶。”

③理琴：调理琴弦。唐张说《新都南亭送郭元振卢崇道》：“褰幌纳蟾影，理琴听猿啼。”重帏：即重帷，双重幔帐。三国魏应玚《公宴诗》：“促坐褰重帷，传满腾羽觞。”

④灯花：灯芯余烬结成的花状物。北周庾信《对烛赋》：“刺取灯花持桂烛，还却灯檠下烛盘。”南朝陈江总《木槿赋》：“千叶芙蓉讵相似，百枝灯花复羞燃。”熏笼：一种覆盖于火炉上供熏香、烘物和取暖用的器物。《太平御览》引《东宫旧事》：“太子纳妃，有漆画手巾熏笼二，条被熏笼三。”唐王昌龄《长信秋词》：“熏笼玉枕无颜色，卧听南宫清漏长。”

⑤锦衾：锦缎制的被子。《诗·唐风·葛生》：“角枕粲兮，锦衾烂兮。”《古诗十九首》其十六：“锦衾遗洛浦，同袍与我违。”遮莫：尽管；任凭。晋干宝《搜神记》：“狐曰：‘我天生才智，反以为妖，以犬试我，遮莫千试万虑，其能为患乎？’”

【辑评】

刘辰翁《孟浩然诗集》评点：“似词。”

李梦阳《孟浩然诗集》评点：“亦不见好。”

美人分香①

艳色本倾城，分香更有情②。
髻鬟垂欲解，眉黛拂能轻③。
舞学平阳态，歌翻子夜声④。
春风狭斜道，含笑待逢迎⑤。

【题解】

此诗为一首咏妓女之作。她们姿色艳丽，浓妆艳抹，发髻高挑，能歌善舞，满脸含笑迎接来往客人。

【校注】

①分香："分香卖履"之省略。东汉末，曹操造铜雀台，临终时吩咐诸妾："汝等时时登铜雀台，望吾西陵墓田。"又云："余香可分与诸夫人。诸舍中无为，学作履组卖也。"见晋陆机《吊魏武帝文序》。后以"分香卖履"喻临死不忘妻妾。唐罗邺《邺城》："英雄亦到分香处，能共常人较几多。"此处"分香"指美人以香粉之类的化妆品加以粉饰。

②艳色：艳丽之容色。汉徐幹《七喻》："玄鬓拟于云雾，艳色过乎芙蓉。"倾城：形容女子极其美丽。《汉书·外戚传》："北方有佳人，绝世而独立。一顾倾人城，再顾倾人国。宁不知倾城与倾国，佳人难再得！"晋陶渊明《闲情赋》："表倾城之艳色，期有德于传闻。"

③髻鬟：古时妇女发式。将头发环曲束于顶。解：散。眉黛：古代女子用黛画眉，因称眉为眉黛。唐白居易《喜小楼西新柳抽条》："须教碧玉羞眉黛，莫与红桃作曲尘。"

④平阳态：汉平阳公主府歌女之歌舞冠当时。见《崔明府宅夜观妓》"平阳曲"注。子夜声：《子夜歌》为古乐府《吴声歌曲》。见《崔明府宅夜观妓》"子夜歌"注。

⑤狭斜：小街曲巷。多指妓院。古乐府有《长安有狭斜行》，述少年冶游之事，后称娼妓居处为"狭斜"。南朝梁沈约《丽人赋》："狭斜才女，铜街丽人。"

【辑评】

刘辰翁《孟浩然诗集》评点："'解'字妙。'轻'者，不暇更浓也。必欲其脂粉，亦不过如此，故是可观。"

七言律诗

登安阳城楼[①]

县城南面汉江流，江嶂开成南雍州[②]。
才子乘春来骋望，群公暇日坐销忧[③]。
楼台晚映青山郭，罗绮晴骄绿水洲[④]。
向夕波摇明月动，更疑神女弄珠游[⑤]。

【题解】

此诗写假日春游，登临安阳城楼晚眺襄阳的春景。

【校注】

①宋本无此首，据刘本、活字本、凌本、嘉靖本、丛刊本补。安阳：此当为安养县，在襄阳正北，当汉水北岸。

②南雍州：东汉兴平元年（194 年）置雍州。建安十八年（213 年）移治长安。东晋侨置雍州，治襄阳。《南雍州记》："永嘉之乱，三辅豪族流于樊沔，侨于汉侧立雍州，因人所思以安百姓也。宋文帝因之置南雍州焉。"

③乘春：乘着春光。南朝陈江总《南还寻草市宅》："乘春行故里，徐步采芳荪。"骋望：放眼远望。战国屈原《九歌·湘夫人》："登白薠兮骋望，与佳期兮夕张。""群公"句：汉王粲《登楼赋》："登兹楼以四望兮，聊暇日以销忧。"唐李善注："孙卿子曰：多暇日者，其出入不远也。"又注："贾逵《国语》注曰：暇，闲也。暇或为假。《楚辞》曰：迁逡次而勿驱，聊假日以消时。"

④罗绮：华贵的衣着。汉司马相如《长门赋》："张罗绮之幔帷兮，垂楚组之连纲。"此指游春士女之衣裙。

⑤神女弄珠：指郑交甫于襄阳城西汉皋之曲遇二神女，神女解珠佩相赠的故事。

【辑评】

刘辰翁《孟浩然诗集》评点："老成素净，但'江''嶂''山''水''晚''夕''珠''绮'，各不免叠意。"

李梦阳《孟浩然诗集》评点："叠亦不妨。"

王世贞《艺苑卮言》："孟浩然县城南面之篇，不作奇事丽语，从平调行之，却足一倡三叹。"

唐汝询《唐诗解》："襄阳诸体并佳，惟七言绝响。余以名家不可阙，采其仅可一章列于篇。"

王夫之《唐诗评选》："轻俊，幸不凉俭。"

毛奇龄《唐七律选》："艳生于气（'罗绮晴骄'句下）。"又："一结倍见无尽。"

毛张健《唐体馀编》："先叙事而后写景，得悠远不尽之妙。"

吴瑞荣《唐诗笺要》："结句之妙，与崔司勋'日暮乡关'、李翰林'欲栖珠树'鼎足而三。"

除夜有怀

五更钟漏欲相催，四气推迁往复回①。
帐里残灯才去焰，炉中香气尽成灰。
渐看春逼芙蓉枕，顿觉寒消竹叶杯②。
守岁家家应未卧，相思那得梦魂来③。

【题解】

此诗作于客中除夕，抒发作者的思乡之情和孤独感。

【校注】

①五更：旧时自黄昏至拂晓一夜间，分为甲、乙、丙、丁、戊五段，谓之"五吏"。又称五鼓、五夜。北齐颜之推《颜氏家训·书证》："或问：'一夜何

故五更？更何所训？'答曰：'汉魏以来，谓为甲夜、乙夜、丙夜、丁夜、戊夜；又云鼓，一鼓、二鼓、三鼓、四鼓、五鼓；亦云一更、二更、三更、四更、五更；皆以五为节……更，历也，经也，故曰五更尔。'"钟漏：钟和刻漏。古代用以报时、计时。亦借指时辰，时间。唐张九龄《和许给事中直夜简诸公》："未央钟漏晚，仙宇霭沉沉。"唐钱起《夜雨寄寇校书》："秋馆烟雨合，重城钟漏深。"此指报时的钟声。唐元稹《馀杭周从事以十章见寄词调清婉难于遍酬聊和诗首篇以答来贶》："清夜笙歌喧四郭，黄昏钟漏下重关。"四气：指春、夏、秋、冬四时的温、热、冷、寒之气。《礼记·乐记》："奋至德之光，动四气之和，以著万物之理。"唐孔颖达疏："动四气之和者，谓感动四时之气，序之和平，使阴阳顺序也。"唐冯著《行路难》："春秋四气更回换，人事何须再三叹。"推迁：推移，变迁。往复：往而复来，循环不息。

②竹叶：酒名。即竹叶青。亦泛指美酒。晋张协《七命》："乃有荆南乌程，豫北竹叶，浮蚁星沸，飞华萍接。"唐李善注："张华《轻薄篇》曰：'苍梧竹叶清，宜城九酝酒。'"唐白居易《忆江南》："吴酒一杯春竹叶，吴娃双舞醉芙蓉。"

③守岁：阴历除夕终夜不睡，以迎候新年的到来，谓之守岁。晋周处《风土记》："蜀之风俗，晚岁相与馈问，谓之馈岁；酒食相邀为别岁；至除夕达旦不眠，谓之守岁。"

【辑评】

贺裳《载酒园诗话·又编》："《除夜咏怀》曰'渐看春逼芙蓉枕，顿觉寒消竹叶杯。守岁家家应未卧，相思那得梦魂来。'虽悽惋入情，却竟是中晚（唐）态度矣。"

登万岁楼①

万岁楼头望故乡，独令乡思更茫茫。
天寒雁度堪垂泪，月落猿啼欲断肠②。

曲引古堤临冻浦，斜分远岸近枯杨[③]。
今朝偶见同袍友，却喜家书寄八行[④]。

【题解】

此诗写乡愁。先写诗人登楼望乡，思乡之情尤烈；次写眼前荒凉景象，天寒日晚，雁过猿啼，更加引起诗人的哀伤；最后写可喜的是遇见好友，捎来家书一封，快慰异常。

【校注】

①宋本无此首，据刘本、活字本、凌本、嘉靖本、丛刊本、英华本补。万岁楼：唐时润州城楼名。在今江苏省镇江市西南城上。

②“天寒”句：天寒时鸿雁南飞，而作者客居于外，未能如鸿雁之南归，故引起作者无限的思乡愁情。雁度：雁过。南朝梁吴均《寿阳还与亲故别》：“雁度章华国，叶辞洞庭天。”断肠：形容极度悲伤。汉蔡琰《胡笳十八拍》之五：“雁飞高兮邈难寻，空断肠兮思愔愔。”又十六：“日东月西兮徒相望，不得相随兮空断肠。”

③冻浦：润州有东浦、西浦等地，时值寒冬，故云冻浦。枯杨：天寒柳叶凋零，故云枯杨。《易·大过·九二》：“枯杨生稊，老夫得其女妻。”南朝梁刘孝威《枯叶竹》：“枯杨犹更绿，卧柳尚还生。”

④同袍友：甘苦与共的好友。《诗·秦风·无衣》：“岂曰无衣，与子同袍。王于兴师，修我戈矛，与子同仇。”八行：《后汉书·窦章传》：“章字伯向，少好学，有文章，与马融、崔瑗同好，更相推荐。”唐李贤注引汉马融《与窦伯向书》曰：“孟陵奴来，赐书，见手迹，欢喜何量，见于面也。书虽两纸，纸八行，行七字。”谓信纸一页八行。后世信笺亦多每页八行，因以称书信。

【辑评】

胡应麟《诗薮·内编》：“王昌龄，孟浩然俱有《题万岁楼》作，而皆拙弱可笑，则以二君非七言律手也。”

春　情[①]

青楼晓色珠帘映，红粉春妆宝镜催[②]。
已厌交情怜枕席，相将游戏绕池台[③]。
坐时衣带萦纤草，行即裙裾扫落梅[④]。
更道明朝不当作，相期共斗管弦来[⑤]。

【题解】

此诗写闺中少妇眷恋春日之情，全诗铺叙生动，一幅幅美人游春图似在眼前。

【校注】

①宋本无此首，据刘本、活字本、凌本、嘉靖本、丛刊本补。诗题：刘本作“春晴”。春情：春日的情景，春日的意兴。南朝梁萧绎《春日》：“春心日日异，春情处处多。”

②珠帘：缀珠成帘，指帘华贵。南朝陈徐陵《玉台新咏序》：“玉树以珊瑚作枝，珠帘以玳瑁为押。”红粉：妇女化妆用的胭脂和铅粉。《古诗十九首》其二：“娥娥红粉妆，纤纤出素手。”宋欧阳修《浣溪沙》：“红粉佳人白玉杯，木兰船稳棹歌催。”或借指美女。宋计有功《唐诗纪事·杜牧》：“忽发狂言惊满座，两行红粉一时回。”

③交情：人们在相互交往中建立起来的感情。《史记·汲郑列传》：“一死一生，乃知交情。一贫一富，乃知交态。一贵一贱，交情乃见。”唐皎然《春夜与诸同宴呈陆郎中》：“南国宴佳宾，交情老倍亲。”相将：相偕，相共。汉王符《潜夫论·救边》：“相将诣阙，谐辞礼谢。”宋王安石《次韵答平甫》：“物物此时皆可赋，悔予千里不相将。”

④衣带：束衣的带子。《古诗十九首》其一：“相去日以远，衣带日以缓。”纤草：细草。晋孙绰《游天台山赋》：“藉萋萋之纤草，荫落落之长松。”

裙裾:裙子;裙幅。唐常建《古兴》:“石榴裙裾蛱蝶飞,见人不语颦蛾眉。”落梅:飘落之梅。南朝梁萧纲《雪朝》:“落梅飞四注,翻霙舞三袭。”

⑤不当作:唐代俗话,即先道个不该。清汪师韩《诗学纂闻·时俗语入诗》:“唐人每以唐时语入诗……不当作,犹云先道个不该也。”相期:相约,期待。南朝梁吴均《咏雪》:“坐须风雪霁,相期洛城下。”斗:比赛;争胜。唐陆龟蒙《秘色越器》:“好向中宵盛沆瀣,共嵇中散斗遗杯。”《敦煌变文集·维摩诘经讲经文》:“项臂垂璎珞,珠珍斗宝冠。”管弦:管乐器与弦乐器。亦泛指乐器。《淮南子·原道训》:“夫建钟鼓,列管弦。”晋张华《情诗》:“终晨抚管弦,日夕不成音。”

【辑评】

刘辰翁《孟浩然诗集》评点:“五、六皆装点趣事,然下句尤妙。”

王夫之《唐诗评选》:“末入乐府语,自佳。”

毛奇龄《唐七律选》:“似拙塞而实通隽,何许骨格(‘相将游戏’句下)!”

赵臣瑗《山满楼笺注唐诗七言律》:“春情者,闺人眷日之情也,艳而不俚,乃为上乘。他人写情,必写其晏眠不起,而此偏写其早起;他人写情,必写其怜枕席,而此偏写其厌交欢,落想已高人数等。而尤妙在从朝至暮,曲曲折折写其初起,写其妆成,写其游戏,既写其坐,复写其行,五十六字中便已得几幅美人图,真能事。”

五言绝句

建德江宿①

移舟泊烟渚，日暮客愁新②。
野旷天低树，江清月近人③。

【题解】

此诗以舟泊暮宿为背景，抒写诗人漫游吴越时怀乡之愁思。

【校注】

①诗题：活字本、凌本、嘉靖本、丛刊本作“宿建德江”。建德江：即钱塘江流经建德（治今浙江建德）的一段。

②这两句写日暮泊舟引起旅人新愁。烟渚：烟霭笼罩的小洲。

③这两句写舟中所见：原野广阔，天地相接；江水清澄，月映水中，好像和人更接近了。南朝宋谢灵运《初去郡》：“野旷沙岸净，天高秋月明。”

【辑评】

刘辰翁《孟浩然诗集》评点：“好！未足之句，此下亦难得好语。”

桂天祥《批点唐诗正声》：“语少意远，清思痛入骨髓。”

胡应麟《诗薮·内编》：“‘野旷天低树，江清月近人’，神韵无伦。”又：“孟浩然‘移舟泊烟渚，日暮客愁新。野旷天低树，江清月近人’，可谓五言律神品，而不睹全篇，皆大可恨事。……孟诗今作绝句，非体也。”

唐汝询《唐诗解》：“客愁因景而生，故下联不复言情，而旅思自见。”

施闰章《蠖斋诗话·月诗》：“浩然‘沿月棹歌还’‘招月伴人还’‘沿月下湘流’‘江清月近人’，并妙于言月。”

沈德潜《唐诗别裁》：“下半写景，而客愁自见。”

吴瑞荣《唐诗笺要》：“襄阳最多率素语，如此绝又杂以庄重，似齐梁俪体。”

黄叔灿《唐诗笺注》：“‘野旷’一联，人但赏其写景之妙，不知其即景而言旅情，有诗外味。”

胡本渊《唐诗近体》：“下半写景而客愁自见，十字咀味不尽。”

刘宏煦《唐诗真趣编》：“‘低’字从‘旷’字生出，‘近’字从‘清’字生出。野惟旷，故见天低于树；江惟清，故觉月近于人。清旷极矣。烟际泊宿，恍置身海角天涯、寂寥无人之境，凄然四顾，弥觉家乡之远，故云‘客愁新’也。下二句不是写景，有‘愁’字在内。”

春晚绝句①

春眠不觉晓，处处闻啼鸟②。
夜来风雨声，花落知多少③。

【题解】

此诗表现了作者惜春喜晴的感情，传颂极广。由于夜间风雨，诗人担心花被吹落，雨霁后才入睡，所以眠而不觉晓。

【校注】

①诗题：刘本、活字本、凌本、嘉靖本、丛刊本、英华本作“春晓”。

②春眠：春睡。亦指春日困倦而生的睡意。唐王维《扶南曲歌词五首》之一：“翠羽流苏帐，春眠曙不开。”啼鸟：鸟鸣叫，意味着天晓和晴朗。

③这两句写醒来后首先出现的思想，是经过昨夜的风雨后花木究竟如何了。当然，诗人希望的是不要受到太多的摧残。知多少：不知多少。徐仁甫《广释词》：“知，犹不知，肯定用为否定。凡句有疑问词者，知多用为不知。”

【辑评】

刘辰翁《孟浩然诗集》评点：“风流闲美，正不在多。”

胡应麟《诗薮·外编》:“孟浩然‘春眠不觉晓’二十字,清新婉约。”

凌宏宪《唐诗广选》引顾璘评:“真景实情,人说不到。高兴奇语,唯吾孟公。”

徐增《而庵说唐诗》:“做上二句便煞住笔,复停想到昨夜去,又到花上来,看他用笔不定,瞻之在前,忽然在后矣。或问:何不写‘夜来’在前?曰:看题中‘晓’字。‘处处闻啼鸟’下若再连一笔,则便不算晓矣,故特转到晓之前下‘夜来’二字;‘风雨声’紧跟上‘闻’字,‘晓’字便隔寻丈。其作‘晓’字,精微有若此。”

吴瑞荣《唐诗笺要》:“朦胧臆想,构此幻境。‘落多少’可以不说,又不容不说,诚非妙悟,不能有此。”

黄叔灿《唐诗笺注》:“诗到自然,无迹可寻。‘花落’句含几许惜春意。”

送朱大入秦①

游人五陵去,宝剑直千金②。
分手脱相赠,平生一片心③。

【题解】

此诗写送人入长安,赠以宝剑,表现了作者慷慨的意气和对友人的殷切期望。

【校注】

①诗题:宋本无“大”字,据刘本、活字本、凌本、嘉靖本、丛刊本补。朱大:名迹未详。秦:指长安。

②五陵:五处汉代皇陵,即长陵、安陵、阳陵、茂陵、平陵,在今陕西渭河北岸咸阳市附近。常以指称长安或秦地。“宝剑”句:三国魏曹植《名都篇》:“名都多妖女,京洛出少年。宝剑直千金,被服丽且鲜。”

③脱:解下。指从身上解下宝剑相赠。

【辑评】

桂天祥《批点唐诗正声》："气侠情真，不愧儿女之志。"

凌宏宪《唐诗广选》引蒋一葵评："任侠称题。"

王士禛《唐人万首绝句选》："从'入秦'生出首句，字字有关会，一语不泛说。落句五字，斩绝中有深味。"

刘邦彦《唐诗归折衷》："游五陵，赠宝剑，何等心胸！莫因'千金'二字，作借物钟情读也。长吉'直是荆轲一片心'，同此意。"

黄叔灿《唐诗笺注》："不过任侠意，写得有神。"

俞陛云《诗境浅说》："襄阳诗皆冲和淡逸之音，此诗独有抑塞磊落之气。"

送友人之京①

君登青云去，余望青山归②。

云山欲此别，泪湿薜萝衣③。

【题解】

此诗为送友人赴京都之作，流露出作者沉沦不遇之悲哀。

【校注】

①之：往。京：京都，指长安。

②青云：喻高官显爵。《史记·范雎蔡泽列传》："须贾顿首言死罪，曰：'贾不意君能自致于青云之上。'"汉扬雄《解嘲》："当途者升青云，失路者委沟渠。"青山：青葱的山岭。《管子·地员》："青山十六施，百一十二尺而至于泉。"唐徐凝《别白公》："青山旧路在，白首醉还乡。"此指归隐之处。唐贾岛《答王建秘书》："白发无心镊，青山去意多。"

③云山：以青云与青山拟两人去留之处不同，喻两人进退之有异。欲：

活字本、凌本、嘉靖本、丛刊本作“从”。薜萝：薜荔和女萝。两者皆野生植物，常攀缘于山野林木或屋壁之上。《楚辞·九歌·山鬼》：“若有人兮山之阿，被薜荔兮带女萝。”汉王逸注：“女萝，兔丝也。言山鬼仿佛若人，见于山之阿，被薜荔之衣，以兔丝为带也。”后借以指隐者或高士的衣服。《南齐书·宗测传》：“量腹而进松术，度形而衣薜萝。”唐张乔《送陆处士》：“若向仙岩住，还应著薜萝。”

【辑评】

刘辰翁《孟浩然诗集》评点：“甚不多语，神情悄然，比之苏州，特怨甚。”

桂天祥《批点唐诗正声》：“野人饯别，正合此语，少益便非孟浩然。”

初下浙江舟中口号①

八月观涛罢，三江越海浔②。

回瞻魏阙路，空复子牟心③。

【题解】

此诗写作者漫游吴越，纵情山水，不复留意仕途。

【校注】

①宋本无此首，据刘本、活字本、凌本、嘉靖本、丛刊本补。诗题：刘本、凌本作“下浙江”。浙江：水名。即钱塘江。口号：即口占，不起草稿，随口吟成之意，多用于古诗标题。如南朝梁简文帝萧纲有《仰和卫尉新渝侯巡城口号》、唐杜甫有《晚行口号》、唐刘禹锡有《洛中逢韩七中丞之吴兴口号》。

②八月观涛：指八月于钱塘江观潮。三江：古代各地众多水道的总称。汉代以后有多种解释。《国语·越语上》三国吴韦昭注以吴江、钱塘江、浦阳江为三江。此处即指此三江。吴江，即松江，唐时在吴县（在今江苏苏州）南五十里，经昆山入海。钱塘江在杭州。浦阳江在浦阳县（今浙江浦江）西北四十里。海浔：海边。

③魏阙：指朝廷。空：凌本、嘉靖本、丛刊本作“无”。子牟：战国时魏公子子牟，封于中山，亦称中山公子牟。曾说“身在江海之上，心居乎魏阙之下”(《吕氏春秋·审为》)，后常用作心存朝廷或忧国的典故。《列子·仲尼》：“中山公子牟者，魏国之贤公子也。”晋张湛注：“公子牟，文侯子，作书四篇，号曰道家。魏伐得中山以邑子牟，因曰中山公子牟也。”

醉后赠马四①

四海重然诺，吾尝闻白眉②。
秦城游侠窟，相得半酣时③。

【题解】

此诗为赠人之作。作者推重对方重信义的侠士品格。

【校注】

①马四：“马”，活字本、凌本作“高”字。名迹未详。

②四海：指天下。然诺：然、诺皆应对之词，表示应允。引申为言而有信。战国宋玉《神女赋》：“含然诺其不分兮，喟扬音而哀叹。”唐李善注：“言神女之意虽含诺犹不当其心。”《史记·游侠列传》：“而布衣之徒，设取予然诺，千里诵义，为死不顾世，此亦有所长，非苟而已也。”南朝梁江淹《陈思王曹植赠友》：“延陵轻宝剑，季布重然诺。”白眉：《三国志·蜀书·马良传》：“马良，字季常，襄阳宜城人也。兄弟五人，并有才名，乡里为之谚曰：‘马氏五常，白眉最良。’良眉中有白毛，故以称之。”后因以喻兄弟或侪辈中的杰出者。唐陈子昂《合州津口别舍弟至东阳峡步趁不及眷然有忆作以示之》：“思积芳庭树，心断白眉人。”此以马良推敬马四。

③秦城：指京都长安。游侠窟：晋郭璞《游仙诗》：“京华游侠窟，山林隐遁栖。”唐李善注：“都邑游侠，张赵之伦。”相得：彼此投合。《史记·魏其武安侯列传》：“相得欢甚，无厌，恨相知晚也。”

檀溪寻故人[①]

花伴成龙竹，池分跃马溪[②]。
田园人不见，疑向洞中栖。

【题解】

此诗为檀溪寻访故人之作。先写故人所居之地环境幽美，一派田园风景；后写寻故人不见，怀疑他隐居于山洞之中。曲折地表达了故人品行之高洁，充满羡慕与赞叹之情。

【校注】

①诗题：活字本、凌本、嘉靖本、丛刊本作“檀溪寻古”。檀溪：古溪名，在襄阳。

②成龙竹：传说能化龙之竹。晋葛洪《神仙传·壶公》：“房（费长房）忧不得到家，公（壶公）以一竹杖与之曰：‘但骑此得到家耳。’房骑竹杖辞去，忽如睡觉，已到家……房所骑竹杖，弃葛陂中，视之乃青龙耳。”跃马溪：即檀溪。《三国志·蜀书·先主传》：“荆州豪杰归先主者日益多，表疑其心，阴御之。”南朝宋裴松之注引《世语》曰：“备屯樊城，刘表礼焉，惮其为人，不甚信用。曾请备宴会，蒯越、蔡瑁欲因会取备，备觉之，伪如厕，潜遁出。所乘马名的卢，骑的卢走，堕襄阳城西檀溪水中，溺不得出。备急曰：‘的卢，今日厄矣，可努力！’的卢乃一跃三丈，遂得过。”

同张将蓟门看灯[①]

异俗非乡俗，新年改故年[②]。
蓟门看火树，疑是烛龙然[③]。

【题解】

此诗为和人观灯之作。诗写一元复始，辞旧迎新，远方异域，风俗与家乡不同。蓟门的灯火，尤其壮观，火树银花，如烛龙照耀天下。

【校注】

①宋本无此首，据刘本、活字本、凌本、嘉靖本、丛刊本补。同：和诗曰同。张将：名迹未详。蓟门：蓟州。

②异俗：风俗不同。《礼记・王制》："广谷大川异制，民生其间异俗。"《荀子・正名》："远方异俗之乡，则因之而为通。"晋陆云《答张士然》："百城各异俗，千室非良邻。"乡俗：乡土风俗。睡虎地秦墓竹简《南郡守腾文书》："古者，民各有乡俗，其所利及好恶不同。"

③火树：比喻繁盛的灯火。晋傅玄《朝会赋》："华灯若乎火树，炽百枝之煌煌。"晋傅玄《失题》："枝灯若火树，庭燎继天光。"烛龙：古代神话中的神名。传说其张目（亦有谓其驾日、衔烛或珠）能照耀天下。《山海经・大荒北经》："西北海之外，赤水之北，有章尾山。有神，人面蛇身而赤，直目正乘，其瞑乃晦，其视乃明，不食不寝不息，风雨是谒。是烛九阴，是谓烛龙。"《楚辞・天问》："日安不到，烛龙何照？"汉王逸注："言天之西北有幽冥无日之国，有龙衔烛而照之也。"南朝宋谢惠连《雪赋》："若乃积素未亏，白日朝鲜，烂兮若烛龙衔耀照昆山。"唐李周翰注："烛龙，昆山神也，常衔烛以照。"

登岘亭寄晋陵张少府①

岘首风湍急，云帆若鸟飞②。
凭轩试一问，张翰欲来归③。

【题解】

此诗为登岘亭寄怀友人之作。全诗写景与抒情衔接自然，隐含作者思念友人的浓厚感情。

【校注】

①诗题："登岘"，活字本、凌本、嘉靖本、丛刊本作"岘山"。岘亭：岘山之亭。晋陵：唐晋陵县，在今江苏省常州市。张少府：张子容。

②风湍：指风浪急流。云帆：白色的船帆，借指船。

③凭轩：凭栏。南朝梁吴均《赠周兴嗣四首》其四："沉忧无人语，默念空凭轩。"张翰：《晋书·张翰传》："张翰，字季鹰，吴郡吴人也。……翰有清才，善属文，而纵任不拘，时人号为'江东步兵'。……齐王冏辟为大司马东曹掾。冏时执权，翰谓同郡顾荣曰：'天下纷纷，祸难未已。夫有四海之名者，求退良难。吾本山林间人，无望于时。子善以明防前，以智虑后。'荣执其手，怆然曰：'吾亦与子采南山蕨，饮三江水耳。'翰因见秋风起，乃思吴中菰菜、莼羹、鲈鱼脍，曰：'人生贵得适志，何能羁宦数千里以要名爵乎！'遂命驾而归。……俄而冏败，人皆谓之见机。"

赠王九①

日暮田家远，山中忽久淹②。
归人须早去，稚子望陶潜③。

【题解】

此诗为催促友人归家之作。王九也是作者家乡的隐士，与作者相友善，作者劝其早日与家人团聚，以叙天伦之乐。

【校注】

①诗题，活字本、凌本、嘉靖本、丛刊本作"口号赠王九"。王九：王迥。

②田家：农家。"山中"句：汉淮南小山《招隐士》："王孙兮归来，山中兮不可以久留。"

③"稚子"句：晋陶渊明《归去来兮辞》："僮仆欢迎，稚子候门。"此以陶渊明喻指王九。稚子：宋本原作"樵子"，据活字本、凌本、嘉靖本、丛刊本改。幼子，小孩。

同储十二洛阳道①

珠弹繁华子，金羁游侠人②。
酒酣白日暮，走马入红尘③。

【题解】

储光羲有《洛阳道五首献吕四郎中》，孟浩然此诗为和储之诗。此诗当作于作者壮年时期，流露出对京中游侠之士的羡慕之情。

【校注】

①诗题：刘本、活字本、凌本作“同储十二洛阳道中”。嘉靖本、丛刊本作“同储十二洛阳道中作”。储十二：指盛唐诗人储光羲，十二为排行。洛阳道：代指储光羲《洛阳道五首献吕四郎中》诗。

②珠弹：以珠子为弹丸。极言其豪奢。南朝陈徐陵《紫骝马》：“角弓连两兔，珠弹落双鸿。”繁华子：指纨绔子弟。南朝梁沈约《三月三日率尔成篇》：“洛阳繁华子，长安轻薄儿。”三国魏阮籍《咏怀八十二首》其十二：“昔日繁华子，安陵与龙阳。”“金羁”句：三国魏曹植《白马篇》：“白马饰金羁，连翩西北驰。借问谁家子，幽并游侠儿。”金羁：金饰之马络头。游侠：仗义敢为，解人之难，有牺牲精神的侠客。南朝陈阳缙《侠客控绝影》：“园中追寻桃李径，陌上逢迎游侠人。”

③酒酣：酒喝得尽兴，畅快。《史记·高祖本纪》：“酒酣，高祖击筑，自为歌诗。”南朝宋裴骃集解：“应劭曰：不醒不醉曰酣。一曰酣，洽也。”走马：纵马。红尘：指繁华之地。南朝陈徐陵《洛阳道》：“绿柳三春暗，红尘百戏多。”唐王建《从军后寄山中友人》：“夜半听鸡梳白发，天明走马入红尘。”

寻菊花潭主人不遇[1]

行至菊花潭，村西日已斜。
主人登高去，鸡犬空在家[2]。

【题解】

此诗记作者九月九日重阳节寻访菊花潭主人，但其外出登高，家中无人。

【校注】

①宋本无此首，据刘本、活字本、凌本、嘉靖本、丛刊本补。菊花潭：即菊水。水名，在邓州菊潭县，今属河南省内乡县。传说饮其水可长寿。北魏郦道元《水经注·湍水》："湍水又南，菊水注之。水出西北石涧山芳菊溪，亦言出析谷，盖溪涧之异名也。源旁悉生菊草，潭涧滋液，极成甘美。云此谷之水土，餐挹长年。"

②"主人"二句：唐徐坚《初学记》："《续齐谐记》曰：'汝南桓景，随费长房游学。长房谓之曰：九月九日，汝南当有大灾厄，急令家人缝囊盛茱萸系臂上，登高饮菊酒，此祸可消。景如言，举家坐山，夕还，见鸡犬一时暴死。长房曰：此可代之。今世人九日登高是也。'"

【辑评】

张谦宜《絸斋诗谈》："《寻菊花潭主人不遇》：'行至菊花潭，村西日已斜。主人登高去，鸡犬空在家。'若无好处，只是空淡入妙。"

张郎中梅园作[1]

绮席铺兰杜，珠盘折芰荷[2]。
故园留不住，应是恋弦歌[3]。

【题解】

此诗先赞美张子容生活富裕，再赞其心中有弦歌雅意。

【校注】

①宋本无此首，据刘本、活字本、凌本、嘉靖本、丛刊本补。张郎中：指张子容。梅园：当为海园。系张子容襄阳别业中园名。

②绮席：华丽的席具。古人称坐卧之铺垫用具为席。兰杜：兰草、杜若两种香草。南朝齐江孝嗣《离夜》："石泉行可照，兰杜向含风。"珠盘：装饰精美的盘子。芰荷：菱叶与荷叶。

③弦歌：子游为武城宰，弦歌而治之。此指出仕。

问舟子

向夕问舟子，前程无几多①。
湾头正好泊，淮里足风波②。

【题解】

此诗写作者乘船入淮河，日暮停泊河湾里以避风浪的情景。

【校注】

①向夕：傍晚；薄暮。晋陶渊明《岁暮和张常侍》："向夕长风起，寒云没西山。"唐刘长卿《宿怀仁县南湖寄东海荀处士》："向夕敛微雨，晴开湖上天。"无：活字本、凌本、嘉靖本、丛刊本、英华本作"复"。几多：多少。

②湾头：水湾边。淮：淮河。源出河南省桐柏山，东流经河南、安徽等省到江苏省入洪泽湖。洪泽湖以下，主流出三河经高邮湖由扬州市江都区三江营入长江。下游原有入海河道，后黄河夺淮，河道淤高，遂逐渐以入江为主。足风波：风浪很大。足，多。北周庾信《周大将军司马神道碑铭》："谷寒无日，山空足云。"唐李白《荆州歌》："白帝城边足风波，瞿塘五月谁敢过。"

【辑评】

刘辰翁《孟浩然诗集》评点："此以俚语寄兴。"

杨子津望京口①

北固临京口，夷山对海滨②。
江风白浪起，愁杀渡头人③。

【题解】

此诗写诗人在杨子津待渡，眺望长江南岸时的所见和心情。

【校注】

①杨子津：当作"扬子津"，即扬子渡，在长江北岸，今江苏省扬州市邗江区南。唐代为江滨要津，从此可南渡京口。京口：宋本原作"鱼口"，据活字本、凌本、嘉靖本、丛刊本改。古城名，故址在今江苏省镇江市。

②北固：即北固山。在今镇江市东北，山北峰三面临江，回岭陡绝。夷山：即镇江市焦山余脉，唐时称松寥、夷山。唐李白《焦山望松寥山》诗清王琦注云："《一统志》：焦山，在镇江府城东北九里江中，后汉焦先隐此，因名。旁有海门二山。王西樵曰：海门山，一名松寥、夷山，即孟浩然诗所云'夷山对海滨'者也。鲍天钟《丹徒县志》：焦山之余支东出，分峙于鲸波弥淼中，曰海门山。唐时称松寥，称夷山，即此。"

③愁杀：谓使人极为忧愁。杀，表示程度深。《古诗十九首》其十四："白杨多悲风，萧萧愁杀人。"南唐冯延巳《临江仙》："夕阳千里连芳草，风光愁杀王孙。"

北涧浮舟[1]

北涧流常满，浮舟触处通[2]。
沿洄自有趣，何必五湖中[3]。

【题解】

此诗写作者居处之北涧水流丰沛，泛舟其上可极尽游赏之乐，不必追求名湖胜水之游。

【校注】

①北涧：作者居处北面之溪涧，涧南园即因位于涧之南面而得名。浮舟：凌本、嘉靖本、丛刊本作“泛舟”。行船。

②触处：到处，随处。极言其多。《南史·循吏传序》：“凡百户之乡，有市之邑，歌谣舞蹈，触处成群，盖宋世之极盛也。”清侯铨《送西京再至京师次西涧翁韵》：“匆匆便作临河别，离绪无端触处生。”

③沿洄：顺流而下或逆流而上。“何必”句：用范蠡泛舟五湖之典。《国语·越语》：“反至五湖，范蠡辞于王曰：‘君王勉之，臣不复入于越国矣。’……遂乘轻舟，以浮于五湖，莫知其所终极。”

【辑评】

刘辰翁《孟浩然诗集》评点：“结尤属收拾。”

洛中访袁拾遗不遇[1]

洛阳访才子，江岭作流人[2]。
闻说梅花早，何如北地春[3]。

【题解】

此诗感情深沉，精炼含蓄。全诗四句，贯穿着两个对比：用人对比，从而显示不平；用地对比，从而显示伤感。

【校注】

①宋本无此首，据刘本、活字本、凌本、嘉靖本、丛刊本补。洛中：唐东都洛阳。袁拾遗：袁瓘，曾官左拾遗。

②“洛阳”句：晋潘岳《西征赋》：“终童山东之英妙，贾生洛阳之才子。”以袁拾遗与才华横溢的贾谊相比，说明作者对袁拾遗景仰之深。流人：被流放之人。用“才子”与“流人”相对，揭露政治的黑暗、君主的昏庸。

③“闻说”二句：大庾岭上，气候温暖，梅花早于北方开放。可流放岭外，怎及留居北地故乡呢？表现出对友人的深深怀念。

【辑评】

刘辰翁《孟浩然诗集》评点：“此十字起，岂待第三语哉。恨恨便不着一字，亦自深怨。”

送张郎中迁京[①]

碧溪常共赏，朱邸忽迁荣[②]。
预有相思意，闻君琴上声[③]。

【题解】

此诗为送友人迁京之作，作者希望别后彼此相思不忘。

【校注】

①宋本无此首，据刘本、凌本、嘉靖本、丛刊本补。张郎中：指张子容。郎中，唐时六部皆有郎中，分掌各司事务。迁京：调至京城任官。

②朱邸：汉代诸侯王宅第以朱红漆门，故称。后泛指高官府第。南朝齐谢朓《拜中军记室辞隋王笺》：“朱邸方开，效蓬心于秋实。”唐李善注：

"《史记》曰：诸侯朝天子，于天子之所立舍曰邸，诸侯朱户，故曰朱邸。"此指张子容家族在襄阳的府第。

③琴上声：南朝梁何逊《咏风》："镜前飘落粉，琴上响余声。"

戏　题①

客醉眠未起，主人呼解醒②。
已言鸡黍熟，复说瓮头清③。

【题解】

此诗写主人待客殷勤，客人酩酊大醉。全诗明白如话，甚至用唐时俗语，但觉亲切真实，虽名戏题，实乃实录。

【校注】

①诗题：活字本、凌本、嘉靖本、丛刊本作"戏赠主人"。戏题：随意题写。

②眠：宋本原作"眼"，据活字本、凌本、嘉靖本、丛刊本改。解醒：宋本原作"解醒"，据刘本、活字本、凌本、嘉靖本、丛刊本改。醒酒，消除酒病。南朝宋刘义庆《世说新语·任诞》："天生刘伶，以酒为名；一饮一斛，五斗解醒。"南朝梁刘孝标注："《毛公注》曰：'酒病曰醒。'"唐元稹《放言》："五斗解醒犹恨少，十分飞盏未嫌多。"

③鸡黍：指饷客的饭菜。语本《论语·微子》："止子路宿，杀鸡为黍而食之。"《北史·卢道虔传》："(卢道虔)为尚书同僚于草屋之下设鸡黍之膳，谈者以为高。"瓮头：刚酿成的酒。唐何延之《兰亭始末记》："江东云堈面，犹河北称瓮头，谓初熟酒也。"清：宋本原作"声"，据刘本、活字本、凌本、嘉靖本、丛刊本改。

【辑评】

张谦宜《絸斋诗谈》："《戏赠主人》：'客醉眠未起，主人呼解醒。已言鸡黍熟，复道瓮头清。''瓮头清'本俗语，唐人用之，不碍高雅。"

七言绝句

过融上人兰若

山头禅室挂僧衣，窗外无人溪鸟飞[①]。
黄昏半在下山路，却听松声恋翠微[②]。

【题解】

此诗为作者访融上人不遇之作。诗中写僧寺之幽静，所见有溪鸟，所闻有松声。

【校注】

①禅室：犹禅房。佛徒习静之所。南朝宋谢灵运《山居赋》："傍危峰，立禅室。"唐王勃《梓州通泉县惠普寺碑》："禅室安闲。"

②翠微：指青山。北周庾信《和宇文内史春日游山》："游客值春辉，金鞍上翠微。"唐高适《赴彭州山行之作》："峭壁连崆峒，攒峰叠翠微。"

凉州词二首[①]

浑成紫檀金屑文，作得琵琶声入云[②]。
胡地迢迢三万里，那堪马上送明君[③]。
异方之乐令人悲，羌笛胡笳不用吹[④]。
坐看今夜关山月，思杀边城游侠儿[⑤]。

【题解】

上一首咏昭君出塞，下一首咏戍卒月夜思乡。

【校注】

①宋本无此二首，据刘本、活字本、凌本、嘉靖本、丛刊本补。诗题：活

字本作“凉州词”，无“二首”二字。凉州词：乐府歌曲名。又名凉州歌或凉州曲。宋郭茂倩《乐府诗集》卷七九《近代曲辞·凉州歌》引《乐苑》曰：“凉州，宫调曲。开元中，西凉府都督郭知运进。”本为凉州（州治在今甘肃武威）一带歌曲。唐人多以此调作歌词，描述塞上风光或战争情景。

②浑成：天然生成。晋葛洪《抱朴子·畅玄》：“恢恢荡荡，与浑成等其自然；浩浩茫茫，与造化钧其符契。”北魏贾思勰《齐民要术·种桑柘》：“欲作鞍桥者，生枝长三尺许，以绳系旁枝，木橛钉著地中，令曲如桥。十年之后，便是浑成柘桥。”紫檀：木名。常绿乔木，木材坚实，紫红色，可做贵重家具、乐器或美术品。晋崔豹《古今注·草木》：“紫旃木，出扶南，色紫，亦谓之紫檀。”唐张彦远《历代名画记·论装背褾轴》：“故贞观、开元中，内府图书，一例用白檀身，紫檀首，紫罗褾织成带，以为官画之褾。”金屑文：指紫檀上的天然纹路。紫檀木新者色红，老者色紫，其纹如金屑，故称。琵琶：弹拨乐器。初名批把。此类乐器原流行于波斯、阿拉伯等地，汉代传入我国。后经改造，圆体修颈，有四弦、十二柱，俗称“秦汉子”。一说，我国秦末，百姓苦长城之役，弦鼗而鼓之，琵琶即始于此。南北朝时又有曲项琵琶传入我国，四弦，腹呈半梨形，颈上有四柱，横抱怀中，用拨子弹奏，即现今琵琶的前身。唐宋以来经不断改进，柱位逐渐增多，改横抱为竖抱，废拨子，改用手指弹奏。

③明君：即王昭君。汉元帝宫人王嫱，元帝以赐匈奴呼韩邪单于，为阏氏。晋石崇《王明君辞》：“王明君者，本是王昭君，以触文帝讳改之。匈奴盛请婚于汉，元帝以后宫良家子昭君配焉。昔公主嫁乌孙，令琵琶马上作乐，以慰其道路之思。其送明君，亦必尔也。”

④异方之乐：汉李陵《答苏武书》：“异方之乐，只令人悲，增忉怛耳！”羌笛：古代的管乐器。长二尺四寸，三孔或四孔。因出于羌中，故名。唐王之涣《凉州词》：“羌笛何须怨杨柳，春风不度玉门关。”宋沈括《梦溪笔谈·乐律》：“笛有雅笛，有羌笛，其形制所始，旧说皆不同。”胡笳：我国古代北方民族的管乐器，传说由汉张骞从西域传入，汉魏鼓吹乐中常用之。汉蔡琰《悲愤诗》：“胡笳动兮边马鸣，孤雁归兮声嘤嘤。”唐岑参《胡笳歌送颜真卿使赴河陇》：“君不闻胡笳声最悲，紫髯绿眼胡人吹。”

⑤关山月：本汉乐府横吹曲名，其词多久戍边塞离别之情。南朝陈江总《遇长安使寄裴尚书》："太息关山月，风尘客子衣。"唐王昌龄《从军行七首》其一："更吹羌笛关山月，无那金闺万里愁。"

【辑评】

葛立方《韵语阳秋》："《文选》载石季伦《明君词》云：'昔公主嫁乌孙，令琵琶马上作乐，以慰其道路之思。明君亦然。'则马上弹琵琶，非昭君自弹也。故孟浩然《凉州词》云：'故（当作"胡"）地迢迢三万里，那堪马上送明君。'而东坡《古缠头曲》乃云：'翠鬟女子年十七，指法已似呼韩妇。'梅圣俞《明妃曲》亦云：'月下琵琶旋制声，手弹心苦谁知得！'则皆以为昭君自弹琵琶，岂别有所据邪？"

送新安张少府归秦中①

试登秦岭望秦川，遥忆清明春可怜②。
仲月送君从此去，瓜时须及邵平田③。

【题解】

此诗为作者远游浙江时送友人归长安之作。

【校注】

①诗题：活字本、凌本作"送张少府归秦"。嘉靖本、丛刊本作"越中送张少府归秦中"。新安：今河南省洛阳市新安县。张少府：指张子容。秦中：此指长安。

②秦岭：此当指浙江省绍兴市秦望山。秦川：古地区名。泛指今陕西、甘肃的秦岭以北平原地带。清明：刘本、活字本、凌本、嘉靖本、丛刊本作"青门"。可怜：可爱。《古诗为焦仲卿妻作》："东家有贤女，自名秦罗敷。可怜体无比，阿母为汝求。"唐杜甫《韦讽录事宅观曹将军画马图歌》："可怜九马争神骏，顾视清高气深稳。"

③仲月：指每季的第二个月，即农历二、五、八、十一月。因处每季之中，故称。唐钱起《过鸣皋隐者》："仲月霁春雨，香风生药田。"《新唐书·礼乐志四》："礼不祭墓，唐家之制，春、秋仲月以使具卤簿衣冠巡陵。"瓜时：瓜熟之时。指农历七月。《左传·庄公八年》："齐侯使连称、管至父成葵丘。瓜时而往，曰：'及瓜而代。'"《史记·齐太公世家》："瓜时而往。"南朝宋裴骃集解引汉服虔曰："瓜时，七月。"邵平：即召平。秦故东陵侯，秦亡后，为布衣，种瓜长安城东青门外，瓜味美，时人谓之"东陵瓜"。后以"邵平田"借指退官隐居者的田园。

济江问舟人①

潮落江平未有风，扁舟共济与君同②。
时时引领望天末，何处青山是越中③。

【题解】

孟浩然于开元十七年(729)秋，自洛阳沿汴水南下吴越，经广陵渡江至杭州。然后，渡钱塘江之越州(今浙江绍兴)，该诗即作于此时。

【校注】

①诗题：活字本、凌本、嘉靖本、丛刊本作"济江问同舟人"。一说此诗作者为崔国辅。济江：渡江。江，指钱塘江。

②引领：伸颈远望。《左传·成公十三年》："及君之嗣也，我君景公引领西望曰：'庶抚我乎！'"形容盼望之殷切。天末：天的尽头。指极远的地方。晋陆机《拟兰若生朝阳》："引领望天末，譬彼向阳翘。"唐刘良注："天末，远也。"

③越中：春秋时越国之地。此指浙江东部绍兴一带。

【辑评】

皎然《诗式》："首句言潮落故江平，尚未有风，则可以济矣，就'江'字起。二句言与舟子共济，'君'指舟子也，就舟子承。三句就'济'字转，心中想越，故引领而望；'时时'见望之勤，'天末'见望之远。四句言江上青山无数，未知越山在于何处，因指青山以问舟子也。'青山'二字冠以'何处'二字，'越中'二字冠以'是'字，做题中'问'字不著痕迹，但写出神理。'望天'二字平仄倒，'望'字救，'天'字拗。"

送杜十四[①]

荆吴日接水乡，君去春江正渺茫[②]。
日暮征帆泊何处，天涯一望断人肠[③]。

【题解】

这是一首送别诗。诗写荆吴相邻，春水浩荡，征帆孤独而渺小，念及友人行止，遥望天际，分别之痛，跃然纸上。

【校注】

①诗题：活字本、凌本"四"字下有"之江南"三字。杜十四：指杜晃，事迹未详。

②荆吴：春秋时楚国和吴国，后泛指长江中下游地区。水鸟乡：水乡。渺茫：辽阔貌。唐殷尧藩《送客游吴》："吴国水中央，波涛白渺茫。"宋王安石《送程公辟守洪州》："春风蹋谣能断肠，平湖湾坞烟渺茫。"

③断人肠：指极度悲伤。汉曹操《蒿里行》："生民百遗一，念之断人肠。"

【辑评】

王士禛《唐人万首绝句选》："渺然思远，不胜临岐之感。"

贺裳《载酒园诗话·又编》："孟诗有极平熟之句当戒者，如'天涯一望断人肠''当杯已入手，歌妓莫停声'，浅人读之，则为以水济水。"

黄叔灿《唐诗笺注》："真挚中却极悱恻。"

吴煊、胡棠《唐贤三昧集笺注》："一气呵成，有情有色。"

补遗

初　秋[①]

不觉初秋夜渐长，清风习习重凄凉[②]。
炎炎暑退茅斋静，阶下丛莎看露光[③]。

【题解】

此诗从夜渐长，风渐凉，暑退斋静，丛莎凝露来写初秋的景象。

【校注】

①此诗刘本、活字本、凌本均收录。诗题：刘本校称《万首唐人绝句》《万花谷》并作《七夕》。

②习习：《诗・邶风・谷风》："习习谷风，以阴以雨。"毛传："习习，和舒貌。"重：增，加重。《左传・宣公十二年》："今天或者大警晋也，而又杀林父以重楚胜，其无乃久不竞乎？"《史记・孝文本纪》："今纵不能博求天下贤圣有德之人而禅天下焉，而曰豫建太子，是重吾不德也。"

③炎炎：《诗・大雅・云汉》："赫赫炎炎，云我无所。"毛传："炎炎，热气也。"莎：莎草，多年生草本植物。多生于潮湿地区或河边沙地。茎直立，三棱形。叶细长，深绿色，质硬有光泽。夏季开穗状小花，赤褐色。地下有细长的匍匐茎，并有褐色膨大块茎。块茎称"香附子"，可供药用。唐李白《忆旧游寄谯郡元参军》："浮舟弄水箫鼓鸣，微波龙鳞莎草绿。"

长乐宫[①]

秦城旧来称窈窕，汉家更衣应不少[②]。
红粉邀君在何处，青楼苦夜长难晓[③]。

长乐宫中钟暗来，可怜歌舞惯相催。
欢娱此事今寂寞，唯有年年陵树哀[④]。

【题解】

此诗为怀古之作。诗中写汉代宫观之幽深，歌舞之兴盛，帝王之有幸，时间之无情，面对物是人非的现实，诗人借助陵树之哀寄兴亡之慨。

【校注】

①此诗从唐芮挺章《国秀集》卷中录出，刘本据之补入。长乐宫：《汉书·高帝纪》："夏四月甲辰，帝崩于长乐宫。"宫在今陕西省西安市汉长安故城里。秦时为兴乐宫，汉高祖五年（前202年）重予扩建，改名长乐。由前殿、临华、长信、宣德、温室等十四座宫殿组成。汉高祖七年（前200年），高祖自栎阳迁都长安居此。自惠帝以后，皇帝移住未央宫，长乐宫专供太后居住。现仅存遗址。

②秦城：指长安，为秦时离宫。汉高祖时建都于此。窈窕：娴静貌；美好貌。《诗·周南·关雎》："窈窕淑女，君子好逑。"毛传："窈窕，幽闲也。"《汉书·王莽传上》："公女渐渍德化，有窈窕之容，宜承天序，奉祭祀。"唐颜师古注："窈窕，幽闲也。"唐韩愈《送区弘南归》："蜃沈海底气升霏，彩雉野伏朝扇翚。处子窈窕王所妃，苟有令德隐不腓。"汉家：指汉王朝。更衣：指换衣休息之处。《汉书·东方朔传》："后乃私置更衣。"唐颜师古注："为休息易衣之处，亦置宫人。"此借指宫女。南朝梁简文帝《执笔戏书》："夜夜有明月，时时怜更衣。"唐王建《宫人斜》："一边载出一边来，更衣不减寻常数。"

③红粉：妇女化妆用的胭脂和铅粉。《古诗十九首》其二："娥娥红粉妆，纤纤出素手。"此借指美女。青楼：青漆涂饰的豪华精致的楼房。三国魏曹植《美女篇》："借问女安居？乃在城南端。青楼临大路，高门结重关。"唐张籍《妾薄命》："君爱龙城征战功，妾愿青楼欢乐同。"此指女子居处。

④欢娱：欢乐。汉班固《东都赋》："于是圣上亲睹万方之欢娱，久沐浴乎膏泽。"唐高适《别韦参军》："欢娱未尽分散去，使我惆怅惊心神。"陵树：

陵墓之树木。《后汉书·虞延传》:“诏呼引见,问园陵之事。延进止从容,占拜可观,其陵树株蘖,皆谙其数。”

渡杨子江①

桂楫中流望,京江两畔明②。
林开杨子驿,山出润州城③。
海尽边阴静,江寒朔吹生④。
更闻枫叶下,淅沥度秋声⑤。

【题解】

此诗写作者秋天渡扬子江时,在舟中四望的情景。

【校注】

①此诗从唐芮挺章《国秀集》卷中录出,刘本据之补入。《全唐诗》卷一一四丁仙芝下亦收此诗。杨子江:即扬子江。长江在今江苏省仪征市、扬州市一带的古称。因当地有扬子津,旧有扬子县,故名。

②桂楫:桂木制成的船桨。此代指船。南朝梁沈君攸《桂楫泛河中》:“莲舟渡沙转不碍,桂楫距浪弱难前。”中流:江河中央;水中。《史记·周本纪》:“武王渡河,中流,白鱼跃入王舟中。”唐张祜《题润州金山寺》:“树影中流见,钟声两岸闻。”京江:即扬子江。唐徐坚《初学记》卷六:“凡长江有别名,则有京江。在南徐州。《禹贡》所谓北江也,今润州丹徒县也。”又云:“山谦之《南徐州记》曰:京江,《禹贡》北江也,阔漫三十里,通望大壑,常以春秋朔望辄有大涛,声势骇壮,极为奇观。”

③杨子驿:在江北扬子县(今江苏省仪征市)。润州:今江苏省镇江市。

④边阴:天边的云。阴,指云。南朝梁江淹《从冠军建平王登庐山香炉峰》:“日落长沙渚,曾阴万里生。”唐李善注:“蔡邕《月令章句》曰:阴

者，密云也。”朔吹：北风。南朝陈张正见《赋新题得寒树晚蝉疏》：“寒蝉噪杨柳，朔吹犯梧桐。”

⑤淅沥：象声词，形容雨、雪、落叶等的声音。南朝宋谢惠连《雪赋》：“霰淅沥而先集，雪纷糅而遂多。”此指落叶声。度秋声：言秋声通过淅沥之落叶声而传入人之耳中。

送张舍人往江东①

张翰江东去，正在秋风时②。
天晴一雁远，海阔孤帆迟。
白日行欲暮，沧波杳难期③。
吴洲如见月，千里幸相思④。

【题解】

此诗为作者秋季送友人赴江东之作，诗中满怀依依不舍之情。

【校注】

①此诗据前蜀韦庄《又玄集》作孟浩然诗。又见于《李太白文集》，《唐文粹》《文苑英华》《全唐诗》皆作李白诗。当为《又玄集》误收。张舍人：名迹未详。舍人，官名。江东：说法不一。其一，长江在芜湖、南京间作西南南、东北北流向，隋唐以前，是南北往来主要渡口的所在，习惯上称自此以下的长江南岸地区为江东。《史记·项羽本纪》：“且籍与江东子弟八千人渡江而西，今无一人还，纵江东父兄怜而王我，我何面目见之？”三国魏曹植《七启》：“臛江东之潜鼍，臇汉南之鸣鹑。”其二，三国时孙权建都于建康，故又称孙吴统治下的全部地区为江东。汉陈琳《檄吴将校部曲文》：“尚书令彧，告江东诸将校部曲，及孙权宗亲中外。”《三国志·蜀书·诸葛亮传》：“孙权据有江东，已历三世。”《梁书·元帝本纪》：“孙

策昔在江东，于时年几？”

②张翰：西晋文学家。字季鹰，吴郡（治今江苏苏州）人。齐王司马冏执政，任为大司马东曹掾。知冏将败，又因秋风起，思念故乡菰菜、莼羹、鲈鱼脍，遂归吴。此代指张舍人。

③沧波：碧波。南朝梁刘勰《文心雕龙·知音》：“阅乔岳以形培塿，酌沧波以喻畎浍。”唐李白《古风》：“昭昭严子陵，垂钓沧波间。”

④吴洲：泛指吴地。今江浙一带。南朝宋颜延之《北使洛》：“振楫发吴洲，秣马陵楚山。”

清明即事[①]

帝里重清明，人心自愁思[②]。
车声上路合，柳色东城翠[③]。
花落草齐生，莺飞蝶双喜。
空堂坐相忆，酌茗聊代醉[④]。

【题解】

此诗为作者困居长安之作。写其清明节日烦闷，无法排遣，空堂思忆，无酒消忧，以茶代酒。

【校注】

①此诗从《全唐诗》卷一五九录出，其他各本均无。

②帝里：帝王所居之处，指京都。《晋书·王导传》：“建康，古之金陵，旧为帝里。”

③合：合遝。指车声繁杂。柳色：柳叶繁茂的翠色，多用以烘托春日的情思。南朝梁朱超《奉和登百花亭怀荆楚》：“柳色浮新翠，兰心带浅红。”

④空堂：空旷寂寞的厅堂。三国魏阮籍《咏怀八十二首》其七：“徘徊空

堂上，忉怛莫我知。”酌茗：饮茶。茗，泛指茶。唐皎然《山居示灵澈上人》：“晴明路出山初暖，行踏春芜看茗归。”

题梧州陈司马山斋①

南国无霜霰，连年对物华②。
青林暗换叶，红蕊亦开花③。
春去无山鸟，秋来见海槎④。
流芳虽可悦，会自泣长沙⑤。

【题解】

此诗为咏陈司马山斋之作。写梧州气候温暖，环境优美，花香四溢，但自己久谪边地，心情沉痛，无心欣赏。

【校注】

①此诗从《文苑英华》卷三一七录出，刘本据之补入。又见于《宋之问集》，《全唐诗》卷五二宋之问下亦收此诗，题作《经梧州》。宋之问晚年曾贬岭南，而孟浩然一生未到过岭南，故此诗当为宋之问所作。梧州：唐置州，治苍梧（今广西梧州）。陈司马：名迹未详。山斋：泛指山中宅舍。南朝梁萧纲《晚春》：“风花落未已，山斋开夜扉。”

②南国：泛指南方。霜霰：霜雪。南朝宋鲍令晖《古意赠今人》：“荆扬春早和，幽冀犹霜霰。”物华：自然景物。南朝梁柳恽《赠吴均二首》之一：“离念已郁陶，物华复如此。”唐杜甫《曲江陪郑南史饮》：“自知白发非春事，且尽芳樽恋物华。”宋柳永《八声甘州》：“是处红衰翠减，苒苒物华休。”

③红蕊：南朝梁萧纲《列灯赋》：“竞红蕊之晨舒，蔑丹萤之昏骛。”

④海槎：同“海查”，用竹木编制的渡海的筏。隋虞茂《赋昆明池一物得织女石》：“船疑海槎渡，珠似客星来。”

⑤流芳：散发香气。三国魏曹植《洛神赋》："践椒涂之郁烈，步蘅薄而流芳。"可悦：南朝梁沈君攸《赋得临水》："沧波自可悦，濯缨何用论？"泣长沙：用西汉文学家贾谊贬谪长沙之典实。《史记·屈原贾生列传》："天子后亦疏之，不用其议，乃以贾生为长沙王太傅。"又："贾生既以谪居长沙，长沙卑湿，自以为寿不得长，伤悼之。"

寻裴处士①

涉水更登陆，所向皆清贞②。
寒草不藏径，灵峰知有人③。
悠哉炼金客，独与烟霞亲④。
曾是欲轻举，谁言空隐沦⑤。
远心寄白月，华发回青春⑥。
对此钦胜事，胡为劳我身⑦。

【题解】

此诗为寻访裴处士之作，表达了对裴处士隐居生活的钦慕与向往。

【校注】

①此诗从《永乐大典》卷一三四五〇页五七五三下录出，作孟浩然诗。又见于《孟东野诗集》，《全唐诗》亦作孟郊诗。裴处士：名迹未详。处士，本指有才德而隐居不仕的人，后亦泛指未做过官的士人。《孟子·滕文公下》："圣王不作，诸侯放恣，处士横议，杨朱、墨翟之言盈天下。"《后汉书·方术传论》："李固、朱穆等以为处士纯盗虚名，无益于用，故其所以然也。"唐元稹《中书省议举县令状》："又云见任官及处士、散试官，并请停集。"

②涉水：渡水。清贞：清白坚贞。《列子·杨朱》："伯夷非亡欲，矜清之邮，以放饿死；展季非亡情，矜贞之邮，以放寡宗。清贞之误善之若此！"《三

国志·魏书·崔琰传》:“琰尝荐巨鹿杨训,虽才好不足,而清贞守道。”南朝齐萧子良《请加赠豫章王嶷启》:“淡矣止于清贞,无喜愠之色;悠然栖于静默,绝驰竞之声。”

③灵峰:神仙或修道者居处的山峰。《云笈七签》卷一〇四:“(真人)遂隐遁华山,盘桓灵峰,逍遥幽岫,静念神仙。”明屠隆《昙花记·仙伯降凡》:“灵峰高嵯峨,贝阙中天起。”或指神话中的仙山。明高启《海石为张记室赋》:“娲皇去后几桑田,鳌背灵峰一拳小。”

④炼金客:指求仙学道者。炼金,指炼丹。烟霞:指烟雾,云霞。南朝齐谢朓《拟宋玉〈风赋〉》:“烟霞润色,荃荑结芳。”唐玄奘《大唐西域记·伊烂拏钵伐多国》:“含吐烟霞,蔽亏日月;古今仙圣,继踵栖神。”或泛指山水、山林。南朝梁萧统《锦带书十二月启·夹钟二月》:“敬想足下,优游泉石,放旷烟霞。”唐杨炯《原州百泉县令李君神道碑》:“不扫一室,自怀包括之心;独守太玄,且忘名利之境。于时魏特进、房仆射、杜相州等,并以江海相期,烟霞相许。”

⑤轻举:谓飞升,登仙;或指隐遁,避世。《楚辞·远游》:“悲时俗之迫厄兮,愿轻举而远游。”汉王逸注:“高翔避世,求道真也。”《后汉书·崔骃传》:“临终作赋以自悼,名曰《慰志》。其辞曰:‘……悠轻举以远遁兮,托峻峗以幽处。’”隐沦:隐居。南朝宋谢灵运《入华子冈是麻源第三谷》:“既枉隐沦客,亦栖肥遁贤。”唐吕向注:“隐沦、肥遁,皆幽居者。”

⑥远心:深远的心机。晋夏侯湛《东方朔画赞》:“远心旷度,赡智宏材。”《三国志·魏书·傅嘏传》:“傅嘏字兰石,北地泥阳人,傅介子之后也。”南朝宋裴松之注:“嘏友人荀粲,有清识远心,然犹怪之。”白月:皎洁的月光。唐刘长卿《宿北山禅寺兰若》:“青松临古路,白月满寒山。”华发:花白头发。《墨子·修身》:“华发隳颠,而犹弗舍者,其唯圣人乎?”

⑦胜事:美好之事。指裴处士隐居生活。唐刘长卿《送孙逸归庐山》:“常爱此中多胜事,新诗他日伫开缄。”

咏　青①

雾辟天光远，春回日道临②。
草浓河畔色，槐结路旁阴③。
欲映君王史，先标胄子襟④。
经明如何拾，自有致云心⑤。

【题解】

这是一首参加科举考试时写的奉试诗，表现了作者青云直上的志向和对朝廷的向往。

【校注】

①此诗原出敦煌遗书伯二五六七号卷子。转引自王重民《补全唐诗》，作孟浩然诗。唐芮挺章《国秀集》卷下收录，作荆冬倩诗，题作《奉试咏青》。咏青：歌咏青色，亦咏诗人青云之志。

②“雾辟”二句：言日出雾散，光线明亮，视野极其开阔，春回大地，一派祥和。

③“草浓”二句：言河畔绿草萋萋，生机勃勃，路边槐树亭亭如盖，绿荫匝地。

④“欲映”二句：言想青史留名，先表明自己的臣子襟怀。胄子：古代称帝王或贵族的长子。《书・舜典》：“夔！命汝典乐，教胄子。”汉孔安国传：“胄，长也，谓元子以下至卿大夫子弟。”唐孔颖达疏：“继父世者，惟长子耳，故以胄为长也。”晋潘岳《世祖武皇帝诔》：“胄子入学，辟雍宗礼。”此指国子学生员。晋潘尼《释奠颂》：“莘莘胄子，祁祁学生。”《隋书・高祖纪下》：“而国学胄子，垂将千数，州县诸生，咸亦不少。”

⑤“经明”二句：言若能通晓经术，自有青云直上之时。经明：犹明经，

即通晓经术。《汉书·刘向传》:“更生年少于望之、堪,然二人重之,荐更生宗室忠直,明经有行,擢为散骑宗正给事中。”

送邢台州济①

海上仙山属使君,石桥琪树古来闻②。
他时画出白团扇,乞取天台一片云③。

【题解】

此为送邢济赴任台州的赠别诗。诗中极言天台山风景之幽美,以及自己对天台山的向往。

【校注】

①此诗从明末刊宋刘辰翁批点、明袁宏道参评本《孟襄阳集》录出,其他各本孟集均无。据《新唐书》等载,邢济于上元元年(760年)至永泰元年(765年)间任桂州刺史、桂管经略使,时代较孟浩然为晚。

②琪树:本指仙境中的玉树。晋孙绰《游天台山赋》:“建木灭景于千寻,琪树璀璨而垂珠。”唐吕延济注:“琪树,玉树。”唐崔珏《哭李商隐》:“应游物外攀琪树,便著霓衣上玉坛。”此为树名。唐李德裕《金松赋》:“琪树以垂珠而擅名,金松以潜颎而莫觌。”唐李绅《琪树诗序》:“琪树垂条如弱柳,结子如碧珠,三年子可一熟。每岁生者相续,一年绿,二年碧,三年者红,缀于条上,璀错相间。”

③团扇:圆形有柄的扇子。古代宫内多用之,又称宫扇。唐王昌龄《长信秋词》:“奉帚平明金殿开,且将团扇共徘徊。”天台:山名。在浙江省天台县北,为东南名山,佛教天台宗发源于此。南朝梁陶弘景《真诰》:“(山)当斗牛之分,上应台宿,故曰天台。”晋支遁《天台山铭序》:“剡县东南有天台山。”

赠衡山縻明府①

为县潇湘水，门前树配苔②。
晚吟公籍少，春醉积林开③。
涤砚松江起，擎茶岳影来④。
任官当此境，更莫梦天台⑤。

【题解】

此为送縻明府赴任衡山县的赠别诗。诗中称赞衡山之风光，不亚于天台山，縻明府在此任官，当为幸事。

【校注】

①此诗从《古今图书集成·方舆汇编·职方典》卷一二五三《衡州府部·艺文三》中录出，各本孟集均未收。未知何据，姑录于此。衡山：山名。一名岣嵝山，又名霍山，古称南岳，为五岳之一。位于湖南中部，有七十二峰，以祝融、天柱、芙蓉、紫盖、石廪五峰为最著。祝融峰海拔一二九〇米，可俯瞰群山，观赏日出。山上名胜古迹很多，为旅游休养胜地。相传舜南巡和禹治水都到过这里。历代帝王南岳祀典，除汉武帝迁祀安徽潜山外，均在此山。縻明府：名迹未详。

②潇湘：其一，指湘江。因湘江水清深故名。《山海经·中山经》："帝之二女居之，是常游于江渊，澧沅之风，交潇湘之渊。"南朝齐谢朓《新亭渚别范零陵》："洞庭张乐池，潇湘帝子游。"唐李善注引汉王逸曰："娥皇女英随舜不返，死于湘水。"其二，湘江与潇水的并称。多借指今湖南地区。唐杜甫《去蜀》："五载客蜀郡，一年居梓州。如何关塞阻，转作潇湘游？"

③公籍：犹公事。

④涤砚：洗涤砚台。松江：吴淞江的古称。唐陆广微《吴地记》："松江，

一名松陵，又名笠泽。”清钱大昕《十驾斋养新录·松江》：“唐人诗文称松江者，即今吴江县地，非今松江府也。松江首受太湖，经吴江、昆山、嘉定、青浦，至上海县合黄浦入海，亦名吴松江。”岳：古代指名山“四岳”或“五岳”。《诗·大雅·崧高》：“崧高维岳，骏极于天。”毛传：“岳，四岳也。东岳岱，南岳衡，西岳华，北岳恒。”汉张衡《思玄赋》：“二女感于崇岳兮，或冰折而不营。”旧注：“岳，五岳也。”此指南岳衡山。

⑤天台：山名，在浙江省天台县北。

独宿岘首忆长安故人①

月迴无隐物，况复大江秋。
江城与沙村，人语风飕飕②。
岘亭当此时，故人不同游③。
故人在长安，亦可将梦求。

【题解】

此诗写作者月夜独宿岘山，面对眼前秋景，耳闻人语风声，不禁思忆长安故友。

【校注】

①此诗从清乾隆二十五年（1760年）版《襄阳府志·艺文》中录出，各本孟集均未收。《襄阳府志》一书时代较晚，未知何据，姑录于此。岘首：即岘山。

②飕飕：象声词，形容风声雨声。汉赵壹《迅风赋》：“啾啾飕飕，吟啸相求。”

③岘亭：岘山之亭。

献襄阳于大夫[①]

襄阳青山郭，汉江白铜鞮[②]。
谢公饮兹郡，山水无尘泥[③]。
铁马万霜雪，绛旗干虹霓[④]。
风漪参差泛，石板重叠跻。
旧泪不复堕，新欢居然齐。
还耕旧原野，归老相扶携。
物色增暖暖，寒芳更萋萋[⑤]。
渊情有遐略，高躅无近蹊[⑥]。
即此富苍翠，自然引翔栖。
曩游常抱忆，夙好今尚睽。
愿言从逸辔，暇日临清溪[⑦]。

【题解】

此为写给朋友襄阳于大夫的诗。诗中先写襄阳的山水风光，随后表明了自己归隐田园的志趣。

【校注】

①此诗从清乾隆二十五年（1760 年）版《襄阳府志・艺文》中录出，各本孟集均未收。《襄阳府志》一书时代较晚，未知何据，姑录于此。

②铜鞮：本为春秋晋邑名。在今山西省沁县南。晋平公曾筑铜鞮宫于此。汉置县，治所在今山西省沁县南。北魏以后屡有迁移。明洪武初废入沁州。《左传・成公九年》："秋，郑伯如晋，晋人讨其贰于楚也，执诸铜鞮。"晋杜预注："铜鞮，晋别县，在上党。"杨伯峻注："据《嘉庆一统志》，铜鞮在今

山西沁县南。”此指襄阳。唐李端《代弃妇答贾客》：“玉垒城边争走马，铜鞮市里共乘舟。”宋张孝祥《醉落魄》：“桃花庭院光阴速，铜鞮谁唱大堤曲。归时想是樱桃熟。”

③谢公：指南朝宋大臣、文学家谢庄，曾任职于襄阳。

④虹霓：即蝃蝀。为雨后或日出、日没之际天空中所现的七色圆弧。虹霓常有内外二环，内环称虹，也称正虹、雄虹；外环称霓，也称副虹、雌虹或雌霓。战国宋玉《高唐赋》：“仰视山颠，肃何千千，炫耀虹霓。”晋葛洪《抱朴子·嘉遁》：“思眇眇焉若居乎虹霓之端，意飘飘焉若在乎倒景之邻。”

⑤暧暧：繁茂貌。晋陶渊明《祭从弟敬远文》：“淙淙悬溜，暧暧荒林。”

⑥遐略：远大的谋略。高躅：崇高的品行，也指有崇高品行的人。

⑦逸辔：指疾驰的马车。

句

微云淡河汉，疏雨滴梧桐。

【校注】

录自唐王士源《孟浩然诗集序》，其序云：“闲游秘省，秋月新霁，诸英联诗，次当浩然，句曰：‘微云淡河汉，疏雨滴梧桐。’举坐嗟其清绝，咸以之篮笔，不复为缀。”河汉：指银河。《古诗十九首》其十：“河汉清且浅，相去复几许。”南朝梁沈约《夜夜曲》：“河汉纵且横，北斗横复直。”梧桐：木名。落叶乔木。木质轻而韧，可制家具及乐器。古代以为是凤凰栖止之木。《诗·大雅·卷阿》：“凤凰鸣矣，于彼高冈。梧桐生矣，于彼朝阳。”唐孔颖达疏：“梧桐可以为琴瑟。”《庄子·秋水》：“夫鹓鶵发于南海，而飞于北海，非梧桐不止。”唐聂夷中《题贾氏林泉》：“有琴不张弦，众星列梧桐。须知澹泊听，声在无声中。”

【辑评】

胡仔《苕溪渔隐丛话后集》:“诗句以一字为工,自然颖异不凡,如灵丹一粒,点石成金也。浩然云:‘微云淡河汉,疏雨滴梧桐。’上句之工,在一‘淡’字;下句之工,在一‘滴’字。若非此二字,亦乌得而为佳句哉?”

逐逐怀良驭,萧萧顾乐鸣。

【校注】

录自《全唐诗》卷一六〇。《全唐诗》云:“省试《骐骥长鸣》诗,见《丹阳集》。”逐逐:奔忙貌;匆忙貌。唐胡皓《奉和圣制送张尚书巡边》:“稜威方逐逐,谈笑坐怡怡。”宋范仲淹《送郧乡尉黄通》:“争先尚逐逐,致远贵徐徐。”驭:马;车驾。《隋书·音乐志中》:“风为驭,雷为车,无辙迹,有烟霞。”唐欧阳詹《回銮赋》:“云车烟驭,春心日容。”萧萧:马鸣声。《诗·小雅·车攻》:“萧萧马鸣,悠悠旆旌。”

只为阳台梦里狂,降来教作神仙客。

【校注】

《诗话总龟》卷十三引《诗史》云:“韩襄客者,汉南女子,为歌诗,知名襄汉间。孟浩然赠诗曰:‘只为阳台梦里狂,降来教作神仙客。’襄客《闺怨》诗曰:‘连理枝前同设誓,丁香树下共论心。’先公熙宁中迓虏使成尧锡,见遗衣服,刺此联于裹肚上,其下复刺丁香连理男女设誓之状。虏人重此句为佳制。”阳台:出自战国宋玉《高唐赋》。后以“阳台”指男女欢会之所。

附录

孟浩然诗集序

唐·王士源

孟浩然，襄阳人也。骨貌淑清，风神散朗。救患释纷以立义，灌园艺圃以全高。交游之中，通悦倾盖，机警无匿。学不故儒，务掇菁华，文不按古，匠心独妙。五言诗天下称其尽善。闲游秘省，秋月新霁，诸英联诗，次当浩然，句曰："微云淡河汉，疏雨滴梧桐。"举坐嗟其清绝，咸以之筵笔，不复为缀。丞相范阳张九龄、侍御史京兆王维、尚书侍郎河东裴朏、范阳卢僎、大理评事河东裴揔、华阴太守荥阳郑倩之、太守河东独孤册，率与浩然为忘形之交。山南采访使太守昌黎朝宗，谓浩然闲深诗律，置诸周行，必咏穆如之颂，因入秦，与偕行，先扬于朝，约曰引谒。后期，浩然叱曰："业已饮矣，身行乐耳，遑恤其他。"遂毕久不赴，由是闻罢。既而浩然不之悔也，其好学忘名如此。士源也时尝笔赞之，曰："道漾挺灵，实生楚英。浩然清发，亦自其名。"开元二十八年，王昌龄游襄阳。时浩然疾发背，且愈，得相欢饮，浩然宴谑，食鲜疾动，终于南园，年五十，有子仪甫。浩然每为诗，伫兴而作，故或迟成。行不为饰，动求真适，故以诞。游不利，期以放情，故常贫。名劣系于选部，聚不盈甔室，虽屡空不给，自若也。

士源幼学好名山，行年十八，首事陵山恒岳，咨术通玄丈人。过苏门，问道隐者左知运。太白习隐诀，终南修亢仓九篇。天宝四载徂夏，诏书征诣京兆府，过与家臣八座讨论，山林之士麇至，始知浩然物故。嗟哉，未禄于代，史不必书，安可哲从，妙韵从此而绝。详问使者，所述论美行，十不记一。浩然凡所属缀，就辄毁弃，无编录，常自叹为文不逮意也。流落既多，篇章散逸。乡里构采，不有其半，敷求四方，往往而获。既无他士为之传次，遂使海内衣冠缙绅，经襄阳思睹其文，盖有不备见而惜哉。今集其诗二百一十八首，别为士类，分上中下卷，诗或缺未成，而思清美，及他人酬赠，咸次而不弃也。

重　序

唐・韦滔

宣城王士源者，藻思清远，深鉴文理，常游山水，不在人间。著《亢仓子》数篇，传之于代。予久在集贤，常与诸学士，命此子不可得见。天宝中，忽获《浩然文集》，乃士源撰，为之序传，词理卓绝，吟讽忘疲。书写不一，纸墨薄弱。昔虞坂之上，逸驾与驽骀俱疲；吴灶之中，孤桐与樵苏共爨。遇伯乐与伯喈，遂腾声于千古。此诗若不遇王君，乃十数张故纸耳。然则王君之清鉴，岂减孙、蔡而已哉。予今缮写，增其条目，复士源之清才，敢自述于卷首。谨将此本，送上秘府，庶久而不泯，传芳无穷。天宝九载正月初三日，特进行太常卿礼仪使集贤院修撰上柱国沛国郡开国公韦滔叙。

旧唐书・孟浩然传

后晋・刘昫等

孟浩然，隐鹿门山，以诗自适。年四十来游京师，应进士不第，还襄阳。张九龄镇荆州，署为从事，与之唱和。不达而卒。

新唐书·孟浩然传

宋·宋祁等

孟浩然字浩然，襄州襄阳人。少好节义，喜振人患难。隐鹿门山。年四十，乃游京师。尝于太学赋诗，一座嗟伏，无敢抗。张九龄、王维雅称道之。维私邀入内署，俄而玄宗至，浩然匿床下。维以实对，帝喜曰："朕闻其人而未见也，何惧而匿？"诏浩然出。帝问其诗，浩然再拜，自诵所为，至"不才明主弃"之句，帝曰："卿不求仕，而朕未尝弃卿，奈何诬我？"因放还。采访使韩朝宗约浩然偕至京师，欲荐诸朝。会故人至，剧饮欢甚，或曰："君与韩公有期。"浩然叱曰："业已饮，遑恤他！"卒不赴。朝宗怒，辞行。浩然不悔也。张九龄为荆州，辟置于府。府罢。开元末，病疽背卒。

后樊泽为节度使，时浩然墓庳坏。符载以笺叩泽曰："故处士孟浩然，文质杰美，殒落岁久，门裔陵迟，丘陇颓没，永怀若人，行路慨然，前公欲更筑大墓，阖州搢绅，闻风竦动。而今外迫军旅，内劳宾客，牵耗岁时，或有未遑。诚令好事者乘而有之，负公夙志矣！"泽乃更为刻碑凤林山南，封宠其墓。

初，王维过郢州，画浩然像于刺史亭，因曰浩然亭。咸通中，刺史郑诚谓贤者名不可斥，更署曰孟亭。开元、天宝间，同知名者王昌龄、崔颢，皆位不显。

唐才子传·孟浩然

元·辛文房

浩然，襄阳人。少好节义，诗工五言。隐鹿门山，即汉庞公栖隐处也。四十游京师诸名士间，尝集秘省联句，浩然曰："微云淡河汉，疏雨滴梧桐。”众钦服。张九龄、王维极称道之。维待诏金銮，一旦私邀入，商较风雅，俄报玄宗临幸。浩然错愕，伏匿床下。维不敢隐，因奏闻。帝喜曰：“朕素闻其人，而未见也。”诏出。再拜。帝问曰：“卿将诗来耶？”对曰：“偶不赍。”即命吟近作。诵至“不才明主弃，多病故人疏”之句，帝慨然曰：“卿不求仕，朕何尝弃卿，奈何诬我？”因命放还南山。后张九龄署为从事。开元末，王昌龄游襄阳，时新病起，相见甚欢，浪情宴谑，食鲜动疾而终。

古称祢衡不遇，赵壹无禄。观浩然罄折谦退，才名日高，竟沦明代，终身白衣，良可悲夫！其诗文采丰茸，经纬绵密，半遵雅调，全削凡近。所著三卷，今传。王维画浩然像于郢州，为浩然亭。咸通中，郑诚谓贤者名不可斥，更名曰孟亭，今存焉。

送孟六入蜀序

唐·陶翰

襄阳孟浩然，精朗奇素，幼高为文。开元年始游西秦，京师词人皆叹其旷绝也。观其匠思幽妙，振言孤杰，信诗伯矣，不然者何以有声于江楚间？嗟呼！夫子有如是才，如是志，且流落未遇，风尘所已。谓天下无否泰，无时命，岂不谬哉！翰读古人文，见《长杨》《羽猎》《子虚》赋，壮哉！至广汉城西三千里，清江夤缘，两山如剑，中有微径，西入岷峨，有奇幽，皆感子之兴矣，勉旃！故交不才，以文投赠。

（《文苑英华》卷七二〇）

郢州孟亭记

唐·皮日休

明皇世，章句之风大得建安体，论者推李翰林、杜工部为之尤，介其间能不愧者，唯吾乡之孟先生也。先生之作，遇景入咏，不拘奇抉异，令龌龊束人口者，涵涵然有干霄之兴，若公输氏当巧而不巧者也。

北齐美萧悫有“芙蓉露下落，杨柳月中疏”，先生则有“微云淡河汉，疏雨滴梧桐”；乐府美王融“日霁沙屿明，风动甘泉浊”，先生则有“气蒸云梦泽，波撼岳阳城”；谢朓之诗句精者有“露湿寒塘草，月映清淮流”，先生则有“荷风送香气，竹露滴清响”。此与古人争胜于毫厘也。他称是者众，不可悉数。呜呼！先生之道，复何言耶？谓乎贫，则天爵于身；谓乎死，则不朽于文。为士之道，亦以至矣。

先生襄阳人也，日休襄阳人也，既慕其名，亦睹其貌，盖仲尼思文王则嗜昌歜，七十子思仲尼则师有若，吾于先生见之矣。说者曰：“王右丞笔先生貌于郢之亭。每有观型之志。”四年，荥阳郑公诚刺是州，余将抵江南，舣舟而诣之，果以文见贵，则先生之貌纵视矣。

先是，亭之名取先生之讳。公曰：“焉有贤者之名为趋厮走养，朝夕言于刺史前耶？”命易之以先生姓。日休时在宴，因曰：“《春秋》书纪季公子友、仲孙湫字者，贵之也。故书名曰‘贬’，书字曰‘贵’，况以贤者名署于亭乎？君子是以知公乐善之深也。百祀之弊一朝而去，则民之弊也去之可知矣。”见善不书，非圣人之志。宴豆既彻，立而为文。咸通四年四月三日记。

（《皮子文薮》卷七）

《全唐诗》中所见与孟浩然有关之诗

张子容《除夜乐城逢孟浩然》

远客襄阳郡，来过海岸家。樽开柏叶酒，灯发九枝花。
妙曲逢卢女，高才得孟嘉。东山行乐意，非是竞繁华。

张子容《乐城岁日赠孟浩然》(一作王维诗)

土地穷瓯越，风光肇建寅。插桃销瘴疠，移竹近阶墀。
半是吴风俗，仍为楚岁时。更逢习凿齿，言在汉川湄。

张子容《送孟八浩然归襄阳二首》(下一首一作王维诗)

东越相逢地，西亭送别津。风潮看解缆，云海去愁人。
乡在桃林岸，山连枫树春。因怀故园意，归与孟家邻。
杜门不欲出，久与世情疏。以此为长策，劝君归旧庐。
醉歌田舍酒，笑读古人书。好是一生事，无劳献子虚。

王维《哭孟浩然(时为殿中侍御史，知南选，至襄阳有作)》

故人不可见，汉水日东流。借问襄阳老，江山空蔡州。

李白《赠孟浩然》

吾爱孟夫子，风流天下闻。红颜弃轩冕，白首卧松云。

醉月频中圣，迷花不事君。高山安可仰，徒此揖清芬。

李白《淮海对雪赠傅霭》（一作《淮南对雪赠孟浩然》）

朔雪落吴天，从风渡溟渤。海树成阳春，江沙浩明月。

兴从剡溪起，思绕梁园发。寄君郢中歌，曲罢心断绝。

李白《游溧阳北湖亭望瓦屋山怀古赠同旅》（一作《赠孟浩然》）

朝登北湖亭，遥望瓦屋山。天清白露下，始觉秋风还。

游子托主人，仰观眉睫间。目色送飞鸿，邈然不可攀。

长吁相劝勉，何事来吴关。闻有贞义女，振穷溧水湾。

清光了在眼，白日如披颜。高坟五六墩，崒兀栖猛虎。

遗迹翳九泉，芳名动千古。子胥昔乞食，此女倾壶浆。

运开展宿愤，入楚鞭平王。凛冽天地间，闻名若怀霜。

壮夫或未达，十步九太行。与君拂衣去，万里同翱翔。

李白《春日归山寄孟浩然》

朱绂遗尘境，青山谒梵筵。金绳开觉路，宝筏度迷川。

岭树攒飞栱，岩花覆谷泉。塔形标海月，楼势出江烟。

香气三天下，钟声万壑连。荷秋珠已满，松密盖初圆。

鸟聚疑闻法，龙参若护禅。愧非流水韵，叨入伯牙弦。

李白《黄鹤楼送孟浩然之广陵》

故人西辞黄鹤楼，烟花三月下扬州。

孤帆远影碧山尽，唯见长江天际流。

王迥《同孟浩然宴赋》(一作《题壁歌》)

屈宋英声今止已，江山继嗣多才子。
作者于今尽相似，聚宴王家其乐矣。
共赋新诗发宫徵，书于屋壁彰厥美。

杜甫《遣兴五首》之五

吾怜孟浩然，裋褐即长夜。赋诗何必多，往往凌鲍谢。
清江空旧鱼，春雨余甘蔗。每望东南云，令人几悲吒。

杜甫《解闷十二首》之六

复忆襄阳孟浩然，清诗句句尽堪传。
即今耆旧无新语，漫钓槎头缩颈鳊。

刘昚虚《暮秋扬子江寄孟浩然》

木叶纷纷下，东南日烟霜。林山相晚暮，天海空青苍。
暝色况复久，秋声亦何长。孤舟兼微月，独夜仍越乡。
寒笛对京口，故人在襄阳。咏思劳今夕，江汉遥相望。

刘昚虚《寄江滔求孟六遗文》

南望襄阳路，思君情转亲。偏知汉水广，应与孟家邻。
在日贪为善，昨来闻更贫。相如有遗草，一为问家人。

陈羽《襄阳过孟浩然旧居》

襄阳城郭春风起，汉水东流去不还。
孟子死来江树老，烟霞犹在鹿门山。

白居易《游襄阳怀孟浩然》

楚山碧岩岩，汉水碧汤汤。秀气结成象，孟氏之文章。
今我讽遗文，思人至其乡。清风无人继，日暮空襄阳。
南望鹿门山，蔼若有余芳。旧隐不知处，云深树苍苍。

白居易《读邓鲂诗》

尘架多文集，偶取一卷披。未及看姓名，疑是陶潜诗。
看名知是君，恻恻令我悲。诗人多蹇厄，近日诚有之。
京兆杜子美，犹得一拾遗。襄阳孟浩然，亦闻鬓成丝。
嗟君两不如，三十在布衣。擢第禄不及，新婚妻未归。
少年无疾患，溘死于路歧。天不与爵寿，唯与好文词。
此理勿复道，巧历不能推。

施肩吾《登岘亭怀孟生》

岘山自高水自绿，后辈词人心眼俗。
鹿门才子不再生，怪景幽奇无管属。

朱庆馀《过孟浩然旧居》

命合终山水，才非不称时。冢边空有树，身后独无儿。

散尽诗篇本，长存道德碑。平生谁见重，应只是王维。

罗隐《孟浩然墓》

数步荒榛接旧蹊，寒江漠漠草凄凄。
鹿门黄土无多少，恰到书生冢便低。

唐彦谦《忆孟浩然》

郊外凌兢西复东，雪晴驴背兴无穷。
句搜明月梨花内，趣入春风柳絮中。

张蠙《吊孟浩然》

每每樵家说，孤坟亦夜吟。若重生此世，应更苦前心。
名与襄阳远，诗同汉水深。亲栽鹿门树，犹盖石床阴。

贯休《经孟浩然鹿门旧居二首》

孟子终焉处，游人得得过。檥深黄犺小，地暖白云多。
孔圣嗟大谬，玄宗争奈何。空余岘山色，千古共嵯峨。
花落谷莺啼，精灵安在哉。青山不可问，永日独裴回。
冢穴应藏虎，荒碑只见苔。伊余亦惆怅，昨日郢城回。

张祜《寓怀寄苏州刘郎中(时以天平公荐罢归)》

一闻周召佐明时，西望都门强策羸。
天子好文才自薄，诸侯力荐命犹奇。

贺知章口徒劳说，孟浩然身更不疑。
唯是胜游行未遍，欲离京国尚迟迟。

张祜《感归》

行却江南路几千，归来不把一文钱。
乡人笑我穷寒鬼，还似襄阳孟浩然。

皮日休《鲁望读〈襄阳耆旧传〉，见赠五百言，过褒庸材，靡有称是，然襄阳曩事历历在目。夫〈耆旧传〉所未载者，汉阳王则宗社元勋，孟浩然则文章大匠。予次而赞之，因而寄答，亦诗人无言不酬之义也。次韵》

汉水碧于天，南荆廓然秀。庐罗遵古俗，鄢郢迷昔囿。
幽奇无得状，巉绝不能究。兴替忽矣新，山川悄然旧。
斑斑生造士，一一应玄宿。巴庸乃崄岨，屈景实豪右。
是非既自分，泾渭不相就。粤自灵均来，清才若天漱。
伟哉洞上隐，卓尔隆中耨。始将麋鹿狎，遂与麒麟斗。
万乘不可谒，千钟固非茂。爰从景升死，境上多兵候。
檀溪试戈船，岘岭屯贝胄。寂寞数百年，质唯包砾琇。
上玄赏唐德，生贤命之授。是为汉阳王，帝曰俞尔奏。
巨德耸神鬼，宏才轹前后。势端唯金茎，质古乃玉豆。
行叶荫大椿，词源吐洪溜。六成清庙音，一柱明堂构。
在昔房陵迁，圆穹正中漏。繄王揭然出，上下拓宇宙。
俯视三事者，骙骙若童幼。低摧护中兴，若凤视其鷇。
遇险必伸足，逢诛将引脰。既正北极尊，遂治众星谬。

重闻章陵幸，再见岐阳狩。日似新刮膜，天如重熨绉。
易政疾似欬，求贤甚于购。化之未期年，民安而国富。
翼卫两舜趋，钩陈十尧骤。忽然遗相印，如羿卸其彀。
奸幸却乘衅，播迁遂终寿。遗庙屹峰崿，功名纷组绣。
开元文物盛，孟子生荆岫。斯文纵奇巧，秦玺新雕镂。
甘穷卧牛衣，受辱对狗窦。思变如易爻，才通似玄首。
秘于龙宫室，怪于天篆籀。知者竞欲戴，嫉者或将诟。
任达且百觚，遂为当时陋。既作才鬼终，恐为仙籍售。
予生二贤末，得作升木狖。兼济与独善，俱敢怀其臭。
江汉称炳灵，克明嗣清昼。继彼欲为三，如醨如醇酎。
既见陆夫子，驽心却伏厩。结彼世外交，遇之于邂逅。
两鹤思竞闲，双松格争瘦。唯恐别仙才，涟涟涕襟袖。

司空图《商山二首》

清溪一路照羸身，不似云台画像人。
国史数行犹有志，只将谈笑继英尘。
马上搜奇已数篇，籍中犹愧是顽仙。
关头传说开元事，指点多疑孟浩然。

卢延让《吊孟浩然》(句)

高据襄阳播盛名，问人人道是诗星。

齐己《过鹿门作》

鹿门埋孟子，岘首载羊公。万古千秋里，青山明月中。
政从襄沔绝，诗过洞庭空。尘路谁回眼，松声两处风。

后　　记

甲午岁杪，霜雪寒宵，我乘车前往百里外的固始车站迎接从苏州返家的女儿。忽接许昌杨君继刚博士来电，邀我笺注《孟浩然诗全集》。由于此站处僻陋之乡，通讯不畅，故未知此事之详情，便匆匆挂断。

春节期间，杨博士约我面谈笺注事宜，握手殷殷，好生垂情。我感激举荐，亦颇为踌躇，未置可否。一来笺注之事，非同小可，非博闻强识，小学根底深厚之人，难以胜任。二来教学工作脞冗，难以他顾；家事繁重，难以静心。三来学殖荒疏有年，孤陋寡闻，且前人笺注备矣，我重复为之，豹窥貂续，不能自出心裁，每多沿袭，极知僭妄。故面谈结果，未容草草也。

踌躇难以决断之时，我致电湖北大学古籍研究所温显贵教授。昔年负笈武昌，问道先生，为学做人，受益良多。先生得悉后，鼓励有加，陈力就列，足堪此任。我应允此事，亦深知先生恭俭温仁，体贴学生，推毂后进之心。电话那端嘱托殷殷，指导意见，条分缕析，并要求保持联络，以释难解纷，另允诺所需参考书籍克日寄达。先生之言，如解缠缚而舒手足，披云雾而睹晴天，我喜跃不胜，感激莫名。

乙未三月，湖北崇文书局郜淑波编辑来电询问笺注签约之事，我不揣绵力薄材，慨然有著书立说之志。其实心里尚无多少底数，多赖温先生竭力佽助，不好推脱云云。

孟诗校注之作，大陆和台湾也已出版数种。台湾者如：游信利《孟浩然集笺注》(1979 年)；大陆者如：傅东华《孟浩然诗》(1931 年)、陈贻焮《孟浩然诗选》(1983 年)、李景白《孟浩然诗集校注》(1988 年)、曹永东《孟浩然诗集笺注》(1989 年)、徐鹏《孟浩然集校注》(1989 年)、赵桂藩《孟浩然集注》(1991 年)、佟培基《孟浩然诗集笺注》(2013 年)。数十年间，人物浪淘，著述薪积。晚学后生，才疏学浅，不自量力，笺注孟诗，实怀诚惶诚恐之心，确有举鼎绝膑之感。唯有仰慕前徽，希踪曩哲，盼得造其堂，能哜其胾也。

笺注是一件锱铢寸累的工作。每笺注一诗，涵泳玩味，斟酌再三。先考前人振纲挈维，发钥启键之处；后查今人溯源穷流，折中群言，品骘前哲之见；最后缵述前贤，克绍其绪，补苴罅漏，张皇幽眇，时有后生末学不敢伸喙其间之感。

于是思自奋厉，日敬不辍，窃喜进步，亦愿借嘤鸣之缘，缪附于高山景行之义。日笺一诗，尽思罄力，不苟且塞责；或二三首，删其繁冗，补其缺略，俾条贯秩然。遇有难解之诗，且异言喧豗，二三其说，不知去取之意，则暂时搁置，以俟来日。驽蹇之足，终惭致远，日积月累，迁延有年。

是书笺注蒇事，深感从事学术之辛苦。贾阆仙作诗于驴上作推敲之势，曹雪芹为文有字字皆血之叹，沉浸其中，深感其中滋味。笺注之时，贤贤相承，绳绳相继，学识谫陋如我之人，难以有开洞之见。既无耆宿可以咨问，亦无资料可以备检。从之，则有剽剟抄纂前人之嫌，不从，则有胸无独见之叹。意欲垂文，殚精竭虑，蛙鼓蚓吹，盡焉伤之！

书中笺注，错讹难免，辗转他书，鲁鱼莫辨；囿于前说，苟会扃键；曲从后说，追慕前沿；妄指瑕颣，追驳前贤；敷畅厥指，文不考练；大雅名家，涤荡秕稗之言；同志君子，批隙而导窾；掎摭利病，穷波讨源，不遵矩矱，弇陋毕现，开我颛蒙，实为我愿。

戊戌秋九月李翔翥跋于南窗寄傲斋

图书在版编目（CIP）数据

孟浩然诗全集 / 李翔翥编著. -- 武汉 : 崇文书局，2022.10
（中国古典诗词校注评丛书）
ISBN 978-7-5403-5365-0

Ⅰ. ①孟… Ⅱ. ①李… Ⅲ. ①唐诗－诗集 Ⅳ. ①I222.742

中国版本图书馆 CIP 数据核字（2021）第 279965 号

选题策划：王重阳
项目统筹：郑小华
责任编辑：郑小华
封面设计：甘淑媛
责任校对：董　颖
责任印制：田伟根

孟浩然诗全集【汇校汇注汇评】
MENGHAORAN SHI QUANJI HUIJIAO HUIZHU HUIPING

出版发行：长江出版传媒 崇文书局
地　　址：武汉市雄楚大街 268 号 C 座 11 层
电　　话：(027)87677133　邮政编码：430070
印　　刷：湖北恒泰印务有限公司
开　　本：880mm×1230mm　1/32
印　　张：13.375
字　　数：380 千字
版　　次：2022 年 10 月第 1 版
印　　次：2022 年 10 月第 1 次印刷
定　　价：59.80 元